나는
세계일주로
유머를
배웠다

THE HUMOR CODE

전세계를 누비며
웃기는 두 남자의
19가지 유머 실험

나는
세계일주로
유머를
배웠다

HUMOR
CODE

피터 맥그로 · 조엘 워너 | 임소연 옮김

21세기북스

웃음 없는 하루는 낭비한 하루다.

_ 찰리 채플린

정말 재미있다. 얼마나 재미있는지 내가 썼다면 좋았겠다 싶을 정도다. 사실은 벌써 사람들에게 내가 썼다고 말하고 다니고 있다. 다행히 두 저자가 워낙 너그러운 사람들이라 이 헛소문에 별 신경 쓰지 않을 것이라 생각한다. 피터와 조엘은 과학, 일화, 풍자에 스웨터 조끼를 입혀서 무엇이 우리를 웃게 만드는지 보여준다.

_ 애덤 그랜트(Adam Grant), 펜실베이니아대학교 와튼스쿨 교수 · 『기브 앤 테이크』 저자

유머는 행복과 마찬가지로 어디에나 있지만 주관적이다. 이 책의 훌륭한 점은 유머가 인류를 끈끈히 이어주면서도 문화에 따라 어떻게 달라지는지 과학적인 시각에서 바라본 것이다.

_ 젠 림(Jenn Lim), 딜리버링 해피니스 CEO 겸 이사

내 해마를 자극해준 조엘 워너와 피터 맥그로의 이 책은 유머뿐 아니라 창의력, 비즈니스, 행복, 허풍에 대한 내 패러다임을 바꿔주었다.

_ A. J. 제이콥스(Jacobs),
『한 권으로 읽는 건강 브리태니커』 『미친 척하고 성경말씀대로 살아본 1년』 저자

유머에 관한 통일된 이론을 찾아 5대륙을 횡단하는 맥그로와 워너가 돈키호테처럼 보인다. 하지만 돈키호테와 산초의 이야기가 그러했든 맥그로와 워너가 겪는 사건 사고들도 거부할 수 없을 만큼 유혹적이고, 두 저자의 열정 또한 그들이 기록한 웃음처럼 강한 전염성을 가지고 있다. 이 둘은 코미디에서 과학을, 과학에서 코미디를 발견하고, 이것을 이 재미있는 유머 안내서를 통해 독자들과 공유한다.

_ 바넷 켈먼(Barnet Kellman), 에미상 수상작 〈머피 브라운〉 〈결혼 이야기〉 감독 · USC (University of Southern California School of Cinematic Arts) 교수 겸 코미디@SCA 공동 지도자

아름다운 것을 분해함으로써 망가뜨리는 일은 기자나 과학자에게 맡겨두고, 우리는 대신 훌륭한 무언가를 창조하자. 이 책은 정말 대단하다.

_ 셰인 스노우(Shane Snow), 콘텐틀리 공동 창립자 겸 기술 전문 기자

당신이 코미디를 한번 해볼까 생각했던 적이 있다면, 이 책은 그런 생각을 싹 달아나게 하거나 실제 행동으로 옮기도록 만들 것이다. 개인적으로 나는 둘 다 성공이라고 생각한다.

_ 마이크 드러커(Mike Drucker), 스탠드업 코미디언·토크쇼 〈레이트 나이트 위드 지미 팰론(Late Night with Jimmy Fallon)〉작가

세계를 무대로 비즈니스를 하고 있다면 반드시 읽어야 할 책이다. 이 책을 읽고 나라별로 다른 유머를 배웠을 뿐만 아니라 일본에서 내 농담이 전혀 통하지 않았던 이유도 알게 되었다.

_ 마티 St. 조지(Marty St. George), 제트블루 항공 마케팅 수석 부사장

이 책은 진지한 과학 이론이 어떻게 만들어지고 시험대에 오르며 생명력을 가지게 되는지를 재미있게 설명해준다.

_ 벤 허(Ben Huh), 더 치즈버거 네트워크 CEO

유머라는 혈기 넘치고 불가사의한 괴물을 이해하기 위해 사활을 건 두 남자가 망가지는 이야기다. 제목을 '모비 딕 조크'라 붙였으면 더 좋았을 것이다.

_ 바론 본(Baron Vaughn), 코미디언

당신이 트위터 사용자든 아니든 최신 과학과 영리한 이야기를 교묘하게 섞은 이 책은 당신이 더 재미난 세상을 발견할 수 있게 해줄 것이다.

_ 클레어 디아즈 오르티즈(Claire Diaz-Ortiz), 『트위터 포 굿(Twitter for Good)』
『트위터 주식회사의 혁신자(Innovator at Twitter, Inc)』 저자

재미있고 가슴 아프며 영감이 가득하다. 피터와 조엘은 인내심을 가지고 코미디를 해부하는 어려운 숙제를 해냈다.

_ 앤디 우드(Andy Wood), 브리지타운 코미디 페스티벌 공동 창립자 겸 제작자

학술적 통찰력과 재미있는 일화를 곁들여 무엇이 우리를 웃게 만드는지, 우리는 왜 그런 것에 웃는지, 문화별 유머감각은 왜 다른지 등 유머에 관한 가장 진지하고도 시시한 질문에 대답해준다.

_ 애덤 알터(Adam Alter), 『만들어진 생각, 만들어진 행동』 저자

나는 늘 유머의 원리에 관심을 가지고 있었다. 이 책이 이 퍼즐을 한번에 풀어버렸다고 할 수는 없겠지만, 그래도 꽤나 많은 부분을 설명해주고 있다. 그리고 그 과정이 정말 재미있다.

_ 지미 카(Jimmy Carr), 스탠드업 코미디언 겸 배우·『더 네이키드 제이프(The Naked Jape)』 저자

무엇이 사람을 웃기는지 연구한 이 책은 책장을 멈출 수 없을 정도로 재미있다. (앤드류는 싫어하지만) 정말 강력하게 추천한다.

_ 그로우릭스(The Grawlix, 애덤 케이턴~홀랜드, 앤드류 오브달, 벤 로이로 구성된 코미디 그룹)

| 저자의 일러두기 |

이 책에는 이전에 우리 두 사람의 필명으로 월간지 《와이어드(Wired)》와 《와이어드닷컴(Wired.com)》, 신문 《웨스트워드(Westword)》, 《살롱(Salon)》, 《허핑턴포스트(Huffington Post)》, 심리학 잡지 《사이콜로지투데이(Psychology Today)》, 우리 둘의 개인 홈페이지(PeterMcGraw.org, JoelWarner.com) 등 다양한 매체에 실었던 글이 포함되어 있다. 그렇다고 우리를 비난하지는 말아주길 바란다. 우리는 우리가 말하고 싶었던 이야기를 널리 알리고 싶었을 뿐이다.

●

유머를 분석하는 것은 개구리를 해부하는 것과 같다.

분석 과정에서 개구리도 유머도 생명을 잃는데다

그 속은 오로지 과학적 진리를 좇는 사람만

감당할 수 있을 정도로 역겹다.

_ E. B. 화이트

이제 개구리를 죽이러 가보자!

●

여행을 떠나려면
가방에 배꼽부터 챙기자

'과연 무엇이 재미를 유발하는가'라는 주제는 나와 피트보다 훨씬 똑똑하고 중요했던 사람들도 생각하고 연구한 문제다. 서양철학의 기반을 다진 플라톤과 아리스토텔레스도 코미디의 의미에 대해 고심했고, 토마스 홉스는 자신의 책 『리바이어던』에서 이 문제를 다루었다. 찰스 다윈은 간지럼을 태운 침팬지의 유쾌한 웃음소리에서 웃음의 근원을 찾았고 지그문트 프로이트는 무의식의 구석구석, 갈라진 틈에서 농담 저변에 깔린 동기를 찾았다.

　그 누구도 정답을 찾지는 못했다. 하지만 왠지 그들이 풀지 못한 수수께끼를 우리가 풀 수도 있을 것 같다는 생각이 든다.

　그렇다면 우리는 누구인가? 노벨상을 수상한 저명한 과학자와 에미상을 연속 수상한 유명 코미디 작가인가? 딱히 그런 건 아니다.

나와 함께 이 책을 쓴 공동 저자부터 소개하겠다. 그의 이름은 피터 맥그로, 이 프로젝트의 소위 '두뇌'라 할 수 있는 인물이다. 콜로라도대학교 볼더 캠퍼스에서 마케팅과 심리학을 가르치고 있는 모험심 강한 교수 피터는 이 기이한 연구에 시동을 건 장본인이다. 그는 혼란 속에서 질서를, 광기 가운데 이치를 찾는 데 사로잡힌 사람이다. 그의 교수실은 흠잡을 데 없이 완벽하게 정리정돈되어 있다. 총기 전시회의 경제성에서부터 초대형 교회의 마케팅 전략까지 다양한 주제를 아우르는 갖가지 논문과 학술 연구 결과가 주제별로 정리되어 나란히 정렬되어 있다. 그는 세상이 어떻게 돌아가는지를 알아내기 위해 배를 타고 세계를 일주하기도 했다. 그것도 두 번이나. 또한 그는 자신의 교수법에 대해서는 무척이나 까다로운 사람이다. 최근에는 수업에 들어가기 전, 이제 자신은 곧 크고 재미있는 파티에 가는 거라고 혼자 주문을 외운다고 한다. 수업을 최대한 에너지 넘치고 매력적으로 만들기 위해서다. '맥그로 박사님' 대신 '피트'로 통하는 교수에게 지루하고 장황한 강의란 있을 수 없다.

이런 이유로 무엇이 재미를 유발하는지 그 답을 찾기 시작했을 때, 그는 이치에 맞는 이론이 거의 없음을 발견했다. 그 사실을 견딜 수 없었던 그는 반드시 깔끔하고 완벽한 답을 찾아내겠다고 마음먹었다.

그리고 이제는 조엘 워너, 우리 두 사람 중에 신중한 편인 나를 소개할 차례다. 그동안 기자로 일하면서 나는 내가 기자와 잘 맞지 않는 부류가 아닐까 늘 의심해왔다. 경찰과 정부의 부패에 대한 정보를 얻으려고 안달인 내 동료들과 달리 나는 현실 속에서 흔히 볼 수 있는 영웅이나 맥주를 운반하는 로봇이 더 흥미로웠다. 성격이 낙천적인 나는 기자로 일하면서 코미디보다 비극을 즐기는 이 업계가 늘 불편했다. 피트를 도와 이 세상의 보다 밝은 면에 숨어 있는 수수께끼를 풀 수 있다면, 나의 이런 혼란스러움도 끝날 것 같다는 생각이 들었다. *

지극히 평범한 우리 두 사람의 배경을 감안하면, 역사상 위대했던 인물보다 우리가 유머의 암호를 더 잘 풀어낼 것 같아 보이지는 않을 것이다. 하지만 우리에게 유리한 점이 몇 가지 있다. 먼저 타이밍이다. 코미디는 문명이 시작되던 순간부터 늘 존재해왔지만 지금처럼 광범위하게 퍼져서 언제 어디서나 쉽게 접할 수 있었던 때는 없었다. 윌 페렐(Will Ferrell)이나 티나 페이(Tina Fey) 같은 코미디언이 미국의 최고 인기 연예인 대열에 올라선 것은 물론이고, 남녀노소를 불문한 사람들이 〈데일리 쇼(The Daily Show)〉나 〈콜버트 리포트(The Colbert Report)〉와 같은 풍자 뉴스쇼를 통해 뉴스를 접한다. TV 광고 중 약 25퍼센트가 유머를 시도하고 있으며 사람들은 인터넷에서 하루 24시간 웃음을 찾아 헤맨다. 지금 당신도 고개를 든다면, 어디를 바라보든 농담을 하고 있는 누군가를 발견할 수 있을 것이다. 그만큼 농담을 배우기가 그 어느 때보다도 쉬워졌다는 뜻이다.

거기에 더해 과학기술도 있다. (우리에게 '구글'이 있다는 뜻만은 아니다.) 점차 발전하고 있는 과학기술의 도움을 받아 과학자들은 인간사(人間事)의 복잡한 면면을 맞춰가고 있으며, 심리학자들은 인간의 무의식적 동기를 연구하고 있다. 생물학자들은 인류 진화의 기원을 추적 중이며, 컴퓨터 과학자들은 새로운 형태의 인공지능 개발에 한창이다. 이런 노력들로 이제까지 인간이 풀지 못했던 미스터리가 하나둘씩 풀리고 있다. 그렇다면 과학기술은 사람들이 방귀에 웃음을 터뜨리는 이유를 찾는 데도 도움이 될 것이다.

간단히 얘기하자면, 우리의 계획은 전혀 어울리지 않는 과학과 코미디라는 두 분야를 융합하려는 것이다. 우리는 이제까지 사람들이 당연시했던 기발한 농담들을 연구실로 가져와 낱낱이 분석하고 최첨단 연구 기법으로 광대한 유머의 세계를 파헤칠 것이다.

과학자와 코미디언이라면 모두 관심을 가질 어려운 질문에도 대답하려 한다. 코미디언의 유년 시절은 꼭 불행해야 하는가? 미국의 잡지 《뉴요커》의 만화 캡션 콘테스트에서 우승하는 비결은 무엇인가? 재미있는 사람이 매력적으로 평가받는 이유는 무엇일까? 여성과 남성, 민주당원과 공화당원 중 누가 더 재미있을까? 정량적으로 평가했을 때 세상에서 가장 재미있는 농담은 무엇일까? 웃음은 정말 최고의 명약일까? 농담이 한 사람의 인생을 바꿀 수 있을까? 농담이 혁명을 가져올 수 있을까? 그리고 무엇보다 가장 중요한 질문, 프랑스 사람들은 정말 제리 루이스(Jerry Lewis)를 사랑하는가?

최고의 실험이 늘 그러했듯, 모든 것이 계획대로 술술 풀려나가지는 않을 것이다. 웃기지 않은 농담도 있고, 나아가 논쟁도 있으며 그 과정에서 자존심이 상하기도 할 것이다. 그래도 우리는 여전히 둘이 좋은 팀을 이룰 수 있을 것이라고 자신한다. 피트는 데이터를 다룰 줄 알고 나는 글을 잘 쓰지 않던가. 피트는 말도 안 되는 환경에서 연구를 하려 하고, 내게는 그런 환경에서 문제를 피할 수 있게 해주는 기술이 있다. 적어도 우리는 그렇게 생각한다.

이 탐험은 우리에게 주어진 마지막 도전 과제, 즉 연구에서 새롭게 발견한 지식으로 세계에서 가장 큰 코미디 무대에 서서 사람들이 웃다가 정신을 잃게 만들겠다는 과제를 해내는 것으로 끝이 날 것이다. 보다시피 말도 안 되는 계획, 또는 전부를 잃을 수도 있는 실험이다.

하지만 서두르는 대신 차근차근 이야기를 풀어나가보겠다. 주제가 주제이니만큼, 우리의 여정은 뭇 코미디 대본에서 흔히 볼 수 있는 문장으로 시작된다.

술집에 들어간 교수와 기자의 그 우스운 이야기를 들어본 적이 있는가?

* 우리는 이 책의 시점을 정하기 위해 정말 깊이 고심했다. '우리가 루이스 C. K.에게 그의 신체적 특징에 대해 너무 많은 것을 물었나요?'처럼 나와 피트를 우리로 묶어 서술할까, '피트가 일본식 때밀이를 체험하는 동안 조엘은 벌거벗은 채 일본 스파에서 쫓겨났다'처럼 전지적 작가 시점으로 할까 고민하다가 우리는 내가 주체가 되어 서술하기로 결정했다. '광대 100명을 태운 페루비안 항공의 화물 수송기를 타고 아마존으로 가는 길, 피트는 낮잠을 자고 나는 뎅기열에 대해 걱정한다'와 같이 화자는 '나'다.

| 차 례 |

1

·····

콜로라도

1 :: 콜로라도 ::

날 웃겨봐

우리는 스콰이어 라운지에 들어선다. 덴버에서 흔히 볼 수 있는 술집인 스콰이어에서는 매주 열리는 오픈 마이크 코미디 나이트 준비가 한창이다. 피트는 바를 한 바퀴 둘러보고 나서 싱글거린다.

"아주 좋아요!"

피트가 마치 방금 전 새로운 종의 동물을 발견한 생물학자같이 소리친다. 바의 유리벽에는 '덴버 최고의 저렴한 바'로 선정되어 받은 상장이 걸려 있고, 실내에는 공업용 클리너 냄새가 진동한다. 창밖으로 한밤을 가르며 울리는 경찰차 사이렌 소리와 바 안의 맥주병이 댕그랑거리는 소리가 뒤섞인다. 바에는 문신을 새긴 사람, 복고풍으로 수염을 기른 사람, 플라스틱 안경테를 쓴 사람 등 단골손님들이 앉아 있다.

오늘 피트는 스웨터 조끼를 입었다.

이 술집에서 우리의 교수 피트는 키가 2미터에 다다르는 40세 남자처럼 한눈에 띈다. 생애 처음으로 스탠드업 코미디 무대에 서는 사람치고, 혹은 이 오픈 마이크 무대가 가장 어려운 무대라는 이야기를 들은 사람치고는 떨지 않고 차분하다. 이 지역의 한 코미디언은 내게 이렇게 말했다.

"만약 스퀘어에서 실패한다면 처참한 기분이 들게 되는 것은 물론이고 잔인하게, 정말 잔인하게 조롱당할 거예요."

피트는 와이셔츠 소매를 걷어 올리고 위스키 온더록 두 잔을 시킨다. 빈정대며 농담도 던진다.

"환영 인파가 벌써 와서 기다리고 있네요."

나는 금세 잔을 비우고 한 잔을 더 시킨다. 무대에 오를 사람보다 왜 내가 더 긴장되는지 모를 일이다. 피트가 스탠드업 공연을 망친다고 내가 잃을 건 별로 없다. 우리는 그저 몇 주 동안 알고 지낸 사이일 뿐이지 않은가. 그럼에도 그가 성공하길 바라지만 성공하지 못할 것 같은 예감이 든다.

피트는 벌써 바 구석구석을 돌아다니며 사람들과 이야기를 나누고 있다. 그러다가 당구대 옆의 한 여자와 길게 대화한다. 알고 보니 그녀도 오늘 처음으로 오픈 마이크 무대에 서는 사람이다. 피트가 말한다.

"오늘 무대의상 고심해서 고르신 건가요? 저는 교수처럼 보이려고 일부러 이렇게 입었답니다."

피트가 바를 한번 둘러본다. 벽에 걸린 버드와이저 네온사인이 뿜어내는, 창백하고 푸르스름한 빛이 바에 줄지어 앉은 잿빛 얼굴에 비추고 있다.

피트는 다시 여자에게로 몸을 돌려 청하지도 않은 충고 한마디를 건넨다.

"마르크시즘이나 군산복합체(military industrial complex)에 대한 농담은 금물이에요."

내가 피트를 알게 된 건 덴버의《웨스트워드》라는 주간지에 폭력조직의 총격전과 화염병 투척에 관한 기사를 쓰고 난 직후였다. 당시 나는 지난 기사의 여운을 말끔히 씻어줄 새로운 기삿거리를 찾고 있었다. 하지만 익명의 제보자와 접촉해야 하거나 정부에 정보 공개를 요청해야 하는 기사는 피하고 싶었다. 그렇다, 익명의 제보자와 정보 공개 요청이 대통령을 사임하도록 만들기도 했지만 나는 닉슨 대통령을 사임시킨 서른한 살의 신참 기자 밥 우드워드(Bob Woodward)나 칼 번스타인(Karl Bernstein) 같은 기자가 아니었다.

나는 그런 기삿거리보다 내가 이전에 기사로 쓴 적이 있는, 자신이 소유한 맥도날드 매장의 드라이브 스루에서 한 시간 내에 햄버거를 얼마나 많이 판매할 수 있는지 세계 신기록에 도전했던 맥도날드 가맹점 점주나, 세계에서 가장 비싼 수상쩍은 원두를 찾아 에티오피아까지 동행 취재했던 커피감정사 같은 소재를 찾고 있었다. (그 원정은 카페인 흥분 상태에서 말다툼이 빈번히 일어나고 도저히 다니지 못할 정도로 엉망이었던 도로 상태, 그리고 식인 사자가 나타났다는 소식 때문에 실패로 돌아갔다.)

그러던 중 코미디의 DNA를 분석하고 있다는 볼더의 한 교수에 대한 이야기가 귀에 들어왔다.

피트는 나와의 첫 전화 통화에서 자신이 그런 연구를 하고 있다고 말해주었다. 그는 자신이 유머리서치랩(Humor Research Lab 또는 HuRL)이라는 연구소를 설립했고, 보조연구원들(유머리서치팀 또는 HuRT)이 곧 새로운 실험에 돌입할 예정이라며 내게 한번 들러보지 않겠느냐고 물었다.

1주일 뒤, 나는 콜로라도대학교 리즈 경영대학원의 온통 하얗게 칠한 대형 회의실에 앉아 피트가 독특한 시각으로 유머를 해석하는 모습을 지켜보았다. 실험에 지원한 학생 네 명이 회의실로 들어와 동의서에 서명한 뒤 자리에 앉자 진지한 표정을 한 보조연구원이 실내조명을 어둡게 한 뒤 인기 코미디 영화 〈핫 텁 타임머신(Hot Tub Time Machine)〉 중 한 대목을 틀어주었다. 학생들은 온갖 배설물 개그와 음탕한 성적 농담을 10분가량 지켜본 뒤 방금 본 필름에 관한 설문지를 작성했다.

애완견의 엉덩이에서 BMW 자동차 열쇠가 나온 장면이 재미있었는가? '박제사가 우리 엄마를 박제하는 중'이라는 대사는 재미있었나? 아니면 등장인물이 그의 카테터(체내에 삽입하여 소변 등을 뽑아내는 도관─옮긴이)를 부러뜨려 주위 사람에게 오줌을 뿌려대는 장면은 어떠했는가?

피트에 따르면 이 실험은 무엇이 웃음을 유발하는지 이해하기 위한 HuRL의 가장 최근의 시도라고 했다. 이외에도 정확히 어느 시점에서 웃음이 유발되는지 포착하기 위해 실험 참가자들에게 오토바이를 타고 가던 남자가 울타리에 부딪히는 장면이 담긴 유튜브 비디오를 반복 시청하도록 하는가 하면, 사람이 라임 탈을 쓰고 탄산음료에 오줌을 누는 광고를 보게 한 뒤 실제로 라임콜라를 마시게 해 소변 맛이 나는 것처럼 느껴지는지 실험하기도 했다.

기이하게 보일지 모르겠지만 피트 같은 사람에게 이런 연구는 일상이다. 길다고 할 수 없는 교수 생활 동안 그는 장례지도자협회에 가서 관을 제조하는 업체와 흥정을 하기도 했고, 총기 전시회에 가서는 용병들을 붙잡고 자신이 하는 일에 대해 이야기를 늘어놓기도 했으며, 웨스트 텍사스에 위치한 보수적인 침례교회에 가서는 찬송가를 부르기도 했다. 모두 '과학'을 위해서였다.

그의 실험은 일 밖에서도 계속되었다. 피트는 그 결과가 얼마나 참혹하든 간에 자신의 연구를 직접 실행하는 유형의 교수다. 그가 오하이오주립대학교에서 계량심리학 박사학위를 취득하기 위해 공부할 때였다. 평소에 피트를 잘 챙겨주던 교수가 추수감사절 저녁식사에 초대하자 그는 자신의 저녁식사 값을 내겠다고 말했다. 무례한 행동인 줄 뻔히 알면서도 그 반응을 보기 위해서였다.

피트는 인간의 행동을 이해하기 위해, 혹은 사람들이 왜 말도 안 되는 행동을 하는지 알아내기 위해 자신뿐 아니라 다른 사람들도 불편한 상황에 놓이게 했다. 그는 인간의 비논리적인 결정 뒤에는 반드시 논리적인 법칙이 있을 것이라 생각했고 그 법칙을 찾아내고 싶었다. 우리가 처음 만났을 때 피트는 이렇게 말했다.

"불확실한 세상에서 통제권을 잃지 않기 위한 방법이에요."

노동자 계층이 모여 사는 뉴저지 남부에서 자란 그는 때때로 불확실한 세상의 엄혹한 현실 속에 살아야 했다. 물론 식탁 위에 그와 그의 누나 섀넌이 먹을 음식이 떨어진 적은 없었지만, 그의 홀어머니는 하루에 두세 가지의 일을 해야 했고 정부에서 저소득층에 나눠주는 식료품 구매권에 의존해야 하는 경우도 있었다. 어머니는 그들을 열심히 뒷바라지했지만 어머니의 고집불통에 강압적인 태도 때문에 집은 늘 재미있는 곳이 아니었다. 고등학교 시절에 그도 다른 친구들처럼 유행하는 농구화를 신고 브랜드 티셔츠를 입었지만 그건 고작 열네 살의 나이에 대형 슈퍼마켓 창고에서 일하며 직접 돈을 벌었기에 가능했다. 피트가 늘 모든 것을 깔끔하게 정리하고 통제하려 하는 것은 아마도 그 시절의 기억 때문일 것이다.

나는 피트의 이런 강박적인 특성을 어쩌면 내가 인정하고 싶은 것 이상으로 알아차렸다. 왜냐하면 각종 종이로 어수선한 사무실과 잉크로 얼룩진 잡동사니가 넘치는 업계에서 나 또한 조금은 신경증 환자처럼 보이는 사람이기 때문이다. 나는 취재의 능률을 최고로 높이기 위해 디지털카메라, 접이식 키보드, 볼펜형 녹음기 등 장비 꾸러미를 만들어놓았다. 뿐만 아니라 내 아내 에밀리, 어린 아들 가브리엘과 함께 사는 덴버의 집에서는 책을 픽션과 논픽션으로 분류한 뒤, 저자명을 알파벳순으로 정리해 책장에 가지런히 꽂아놓았다. 에밀리는 나의 정리벽에 혀를 내두르지만, 사실 그녀도 정리정돈을 아주 잘하는 편이다. 이런 점에서는 천생연분이다. 내게 불행이란 지저분한 그릇이 가득한 싱크대다.

피트는 내게 자신의 연구 세계를 소개해주며 자신의 연구 중 상당 부분은 행동경제학으로 분류될 수 있다고 설명했다. 행동경제학은 인간이 늘 합리적인 결정을 내린다고 주장한 고전파 경제학자들이 틀렸다는 것을 증명하기 위해 많은 심리학자와 경제학자들이 연구하고 있는 신흥 학문 분야다. 행동경제학자들은 사람이 돈에 관해 늘 합리적인 결정을 내리지 않으며, 오히려 각양각색의 이상한 짓을 한다는 것을 발견했다. 피트는 프린스턴대학교에서 박사 후 과정을 거치는 동안, 노벨상을 수상한 심리학자 대니얼 카너먼(Daniel Kahneman)과 교수실을 나눠 사용했는데 그 교수실이 깔끔하게 정리정돈된 적은 그때가 유일했다고 한다.

피트는 행동경제학 바깥에도 관심을 갖기 시작했다. 그는 사람들이 왜 돈 문제에서 이상한 행동을 하는지를 넘어, 사람들이 왜 늘 이상한 행동을 하는지 알고 싶었다. 그러다가 몇 년 전부터 피트는 인간이 보일 수 있는 가장 이상한 현상이 무엇일까 하는 문제에 매료되었다.

피트가 툴레인대학교에서 강의할 때였다. 그는 교회나 제약회사가 도덕적으로 문제가 있는 마케팅 전략을 썼을 때 사람들이 얼마나 혐오감을 느끼는지에 대해 이야기하면서, 한 교회가 신도들 중 한 명을 추첨해 험머 H2를 경품으로 주면 어떻겠냐고 말했다. 청중은 웃음을 터뜨렸는데 그중 한 여학생이 손을 들고 이렇게 질문했다.

"도덕적 위반이 혐오감을 불러일으킨다고 하셨는데, 우리는 모두 웃고 있잖아요. 그 이유가 뭐죠?"

피트는 당황했다.

"그건 전혀 생각해본 적이 없는 문제였거든요."

그는 답을 찾아봐야겠다고 결심했다.

오래지 않아 스콰이어는 오늘 밤 무대에 오를 코미디언에게 환호나 야유를 보낼 손님으로 가득 찼다. 천장에서 천천히 돌아가고 있는 환풍기 바람에도 불구하고 실내는 술집에 들어찬 사람들의 체열로 후끈 달아올랐다.

"스콰이어에 오신 것을 환영합니다."

오픈 마이크의 진행을 맡은 사회자가 구석에 위치한 비좁은 무대에 올라 마이크를 들고 웃으며 말한다.

"실내에 옥외 화장실이 있는 곳은 여기밖에 없어요."

말장난을 하고는 우연히 코카인을 피웠던 이야기를 익살스럽게 늘어놓는다. 그다지 재미가 없는지 실내가 웅성거리자 사회자는 무대에서 가장 가까운 테이블에 앉는 우를 범한 세 명의 순진해 보이는 관객에게로 시선을 돌려 충격적인 성행위를 자세하게 묘사한 뒤, 눈이 휘둥그레진 세 명의 청년에게 재연하도록 시킨다. 나중에 알고 보니 그 셋은 순수한 마음으로 피트를 응원하러 온 피트의 친구들이었다.

사회자가 오늘 밤 무대에 오르는 첫 번째 아마추어를 소개한다. 피트는 술집 뒤편으로 슬며시 자리를 옮겨 준비해온 대본을 들여다본다.

"내 공연이 좀 약한 것 같아요."

무대로 올라간 아마추어 코미디언이 노예제도와 수박에 대한 농담을 하는 동안 피트가 내게 시인하듯 털어놓는다.

나는 그의 등을 토닥토닥 두드리며 안심시키지만 속으로는 오늘 무대에 오르는 사람이 내가 아니라는 사실에 안도한다. 나는 겁쟁이는 아니지만, 사실 내가 한 일들 중에 대담하다고 할 만한 것은 취재를 구실로 한 일뿐이었다. 이제까지 나는 구석에 앉아 속기를 하는 사람이라는데, 어려운 질문에 대답하는 사람이 아니라 질문을 던지는 사람이라는데 늘 만족하며 살아왔다. 코미디언들 중 한 명이 오늘 《웨스트워드》 기자가 여기 와 있다는 말을 듣고는 신문에 많이 실리는 의료용 대마초 광고에 대해 농담을 던진다.

"그냥 신문지나 잔뜩 둘둘 말아 피는 거 아니겠어요?"

그가 애드리브한다. 나는 숨어보려 애쓰지만 결국 실패한다.

야심에 찬 코미디언들이 차례대로 마이크를 잡고 자위, 여성 혐오, 흑인차별법, 약물 복용 등 하나같이 자극적인 주제로 이야기를 이어간다.

이제 피트의 차례다.

"자, 이번에 나올 분은 코미디언이 아니랍니다. 콜로라도대학교에서 온 적당히 재미있는 교수라는군요. 피터 맥그로 씨에게 큰 박수 부탁드립니다!"

피터가 무대로 뛰어 올라가 마이크 스탠드에서 마이크를 빼든다. 그런데 마이크 코드가 빠져버렸다. 교수님이 이리저리 마이크를 만지작거리는 동안 관객은 침묵 속에 빠져든다.

현재 스코어, 코미디 0 대 과학 1이다.

물론 피트가 광대한 유머의 세계에 뛰어든 첫 번째 학자는 아니다. 유머라는 주제에 전념하고 있는 학술기관도 있다. 국제유머학회(International Society for Humor Studies, ISHS)가 그러하다. 전신인 세계유머와 아이러니 회원(World Humor and Irony Membership, WHIM)에서 한층 발전된 모습으로 1989년에 설립된 ISHS는 철학부터 의학, 언어학에 이르는 다양한 분야를 전공한 학자들이 회원이다. 유머에 매혹된 사람들이라는 것, 그리고 남다른 학술적 관심으로 자기 분야의 동료들

에게 무시당한다는 것을 제외하면 별다른 공통점이 없는 사람들이다.[1]

그런데도 전체적으로 보았을 때 ISHS는 생산적인 집단이다. 매년 국제학술대회를 열어 '현대 스탠드업 코미디의 구세주적 경향', '히틀러는 유머 있는 사람이었는가'와 같은 주제를 다룬다. 분기별로 발행하는 잡지《유머 : 유머 연구 국제 저널(HUMOR: The International Journal of Humor Research)》도 창간했다. 이 잡지에는 '최고로 웃기는 미국 변호사들의 농담'이나 '방귀 뀐 놈 찾기 : 냄새의 심각함과 가스의 시적 움직임'과 같이 재미있는 글이 가득할 뿐만 아니라 현재는 부조리주의 유머부터 중국의 헐후어 유머까지 전 세계의 모든 유머를 총망라한 1,000페이지짜리 백과사전을 편찬 중이다.

하지만 무엇보다 ISHS를 매력적으로 만드는 것은 그 회원들이 '무엇이 재미를 유발하는가'에 대해 저마다 다른 이론을 가지고 있는 것 같아 보인다는 것이다.[2]

전문가들이 선택하기 어려울 정도로 유머 이론이 많은 것도 아니다. 사람들이 왜 웃는지, 또 왜 웃지 않는지에 관한 연구는 지난 수백 년 동안 꾸준히 있어왔다. 문제는 세상이 아직 정답을 찾지 못했다는 데 있다. 플라톤과 아리스토텔레스는 사람은 다른 이의 불행에 웃는다는 '우월성 이론(superiority theory)'을 주장했다. 이 주장은 슬랩스틱이나 다른 사람을 놀리는 장난은 설명하는 듯 보이지만, 비슷한 발음으로 말장난을 하는 '노크노크 조크(knock-knock joke)'는 설명하지 못한다.

'정신분석학의 아버지'라 불리는 프로이트는 다른 이론을 펼쳤다.

1905년에 발표한 책 『농담과 무의식의 관계(Jokes and Their Relation to the Unconscious)』에서 그는 유머란 사람의 내면에 억압된 성적 욕망과 폭력적 생각에 갇혀 있던 정신적 에너지를 분출하는 경로라고 말했다. 프로이트의 '완화 이론(relief theory)'은 예의를 따지는 사회에서 자유롭게 외설적인 이야기를 할 수 있는 몇 안 되는 경로인 음탕한 농담에 잘 들어맞는다. 뿐만 아니라 이 이론은 프로이트가 왜 재기발랄한 사람이었는지도 설명해준다. 1984년, 진취적인 유머학자 엘리어트 오링(Elliot Oring)은 '농담과 무의식의 관계'에 사용된 200여 가지의 함축적인 일화와 수수께끼, 농담을 분석했다. 그 결과 이 유명한 정신분석학자가 돈거래, 섹스, 결혼, 개인위생, 그리고 프로이트가 '성에 대해 자신을 가르쳐준 선생님'이라고 묘사한 바 있는 그의 체코 출신 보모에 대해 콤플렉스를 가지고 있었다는 결론을 내렸다.[3]

이러한 점에서 완화 이론에 1점을 줄 수 있지만 프로이트의 이론은 사람들이 재미있다고 생각하는 언어유희나 간지럼 같은 것을 설명하지 못한다. 후배 심리학자들이 무의식에 관한 프로이트의 다른 이론들을 외면했다는 사실도 도움되지는 않는다.

오늘날 많은 전문가가 다양한 버전의 '부조화 이론(incongruity theory)'을 지지한다. 이 이론의 요지는 사람들이 예상하는 바와 실제로 일어나는 일이 일치하지 않을 때 재미를 느낀다는 것이다. 17세기의 프랑스 철학자 블레즈 파스칼(Blaise Pascal)은 이렇게 표현했다.

"기대하는 바와 실제로 보이는 것 사이에 놀라운 불균형이 발생할 때

만큼 웃음을 유발하는 것은 없다."[4]

부조화 이론은 많은 유머를 설명한다. 농담에서 핵심이 되는 부분에 즐겨 쓰이는 익살스런 반전을 말하는 펀치라인(punch line)이 대표적 예다. 하지만 부조화 이론도 간지럼이나 싸움 놀이를 설명하지는 못한다. 뿐만 아니라 과학자들에 따르면 코미디에서의 반전이 과대평가되고 있다고 한다. 1974년 테네시대학교의 두 교수는 학부생 44명에게 빌 코스비(Bill Cosby)와 필리스 딜러(Phyllis Diller)의 공연을 보여주고 펀치라인이 나오기 직전 테이프를 멈추고 그다음에 무슨 말이 나올 것 같냐고 물었다. 그리고 다른 그룹에는 이 코미디언의 공연이 얼마나 웃긴지 평가하게 했다. 그 결과를 비교한 두 교수는 예상 가능한 펀치라인이 예상하지 못한 펀치라인보다 더 재미있다는 평가를 받았음을 발견했다. 각 펀치라인의 부조화 정도와 재미가 반비례한 것이다.[5]

앞서 소개한 이론들의 딜레마는 무엇이 웃긴지는 설명하지만 무엇이 웃기지 않은 이유는 설명하지 못한다는 것이다. 실수로 장모를 죽인 사고는 예상치 못한 일이고 장모보다 당신이 우월함을 말해주며, 억눌렸던 둘 사이의 공격적이고도 팽팽한 긴장감을 분출시키지만 배꼽을 빠지게 할 만큼 재미있지는 않다.[6]

어쩌면 광대한 코미디 세계를 설명해줄, 잘 정리된 단 하나의 이론 같은 것은 존재하지 않는다고 생각할 수도 있다. 하지만 피트같이 법칙에 목매는 사람은 동의하지 않는다.

"사람들은 유머가 매우 복잡한 현상이라 단 하나의 이론으로 설명할 수 없다고 생각하죠. 하지만 다른 감정에 대해서는 그렇게 이야기하지 않잖아요. 과학자들은 어떤 때에 감정이 생기는지를 설명하는 간단한 원칙에는 동의하거든요."

당신에게 좋지 않은 일이 일어났는데 다른 사람에게 그 탓을 돌릴 때 분노가 일어나고, 다른 사람에게 나쁜 일이 일어났는데 자신을 탓할 때 죄책감이 생긴다는 것은 일반적인 통념이다.

피트는 유머도 그와 같이 설명할 수 있다고 말한다. 그는 권위자들이 오랫동안 간과한, 단순한 설명이 반드시 있을 것이라고 생각한다. 그는 '구글' 검색창에 검색어로 '유머 이론'을 넣어 그 답을 찾았다고 했다.

피트가 인터넷에서 '유머 이론'으로 검색하자 첫 페이지에 1998년 《유머 : 유머 연구 국제 저널》에 실린 토마스 비치(Thomas Veatch)라는 사람의 '유머에 관한 이론'이라는 글이 나왔다.[7] 토마스가 주장한 'N+V 이론'의 요지는 개인의 '주관적 도덕 원칙'이 위배(Violation)된 상황에서 그 상황을 정상적(Normal)이라고 판단한다면 재미가 유발된다는 것이었다. 펜실베이니아대학교에서 언어학 박사학위를 취득한 토마스는 이 이론을 증명하기 위해 컴퓨터 언어학, 발달심리학, 술어 해석을 아우르는 다양한 주제를 섭렵하며 설득력 있는 주장을 펼쳐나갔다. 그의 주장은 대단히 영리했다. 토마스의 이론은 이제까지 피트가 보았던 그 어떤 이론보다 진실에 가까웠다. 하지만 이 이론은 유머학계를 뒤흔드는 데는 실패했다. 왜 토마스와 그의 'N+V 이론'은 무대 뒤로 조용히 사라졌을까?

토마스는 스탠퍼드대학교에서 잠시 언어학 강의를 한 이후로 학계의 레이더망에서 완전히 사라졌다. 몇 주 동안 온라인에서 백방으로 추적하고 아무런 회신 없는 음성메시지를 수차례 남긴 뒤에야 시애틀의 자택에 있는 그와 전화 통화를 할 수 있었다.

토마스는 'N+V 이론'이 아주 간단한 농담에서 시작되었다고 말했다.

왜 원숭이는 나무에서 떨어졌을까?

왜냐하면 원숭이가 죽었으니까.

"1985년인가 86년에 그 농담을 처음 들었을 때 저는 거의 한 시간 동안 웃었어요."

토마스가 말했다. 이 농담에 자신이 그렇게나 웃은 것을 이해할 수 없었던 토마스는 그가 늘 그랬듯 그 이유를 알아내기 위해 오랫동안 열심히 생각했다. 어린 시절 토마스는 초등학교 도서관에 있는 모든 책을 다 읽는 외톨이였다고 한다. 자신의 그런 특성 때문에 그는 MP3가 개발되기 한참 전에 먼저 MP3라는 기계를 생각해낼 수 있었고, 전 세계의 억압받는 이들에게 읽고 쓰는 법을 가르쳐줄 음성 도표 장치를 고안할 수 있었다고 말한다.

하지만 MP3와 음성 도표 장치를 고안하기 전, 그는 죽은 원숭이 이야기가 웃겼던 이유를 설명해보기로 결심했고 1992년 스탠퍼드대학교의 교수실에 앉아 'N+V 이론'을 생각해냈다. 이 이론은 원숭이 농담이 웃긴 이유를 설명해주는 듯했다. 죽은 원숭이는 주관적인 기대를 위배했지만 상황은 자연스러웠다. 죽은 원숭이는 나무에서 떨어지는 게 당연했기 때문이다. 이 전제는 토마스의 머릿속에 떠오른 다른 농담들도 모두 설명해주는 것 같았다. 그래서 그는 1998년 《유머》에 자신의 이론을 발표했고 반응을 기다렸다. 기다리고, 기다리고 또 기다렸다. 하지만 아무런 반응도 돌아오지 않았다.

그 후에도 토마스의 삶은 계획대로 순조롭지 않았다. 스탠퍼드대학교에서 잠시 강단에 선 뒤, 사업에 뛰어들었지만 이메일을 음성으로 읽어주는 프로그램을 개발하려던 시도는 실패로 돌아갔다. 이어 그가 개발한 언어학습 프로그램인 '티치오너리(Teachonary)'도 시장에서 좋은 반응을 얻지 못했다. 이후 그는 공사 현장 관리자부터 목수, 피자 배달원, 배관공 조수까지 다양한 직업을 전전했다.

토마스의 경험담은 유머를 최종적으로 정의하기가 얼마나 어려운지를 보여주는 것 같았다. 이처럼 가혹한 운명의 시련을 겪은 토마스의 선례에도 불구하고 피트는 멈추지 않았다. 멈추기는커녕 토마스의 이론에 더욱더 깊이 빠져들었다. 피트는 토마스의 이론이 거의 완벽하지만 무언가 부족한 점이 있다고 생각했다.

무엇이 문제였는지는 이후 피트의 학과장인 도니 리히텐슈타인(Donnie Lichtenstein)이 밝혀냈다. 박사과정에 있던 케일럽 워렌(Caleb Warren)이 심리 설문 조사에 실린 허구의 이야기를 통해 토마스의 이론을 설명하는 자리에서 있었던 일이다. 한 남자가 새끼고양이를 섹스토이로 사용하기로 결심하고 고양이의 갸르릉 소리를 즐기고 있다는 예화를 듣고 리히텐슈타인은 이 상황이 웃길 수 있지만 전혀 정상적이지 않다고 말했다.

이에 피트와 케일럽은 토마스의 이론을 발전시켜 새로운 법칙, 즉 '양성위반(良性違反) 이론(benign violation theory)'을 세웠다. 이 수정된 이론은 무언가 상황이 잘못된 것 같고 불안하며 위협적(예를 들어 위반)으로 느껴지지만 동시에 괜찮고 받아들일 수 있으며 안전하다고(예를 들어 양성) 느껴질 때 재미가 유발된다고 주장한다. 사람들은 누군가가 계단에서 굴러떨어지는 것과 같이 위반만 있는 상황에 대해서는 안타까움을 느낀다. 하지만 피트와 케일럽에 따르면, 계단에서 굴러떨어진 사람이 다치지 않는 등 위반 상황이 양성으로 드러나면 사람들은 태도를 바꿔 적어도 셋 중 하나의 반응을 보인다. 기분이 전환되거나, 웃거나, '그거 재미있네'라고 판단하거나.

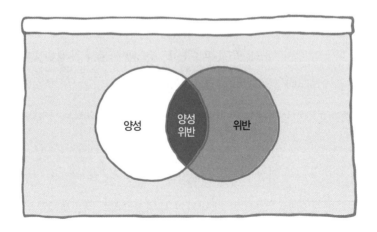

피트와 케일럽은 '양성'이라는 단어가 '정상'이라는 단어보다 괜찮고 받아들일 수 있으며 안전하다고 판단되는 다양한 위반 상황을 더 잘 아우를 수 있고, '고양이를 섹스토이로 이용하는' 류의 위반 상황이 언제 또 왜 재미있을 수 있는지 보다 명쾌하게 설명해준다고 생각했다. 고양이와 진하게 애무하는 상황은 정상적이지 않을 수 있지만, 이 이야기 속 고양이는 갸르릉 소리를 내며 인간과의 접촉을 즐기는 듯 보였다. 이 우스갯소리 속 고양이가 다치지 않았다는 점에서 이 위반은 양성적이다. 이후 피트와 케일럽은 다른 실험에서 이 이야기를 다시 사용했는데, 고양이가 애무를 싫어했다는 버전을 읽은 실험 참가자들은 고양이가 애무를 즐겼다는 버전을 읽은 참가자보다 이야기를 훨씬 더 재미없게 느끼는 것으로 나타났다.[8]

피트가 '무엇이 재미를 유발시키는지'에 대해 처음 생각하게 만들었던 이야기, 즉 험머를 경품으로 준 교회 이야기로 돌아가보자. 기독교의 신성함과 세속적인 것의 극치를 상징하는 사륜구동차의 조합은 사람들에게 무언가 잘못됐다는 위반으로 다가온다. 피트가 이 이야기를 교회에 열심히 다니는 사람과 그렇지 않은 사람의 두 부류에 들려주었을 때, 신앙심이 약한 이들이 험머를 더욱 양성적으로 받아들이고 더 재미있어했다.[9]

양성위반 이론으로 설명할 수 있는 재미있는 상황은 앞서 말한 비도덕적 상황 외에도 많다. 도덕적·사회적 위반을 이용한 외설적 농담은 듣는 사람이 섹스와 같이 음란한 주제에 대해 열려 있어서 그런 이야기를 해도 괜찮은 경우에만 웃음을 유발한다. 문법적인 의미가 통하는 언어학적 위반으로 여겨지는 언어유희는 언어의 뉘앙스에 신경을 쓰는 지적인 스타일이나 문법학자에게만 통한다. 빈정대는 유머는 상대가 말한 의미를 정반대로 받아들이면서 대화의 법칙을 위반한다. "네가 농구를 잘한다고? 오호, 그러셔!"라고 비꼬는 말을 듣고 재미있다고 생각하는 사람은 그 과장된 어조와 숨겨진 속뜻을 파악하지 못했거나 자신이 정말 농구를 잘한다고 생각하는 사람뿐일 것이다.

양성위반 이론은 여러 유머 이론이 풀지 못했던 숙제인 간지럼 또한 완벽하게 설명한다. 결국 간지럼이란 양성적인 범위 내에서 타인의 물리적 공간을 침해하는 행위이지 않은가. 아리스토텔레스는 사람이 자기 자신을 간지럼 태우지 못한다는 사실에 당황했다. 사람은 왜 자신을 간지럼 태우지 못할까? 자신을 간지럼 태우는 행위는 위반에 속하지 않기 때문이다. 또한 길에서 우연히 마주친 낯선 사람이 갑자기 달려들어 간지럼 태운다면 누구도 웃지 않을 것이다. 이 행위는 전혀 양성적이지 않기 때문이다.

이런 피트의 생각을 뒷받침하는 증거로 최근의 간지럼 로봇 실험을 들 수 있다. 영국 UCL(Univeristy College London)의 인지신경과학자는 조종간을 사용해 조종하는 로봇 팔을 만들었다. 그리고 한 실험에서 참가자에게 한 손으로 조종간을 조종해 그의 다른 손에 거품을 묻히라고 지시했다. 참가자들은 로봇 팔이 자신의 조종에 따라 움직일 때 거품을 간지럽다고 느끼지 않았지만, 실험자가 고의로 로봇 팔의 움직임을 지연시키거나 움직임의 방향을 약간 바꿀 때 거품을 간지럽다고 느꼈다.[10] 이런 실험 결과는 간지럼이 양성 위반일 경우 웃음이 터진다는 주장에 들어맞는다. 로봇 팔의 움직임을 살짝 늦추거나 방향을 바꾼 행위는 참가자의 예상과 다른 위반 상황을 만들어냈고, 이에 거품을 간지럽게 느끼게 된 것이다.

피트가 양성위반 이론을 공개하자마자 사람들은 이 이론에 들어맞지 않는 각종 우스갯소리와 상대의 어머니를 비하하는 농담을 가지고 덤벼들었다. 피트는 이런 수사적 토론에 기꺼이 응할 의지가 있지만, 사실 그런 토론에 진절머리가 나기도 한다고 말한다. 그 이유는 이러하다.

첫째, 이제까지 유머이론가들은 자신의 이론에 가능한 많은 농담을 끼워 맞추기 위한 '사고 실험(thought experiment)'에 너무 오랫동안 의존해왔다. 하지만 철학의 범주 밖에서 사고 실험은 한계가 있다. 둘째, 피트에 따르면 이론을 비평하는 게 나쁜 일은 아니지만 최선은 더 나은 대안을 제안하는 것이다. 피트는 자신의 양성위반 이론이 부조화 이론, 완화 이론, 우월성 이론을 비롯한 모든 유머 이론을 능가한다고 자신한다. 이를 증명하기 위해 피트와 케일럽은 과학의 힘을 빌리기로 하고 HuRL을 설립했다.

피트는 내게 이렇게 말했다.

"직감만으로는 잘못된 결론을 내리기 쉽죠. 하지만 연구실 안에서는 여러 이론을 비교하고 분석할 수 있어서 그러한 위험이 줄어들어요."

HuRL에서는 이런 실험도 진행했다. 연구원이 캠퍼스의 한 대상에게

다가가 롤링스톤스의 기타리스트이자 희대의 문제아였던 키스 리처드(Keith Richards)에게서 영감을 받아 지어낸 이야기를 한번 읽어봐달라고 부탁한다. 이야기 속에서 키스의 아버지는 아들에게 자신이 죽으면 화장한 유골을 네 마음대로 처리하라고 말하는데, 아버지가 세상을 떠나자 키스는 유골을 코로 흡입하기로 마음먹는다. 학생이 이 시나리오를 읽는 동안, 이 이야기를 모르고 있는 다른 연구원은 글을 읽어 내려가는 학생의 표정 변화를 기록한다. 학생이 글을 다 읽으면 연구원은 소감을 묻는다.

"이 이야기는 있을 수 없는 일인가? 아니면 전혀 이상할 게 없는가? 둘 다인가? 아니면 둘 다 아닌가?"

이 실험 결과를 분석한 결과, 키스와 그의 저속한 코 이야기를 '있을 수 없지만'(위반) '이상할 것도 없다'(양성)고 대답한 사람들이 이 이야기를 전혀 문제가 없거나 절대 있을 수 없다고 대답한 이들보다 미소를 짓거나 크게 웃을 확률이 세 배나 높은 것으로 나타났다.[11]

피트와 케일럽은 더욱더 자신감을 얻었다. 피트는 자신의 양성위반 이론을 통하면 유머감각을 기를 수 있다고까지 생각했다. 그에 따르면 자신의 이론을 통하면 화가 나는 상황이나 개념을 더 양성적으로 보이게 함으로써 그 상황 혹은 개념을 더 재미있게 만들 수 있다고 했다. 그는 이 기술을 낙태와 에이즈(AIDS)에 대한 농담을 하고도 아주 앙증맞게 말한 덕분에 비난받지 않은 코미디언 사라 실버맨(Sarah Silverman)의 이름을 따서 '사라 실버맨 전략'이라고 명명했다. 한편 그는 우리에게 매일 밥을 해주는 사람에게 마음에 들지 않는 점을 직접적으로 말하거나 불편할 정도로 가까이 다가와 말하는 사람에게 그 잘못을 지적해줌으로써 그 상황을 더 재미있게 만들 수 있다고 말하며, 이 기술을 '사인필드 전략'이라고 명명했다.

HuRL의 연구는 관심을 끌기 시작했다. 피트와 케일럽이 양성위반 이론에 대해 쓴 첫 논문은 유명 심리학 학술지에도 실렸다. 뿐만 아니라 피트의 동료 유머 연구원들의 논평도 쏟아졌다. ISHS의 공동 창립자이자 『20세기 미국 유머대백과사전』의 공동 저자인 돈 닐슨(Don Nilsen)은 이렇게 말했다.

"이 이론은 유머학계를 발전시켰다는 점에서 그 의의가 정말 큽니다. 이 이론에 들어맞지 않는 유머는 없다고 생각합니다."

양성위반 이론은 다양한 유머 전문가로부터 지지를 받았다. '내가 치즈버거를 가질 수 있을까(Can I has cheezburger)?'라는, 제목부터 철자법을 비튼 사이트와 '실패한 블로그(FAIL BLOG)' 등 다수의 유머 관련 사이트를 운영하는 치즈버거 뉴욕 네트워크의 CEO 벤 허(Ben Huh)도 피트의 이론을 지지한다. 그는 피트의 연구 결과를 보고 이렇게 말했다.

"인터넷 유머로 생계를 유지하는 사람으로서 말하는데, 맥그로의 이론은 사람들이 웃는 이유를 잘 설명해줘요."

벤 허는 전화상으로 내게 최근 양성위반 이론을 이용해 사이트에 올릴 재미있는 콘텐츠를 찾고 있다면서 예를 하나 들어주었다. 교회식으로 치르는 장례식 도중에 갑자기 울려 퍼진 한 교인의 휴대전화 벨소리 때문에 예식이 중단된다. 그 벨소리는 「아직 살아 있음을(Staying' Alive)」
이라는 노래. 벤 허는 이 이야기가 재미있는 이유도 양성위반 이론에
들어맞는다고 말한다.

"방금 죽은 사람의 장례식에 「아직 살아 있음을」 같은 노래가 나오는
것은 명백한 위반이죠. 하지만 그 상황은 누군가가 일부러 「워킹데드
(walking dead)」를 트는 것보다 양성적이기 때문에 더 재미있는 거예요.
맥그로의 이론은 다른 어떤 유머 이론보다 옳아요."

하지만 모두가 양성위반 이론에 동조하지는 않는다. 빅토르 라스킨
(Victor Raskin)이 대표적이다. 유머학계에서 입지전적인 인물로 꼽히는
빅토르는 퍼듀대학교의 언어학과 교수로 학회지 《유머》를 창간했고,
『유머 연구 입문서(The Primer of Humor Research)』를 편집했으며, 농담
과 재미있는 글이 왜 재미있는지를 다룬 유력한 이론 중 하나인 언어 유
머에 관한 일반 이론을 정립하는 데 일조하는 등 공로가 큰 학자다. 몰
랐는데 그는 아주 노골적으로 말하는 사람이었다.

"맥그로의 이론은 빈구석이 많은 헛소립니다. 그게 무슨 이론입니까?"

라스킨은 강한 러시아 억양으로 이렇게 말했다. 라스킨에게 양성위
반 이론은 실용적인 공식인 'E=MC²'이 아닌, 좋게 얘기해봐야 '매우 엉
성하고 모호한 은유'였다. 게다가 오랫동안 유머를 함께 연구하며 끈끈
한 유대 관계를 다진 학자들로 구성된 학계에서 몇 년밖에 되지 않은 피
트의 연구는 거의 연구를 하지 않은 것이나 다름없는 것으로 여겨졌다.
라스킨은 불만 가득한 목소리로 이렇게 말했다.

"그는 유머학자가 아니에요. 그를 인정하는 사람은 없습니다."

피트가 인정을 받든 못 받든, 나는 피트의 이론에 대한 판단을 유보하기로 했다. 그 이론이 실행되는 것을 내 눈으로 직접 본 다음에 판단해도 늦지 않았다. 나는 피트에게 덴버의 스탠드업 코미디 쇼에 가서 그의 이론으로 코미디언을 평가할 때 나를 데려가달라고 요청했다. 그러자 피트는 더 좋은 제안을 해왔다.

"제가 무대에 올라가는 건 어떨까요?"

나는 장난기가 발동했다.

"그거 참 좋은 아이디어네요."

"감사합니다."

뽑힌 마이크의 코드를 다시 연결한 피트가 스콰이어 무대의 마이크에 대고 말하며 공연을 시작한다.

"교수는 좋은 직업이죠. 재미있는 것들을 생각할 기회가 많거든요. 가끔은 학술적이지 않은 것도 생각하죠. 요즘은 별명에 대한 생각을 많이 하는데요, 먼저 좋은 별명은 적당히 부적절해야 하죠. 헤어진 전 여자친구가 저를 '피트 교수님'이라고 부른다면 부적절하지도 재미있지도 않죠. 하지만 '박박 우기며 박수 치는 교수님'이라고 한다면 적당히 부적절해지면서 좋은 별명이 되죠."

피트가 여러 차례 '박박 우기며 박수 치는 교수님'이라는 말을 되풀이 했지만 누구도 웃지는 않는다. '테리 딩글베리(Terry Dingleberry)', '토마스 구토 혜성(Thomas the Vomit Comet)' 등 다른 별명들에도 마찬가지다.

누군가가 웃어주길 바라며 '거대한 성기를 타고난 아프리카계 미국인' 이야기도 꺼내지만, 임신 막달의 낙태와 마약의 쾌락에 대한 이야기를 듣던 관객에게는 너무나 평범한 소재에 불과하다. 피트가 두운(頭韻)을 활용한 별명을 늘어놓고 '두운'이 무엇인지 설명하려고 잠시 숨을 고를 때 몇 명이 웃음을 터뜨리긴 한다. 그마저도 교수의 확신에 대한 비웃음인 것 같다.

사람들은 무대에 흥미를 잃고 옆사람과 잡담하기 시작한다. 피트가 '투박한 닭'이라는 별명을 가진 35세 숫처녀 농담으로 4분짜리 공연을 마무리할 즈음에는 그의 이야기에 귀를 기울이는 관객이 많지 않다.

"감사합니다. 좋은 밤 보내십시오."

피트가 말하자 관객이 의례적인 박수를 보내준다. 다시 분위기를 띄울 생각에 들뜬 사회자가 냉큼 마이크를 가져간다. 이제 사회자에게 완벽한 목표물은 피트다.

"저는 교수님께서 연구하신다는 유머 이론에 대해 말씀하실 줄 알았는데요!"

무대에서 내려가는 피트의 등 뒤에 대고 사회자가 계속 이야기한다.

"저분한테 이론이 있대요. 어디 보자…… 흠, 알 게 뭐예요? 딱 보니 틀렸는데요!"

관객이 왁자지껄 웃으며 다시 무대에 집중한다. 하지만 사회자의 말은 아직 끝나지 않았다.

"거기 흑인 형님들, 저분이 입고 있는 건 스웨터 조끼지 방탄조끼가 아니에요. 가서 한 방 쏴요."

공연을 마치고 피트는 바에 서서 자기 공연을 되돌아본다.

"무대에 올라가서 관객을 모조리 웃겨 쓰러뜨릴 수는 없는 일이에요."

그래도 그가 관객 모두를 정신 못 차리게 웃기지 못한 이유는 무엇일까? 그는 밤새도록 생각하고 또 생각했다. 그 뒤 피트는 내게 이렇게 말했다.

"확실히 제가 관객을 얕잡아봤어요. 충분한 위반을 만들어내기가 얼마나 어려운지도 간과했고요. 말하자면 사인필드 전략을 몇 배나 강하게 썼어야 했다는 거예요."

물론 피트가 스퀘어 무대에서 적절한 위반 상황을 들어 다른 코미디언보다 더 웃겼다면, 그것도 현명한 처사는 아니었을 것이다. 노예제도와 코카인 흡입에 대해 지껄인 교수라는 소문이 퍼지면 곧 다른 직장을 알아봐야 했을 테니까.

늘 자신감에 차 있는 피트이지만, 스탠드업 코미디 공연은 그의 자신감을 잠시 주춤하게 했다. 내가 그의 스탠드업 공연에 대해 쓴 기사가 신문에 실리자 그는 내게 말했다. 분명한 건 예측 불가능한 코미디 세계를 이해하기 위해 갈 길이 멀다고, 그리고 HuRL의 도움만으로는 그 세계를 다 알 수 없을 것 같다고. 저기 밖에는 광대한 코미디 세계가 있고 무엇이 진정한 재미를 유발하는지 알고 싶다면 연구실 밖으로 나가 모험을 해봐야겠다고.

하지만 피트 혼자만의 힘으로는 벅찬 일이었다. 그의 학문이 동료 학자들의 검증을 받았듯, 그에게는 그가 엉뚱한 결론을 낼 때 그를 말려줄 객관적인 관찰자가 필요했다.

바꿔 말해서 바로 나 같은 사람 말이다.

나는 그를 돕기로 했다. 우선 그와 함께할 모험이 재미있을 것 같았고, 무엇보다 그 과정을 통해 내가 왜 이렇게까지 가망 없이 낙천적이기만 한 기자인지 알 수도 있을 것 같았다. 이 여행은 마치 이상한 남자가 나와 포옹하고 성기 농담을 해대는 〈먹고 기도하고 사랑하라(Eat Pray Love)〉(안정적인 직장, 번듯한 가정, 맨해튼의 아파트까지 모든 것이 완벽해 보이지만 언젠가부터 이게 정말 자신이 원했던 삶인지 의문이 생긴 서른한 살의 저널리스트가 결국 진짜 자신을 되찾기 위해 여행을 떠난다는 내용의 영화−옮긴이)의 실사판 같을 것이다.

함께 탐험을 떠나는 대신 나는 조건 하나를 덧붙였다. 이 여정의 마지막에 스콰이어보다 조금 더 큰 무대, 바로 세계 최대의 코미디 축제인 몬트리올 국제 코미디 페스티벌(Just for Laughs)에서 다시 한 번 스탠드업 코미디에 도전할 것. 코미디언들이 몇 년간 노력해야 참가할 기회를 얻을 수 있고 공연 한 번에 코미디언으로 성공가도에 오를 수도, 처참한 실패를 맛볼 수도 있는 무대다. 만약 피트가 자신이 유머의 암호를 풀 수 있다고 생각한다면, 그 무대에서 과학의 이름으로 우승해야 할 것이다.

2

LA

2 :: LA ::

어떤 사람이 웃길까

공연 시작 30분 전, 루이스(Louis) C. K.는 무척 힘들어 보인다. 덴버 파라마운트 극장의 우중충한 대기실 의자에 홀로 몸을 묻고 앉아 있는 그의 얼굴에는 지난 몇 주간의 지방 순회공연이 얼마나 피곤했는지 고스란히 드러나 있다. 햄샌드위치나 먹고 이제 곧 시작될 공연을 준비하고 싶어 한다는 게 분명해 보이지만, 그러는 대신 그는 자신이 무대에서 하는 일을 낱낱이 파헤치기 위해 질문을 쏟아붓고자 들이닥친, 지나치게 흥분한 교수와 잔뜩 긴장한 기자를 상대해야 한다.

우리가 루이스 C. K.와 같이 유명한 코미디언의 대기실에 들어온 것 자체가 놀라운 일이다. 스탠드업 공연과 FX 방송국의 인기 TV 시리즈

〈루이〉로 유명한 그는 스탠드업 코미디계에서 손꼽히는 거물이다. 이 일대에서 가장 크고 호화로운 코미디 공연장인 파라마운트 극장에서 열리는 오늘 공연의 1,800여 석도 일찌감치 매진되었다.

C. K.와 같은 코미디언을 취재하는 것으로 유머의 비밀에 관한 연구를 시작하기로 한 것은 일리 있는 선택이었다. 사람들이 무언가를 재미있다고 느끼는 이유를 알아내는 데 있어 스탠드업 코미디는 다방면에서 완벽한 관찰 대상이다. 스탠드업 코미디는 딱 기본만 남긴 코미디다. 코미디언과 관객만 있을 뿐 그 어떤 배경 스토리도, 무대 연출도, 연출자나 검열관도 없다. 웃기거나 웃기지 못하거나, 결과는 단순하다. 또한 스탠드업 코미디는 미국 최고의 문화 발명품 중 하나다. 〈더 투나잇 쇼(The Tonight Show)〉와 〈사인필드(Signfeld)〉 덕택에 미국 코미디는 전 세계에 영향을 미치고 있다. 게다가 피트는 스콰이어에서의 공연 경험을 통해 배운 팁 몇 가지를 사용할 수도 있을 것이다.

그렇다면 무엇이 루이스 C. K.를 유명한 코미디언으로 만들었을까? 어떻게 하면 재미있는 사람이 될 수 있을까? 유머는 선천적으로 타고나는 재능인가? 아니면 본능과 성격적 특성이 적절히 융합된 데서 오는 결과물인가? 그것도 아니면 재미있어지는 방법을 배우거나 개인적인 시행착오를 거치는 등 후천적으로 개발할 수 있는 것인가? 유년 시절의 응어리나 다양한 코미디 클럽의 기발함 등 고려해야 할 변수들은 어떠한가? 이것들은 누군가의 웃기는 능력에 어떤 영향을 미치는가?

우리는 C. K.가 그 답을 내놓길 바라며 여기에 왔다. 누가 아는가, 어쩌면 스탠드업 코미디의 황제 C. K.가 우리의 시도를 무척 흥미로워하면서 남을 웃기는 비결을 알려줄지도 모른다. 그렇다면 우리는 연구를 시작하자마자 결론을 내리는 행운을 누리게 될 것이다.

C. K.를 만난 피트는 자신에게 주어진 시간이 단 몇 분임을 알고 서둘러 양성위반 이론을 설명하기 시작한다. 하지만 그의 설명이 절반쯤 진행되었을까, 갑자기 C. K.가 말을 끊고 들어온다. 불만이 가득한 말투다.

"그렇게 간단한 문제가 아니에요. 세상에는 셀 수 없이 많은 농담이 있어요. 그걸 단 하나의 이론으로 설명할 수는 없죠."

그렇게 단숨에 피트의 연구는 묵살되고 이론도 비난당한다. 그러자 피트는 이어서 이야기할 거리를 생각해내려 머리를 굴리더니 이렇게 말한다.

"그러니까 방금 전 제가 로비에서 당신 팬 몇 명과 이야기를 나눴는데요. 당신에게 무엇을 질문할 거냐고 물었더니…….."

나는 심장이 쿵 하고 내려앉는 줄 알았다. 파라마운트 바에 너무 자주 온다는 중년 여자가 우리가 곧 C. K.를 인터뷰한다는 이야기를 듣고 질문 하나를 큰 소리로 외쳤다. 물론 피트가 그걸 물어볼 리는 없을 것이다.

이런, 내가 틀렸다!

"어떤 여성 팬이 당신의 성기 크기가 알고 싶다던데요."

C. K.는 아주 희미한 미소를 지었지만 고개는 절레절레 흔든다.

"그 질문에 대답하지는 않을 거예요."

"저라도 안 하겠어요. 그런데 이 질문에 대답하지 않으면 그게 작다는 의미라던데요."

이제는 C. K.의 얼굴에서 웃음기마저 사라졌다.

우리는 너무 오래 머물렀다는 것을 감지하고 곧장 문 쪽으로 향한다. 한 가지 분명한 것은, 무엇이 사람을 재미있게 만드는지 밝히기 위해 다른 곳도 찾아가봐야겠다는 거다. 그래서 우리는 이런 생각에 도달한다. 많은 코미디언이 성공하기 위해 공연 연습을 하고 에이전시와 스카우트 담당자, TV 방송국 임원의 눈에 띄기 위해 모여드는 곳에 가보는 게 좋지 않을까? 차세대 C. K.가 되기 위해 장래가 유망한 코미디언들이 찾는 곳에 가보자!

그렇게 우리는 로스앤젤레스로 향한다. 피트가 성기 농담으로 얼마나 많은 사람과 어색해지는지 보기 위해, 하지만 피트의 농담은 순전히 과학적 연구를 위해서다.

앨프 라몬트(Alf LaMont)가 말한다.

"미국 코미디의 산실 '라 스칼라 코미디(La Scala of comedy)'에 오신 것을 환영합니다."

우리는 야자수로 둘러싸인 검은색 빌딩의 코미디 스토어 앞에 서 있다. 옆으로는 마세라티와 BMW가 선셋 스트립을 따라 밤 속으로 미끄러지듯 들어오고 있다. 선셋 스트립은 명성과 범죄에 늘 젖어 있는 웨스트 할리우드의 인도를 따라 대형 광고판이 2.5킬로미터가량 줄지어 늘어서 있는 구역이다. 오래전부터 이곳에는 마피아와 영화배우, 비트 세대, 고고댄서, 스타를 따라다니는 소녀 팬 무리, 글램 로커가 모여들었고 이 코미디 스토어에서는 스탠드업 코미디 역사상 가장 중요한 순간들이 펼쳐졌다. LA에는 코미디가 넘쳐난다. 매일 밤 코미디 클럽과 즉흥극 극장, 카바레식 클럽, 심지어 지역 묘지 근처의 프리메이슨 집회소에서도 크고 작은 스탠드업 공연이 펼쳐진다. 코미디 팟캐스트, 코미디를 찍은 인터넷 동영상도 많이 돌아다니고 몇몇 유명한 코미디 축제가 열린다. 심지어 서던캘리포니아대학교는 전례 없이 코미디를 학술적으로 연구하고 있기까지 하다. 이런 코미디 붐의 뿌리를 거슬러 올라가보면 바로 여기, 이곳에서 1972년에 문을 연 이 도시의 첫 번째 코미디 클럽이 있다.

코미디 스토어의 마케팅 책임자인 라몬트가 말한다.

"다른 코미디 클럽은 역사를 다 지워버렸어요. 애초에 역사라고 할 것도 없는 경우가 많고요. 하지만 우리 클럽은 바로 이 건물에서부터 그 역사가 배어 나오고 있죠."

아마도 건물에 생긴 균열에서는 역사 말고도 많은 것이 배어 나오고 있을 것이다. 코밑의 팔자수염 때문에 흡사 축제장의 호객꾼 같아 보이는 라몬트는 우리를 데리고 닳고 닳은 마루와 우중충한 복도의 미로를 지나며 클럽을 야단스럽게 묘사한다.

"여기 정문에는 이 건물에 코미디언 새미 쇼어(Sammy Shore)와 루디 드루카(Rudy DeLuca)가 세를 얻어 들어와 스탠드업 코미디 클럽을 세우기 전, 마피아와 관련된 유명 인사가 모여들던 유명 나이트클럽 치로(Ciro) 때부터의 흑백사진이 걸려 있어요."

그 옆에는 쇼어의 부인 미치(Mitzi)가 코미디 스토어 운영을 맡은 뒤, 이 클럽이 '자니 카슨의 더 투나잇 쇼(The Tonight Show starring Johnny Carson)'의 시험 무대로 유명세를 타던 당시 이곳으로 몰려든 전도유망했던 코미디언의 사인이 벽의 한 면을 채우고 있다. 방명록같이 빼곡히 걸린 사인들 중에는 데이비드 레터맨(David Letterman), 제이 르노(Jay Leno), 앤디 카우프만(Andy Kaufman), 스티브 마틴(Steve Martin), 일레인 부슬러(Elayne Boosler), 리처드 루이스(Richard Lewis), 로빈 윌리엄스(Robin Williams), 아세니오 홀(Arsenio Hall), 리처드 프라이어(Richard Pryor)도 있다. 그리고 우리는 샘 키니슨(Sam Kinison)이 앤드류 다이스 클레이(Andrew Dice Clay)와 언쟁을 벌이다가 권총을 꺼내 쏜 총알 자국이 남아 있는 곳에 도착한다. (라몬트는 "저는 샘이 앤드류를 죽일 생각은 아니었다고 생각해요"라고 말한다.)

그리고 여기, 황량한 코미디 클럽 주차장으로 우리를 데려온 라몬트가 말을 잇는다.

"이곳에서 갑자기 모든 게 심각해져버렸죠."

1979년 코미디언들은 노조를 결성하고 자신들의 공연에 대한 보수를 지불하라고 요구했다. 그때까지 코미디 스토어는 코미디언에게 아무런 대가를 지불하지 않고 있었다. 결국 코미디 스토어는 그들의 요구 사항을 받아들여 보수를 지급하기 시작했지만, 노조원들 중 일부는 블랙리스트에 올랐다. 블랙리스트에 오른 코미디언들 중 한 명이었던 스티브 루베트킨(Steve Lubetkin)은 1979년 6월 1일, 코미디 스토어 바로 옆의 13층 컨티넨탈 하이야트 하우스 지붕에서 투신해 지금 우리가 서 있는 인도로 떨어졌다. 그는 '나는 코미디 클럽에서 일하곤 했다. 나의 이런 행동이 공정함을 회복하는 데 도움이 되기를'이라고 쓴 유서를 남겼다.

우리는 국내에서 가장 어렵다고 소문난 오리지널 룸 앞에 멈춰 선다. 그 이유를 보여주겠다며 라몬트가 우리를 무대에 세운 뒤 룸의 조명을 낮춘다. 우리 눈에 보이는 것이라곤 칠흑 같은 어둠 속에서 돌진해오는 기차처럼, 눈이 멀 정도로 밝게 우리를 비추는 스포트라이트 한 줄뿐이다. 라몬트가 말한다.

"관객을 보는 게 아니라 듣는 게 중요하죠."

라몬트의 코미디 스토어 투어의 마지막 코스는 클럽 뒤편, 무너질 듯 가파른 한 줄 계단을 올라야 갈 수 있는 벨리 룸이다. 이곳에서 우리는 조시 프리드먼(Josh Friedman)을 만나기로 했다. 스물두 살, 멀끔한 외모의 재무상담가인 그는 내 친구의 친구로, 작년 이 지역의 대형 코미디 클럽에서 열린 스탠드업 코미디 경연에서 우승을 차지했다. 자신이 코미디 업계에서 더 성공할 잠재력이 있는지 알아보고 싶은 조시는 곧 이

벨리 룸에서 첫 공연을 할 예정이다.

우리가 자리에 앉자 곧 쇼가 시작되었고 젊은 코미디언 프리드먼이 무대에 올랐다. 그는 중국 상하이에서 술에 취한 밤, 스트리퍼가 봉 춤을 출 때 쓰는 봉인 줄로만 알았던 무언가를 잡고 춤을 추다가 지지대를 떼어내고 결국 중국인 할머니를 기절하게 만든 무용담을 늘어놓는다. 그리고 도리토스가 마약같이 맛있다고 말하는 사람들을 두고는 이렇게 말한다.

"도리토스를 너무 많이 먹으면 '아, 너무 많이 먹어서 위가 다 아파'라는 느낌이지만, 코카인을 너무 많이 흡입하면 '내 이가 다 없어져버렸어' 하는 느낌이죠."

공연의 마무리는 자신의 성기를 자세히 들여다보라고 시킨 의사에 대한 이야기다.

"저는 '맙소사, 이 남자 나를 성추행하려는 건가!'라고 생각했지만 곧 제가 얼마나 터무니없는 생각을 했는지 알아챘어요. 그는 그냥 길거리에서 만난 아무나가 아니라 제 시력을 측정하려는 안과 의사니까요!"

그의 6분짜리 공연은 그리 나쁘지 않았지만 우리는 나중에 판단하기로 한다. 우리는 프리드먼이 좋았지만, 진짜 평가는 이 쇼를 함께 본 두 명의 프로에게 맡길 것이다. 우리는 오늘 조시의 공연을 평가하기 위해 전문가 두 명을 초대했다. LA에서 가장 큰 코미디 에이전시 레버티(Levity)의 패기 넘치는 매니저 사라 클레그먼(Sarah Klegman)과, 검은색 뿔테 안경을 쓴 훤칠한 외모의 소유자이자 몬트리올 국제 코미디 페스티벌의 스카우트 담당 제프 싱어(Jeff Singer)다. 이 두 사람은 차세대 코미디언을 찾기 위해 낮에는 스탠드업 코미디 동영상을 보고 깐깐한 코미디 클럽 사장들을 만나러 다니고, 밤이면 오픈 마이크 쇼와 각종 장기자랑을 찾아다닌다. 우리는 프리드먼이 작년의 수상에 걸맞은 재능이 있는지 알고 싶었다.

공연을 인상 깊게 본 클레그먼과 싱어는 프리드먼의 장점과 단점을 나누어 이야기해준다. 먼저 장점으로는 프리드먼이 초짜치고는 자신감이 넘친다는 것이었다. 이제 단점이다. 프리드먼은 이야기를 장황하게 늘어놓은 것에 비해 별로 웃기지 못했다. 싱어는 이렇게 말한다.

"6분짜리 공연에서는 뭘 늘어놓을 시간이 없어요. 빨리 웃겨야 하죠."

도리토스와 코카인 농담에 대해서는 이렇게 평가했다.

"코미디언이 할 만한 농담은 아니었어요."

클레그먼은 프리드먼의 공연을 이렇게 평가한다.

"무대에서의 개성도 없었고 공연 내용도 지지부진했어요. 리듬도 전혀 타지 못했고요. 재미있는 이야기를 잘하려면 그 이야기를 가지고 놀아야 하죠. 그리고 마지막으로 프리드먼은 자기 외모에 대해 우스갯소리를 할 기회를 놓치더군요. 그는 딱 열네 살짜리 게이처럼 보이는데도 말이에요. 그 이야기를 했어야죠."

클레그먼과 싱어는 프리드먼이 코미디 쪽으로 진출할 뜻이 있다면 계속 연습해야 된다고 말한다. 그가 1주일에 적어도 네 번은 무대에 오르고 그런 노력을 멈추지 않는다면 5~8년 뒤 크게 성공할지도 모를 일이다. 그러면 클레그먼과 싱어는 그의 공연을 평가한 몇 년 전 오늘을 시간낭비는 아니었다고 생각할 것이다.

누군가가 자신에게 웃기는 재능이 있는지 알아내기 위해 투자하기에는 너무 긴 시간과 많은 노력으로 보일 수도 있다. 그렇다면 유머감각을 좀 더 쉽게 측정하는 방법은 없을까? 오늘날 야구 스카우터가 출루율과 고의사구를 제외한 볼넷, 삼진율을 보고 향후 성적을 가늠해 선수를 스카우트하듯이.

문제가 있다면, 사람들이 유머감각의 의미를 제각각 정의하고 있는 것 같다는 것이다. 유머감각이 있다는 말이 농담을 잘한다는 뜻인가? 아니면 농담을 잘 알아듣는다는 뜻인가? 모든 것을 재미있게 받아들인다는 뜻인가? 그것도 아니면 많이 웃는다는 뜻인가? 당신이 누군가를 유머감각이 있는 사람이라고 할 때, 대부분은 그 사람을 전반적으로 칭찬하는 것이다. (소개팅을 주선하면서 친구를 그렇게 소개한다면 친구가 그리 잘생겼거나 예쁘지는 않다는 뜻일 것이다.)

'유머'라는 단어에 다양한 의미가 함축되어 있다는 사실도 유머를 정의하는 데 걸림돌로 작용한다. 유머는 19세기 이후에야 지금과 같이 좋은 뜻을 갖게 되었다. 그전에 유머는 라틴어 '액체'에서 파생되어 담즙, 가래를 비롯해 사람의 기분에 나쁜 영향을 준다고 생각하는 체액을 의미했다. 그래서 '유머 있는 사람(humourist)'은 그 체액의 균형이 깨져 정신병을 앓게 된 사람을, '재미있는 사람(man of humour)'은 그렇게 미친 사람을 잘 흉내 내는 사람을 가리켰다.[1]

이런 혼란에도 불구하고 학자들은 사람들의 유머감각을 측정하기 위한 용감한 시도를 계속해왔다. 1980년대 예일대학교의 학자 앨런 파인골드(Alan Feingold)는 다음과 같은 질문을 통해 유머를 재미있는 것을 기억하는 능력으로서 측정하려 했다.

"유행어 '나 지금 무시하는 거야?'를 만든 코미디언은 누구인가?"

"다음 유행어의 빈칸을 채우시오."

조사 결과 이 질문의 답을 많이 맞힌 사람들은 유머감각이 있는 사람이 아니라 코미디 영화나 TV 쇼를 많이 본 사람이었다.[2]

만화의 캡션을 채우거나 농담을 잘 만들어내는 능력으로 유머감각을 측정하는 것이 더 맞지 않을까 싶겠지만, 아직까지 이를 측정할 만한 표준화된 방법이 없는 실정이다. 사람들에게 자신의 유머감각을 직접 측정해달라고 요청한 조사도 많았지만, 자가 측정의 경우 자신을 재미없다고 평가한 사람이 아무도 없다는 게 문제였다. 연구에 따르면 자신의 유머감각을 스스로 측정하는 경우, 94퍼센트의 사람들이 자신이 평균 이상으로 웃기다고 주장했다.[3] 이게 사실이라면 미국 국민은 너도나도 유명 스탠드업 코미디언 캐럿 톱(Carrot Top)일 것이다.

클레그먼과 싱어는 새로운 코미디언을 발굴하는 데 정량적 평가 기준은 필요 없다고 말한다. 그들은 딱 봐도 프리드먼에게 재능이 없다는 것이 직감처럼 느껴진다고 했다. 그날 밤늦게 함께한 저녁식사 자리에서 싱어는 그가 하는 일들 중 정량화할 수 없는, 지극히 주관적인 평가에 대해 자세히 말해주었다.

"딱 꼬집어 말할 수 없는 게 많아요."

싱어가 베이컨과 계란을 먹으며 말했다.

"코미디계에서 대박이 날 무언가나 대중에게 먹힐 무언가, 누군가를 스타로 만들어줄 무언가를 찾는다면 그냥 사람을 보면 돼요. 딱 보면 감이 오거든요. 그 영혼에 남다른 무언가가 있다는 게 느껴지는 거죠. 그건 그들의 DNA에 새겨져 있는 거예요."

그는 프리드먼에게서는 그런 것이 보이지 않는다고 했다.

"좋아요. 그럼 스탠드업 코미디에서 가장 중요한 게 뭐라고 했죠?"

그레그 딘(Greg Dean)이 학생들에게 질문한다.

"관객과의 관계요."

학생들이 이구동성으로 대답한다.

"무대에 서는 이유는 뭐라고 했죠?"

이어 딘이 질문한다.

"관객에게 잘못된 것을 알려주려고요."

학생들이 대답한다.

산타모니카 플레이하우스의 무대 위 감독 의자에 앉은 딘은 만족한 표정이다. 이 작은 극장의 스타디움식 의자에 우리와 함께 앉아 있는 열두엇 남짓 되는 사람은 딘의 5주 완성 스탠드업 코미디 수업을 절반 정도 들은 학생들로, 꽤 많은 것을 배우고 있는 것 같다. 은퇴한 변호사, 항만 근로자, 실업자 등 출신 배경은 다양하지만 이들에게 공통점이 있다면 모두가 코미디계에 입문하고 싶어 한다는 것이다. 그 목표를 이루기 위해 이들은 '미국에서 가장 오래된 스탠드업 코미디 강의'라고 소문난 이 수업을 듣기 위해 이곳에 왔다. 그리고 오늘, LA 코미디 어워드에서 최고의 코미디 선생으로 수상한 적이 있는 딘은 그들에게 관객과 교감하는 예술, 즉 리핑(riffing)을 가르쳐주려 한다.

"지구상에서 가장 무서운 것이 스탠드업 코미디이고, 스탠드업 코미디에서 가장 무서운 것이 바로 리핑이죠."

딘이 말한다. 몸집이 크고 풍채가 좋은 딘은 부드럽고 조금은 책벌레 같은 분위기도 풍기지만, 그렇다고 다음 순서가 덜 위협적으로 느껴지진 않는다. 학생들은 순서대로 한 명씩 무대에 올라가 관객과 소통하며 분위기를 띄워야 한다. 딘은 스톱워치를 누르며 말한다.

"짓궂되 재미있게 짓궂어야 한다는 것을 기억하세요."

수업 전, 우리는 할리우드에 있는 딘의 방갈로를 찾아갔다. 멍멍 짖는 개가 여럿 뛰어다니고 이국적인 향내가 코를 자극하는 그 방갈로는 딘의 평범하지 않은 삶의 흔적으로 가득했다. 서커스 모자, 저글링 핀, 부처상, 벽난로 옆에 갑옷을 입고 서 있는 두 기사상까지, 평범한 집에서는 볼 수 없는 물건들이었다. 이전에 딘은 유명 서커스 링링 브로스(Ringling Bros)에서 광대로 분장해 〈음란한 곡예사(Obscene Juggler)〉라는 코미디 원맨쇼를 했고, 건장한 남성 댄서들의 스트립 공연인 〈치펜 데일(Chippendale)〉에서 현장 분위기를 띄웠으며, 자기계발 및 성공학 전문가 토니 로빈스(Tony Robbins)의 개인비서로 일하는 등 다양한 경험을 쌓았다. 딘은 이 모든 경험 끝에 그가 '다른 사람들이 참고할 수 있는 코미디의 분류'라고 부르는 필생의 업적을 이루었다.

이를 설명하기 위해 딘은 거실에 설치한 화이트보드에 농담을 도해로 표현하기 시작했다. 그는 자신의 코미디 대본 집필법은 피트의 양성위반 이론을 크게 비판한 유머학자 빅토르 라스킨과 그가 주창한 유머의 언어학 이론에 영향을 받아 완성했다고 말했다. 라스킨의 언어학 이론은, 유머에는 정반대되는 두 스크립트 혹은 준거 틀이 존재하는데 첫 번째 스크립트는 상황 설정이고 두 번째 스크립트는 종종 펀치라인으로 드러난다고 주장한다. 라스킨이 자신의 두꺼운 저서 『유머의 의미론적 메커니즘(Semantic Mechanisms of Humor)』에서 들었던 예를 살펴보자.

"의사 선생님 집에 계신가요?"
환자가 나직이 묻는다.
"아뇨. 얼른 오세요."
의사의 젊고 아름다운 아내가 속삭이며 대답한다.

이 스크립트의 설정은 환자가 치료를 받기 위해 집에 있는 의사를 찾는다는 것이다. 하지만 펀치라인에 의해 드러난 두 번째 스크립트는 사실 환자는 의사가 집에 없길 원하며, 의사가 집에 없는 틈을 타 의사의 아내와 부적절한 관계를 맺으려 한다는 것을 말해준다.[4] 딘은 라스킨의 이 이론을 코미디 대본 집필 과정에 순서대로 적용했다. 딘은 그 첫 번째 단계를 '첫 번째 스크립트 착안하기' 혹은 '상황 설정하기'라고 말한다.

"그 어떤 설정이라도 좋아요."

그는 화이트보드에 설정 하나를 쓰며 말했다.

내 아내는 뛰어난 하우스키퍼(housekeeper)다.

딘이 '목표 가정(target assumption)'이라 부르는, 이 문장이 명백히 의미하는 바는 아내가 집안일을 정말 잘한다는 것이다. 하지만 딘은 우리에게 '하우스키퍼'가 또 무슨 뜻을 가질 수 있느냐고 묻는다. 딘이 '연결고리(connector)'라고 부르는 이 핵심 단어를 또 다르게 해석한다면? 그는 이렇게 두 번째 스크립트를 생각해내는 단계를 '재해석'이라 명명하고, 보드에 농담을 완성하는 핵심 요소라고 적었다.

내 아내는 뛰어난 하우스키퍼다.

우리가 이혼할 때 그 나쁜 년이 집을 가져갔다. (house를 keep했다는 뜻-옮긴이)

딘은 이렇게 섬세하지 않은 학술 이론을 실용적으로 사용했다. 라스킨조차 이를 호평했다. 내가 딘이 한 일에 대한 라스킨의 의견을 묻기 위해 이메일을 보내자 그는 이렇게 회신했다.

'그레그는 아주 좋은 사람이에요. 그의 과찬을 늘 영광으로 생각하고 있죠.'

하지만 라스킨이 누구던가, 그는 이렇게 덧붙였다.

'하지만 그는 학자가 아니죠. 이론을 이해한 방식도 너무 단순하고.'

딘은 자신의 코미디 대본 집필법을 따른다고 모두 훌륭한 코미디언이 될 수 있는 건 아니라고 인정한다. 때문에 그는 저서 『스탠드업 코미디 스텝 바이 스텝(Step-by-Step to Stand-Up Comedy)』과 강의에서 다양한 기술을 소개했다. 예를 들면 마이크를 쥐는 방법부터 'k' 발음이 'r' 발음보다 웃기므로 센 발음의 자음을 사용하라는 조언, 펀치라인을 잘 연결해 농담을 이어지게 하는 방법, 또 리핑을 잘하는 방법 등과 같은 기술이다.

산타모니카 플레이하우스에서 열린 딘의 리핑 연습에서 맨 처음 무대에 오른 학생은 잭이다. 그는 극장 안을 한번 둘러보더니 앞줄에 앉아 있는 남자에게 말을 건다.

"이름이 뭐죠?"

잭이 손으로 마이크 잡는 시늉을 하며 묻는다.

"어, 허브요."

남자가 애드리브로 대답한다.

"직업이 뭐예요?"

"미용실에서 일하는데요."

"아, 정말요?"

잭이 갑자기 야한 눈빛을 보내며 교태 섞인 목소리로 말한다.

"전혀 몰랐어요. 강하고 터프하신 분이 미용실에서 일하실 줄이야!"

다른 학생들의 애드리브 리핑이 그랬듯 이 농담에도 많은 사람이 웃음을 터뜨린다. 피트와 나는 깊은 인상을 받았다. 하지만 이것이 딘과 그의 코미디 강의를 듣는 학생들이 뭔가를 알고 있다는 것을 의미하는가? 사람을 웃기는 최고의 방법이 주입식 교육일까? 이런 질문에 유명 코미디언들은 발끈할 것이다. 그들은 스탠드업 코미디에 지름길은 없다고 단언한다. 스탠드업 코미디를 잘하는 유일한 방법은 코미디 클럽에서 수년간 연습하고 공연의 시작 분위기를 띄우는 작은 코너부터 시작해 점차 주요 연기자로 성장하고, 피와 땀을 비롯해 온갖 종류의 액체가 난무하는 수많은 밤에 자기 개성을 살린 공연을 하는 것이라고 말한다. 그러면서 누구의 가르침도 받지 않고 유명 코미디언으로 성공한 레니 브루스, 리처드 프라이어, 스티브 마틴 같은 사람들이 있는데 굳이 누군가에게 비용을 치르고 코미디를 배워야 하느냐고 반문한다.

이는 일리 있는 지적일 수도, 아닐 수도 있다. 코미디언 지망생들이 계속해서 무대 위에 올라오겠지만, 수업을 듣고 코미디 전문가와 함께한다고 마땅히 투자해야 할 연습 시간이 줄어들까? 피트는 알 수 없다고 잘라 말한다. 아무도 이를 시험해보지 않았기 때문이다.

"전혀 과학적이지 않아요."

피트가 말한다. 그리고 과학 없이는 아무것도 약속할 수 없다.

많은 코미디 강사들은 대본의 설정과 펀치라인 사이에 크고 두툼한, 때로 몇 초에 이르는 휴지(休止)가 있어야 한다고 입을 모은다. 딘은 저서에서 자신을 가르쳐준 코미디언에게 들은 말을 인용해 이렇게 썼다.

'타이밍이란 앞으로 다가올 웃음에 대비할 수 있도록 관객에게 생각할 시간을 주기 위해, 연기 중에 언제 말을 멈춰야 하는지를 아는 것이다.'[5]

언뜻 이 충고는 명쾌해 보인다. 재미있는 이야기를 할 때는 설정과 펀치라인 사이에 말을 멈춰라, 그런 뜻이 아니겠는가.

최근 텍사스 A&M대학교의 언어학 교수이자《유머 : 유머 연구 국제 저널》의 전 편집장인 살바토레 아타르도(Salvatore Attardo)는 자신의 아내이자 텍사스 A&M대학 교수인 루시 피커링(Lucy Pickering)과 함께 이를 연구하기로 했다. 부부가 열 명의 연사가 미리 적어온 농담을 읽은 것과 현장에서 즉석으로 애드리브한 개그를 녹음한 것을 듣고 분석하자 예상 밖의 결과가 나왔다. 연사들은 펀치라인을 읽기 전에 말을 멈추지 않았고, 설정과 펀치라인 사이에 말을 멈추는 평균 시간은 설정 내 문장 간의 간격보다 살짝 짧았던 것이다.[6]

"우리 직관을 완전히 빗나가는 결과였죠."

아타르도는 내게 전화로 말했다. 부부는 1년이 넘도록 자신들의 연구 결과를 게재해줄 학술지를 찾지 못했다. 아무도 믿지 않기 때문이다.

이들이 학회에 나가 자신들의 연구 결과를 발표하면 사람들은 이렇게 말했다.

"세상에서 웃기는 이야기를 제일 못하는 사람들을 연구하셨나 보군요."

하지만 아무리 철저히 검증한다 해도 그들의 연구 결과를 반박할 수는 없었다. 게다가 아타르도와 피커링은 추가적인 분석을 통해, 펀치라인을 말할 때 연사의 목소리에는 그 어떤 고저강약의 변화도 없으며 속도도 별다른 차이가 없다는 것을 발견했다.[7] 펀치라인은 재미있다는 것 말고는 이야기의 다른 부분과 아무런 차이가 없다는 것이다.

그런데 우리는 왜 그 반대라고 생각할까? 아타르도는 이를 설명하는 이론들 중 가장 그럴듯한 것으로 코미디언 헤니 영맨(Henny Youngman)이 1930년대에 히트시킨 '내 아내를 데려가세요~~ 제발'이라는 유행어에서 비롯된 현상일 것이라는 설을 꼽는다. 아타르도는 이렇게 말했다.

"이 유행어는 이전에 긴 휴지가 있어야만 재미있죠. 영맨은 유명한 코미디언이었고, 이 대사도 아주 유명했기 때문에 사람들은 '이 유행어에 긴 휴지가 있으니까, 다른 모든 농담에도 휴지가 있어야 한다'고 생각하게 된 거예요."

이제 펀치라인 전에 꼭 말을 멈춰야 한다는 생각은 버려야 할 때가 된 것 같다. 아니면 영맨이 말한 것처럼 '아타르도의 연구를 참조하세요~~ 제발'이라고 말해야 할까.

나는 개다. 그냥 개가 아니고, 나는 보이 조지(Boy George)의 개다.

피트와 나는 업라이트 시티즌스 브리게이드 극장(Upright Citizens Brigade Theatre, 이하 UCB 극장)의 무대 위에 올라와 있다. 할리우드 힐스 초입에 위치한 이 극장의 길 건너편에는 화려하기 그지없는 사이언톨로지 교회 본부가 있다. 위치가 그만이다. 요즘 할리우드 UCB 극장과 UCB 뉴욕에는 코미디 수업을 받으러 몰려온 사람들로 인산인해다. UCB는 미국에서 유일하게 정부의 인가를 받은 즉흥 코미디 및 스케치 코미디 교육기관으로 매년 약 9,000명의 학생을 가르치고 있으며 등록 대기 중인 사람도 많다. 이제 즉흥연기는 스탠드업 코미디보다 더 많은 코미디 스타를 배출하고 있는 듯하다.

대표적인 예로 즉흥연기를 배운 뒤 코미디언으로 성공한 마이크 마이어스(Mike Myers), 티나 페이(Tina Fey), 스티븐 콜버트(Stephen Colbert), 스티브 카렐(Steve Carell), 댄 애크로이드(Dan Aykroyd), 존 벨루시(John Belushi), 윌 페렐(Will Ferrell), 크리스틴 위그(Kristen Wiig), 지미 팰런(Jimmy Fallon), 코난 오브라이언(Conan O'Brien) 등이 있다. 이 밖에도 즉흥연기 그룹 출신의 많은 이들이 코미디계에 진출해 일하고 있다. 코미디 스타 에이미 포엘러(Amy Poehler)와 그 동료들이 1999년에 설립한 이곳 UCB 극장은 즉흥연기의 최고 교육기관으로, 그동안 배출한 많은 졸업생이 〈SNL(새터데이 나이트 라이브)〉, 〈오피스(The office)〉, 〈데일리

쇼 위드 존 스튜어트(The Daily Show with John Stewart)〉, 〈레이트 쇼 위드 데이비드 레터맨(The Late Show with David Letterman)〉, 〈엘렌 드제너러스 쇼(The Ellen DeGeneres Show)〉를 비롯한 유명 코미디 쇼의 연기자나 작가로 진출해 승승장구하고 있다.

우리는 안경을 쓰고 공부벌레 이미지를 풍기는 조 웽거(Joe Wengert)의 즉흥연기 수업에 참여하기로 한다. 우리는 UCB LA의 최고 강사로 손꼽히는 웽거의 수업을, 실력이 최고로 좋다는, 장차 코미디계의 엘리트로 부상할 이들과 함께 듣게 되었다. 즉흥연기는 말 그대로 즉석에서 즉흥적으로 연기를 하는 것이다. 웽거는 학생 다윈 메처(Darwyn Metzger)와 나를 한 팀으로 묶은 뒤, 〈월머 그레이스와 그의 개〉라는 가상 영화를 연기하라고 시킨다.

"배경은 1980년대 말로 하죠"

누군가가 제안한다.

"주연은 보이 조지로 해요"

또다른 누군가가 덧붙인다.

본능적으로 나는 보이 조지의 개를 연기하기 위해 두 무릎과 두 손을 바닥에 댄 채 기는 자세를 취한다.

"멍멍!"

내가 짖자 다윈은 나를 어이없다는 듯이 바라보며 이렇게 말한다.

"네, 그러면······."

누군가를 웃기기 위해서는 상대와 다른 의견을 펼치는 게 확실한 방법처럼 보인다. 기자에게 의견의 불일치가 유용하듯. 말싸움은 재미있고, 갈등은 흥미로우니까! 하지만 즉흥연기에서는 연기자 간의 상호작용에 의해 이야기가 전개된다. 의견의 불일치와 말싸움은 이야기 전개를 멈추게 할 뿐이다. 때문에 즉흥연기자들은 상대가 무슨 말을 하든 무조건 동의하고, 그 이야기를 '네, 그러면……'이라고 받아서 다음 연기를 진행한다. '그건 아니죠'와 같은 말은 절대 할 수 없다. 하지만 나는 거기까지 가지도 못했다. 할 수 있는 거라곤 짖는 것 뿐인 개 흉내를 냄으로써 나는 다윈과 함께 상호작용하며 이야기를 전개해나갈 모든 가능성을 없애버렸다. 시작도 하기 전에.

중요한 건 웃기는 게 아니라 정직해지는 것이다. 몇 주 전 차르나 핼펀(Charna Halpern)은 전화로 내게 이렇게 말해주었다.

"진실보다 재미있는 건 세상에 없으니까요."

핼펀은 작고한 즉흥연기의 대가 델 클로즈(Del Close)와 함께 시카고에 인플루언셜 임프루브 올림픽 극단(Influential Improv Olympic Theater)을 만들었다. 이 극장은 'iO'라는 이름으로 더 널리 알려져 있다. 핼펀은 배우들이 먼저 각기 다른 세 개의 플롯을 연기한 뒤 그 플롯들을 함께 엮어가는 극 〈해럴드(Harold)〉의 극본 집필을 도운 뒤 이 주제에 관한 결정판인 『코미디의 진실 : 즉흥연기 지침서(Truth in Comedy: The Manual of Improvisation)』를 출간하기도 했다. 『코미디의 진실』에서 말하는 즉흥연기의 원칙은 흡사 자기계발서에서 읽을 법한 내용이다. 정직하라. 상대에게 동조하라. 순간을 즐겨라. 침묵을 두려워하지 마라. 자기 내면의 목소리에 귀를 기울여라. 실수란 것은 존재하지 않는다.

핼펀은 즉흥연기의 원칙이 이렇게 낙관적으로 들리는 데는 그만한 이유가 있다고 말한다.

"즉흥연기는 혼돈 속에서 질서를 만들듯 상대와 관계를 다져나가는 과정이죠. 세계는 우리가 구하고 있는 거나 마찬가지예요."

핼펀은 분쟁으로 어려움을 겪은 키프로스로 가서 즉흥연기 워크숍을 열기도 했고, 스위스에 가서는 9억 달러에 이르는 대형 강입자 충돌기(Large Hardon Collider) 입자가속기를 만들고 있는 물리학자들에게 긴장을 푸는 법을 가르치기도 했다.

"저한테 노벨상이라도 줘야 되는 거 아닌가요?"

그녀의 말이 농담인지 아닌지 아리송했다.

UCB 강의는 몇 시간이나 계속되었지만 시간은 쏜살같이 흘러갔다. 즉흥연기는 공부가 아니라 노는 것같이 재미있다. 수업 후 근처의 커피숍에서 만난 학생들은 수업을 다시 한 번 하래도 끄떡없을 것처럼 전혀 지친 기색이 없었다.

그들은 말한다.

"무대에서 다른 사람을 이용해서 연기하는 게 좋아요. 그 결과가 어떻든 간에요."

"한마디로 자유롭죠."

"치료받는 기분이에요."

LA에서 만났던 스탠드업 코미디언들에게서는 들어본 적이 없는 이야기다. 스탠드업 코미디언과 즉흥연기자들은 완전히 다른 종처럼 보인다. UCB 학생은 스탠드업 코미디에 대해 이렇게 말한다.

"완전히 다른 종류죠. 전혀 다른 근육을 사용하거든요."

각기 다른 개성의 사람은 정말로 완전히 다른 방식으로 사람을 웃길까? 과학자들은 그렇게 주장한다. 그리고 이를 잘 분석해 증명해냈다. UC 버클리가 고안한 '유머 행동에 관한 Q 분류(Humorous Behavior Q-sort Deck)'가 대표적인 예다. 피트와 나는 일상생활에서 우리가 유머를 어떻게 사용하는지 측정하는 이 분류법에 따라 우리를 분석해보았는데, 이 테스트 과정은 그 이름만큼이나 어려웠다. 유머에 관한 진술문이 들어 있는 카드 100장을 읽고 일상생활에서 내가 유머를 어떻게 사용하는지에 들어맞는 순서대로 카드를 재정렬하며 나는 이전까지 한 번도 생각해본 적이 없는 질문들을 마주했다.

'나는 진심으로, 혼신을 다해 웃는가?(어쩌면 내가 인정하고 싶은 것보다 더 많이)'

'슬랩스틱 코미디는 이제 지루한가?(그러지 않은 사람이 있나?)'

'동물의 평상시 행동이 웃긴가?('멍청한 동물들'과 같은 동물 유머 사이트를 보고도 아니라고 대답할 수 있는가?)'

나는 최대한 솔직하게 답변하기 위해 아내 에밀리에게 도움을 청했다. 곧 아내는 툴툴거리며 말했다.

"대체 이따위 걸 왜 하고 있는 거야?"

모든 질문에 답변하고 총점을 매긴 뒤, 고등학교 시절 악몽같이 나를 괴롭혔던 대수학 공식을 대입하니 평상시에 내가 유머를 어떻게 대하고 어떻게 창작하는지를 말해주는 다섯 가지 유머 스타일이 나왔다. 놀랍게도 나와 피트의 결과는 엇비슷했는데, 둘 다 '사회적으로 따뜻하며', '능숙한' 유머를 구사하는 것으로 나타났다. 즉 우리는 유머를 통해 사기를 진작하며 위트 있다는 뜻이다. 하지만 피트가 나보다는 자신의 유머 스타일에 자신 있어 한다. 또 우리는 파티에서 만난 사람들에게 '무례한' 유머를 구사하는 것으로 드러났는데, 이는 상대가 우리의 유머를 지나치게 경쟁적이고 바보 같다고 생각할 수 있다는 것을 의미한다. 우리는 또 약간 '비열한' 농담을 잘하는 것으로 나타났는데, 둘 다 잔인한 농담을 잘한다는 의미다. 피트와 나의 결과가 유일하게 다르게 나타난 것은 '저속함'에 관한 부분이었는데, 나는 숙맥인 반면 피트는 나보다 저속한 농담을 즐기는 것으로 나타났다.

어쩌면 다양한 코미디 근육이 있다는 UCB 학생의 말이 맞을지도 모른다. 스탠드업 코미디언과 즉흥연기자는 서로 다른 근육을 쓰는 듯 보이기도 한다. 하지만 스탠드업 코미디 경력이 화려한 UCB 강사 웽거는 사람들이 생각하는 것보다 이 둘 사이에 유사한 점이 많다고 말한다.

"좋은 코미디는 설정한 상황의 잘못된 점을 말하고 그게 왜 재미있는지 이야기하죠. 대부분의 경우는 설정한 상황에서 무엇이 거슬리는지, 또 그 상황의 진실은 무엇인지를 밝히는 방식으로 풀어나갑니다."

다시 한 번 우리는 최고의 코미디언은 모두에게서 어느 정도 떨어져서 상황을 바라보고 '이게 대체 왜 웃긴 거지?' 하고 질문할 수 있는, 어느 정도 외톨이라는 이야기를 듣는다. 스테파니 코지스키(Stephanie Koziski)는 코미디언이 인류학자와 공통점이 많다고 말한다. 비록 두 그룹 모두 인정하기는 싫겠지만.

"코미디언과 인류학자는 관점이 같아요. 사람들의 행동과 생각을 보다 잘 이해하기 위해 둘 다 무리에서 떨어져 자신과 다른 생각을 가진 사람을 이해하거든요."[8]

어쩌면 미국에서 주류에 한 발, 비주류에 한 발을 각각 담그고 살았던 인종적·문화적 아웃사이더들이 코미디에서 강세를 보였던 이유가 여기에 있을지도 모른다. 1979년《타임》에 실린 기사는 미국 전체 인구에서 단 3퍼센트를 차지하는 유대인이 놀랍게도 전체 코미디언 중 80퍼센트를 차지하고 있다고 했다.[9] 하지만 현재 코미디 세계에서 유대인의 입지는 이전보다 확실히 좁아졌다. 이제는 그 자리를 아프리카계 미국인, 아시아계 미국인, 히스패닉계 미국인, 그리고 최근 들어 무슬림 미국인이 메우고 있다. 대표적으로 흑인 코미디언 크리스 록(Chris Rock)을 들 수 있다. 노동자들이 모여 사는 브루클린 출신의 크리스는 백인들이 압도적으로 많은 학교에 다녔다. 때문에 그는 동네에서도 학교에서도 외톨이였지만, 어린아이가 감당하기엔 꽤나 고통스러웠을 이 상황은 훗날 그를 스탠드업 코미디의 아이콘으로 만들어주었다.

물론 위대한 코미디언이 되기 위해 반드시 소수자 출신일 필요는 없다. 하지만 당신이 소수자 출신이든 아니든 흑인 지식인 두 보이스(W. E. B. Du Bois)가 말했던 '이중의식(double consciousness)'과 '이중성(twoness)'을 함양하는 것은 도움이 될 것이다.[10] 그렇다, 미국에서 이 문제는 사람들을 분열시키고 서로를 의심하게 하며 자아 정체성을 찾기 위해 몸부림치게 만드는 등 나쁜 현상으로 여겨져왔지만, 긍정적으로 보면 좋은 코미디에 이바지한 바가 크다.

머릿속의 농담을 생각한 대로 입 밖으로 내어 말한다는 것은 매우 간단한 일 같지만, 우리가 LA에서 만난 스탠드업 코미디언들은 그것이 얼마나 복잡한 일인지 입 모아 이야기했다. 그들은 코미디에서 가장 중요한 것은 정황이라고 했다. 수많은 변수가 존재하기 때문에, 이상한 코미디 클럽이나 별난 관객을 비롯한 수백만 가지의 요인이 간단한 농담을 망쳐놓을 수 있다는 것이다. 『타고난 스탠드업 코미디언의 일생(Born Standing Up: A Comic's Life)』의 저자이자 유명 코미디언인 스티브 마틴은 저서에서 '이상적인 환경에서 코미디를 연기하는 경우는 좀처럼 없다'고 했다. 또한 그는 이렇게 말한다.

"코미디의 적은 주의 분산이다. 코미디언이 완벽하게 정리된 환경에서 연기하는 경우는 거의 없다. 나는 늘 공연 중에 '이게 재미있어?'라고 계속 불평하는 관객은 물론 음향 시스템, 소음, 야유하는 관객, 술 취한 관객, 조명, 갑작스레 울려 퍼지는 쨍그랑 소리, 늦게 입장하는 관객, 공연 중 큰 목소리로 이야기하는 관객이 나타나지는 않을까 걱정한다."

그리고 무엇보다도 코미디언들은 그들이 관객을 웃겨야 하는 공간에 대해 걱정하는 듯 보인다. '좋은' 공연장인가, 아니면 '나쁜' 공연장인가? 결국 전국에 한 집 건너 한 집이 코미디 클럽인 상황에서, 대관절 좋고 나쁘다는 게 무슨 의미인가? 우리는 LA에서 눈부신 조명이 밝혀진 공연장부터 어두컴컴한 바, 뒷골목 벽면을 우묵하게 해서 만든 작은 공간, 지저분하고 불편한 소극장, 만화방의 뒷방까지 다양한 공연장에 가보았다. 하지만 우리가 만나본 코미디언들은 하나같이 클럽의 공연 공간은 엇비슷하다고 말했다. 빽빽이 들어찬 관객, 희미한 조명, 낮은 천장, 빨간색 커튼, 파란색이라곤 찾아볼 수 없는 공간······. 2010년 다큐멘터리 〈나는 코미디언이다(I Am Comic)〉의 감독으로 변신한 코미디언 조던 브래디(Jordan Brady)는 다양한 코미디 클럽을 경험한 뒤 이렇게 말했다.

"클럽을 제대로 경험하려면 어두컴컴하고 아늑한 곳을 찾아가야 한다."

재미있는 것은, 이것이 보통 상점에 적용되는 인테리어 원칙과 정반대된다는 것이다. 연구 결과에 따르면 소비자는 탁 트인 공간과 높은 천장, 파란 색조의 환경에서 기분이 가장 좋으며 고로 소비할 확률이 제일 높다고 한다.[11] 하지만 피트는 이상적인 코미디 클럽은 사람들이 지갑을 열도록 만들어진 것이 아니라고 지적한다. 음료를 파는 데 혈안이 된 클럽 주인들은 생각이 다르겠지만. 클럽의 목적은 사람들이 감정적인 흥분을 경험하도록, 즉 웃도록 하는 데 있다.

이런 관점에서 보면 코미디언들이 뭔가 알고 그런 말을 한 것 같기도 하다. 실험에 따르면 따뜻한 느낌을 주는 색, 그중에서도 빨간색에 노출된 사람들은 흥분하기 쉬운 반면 파란색같이 차가운 느낌을 주는 색에 노출된 사람들은 진정되고 차분해진다고 한다. 코미디 관객에게 절대 있어서는 안 되는 일이야말로 졸리고 진정되는 것이다.[12] 나아가 어두운 클럽 안에서 사람들은 숨어 있다는 느낌을 받을 수 있고, 따라서 웃고 싶은 게 있으면 참지 않고 웃을 수 있다. 여러 실험에서, 어두컴컴한 방에서 선글라스를 쓴 사람들은 자신이 익명으로 보호받고 있다고 생각해 나쁜 행동을 할 확률이 더 높은 것으로 나타나기도 했다.[13] 코미디 클럽의 인파에 묻혀 있으면 이와 유사한 억압 해제 효과가 있을 수 있다. 군중 속에서 사람들은 원숭이처럼 행동하거나 무례한 소리를 내거나 아기 젖병을 빠는 등 창피한 행동을 할 가능성이 더 높다.[14] 충분히 많은 사람이 모이면 그 모임은 분명히 캠퍼스 내 남학생 파티처럼 정신없어진다는 이야기다.

코미디언들이 정말로 뭔가를 알고 그런 말을 했는지 알아보기 위해 피트는 이를 증명할 유일한 방법, 바로 자신만의 코미디 클럽을 만들어보자는 생각을 하기에 이르렀다.

그런데 놀랍게도 덴버 미술박물관(Denver Art Museum)에서 이에 협조해주었다. 매달 박물관은 관람 시간이 끝난 뒤 다양한 특별 행사를 개최했는데, 밤늦은 시간까지 박물관을 열고 음료를 팔며 전시를 할 수 있는 이 행사를 여는 기회가 운 좋게도 피트에게 주어졌다. 피트는 케일럽, 대학원생 줄리 스키로(Julie Schiro)와 함께 가로 5미터, 세로 15미터의 작은 공간에 의자를 열 맞춰 배열하고 영사기로 코미디 영상을 틀었다. 영화배우 데니스 퀘이드(Dennis Quaid)가 출연해 카페 바리스타를 공포에 질리게 했던("데니스 퀘이드는 커피가 마시고 싶다고!") 엘렌 드제너러스 쇼의 영상과, 사람들이 사타구니를 맞는 장면을 잔뜩 편집해 실은 웃기는 영상과, 레몬을 먹고 괴상한 표정을 짓는 아기들의 비디오가 화면에 띄워졌다. 그날 밤, 여러 무리의 관람객이 그들의 코미디 쇼케이스에 '참석해주었다'. 피트 일행은 각각의 영상에 맞게 조명의 밝기를 조절한다든가, 영상 뒤의 색깔을 바꾸는 등 공간의 조건을 달리했다. 피트는 실내 온도도 조절하고 싶었지만 박물관 측에서 난색을 표하는 바람에 그럴 수 없었다. 수백만 달러의 가치를 지닌 예술 작품을 훼손할 수 있다고.

빨간 배경과 어두운 조명 때문에 사람들이 일부 영상을 더 재미있어 하는 것 같기도 했지만 모든 영상이 다 그렇지는 않았다. 그 차이가 있다 해도 통계적으로 중요한 의미를 가질 정도는 아니었다. 게다가 박물관같이 멀쩡한 공간에서 일어날 것이라고는 전혀 예상치 못한 변수들 때문에 결과는 산으로 갔다. 밤이 깊어갈수록 사람들은 술에 취했고 시끄러워졌던 것이다. 피트는 이렇게 말했다.

"코미디 클럽에는 좋은 일이겠지만 과학에는 아니죠."

우리는 우스운 농담을 듣기 위해 코미디 클럽을 가득 메운 사람들에 대해 궁금해지기 시작했다. 코미디 관객에도 좋은 관객과 나쁜 관객이 있을까? 할리우드는 그렇다고 생각하고 있으며 최근에 이 문제를 연구하기 위해 시간과 돈을 쏟아붓고 있다. 때문에 어느 날 아침 피트와 나는 LA의 웃음여왕에게 우리의 웃음소리를 평가받기 위해 새벽같이 집을 나서 재미없고 단조로운 버뱅크 공단(Burbank industrial zone)의 어느 창고로 차를 몰았다.

　"웃는 거 연습했어요?"

　내가 피트에게 묻는다.

　"어제 신호등에 걸렸을 때 차에서 좀 해봤어요. 조금 창피하던데요."

　나는 연습하지 못했다. 게다가 지금은 커피도 마시지 못한 아침 7시, 웃을 거리라곤 전혀 없는 상황이다.

　리세트 St. 클레어(Lisette St. Claire)가 창고 입구까지 나와 우리를 맞아주고, 파티션이 다닥다닥 붙어 있는 센트럴 캐스팅(Central Casting)의 본사를 구경시켜준다. 센트럴 캐스팅은 할리우드에 엑스트라와 대역을 공급하는 캐스팅 회사다.

　"여기가 바로 할리우드의 심장이에요. LA에서 촬영하는 신의 85~90퍼센트에 우리 회사가 개입되어 있죠."

　그녀가 이렇게 이른 아침에 우리와 약속을 잡은 것도 이런 이유다. 몇 시간 뒤에는 눈코 뜰 새 없이 바빠지니까. 조금 있으면 〈홈리스 맨 넘버 투〉에 출연하고 싶은 사람들이 면접을 보기 위해 길게 줄을 설 것이다. 때로 재미있는 자리가 나오면 클레어는 자신을 캐스팅하기도 한단다.

"재밌잖아요. 어느 날은 창녀가 되었다가 그다음 날에는 의사도 돼 보고."

클레어가 캐스팅 업계에 있으면서 맡았던 수많은 일들 중 가장 별났던 일은 1990년대에 프란 드레셔(Fran Drescher)가 출연했던 시트콤 〈못말리는 유모(The Nanny)〉의 스튜디오 방청객을 모집한 것이었다. 당시로부터 몇 년 전 프란 드레셔는 집에서 무장 강도의 습격을 받은 적이 있어서, 자신이 녹화하는 스튜디오에 검증된 방청객을 들이고 싶어 했다. 이런 이유로 시트콤 측은 사전에 선별한 방청객을 보내달라고 센트럴 캐스팅에 요청해왔다.

이 일을 맡게 된 캐스팅 감독 클레어는 위험하지 않은 방청객이라고 해서 나이 든 방청객을 보내고 싶지는 않았다.

"아무나 보내고 싶지는 않았죠. 저는 정말 잘 웃는 사람들을 보내고 싶었어요."

클레어가 이 일에 열정을 쏟은 것도 이상할 게 없어 보인다. 큰 몸집과 마구 뻗친 곱슬머리, 한때 진흙탕 레슬링을 했다는 화려한 전적에 이르기까지, 어느 모로 보나 그녀는 간신히 고객에게 합격점을 받을 정도로 일할 사람은 아니다.

그녀는 오디션을 실시해 전염성 있고 위압감 있게 웃는 사람들을 뽑기 시작했다. 오디션에 합격한 사람들은 웃음의 대가로 당시 엑스트라가 받던 출연료보다 살짝 높은 75달러를 일당으로 받았다. 일단 오디션을 통과한 사람들은 상급 A그룹, 중급 B그룹, '해가 서쪽에서 떠야 일자리를 얻을' C그룹으로 분류되었다.

클레어의 이 방식은 대성공이었다. 1주일에 서너 개의 쇼가 웃음소리 녹음 테이프를 대체할 진짜 방청객을 찾기 위해 그녀에게 전화를 걸어왔다.

"일거리가 많아져서 제대로 웃는 사람을 구해도 구해도 부족했죠."

클레어의 살아 있는 방청객은 웃음 테이프보다 훨씬 좋은 결과를 가져왔다. 이는 과학적으로도 증명 가능한 사실이다. 한 연구에서 사람들에게 스티븐 라이트(Steven Wright)의 코미디를 보여주고 강렬한 웃음소리를 곁들였더니, 사람들은 웃음소리가 있을 때 코미디를 더 재미있다고 느끼는 것으로 나타났다. 단, 이 웃음소리가 미리 녹음된 테이프가 아니라고 생각할 때만 그러했다.[15]

그래서 피트와 나의 웃음은 클레어에게 합격점을 받을 수 있을까? 내게 클레어가 말한다.

"너무 웃겨서 오줌이 찔끔 나올 정도로 웃어보세요."

나는 최선을 다한다. 우스꽝스럽고 어색하지만 할 수 있는 한 최대로 크게, 그리고 오래 웃어 보인다. 웃긴 것도 없는데 그렇게 웃으면서 스스로 바보같이 느끼지 않기란 쉽지 않다.

내가 다 웃고 나자 이제는 피트 차례다. 그는 무릎을 치고 머리를 뒤로

젖혀가며 입을 딱 벌리고 웃는다. 그의 대학 동기들이 그를 '티라노사우루스'라고 부른 것도 이해가 된다.

클레어는 예의 바르게 미소 지으며 말했다.

"나쁘지는 않네요. 두 분 다 중급 B그룹에 넣어드리죠."

웃음여왕이 우리에게 유독 관대한 것 같다.

LA까지 왔는데 라스베이거스에 안 가볼 수는 없는 일이다. 전형적인 캘리포니아의 화창한 아침, 우리는 아파트 문을 잠그고 짐을 꾸려 렌터카에 싣고 진부한 멘트, "베이거스야, 우리가 간다"를 외치며 길을 나섰다……. 그리고 뻥 뚫린 길을 쌩쌩 달리긴 개뿔, 우리는 꽉 막힌 5차선 도로에 갇혀버렸다. 주차장처럼 늘어선 차량 행렬에 끝이 보이지 않는다. 지금은 토요일 오전 11시 37분, 차들의 바다에 빠져 옴짝달싹할 수 없이 갇혀버리자 피트가 불만 섞인 목소리로 말한다.

"이건 우리가 예상했던 영화 〈스윙어즈(Swingers)〉(1996년작) 스타일 여행이 아닌데요."

이어 그는 온갖 잡동사니를 산더미같이 쌓은 쇼핑카트 두 개를 밀고 가는 노숙자를 가리키며 말한다.

"우리보다 저 사람이 더 빨리 가네요."

결국 우리는 비틀린 조슈아(Joshua) 나무가 쭉 뻗은 사막을 따라, 그리고 험준한 바위산을 따라 몇 시간이나 느림보 운전을 해서야 라스베이거스에 도착한다. 마치 어딘지도 모르는 곳에서 꿈을 꾸는 것 같다. 거대한 카지노가 머리 위로 솟아 있고, 귀에 쏙 들어오는 흥겨운 음악이 사방팔방에서 울려 퍼진다. 갖가지 네온사인이 번쩍이는 와중에, 라스베이거스 스트립에서 흔히 볼 수 있는 광고판에서처럼 환히 웃고 있는 남자의 얼굴이 박힌 대형 광고판이 눈에 들어온다. 우리가 라스베이거스에 온 이유, '재미있는 남자 조지 월리스(George Wallce)의 내가 대통령이라면!' 공연 광고판이다.

연예부 기자 리처드 조글린(Richard Zoglin)은 저서 『절벽 끝 코미디(Comedy at the Edge)』에서 이렇게 말했다.

'스탠드업 코미디는 주류 예술 중 자기 분야에서 성공한 사람들이 언제라도 뛰어들고 싶어 하는 예술이다.'

시트콤 스타, 유명 영화배우 혹은 심야 토크쇼 사회자, 뭐든 말이다. 하지만 멀티미디어 제국의 여러 분야에서 초특급 대형 스타로 성공하기란 쉽지 않다. 한 번 정상에 오르면 그 자리에 오래 머물기가 어렵거니와, 한 번 던진 농담은 더 이상 새롭지 않기 때문에 코미디언들은 록 스타처럼 지방 순회공연을 다니지도 못하기 때문이다.[16]

그럼에도 일부 코미디언은 엄청난 부를 손에 거머쥐었다. 어쩌면 부당한 이점을 등에 업고 부자가 되었을지도 모른다. 예를 들어 백인 코미디언이 흑인 코미디언보다 부자가 될 확률이 더 높을까? 그 답을 찾기 위해 피트는 온라인에 나와 있는 코미디언 약 200명의 순자산을 철저히 분석해보기로 했다. 자산 순위 목록의 1위는 8억 달러의 자산을 보유한 제리 사인필드와 래리 데이비드가, 꼴찌는 5,000달러를 벌었다고 주장한 앤디 딕(Andy Dick)이었다.[17] 피트는 학부생 연구보조 맥켄지 바인더(Mckenzie Binder), 인지과학자 필 페헌바흐(Phil Fernbach)와 함께 가능한 모든 방법으로 데이터를 분석했다. 그 결과, 성공의 최대 변수는 '나이'였다. 업계에 몸담은 기간이 오래될수록 벌어들인 돈도 많다는 것은 별로 놀랍지 않은 이야기였다. 스탠드업 코미디 말고도 영화에 카메오로 출연하거나 영화를 제작하는 등 활동을 더한 이들이 더 많은 돈을 벌었다. 성별은 별다른 영향을 미치지 않았지만 자산 순위 목록에 오른 여성 코미디언은 10퍼센트에 불과했다. 무신론자, 기혼자, 그리고 물론 백인 코미디언들은 그렇지 않은 사람들보다 더 많은 자산을 보유하는 경향을 보였다.

하지만 피트와 그의 동료들이 다른 관련 특성을 조절하면 이런 효과들은 대부분 사라졌다. 다른 말로 풀어 설명하자면 이렇다. 크리스 록이 백인이었다면 그는 지금처럼 많은 돈을 벌지 못했겠지만 그가 시나리오를 쓰고 더 많은 영화를 제작하고 감독했다면 더 큰 부자가 되었을 것이다.

광고 에이전시의 영업 사원으로 일하다가 1970년대 말, 룸메이트이자 친구였던 제리 사인필드와 함께 뉴욕에서 코미디언으로 데뷔한 조지 월리스는 손쉽게 코미디의 정상에 오른 듯 보인다. 시트콤이나 블록버스터 영화에 출연한 적은 없지만, 그가 출연하는 쇼는 아무리 큰 극장이라도 연일 매진을 기록하고 유명 토크쇼에도 자주 얼굴을 내민다. 또한 그는 코미디 센트럴(Comedy Central, 미국의 코미디 방송국—옮긴이)이 선정한 위대한 100인의 코미디언 중 한 사람이다. 그리고 오늘 우리가 관람할 이곳, 라스베이거스의 플라밍고 리조트&카지노에서 열릴 공연에서 그는 왕이 자신의 영토를 다스리듯, 무대에 올라 우스운 이야기를 쏟아놓는다.

혹자는 라스베이거스가 즐길 거리가 많은 도시이지만 코미디언이 공연을 하기는 힘든 도시라고 말한다. 하지만 월리스에게는 해당되지 않는 말이다. 회색 양복을 멀끔히 차려입고 마스코트와도 같은 베레모를 쓴 월리스는 20미터에 달하는 높은 천장과 빨간 벨벳 객석이 화려하게 펼쳐진 플라밍고 쇼룸의 무대에 오르자마자 물 만난 물고기같이 훨훨 날아다닌다. 그가 NBA 스타 농구 선수와 TV 전도사 조엘 오스틴(Joel Osteen), 그리고 자신이 대통령이 된다면 무슨 일을 할지에 대해 농담을 늘어놓자 객석을 가득 메운 관객들은 웃느라 정신이 없다. 어머니를 모욕하는 농담에도 족족 웃음이 터져나오고, 그의 유명한 유행어 '저는 말이에요'를 꺼낼 때마다 관객들은 웃겨 죽으려 한다. 조금은 과장된 느낌이다. 하지만 월리스는 재미있고 활기가 넘친다. 무엇보다도 그는 행복해 보인다.

이런 월리스의 특징은 사실 '코미디' 하면 생각나는 고정관념에 반하는 것이다. 공연에 지치고 술과 마약에 찌들고 여러모로 맛이 간 코미디언이라는 고정관념 말이다. 『사람들을 웃게 만드는 것이 뭐가 그리 웃긴가?(Only Joking: What's So Funny About Making People Laugh?)』의 공동 저자인 영국의 해학가 지미 카(Jimmy Carr)와 그의 기자 친구 루시 그리브스(Lucy Greeves)는 책에서 이렇게 말했다.

'사람들로 가득한 공연장에서 코미디언은 다른 방향을 바라보고 있는 유일한 사람이다. 또한 그는 웃지 않고 있는 유일한 사람이다. 일반인에게 이런 환경은 악몽이고 코미디언은 결코 갖고 싶지 않은 직업이다.'[18]

그 악몽이 처참한 결말을 맞은 경우는 많다. 레니 브루스(Lenny Bruce)는 마약을 남용했고 모트 살(Mort Sahl)은 존 F. 케네디의 암살에 집착 증세를 보였으며, 리처드 프라이어는 코카인을 흡입하다가 자기 몸에 불을 붙여 죽을 뻔했다. 코미디 업계는 이런 결과들을 당연하게 받아들인다. 그래서 LA의 대형 코미디 클럽 '래프 팩토리(The Laugh Factory)'는 자체적으로 치료 프로그램을 운영하고 있다. 1주일에 두 번, 코미디언들은 조용한 2층 사무실에서 한때 위대한 코미디언 그루초 막스(Groucho Marx)의 소장품이었던 푹신한 소파에 몸을 묻고 앉아 심리학자와 상담 시간을 갖는다.

"코미디언들 중 80퍼센트 정도가 불행한 과거를 가지고 있죠."

최신 유행의 운동화와 청바지를 입은 멋쟁이, 래프 팩토리의 소유주 제이미 마사다(Jamie Masada)는 피트에게 이렇게 말한다.

"그들은 과거에 충분히 사랑받지 못한 사람들이죠. 그래서 다른 사람을 웃김으로써 자신의 문제를 극복하는 거예요."

오늘 우리와의 인터뷰에 응해준 월리스가 그 예외일 수 있을까? 그 자신이 코미디언도 반드시 불행할 필요는 없다는 증거가 될 수 있을까? 월리스의 플라밍고 쇼가 끝나자 우리는 카지노 직원을 따라 무대 뒤로 향했다. 미로 같은 복도를 지나, 몸을 풀고 있는 카바레 댄서를 지나, 마리아치 밴드를 지나자 문에 월리스의 이름이 붙은, 잘 꾸며놓은 대기실이 나타난다. 문을 열자 훤칠한 키에 얼굴 가득 웃음을 띠고 있는 남자가 만나서 반갑다고 인사를 해온다.

"나는 완벽한 유년 시절을 보냈어요. 나의 궁극적인 목표는 라스베이거스에서 일하는 거였죠. 그리고 지금 여기서 이렇게 일하고 있지요."

그는 무용담을 쉴 새 없이 늘어놓는 할아버지처럼 으스댄다. 그러고는 윙크하며 이렇게 덧붙인다.

"게다가 나는 당신들이 만나본 코미디언들 중 가장 성공적인 사람일걸요. 나는 아무 때나 오줌 누러 갈 수 있어요."

그는 벽에 걸린 자신의 친구 사인필드의 사진을 가리키며 이렇게 말한다.

"쟤는 그렇게 못하지만요."

이튿날 아침 우리는 이제 가야 할 때가 된 것 같아 시간을 내줘서 고맙다고 월리스에게 인사한다. 그러자 그가 소리친다.

"가지 마! 나 외로울 것 같아!"

물론 농담조로 던진 말이지만 그의 목소리에는 뭔가가 있었다. 우리가 만나본 이들 중 가장 성공적인 코미디언은 이야기를 나눌 사람도 없고 갈 곳도 없나 보다.

성공과 만족감으로 점철된 월리스의 인생에도 불행의 자취가 있을 수 있다. 이것이 재미있는 사람들은 본질적으로 불행하다는 것을 의미할까? 뉴멕시코대학교의 인류학자 길 그린그로스(Gil Greengross)는 지역 스탠드업 코미디 클럽에서 모집한 코미디언들에게 성격조사를 시행함으로써 이 문제를 연구했다. 그 결과 그는 대체로 코미디언들은 일반 대학생과 별다르지 않은 유년 시절을 보냈으며, 일반 대학생보다 더 신경질적이지도 않다는 사실을 발견했다. 그린그로스는 코미디언들이 일반인보다 조금 더 내성적이고 무뚝뚝한 경향을 띤다는 것도 밝혀냈는데, 이는 그들이 늘 군중 앞에서 우스운 이야기를 한다는 점을 감안할 때 예상치 못한 결과였다. 하지만 그린그로스가 나와 이야기할 때 말한 것처럼 "그들이 무대에서 보여주는 성격은 일상생활에서의 그것과 다를 수 있다".[19]

UCB 극단 학생들과 함께 시간을 보낸 뒤 피트는 즉흥연기자들을 대상으로 성격조사를 한다면 다른 결과가 나올지 궁금해졌다. 그래서 그는 그린그로스, HuRL의 대학원생인 애비 슈나이더(Abby Schneider), 결정이론 과학자이자 즉흥연기 수업 수료생인 댄 골드스타인(Dan Goldstein)과 함께 전문적 혹은 비전문적으로 웃기는 사람들의 방대한 데이터 조사에 착수했다. 초급반 학생부터 극단 멤버까지 650명 이상의 UCB 학생들이 온라인으로 친절함, 신경증, 자기 인식, 고집 등 성격적 특성을 측정하는 설문 조사에 참여했다. 최종 데이터를 수집한 뒤, 피트와 그의 동료들은 스탠드업 코미디언과 즉흥연기자가 성격적으로 단 하나의 차이만 있다는 것을 발견했다. 즉흥연기자가 스탠드업 코미디언보다 꼼꼼한 편인 것으로 나타난 것이다. 데이터에 따르면 즉흥연기자들은 세심하고 효율적이며 신중했다. 예를 들어 그들은 상대 배우가 제안한 설정을 "네, 그러면……"이라고 말하며 수용하고 다음 이야기를 펼쳐나가는 능력이 탁월하다. 하지만 단점도 있다. 꼼꼼한 사람들은 완벽주의적인 성향을 보인다. 내 말을 믿어보시라, 꼼꼼한 것이 늘 좋지는 않다.

이것만 제외하면 스탠드업 코미디언과 즉흥연기자는 다른 점보다 유사한 점이 더 많다는 UCB 강사 웽거의 말이 옳았다. 즉흥연기자들은 무대에서 활기차고 매력적이었지만 그들 역시 무대 밖에서는 스탠드업 코미디언만큼 무뚝뚝했고 내성적이었다.

그렇다면 모든 코미디언이 이렇게 삐뚤어졌을까? 꼭 그렇지는 않다. 그린그로스는 다른 연구를 통해 사뭇 다른 데이터를 발견했다. 즉 공연 티켓 판매량을 기준으로 성공을 가늠했을 때, 코미디언으로 크게 성공한 이들일수록 일상생활에서 다정하고 친화적인 유머를 구사하는 경향을 띠며, 다른 이들보다 더 개방적인 태도를 취하고 쾌활하며 외향적인 성격을 갖고 있음을 밝혀낸 것이다.[20] 이에 대해 그린그로스는 이렇게 표현했다.

"다른 사람을 친절하게 대하는 것과, 나쁜 놈이 되지 않으려는 것이 만났을 때 사람을 매력적으로 만드는 무언가가 있나 봐요."

우리는 뉴욕에서 가장 잘나가는 스탠드업 코미디 클럽인 고담 코미디 클럽(Gotham Comedy Club)의 공동 소유주로 얼음처럼 쿨한 크리스 매질리(Chris Mazzilli)에게서도 같은 이야기를 들었다.

"코미디는 그냥 비즈니스예요. 많은 사람이 그렇게 받아들이진 않지만요. 만약 코미디언으로 성공하고 싶다면 얼간이처럼 굴어서는 안 돼요."

그렇다, 코미디언은 관객들 앞에서 갈등을 조장하고 소란을 일으키며 먹고살지만 매니저나 에이전시, 클럽 소유주, 제작자, 감독 등과 돈독한 관계를 유지하고 싶다면 그 갈등과 소란은 무대 위에서만 피우는 게 좋을 것이다.

그렇다면 사람들이 성공한 코미디언이 무대 위에서나 밖에서 모두 얼간이처럼 구는 사람일 것이라고 추정하는 이유는 무엇일까? 그것은 코미디언이라는 직업의 특성 때문일 것이다. 그들이 이야기하는 것이라곤 자기가 이상하다는 얘기뿐이니까. 피트는 자신의 삶에서 양성위반 이론에 따른 코미디 소재를 찾으려면 연인 관계에서 겪는 문제나 건강 문제처럼 사람들이 예의를 차려야 하는 회사에서는 꺼내지 않지만, 확실히 웃기기는 한 위반부터 시작해야 할 것이라고 말한다.

이 가정을 증명하기 위해 피트는 대학원생 에린 퍼시벌 카터(Erin Percival Carter), 콜로라도주립대학 교수 제니퍼 하먼(Jennifer Harman)과 함께 한 가지 실험을 했다. 그들은 40명의 실험 참가자를 모아놓고 이후 모임에서 사람들에게 들려줄 짧은 이야기 하나를 각각 생각하라고 지시했다. 참가자들 중 절반은 자신이 경험했던 재미있는 이야기를,

나머지 사람들은 흥미로운 주제에 대해 이야기를 하면 되었다. 참가자들의 경험담은 재미있었다. 키우는 개가 박스 안 탐폰을 모두 삼켜버렸다고 이야기하는 사람도 있었고, 남자 탈의실에서 신디 로퍼의 「타임 애프터 타임(Time after Time)」을 부르다 걸린 남자도 있었다. 술에 잔뜩 취한 밤, 친구의 이마에 번개를 맞춰 해리포터처럼 보이게 하려 했던 남자도 있었다. 실험 참가자들은 가장 '엉망진창'인 이야기를 들려준 사람을 선택했고, 그 결과 재미있는 이야기를 한 사람들이 그렇지 않은 사람들보다 훨씬 더 이상하다는 평가를 받은 것으로 나타났다.[21]

하지만 어쩌면 재미있는 이야기를 한 사람들이 단순히 재미있게 말하는 방법을 몰라서 이상하게 비쳤을 확률을 무시할 수는 없었다. 그래서 다시 한 번 실험을 진행했다. 이번에는 UCB 극단의 끼 많은 친구들이 실험 대상이었다. UCB LA의 예술감독 알렉스 버그(Alex Berg)는 이 실험에 매우 흥분한 나머지 UCB 내에 '과학부'를 만들기까지 했다. (안다, 귀엽기 그지없다.) 다시 한 번 비슷한 결과가 나왔다. 수영을 할 줄 모르면서 초등학생들에게 수영을 가르쳤던 웃긴 경험담을 쓴 사람이, 지하철 선로에 떨어진 사람을 구했던 이야기를 시종일관 진지하게 써 내려간 사람보다 훨씬 더 문제가 있는 것으로 평가되었다. 사실은 한 사람이 두 이야기를 썼는데도 말이다.

결론적으로, 어쩌면 우리는 모두 다 똑같이 문제가 있는 사람일지도 모른다. 코미디언과 달리 그 문제를 농담 형태로 다른 이들과 공유하고 싶어 하지 않을 뿐.

하지만 그 해리포터 이야기를 한 남자는 예외다. 그 남자에게는 전문적인 도움의 손길이 필요하다.

LA에서 지내는 마지막 날 밤, 우리는 요즘 제일 인기 있다는 스탠드업 코미디 쇼 〈코미디 뱅뱅〉을 보러 UCB 극단으로 간다. 소극장은 최신 유행의 티셔츠와 야구 모자를 쓴 20대 남녀로 가득하다. 그들은 '음주를 금합니다'라고 크게 써놓은 경고문 아래서 버젓이 누런 종이봉투에서 술을 꺼내 벌컥벌컥 들이켜고 있다. 언제나처럼 오늘 누가 무대에 올라 공연할지 아무도 모르지만, 이 공연을 잘 아는 사람들에게는 별문제가 되지 않는다. 공연을 시작한 이래 거의 그러했듯, 오늘 공연 티켓도 며칠 전에 매진되었다.

쇼가 시작되자 피트와 나는 뒷좌석에 앉아 공연의 전체 그림을 본다. 최근 스탠드업 코미디 공연을 질리도록 많이 본 우리는 다른 사람들처럼 크게 웃는 대신 오만한 비평가처럼 고개를 끄덕이며 서로의 귓속에 속삭인다.

"저거 재밌네요."

그리고 이 공연의 말미에 특별 손님이 출연한다. 시트콤 〈파크스 앤 레크리에이션(Parks and Recreation)〉의 주인공 아지즈 안사리(Aziz Ansari)와 최고의 스탠드업 코미디언 루이스 C. K.가 찾아온 것이다. C.

K.는 소재를 찾으러 여기에 왔다고 한다.

안사리는 관객과 이야기를 주고받는다. 요즘은 주로 어디서 데이트를 하는지 묻고 자연스럽게 인터넷 데이트 서비스로 화제를 옮긴다. 그러고는 곧 자기가 어렸을 때 왜 소아성애자들이 자기를 눈여겨보지 않았는지 모르겠다며 불평 섞인 농담을 한다.

"소아성애자들한테 저는 술집의 섹시한 여자같이 보였을 텐데 말이죠."

관객들이 웃음을 터뜨린다. 하지만 성추행을 생생하게 묘사한 농담은 선을 넘어섰다. 웃음소리가 사그러든다.

"에이, 왜들 이래요."

그가 가까이에서 자신을 녹화하고 있는 디지털 리코더를 가리키며 난처하다는 듯 농담한다.

"다른 데서는 사람들이 다 웃었다고요. 녹화된 테이프도 있어요. 틀어드릴까요?"

이후 피트는 거기서 뭔가를 깨달았다고 했다.

"코미디언들도 과학을 이용하고 있어요. 루이스 C. K. 같은 코미디언들은 재미있어지는 공식 같은 건 없다고 부인하겠지만, 그들은 모두 자신만의 공식을 만들었다는 거죠. 실험을 통해 조금씩 조금씩요. 자기 공연을 녹화해서 매일 밤 틀어보고 관객의 반응을 연구하죠. 우리가 여기 LA에서 알게 된 것처럼, 당신이 상대를 웃기느냐가 아니라 어떻게 웃기느냐가 중요하거든요. 이 업계의 사정을 속속들이 어떻게 배우느냐, 자신만의 코미디 관점을 어떻게 수립하느냐, 진실과 유머를 어떻게 섞느냐, 열악한 공연장에서 어떻게 대처하느냐, 유명해질 기회를 어떻게 만드느냐와 같은 것이 중요하죠. 그걸 배우는 유일한 방법은 열심히, 반복적으로 경험에서 교훈을 얻으며 계속 연습하는 거예요. 코미디언들은 무대에 오를 때마다 실험을 해요. 새로운 농담을 던지고 관객의 반응을 측정하죠. 그런 다음 조금씩 조금씩 수정해가는 거예요."

하지만 비과학적인 것도 한몫을 한다. 몇 달 전 LA에서 만났던 스탠드업 코미디언 꿈나무 조시 프리드먼에게서 이메일 한 통이 왔다. 그는 이제 즉흥연기로 전향할까 한다고 말해왔다.

'예술 형식으로서도 그렇고 개인적으로도 그렇고 즉흥연기가 훨씬 더 재미있다는 사실을 알았어요.'

그 스카우트 담당자들의 직감이 맞았다. 프리드먼은 스탠드업 체질은 아니었다.

당신이 동의하든 동의하지 않든, 다른 사람을 웃기려면 반드시 이 실험 과정을 거쳐야 한다. 피트는 이렇게 말한다.

"과학이 코미디에 도움이 되지 않는다고 말하는 것은 코미디언들이 수년에 걸쳐 배운 것들을 모두 없는 셈 치는 거나 마찬가지예요."

그렇다, 코미디는 조금은 엉망이고 또 조금은 위험하다. 과학 또한 마찬가지다.

3
......

뉴욕

3 :: 뉴욕 ::

어떻게 웃길 수 있을까

피트와 나는 《뉴요커》의 만화 코너를 들여다보며 그림에 맞는 캡션을 생각해내려고 머리를 쥐어짜는 중이다. 만화 속에는 늑대인간이 이발소 의자에 앉아 있다.

캡션은 만화 속 상황과 맞아떨어져야 하는 것은 기본이고 무엇보다 재미있어야 한다. 어떻게 그럴 수 있을까? LA에서 우리는 이해하기 힘든 코미디 업계 사람들의 머릿속을 헤집고 돌아다니며 무엇이 그들을 움찔하게 만드는지 대충은 감을 잡았다. 그런데 새로운 농담과 루틴(routine, 코미디 공연을 위해 짠 농담과 동작들－옮긴이)을 생각해내는 사람들은 어떻게 그 일을 해내는 것일까? 이야기 시(narrative poem), 연극, 애니메이션, 소설, 촌극, 시트콤, 콩트, 영화, 풍자, 캐리커처, 말장난 등 다양한 코미디 형태를 처음 생각해낸 사람들은 어떻게 그런 생각을 했는지도 궁금해진다.

피트와 나는 이발을 하는 늑대인간에게 웃기는 캡션을 달아주는 것으로 그 답을 찾아보려 한다. '머릿속 땜빵은 알아서 잘 좀 가려주세요'라든가 '여기 어디쯤에서 열쇠를 잃어버렸어요'는 어떨까? 아니면 조금 더 야하게, 브라질리언 왁싱을 해달라고 하는 건?

만화 속 캡션을 다는 것이 그렇게 특별한 일은 아니다. 매주 수천 명의 사람들이 하고 있으니까. 2005년 《뉴요커》가 그 마지막 페이지를 만화 캡션 콘테스트로 채우기 시작한 이래 지금까지 전 세계에서 약 170만 개의 캡션이 잡지사로 날아들었다. 그중 우승을 차지한 캡션은 단 300여 개, 나머지는 모두 고배를 마셨다.

코미디 배우 자흐 갈리피아나키스(Zach Galifianakis)는 영화 〈행오버(Hangover) 3〉로 1,500만 달러를 벌어들일 정도로 재미있는 사람이지만, 2007년 막대기를 던지는 강아지 만화에 응모했던 캡션은 최종 결승에 진출하지 못했다. 뉴욕 시장을 세 차례나 연임한 마이클 블룸버그(Michael Bloomberg)는 세상에서 가장 부자가 되는 데는 성공했지만 《뉴요커》 만화 캡션 콘테스트에 응모할 만큼 좋은 아이디어는 한 번도 생각해낸 적이 없다고 고백했다.[1]

《뉴요커》 만화 캡션 콘테스트에서 우승하는 게 전혀 불가능한 일은 아니지만, 그 경쟁률이 5,666 대 1에 달한다는 것을 기억하라. 이는 골프를 아주 잘 치는 사람이 홀인원을 기록할 확률과 같다.

어쨌거나 피트와 나는 한번 응모해보기로 한다. 하지만 이번에 우리가 참여하는 콘테스트는 평소와 달리 조금 특별하다. 뉴욕시티 타임스퀘어에 위치한 마천루의 20층, 보다 구체적으로 말해서《뉴요커》의 사무실에서 열리기 때문이다. 호화로운 통유리 회의실에 앉아 있는 우리 주위에는 잘 차려입은 의사와 엔지니어를 비롯해 전문 직종에 종사하는 사람들이 샴페인 잔에 담긴 칵테일을 조금씩 음미하면서, 성인 몸집의 아기와 말 코스튬을 입은 남자를 그린 만화를 보며 상대보다 더 웃긴 캡션을 이야기하려 머리를 짜내고 있다. 우리는 매년《뉴요커》가 주최하는 '뉴욕 지식인을 위한 롤러팔루자(Lollapalooza for the New York Literati)'의 일환으로 열리는 '라이브 캡션 콘테스트'에 참여 중이다.

이번 콘테스트에 참여한 사람들은 여덟 명씩 약 열두 개 팀으로 나뉘었다. 우리 팀은 어찌할 바를 모르고 허둥대고 있는 중이다. 우리는 몸부림을 치며 다양한 전략을 실험한다. 먼저 우리는 브레인스토밍을 통해 캡션 목록을 만들기로 한다. 하지만 곧 아이디어들은 옆길로 새고 장황해져만 간다. 그렇게 마지막에 우리가 선별한 최종 캡션 리스트는 한심할 정도로 짧았다. 우리는 두 번째 전략을 시도한다. 각 팀 멤버가 캡션을 하나씩 제안하면 상의해서 가장 괜찮은 후보를 고르는 것이다. 이 전략도 우리를 선두 자리에 올려놓지는 못한다. 이제까지 우리가 내놓은 그 어떤 후보도 최종 3위 안에 들지 못했다.

어쩌면 자신을 그렇게 몰아붙일 필요가 없을지도 모른다. 웃기는 무언가를 창작한다는 것은 굉장히 힘든 일이니까. 초보자에게는 사람들이 특이하고 재치 있는 무언가를 생각해낸다는 것 자체가 신비로울 뿐이다. 지난 수백 년 동안 사람들은 예술가와 발명가의 재능을 신이 내린 선물이거나 사탄의 장난 혹은 만화책에서나 볼 수 있는 돌연변이라고 여겼다. 정말 재미있는 무언가를 창작하는 것은 특별히 더 기이하게 여겨졌다. 코미디 작가들은 사람들을 웃길 수 있는 단어와 이미지의 적절한 조합을 생각해내기 위해서라면 영혼이라도 팔 것이다. 교황이 미켈란젤로가 그린 바티칸 시스티나 예배당의 어느 부분에만 가면 무의식적으로 재채기를 터뜨리듯 무의식적으로 일어나는 신체의 경련인 웃음을 얻기 위해서라면.

더불어 피트가 연구를 통해 밝혀낸 것처럼 세상의 대부분은 재미가 없다. 케일럽과 함께한 마케팅 연구에서 피트는 중고물품을 사고 파는 가상의 온라인 사이트(Thrift Online)를 개설하고 대학원생들에게 이 회사에 대한 재미있는 광고 문구를 만들어보라고 지시했다. 그러고는 또 다른 그룹에 첫 번째 그룹이 창작한 광고 문구를 평가하게 하자 10퍼센트만 정말 재미있다는 평가를 받았다. 그중 가장 재미있다고 평가받은 문구는 '이렇게 구려 보이는 물건이 비쌀 수는 없는 노릇이니까요'였다. 나머지는 '오셔서 이 따분한 물건들을 가져가세요'와 같이 진지한 답변이 절대다수를 차지했다.

그렇다면 사람들을 웃게 만드는 비결은 무엇일까? 특별히 많은 관객을 앞에 두고서. 참신하고, 거슬리지 않으며, 세상 사람들을 웃길 정도로 재미있는 무언가는 어떻게 생각해낼 수 있을까? 아이디어를 서로 주고받으며 생각을 발전시켜나가는 팀을 기반으로 접근하는 것이 더 나을까? 아니면 웃기는 사람 한 명만 있으면 될까? 할리우드 영화사부터 시트콤, 유머 사이트까지 코미디에서 파생된 거대한 산업은 또 어떠한가? 거대 제작비는 코미디를 더 재미있게 만들었는가? 아니면 재미를 반토막 냈는가?

우리는 미국 문화의 최고 수출품인 코미디를 제작하고 배급하는 각종 영화 촬영소, TV 촬영 세트, 출판사, 광고 회사, 극장 무대가 밀집된 이곳 뉴욕에서 그 답을 찾아내길 바란다. 이는 우리가 지금 《뉴요커》 사무실에서 이발을 하는 늑대인간에 맞는 캡션을 생각해내려 머리를 쥐어짜고 있는 이유이기도 하다. 우리도 안다, 사무실을 가득 메운 화려한 사람들과 우리가 딱히 같은 부류라고 할 수 없다는 걸. 우리는 《뉴요커》의 만화 편집장인 밥 맨코프(Bob Mankoff)와 친분이 있는 관계로 이곳에 들어왔다.

인기 시트콤 〈사인필드〉의 에피소드 중에 등장인물 일레인이 《뉴요커》에 만화를 기고하는 과정에서 편집장과 옥신각신하는 이야기가 나온다. 오랫동안 《뉴요커》의 만화가로 일했던 브루스 에릭 카플란(Bruce Eric Kaplan)이 이 에피소드를 썼지만, 시트콤에 등장하는 편집장은 실제 편집장인 맨코프와 전혀 다른 모습이다. 〈사인필드〉에 나오는 편집장은 '뉴요커' 하면 떠오르는 스웨터 조끼를 입고 팔꿈치에 패치가 덧대진 재킷을 입은 건방진 사람으로 그려지지만, 밥 맨코프는 어깨까지 내려오는 반백의 웨이브 헤어스타일에 멋진 맞춤 재킷을 차려입고 다니는 쿨하고 매력적인 사람이다. (이 책에서 자신이 어떤 모습으로 묘사될지에 관해 그는 "제일 중요한 건 내 헤어스타일이 어떻게 표현되느냐예요"라고 말했다.)

〈사인필드〉 버전의 밥 맨코프는 '만화는 거미줄과 같다. 누가 거미줄을 해부하는가?'라며 《뉴요커》의 만화를 설명하려는 모든 시도를 거부하지만, 실제 밥 맨코프는 거미줄이란 거미줄은 죄다 분해하고 자르는 것도 모자라 현미경 아래서 관찰까지 할 인물이다. 한때 비둘기에게 우편번호로 주소를 구분하는 법을 가르쳐준 실험심리학 박사였던 그는 ISHS의 회원이기도 하다. 우리는 맨코프가 '왜 재미난 글을 얹은 동물사진에는 어도비 캐슬론 폰트가 어울리지 않는가'라는 주제를 과학적으로 분석한 유머 컨퍼런스를 열었을 때 그를 처음 만났다.

두말할 것도 없이 우리는 통했다. 그가 《뉴요커》 만화부의 진짜 모습을 보지 않겠냐며 제안해왔을 때, 우리는 주저하지 않고 덥석 물었다. 어쨌든 미국 유머 창작에서 잡지는 중요한 역할을 하고 있으므로 더없이 좋은 기회였다. 《뉴요커》에 '트루먼 카포트(Truman Capote)', 'E. B. 화이트(E. B. White)', '말콤 글래드웰(Malcolm Gladwell)' 같은 이름이 넘쳐나기 전, 이 잡지는 1920년대 판 《더어니언(The Onion)》(사회 풍자와 패러디 기사를 실은 미국 매체−옮긴이)이었다. 오하이오대학교의 커뮤니케이션학과 교수 주디스 야로스 리(Judith Yaros Lee)는 저서 『뉴요커의 유머

정의하기(Defining New Yorker Humor)』에서, 당시 유머를 다룬 출판물은 사회경제 측면의 인구통계학적 요인(대학을 졸업하고, 신분이 계속 향상 중인 도시의 전문직)을 구체적으로 처음 설정한 출판물 중 하나였고 이 인구층의 유머감각에 맞추기 위해 《뉴요커》의 농담은 시사 문제를 다루었고 획기적일 정도로 지적이었으며 조금은 위험했다고 말했다. 유머를 다룬 출간물계에서 《뉴요커》는 진정한 전환점이었다. 문학 교수이자 저자인 샌포드 핀스커(Sanford Pinsker)는 《뉴요커》의 첫 판이 인쇄기에서 찍혀 나오는 순간, 미국 유머의 '성격'이 바뀌었다고 했다.[2]

그 이유 중 하나로 《뉴요커》의 만화를 들 수 있다. 《뉴요커》를 창간한 해럴드 로스(Harold Ross)는 잡지가 제공하는 시각적인 개그 때문에 "이 잡지는 글을 읽지 못하는 사람들에게 가장 유용한 잡지일 것"이라는 농담을 들은 적도 있다고 했다.[3] 하지만 이 잡지의 만화는 단순히 우스꽝스런 그림에 그치지 않았다. 《뉴요커》의 만화는 간결하고도 기발한 이미지와 위트 있고 짧은 캡션이라는 원투펀치를 때렸고, 그 덕분에 만화라는 매체 전체의 성격이 바뀌었다. 주디스 교수는 전화상으로 내게 이렇게 말했다.

"〈뉴요커〉 만화의 첫 공로는 단지 짧은 캡션을 썼다는 것이 아니라 캡션과 이미지의 조합으로 코믹한 생각을 전하도록 했다는 데 있죠."

그 조합은 한때의 유행으로 사라지지 않고 코믹한 그림을 그리는 업계에 일대 변혁을 불러일으켰고, 그 결과 현재 사람들이 만화라고 인식하고 있는 매체가 만들어졌다. 《뉴요커》의 전 편집장 티나 브라운(Tina

Brown)은 《뉴요커》의 만화는 "일종의 국보"라고 말하기도 했다.[4]

맨코프는 우리에게 캡션 콘테스트에서 우승을 가져다줄 중요한 비결을 알려주었다.

먼저 그는 우리에게 이 라이브 캡션 콘테스트장에서 직접 손으로 써보라고 권유했다. 이 말을 들은 피트가 곧장 노란색 노트에 자신이 생각해낸 캡션과 우리 팀원들의 아이디어를 써 내려가기 시작한다. 나는 눈을 부릅뜨고 내 앞에 놓인 백지를 가만히 쳐다보고만 있다. 마치 슈퍼볼 도중에 투입된 대기 선수 같은 기분이다. 글을 쓰는 사람인 내게 《뉴요커》는 성소와도 같은 곳이다. 이곳에 있는 것만으로도 경외심이 들고 내심 스스로가 초라하게 느껴진다. 그런데 달랑 칵테일 두 잔을 주고 간결하되 재기 발랄한 캡션을 생각해내라고? 안 될 말이다.

다행히도 준비성이 철저한 피트 덕분에 우리는 몇 가지 요령을 준비해왔다. 얼마 전 맨코프는 차가 한 대도 보이지 않는, 사막같이 텅 빈 주차장에서 주차할 자리를 찾기 위해 한 남자와 여자가 'F' 섹션에까지 들어온 이미지에 독자들이 보내준 캡션 전부를 HuRL에 건네주었다. 피트는 인지과학자 필 페헌바흐의 도움을 받아 《뉴요커》가 선정한 43개의 우승 후보와 후보에 들지 못하고 탈락한 수천 개의 캡션을 비교했다. 그 결과 그들은 우승 후보로 선정된 캡션들의 공통되는 특징 네 가지를 추려냈다. 첫째, 참신했다. 우승 후보들은 탈락한 캡션에서 흔히 볼 수 있는 '공원'이나 '사막' 같은 단어에 의존하지 않았다. 둘째, 간결했다. 우승 후보 캡션은 평균 8.7개의 단어를 사용했으며, 탈락한 캡션보다 짧은 실어(實語)를 사용했다. 셋째, 문장부호를 남발하지 않았다. 탈락한 캡션은 우승 후보 캡션보다 물음표는 거의 두 배, 느낌표는 일곱 배 많이 사용했다. 넷째, 그림에서는 보이지 않는 추상적 개념을 끌어내며 창의적인 이미지를 형상화했다.

이런 결과를 듣고 맨코프는 비꼬듯이 말했다.

"정말 충격, 충격 그 자체였죠. 만화 대학에 다닐 때 늘 문장부호를 많이 사용하고, 흔하디흔한 캡션을 다는 것이야말로 성공 비결이라고 배웠거든요." (HuRL의 캡션 분석 결과가 말해주는 성공적 캡션의 마지막 특징은 바로 쓰는 연습을 많이 하라는 것이다. 당시 회차에서 '내가 지금 무슨 생각을 하는지 절대 말 안 해줄 거야'라는 캡션으로 우승을 차지한 사람은 얼마 전에 작고한 유명 영화평론가 로저 에버트로, 108번째 시도 만에 처음 거둔 우승이었다.)

피트가 발견한 우수 캡션의 네 가지 기준에 비춰보면, 이발소에 간 늑대인간 이미지에 넣은 우리의 캡션도 그리 나쁘진 않을 것 같다. '머릿속 땜빵은 알아서 잘 좀 가려주세요(Be sure to cover up my bald spot)'를 예로 들어보자. 단 여덟 단어를 사용했고 느낌표나 물음표를 사용하지도 않았으며, 꽤나 추상적이고 참신하다. 누가 아는가, 어쩌면 오늘 우리가 우승을 거머쥘지.

팀원들도 우리의 아이디어가 좋다고 해서 우리는 이 캡션을 심사위원단에 제출한다. 아니나 다를까, 우리가 만든 캡션이 당당히 2등을 차지했다!

나는 흥분을 가라앉힐 수 없었다.《뉴요커》에서 2등은 결코 빛을 보지 못한다는 사실을 깨닫기 전까진.

그렇다면 소시지 공장에서 찍어내듯 생산되어 대량으로 소비되는 뉴욕의 코미디는 어디에서 만들어지는 것일까?《뉴요커》에 멋지게 실리는 만화의 초안은 어디에서 그려지는 것일까? 밥 맨코프는 그 대부분이 브루클린의 파크 슬로프에 있는 건물 2층에서 나온다고 했다. 우리가 이곳을 찾은 아침, 재커리 캐닌(Zachary Kanin)이라는 스물여덟 살 청년이 우리를 맞아준다. 고등학교 레슬링 선수처럼 작고 다부진 체격의 캐닌에게는 왠지 모를 우울함과 진지함이 풍긴다. 맨코프가 그를 '코미디 천재'라고 했기에 미처 예상치 못한 모습이다.

캐닌이 아내와 함께 살고 있는 아파트 거실에는 벽을 거의 다 차지할 만큼 커다란 칠판이 세워져 있고, '해야 할 일' 목록이 길게 쓰여 있다.

밴조 연습(완료)

밴드 결성하기(완료)

찬장 주문하기

퀴즈 프로그램〈운명의 수레바퀴(The Wheel of Fortune)〉출연하기

섹시해지기(완료)

마지막 줄은 뭔가 불길하다. '7월 24일, 바나나겟돈!' 캐닌은 이 '바나나겟돈'(바나나와 종말을 뜻하는 '아마겟돈'을 합친 말—옮긴이)이 부부가 바나나를 너무 많이 사서, 7월 24일까지 다 먹어치우지 않으면 그들의 손에서 바나나의 종말이 일어날 것이라는 뜻이라고 설명해준다.

캐닌은 칠판에 적혀 있지 않은 일들도 벌써 많이 끝낸 상태다. 이를테면 하버드대학교 입학, 하버드대학교가 발행하는 유머 잡지《하버드램푼(Harvard Lampoon)》의 회장 맡기(그는 자신이《하버드램푼》의 회장 중 임기가 제일 짧았다고 자랑스럽게 말했다), 대학 졸업반 시절에 맨코프가《하버드램푼》사무실을 찾아와서 새로운 조수를 구한다고 했을 때 일자리를 따낸 일, 그리고《뉴요커》에서 최연소 만화가 중 한 명으로 등단하기 등이다.

맨코프는 만화를 그린다는 것을 이렇게 표현했다.

"지나칠 정도로 아이디어 발상을 멈추지 않는 거예요."

과학자나 발명가, 예술가들은 살아남기 위해 그렇게나 많은 아이디어를 낼 필요가 없다. 연구교수로서 피트는 상호심사제도가 있는 학술지에 1년에 논문 한 편을 게재하면, 또 기자로서 나는 1년에 괜찮은 기사를 열두 개 정도만 써내면 양호한 실적을 올렸다고 할 수 있다. 하지만 만화가는 어떠한가? 그들은 우리와 자릿수가 다를 정도로 많은 아이디어를 내야 한다. 캐닌과 같은 만화가가《뉴요커》같은 곳에서 인정받으려면 1주일에만 수십 개의 재미있는 아이디어를 내야 한다.

캐닌은 우리에게 자신의 작업 공간을 보여준다. 아파트 뒤편에 있는,

수납장보다 조금 더 큰 작은 방이다. 방 안의 하얀 책상 위에는 맥북 노트북이 놓여 있고 그 주변으로는 각기 다른 완성도의 그림이 산처럼 쌓여 있다. 과체중인 남자가 꾸르륵꾸르륵대는 위를 움켜잡고 있는 그림, 부랑자처럼 옷을 입은 추바카 비슷한 털북숭이를 그린 그림, 아메바같이 생긴 나무순이 가지를 따라 입을 벌리고 있는 그림 등 다양한 아이디어가 담겨 있다. 종이의 여백에는 '탭 댄스', '고된 일', '차 트렁크' 등과 같이 기발한 아이디어를 생각나게 할 만한 단어와 문장을 생각나는 대로 끼적여놓았다.

매주 캐닌은 이곳에서 많은 시간을 보내며 초안이든 완성작이든, 총 100개에 달하는 아이디어를 그려낸다. 그중 괜찮은 것을 8~10개쯤 골라 맨코프에게 제출한다. 때로는 손이 가는 대로 그리면서 아이디어를 생각해내고, 때로는 다양한 종류의 새를 끊임없이 그려보는 등 아직 확실하게 정하지 않은 테마를 계속 만지작거리며 무언가 떠오르기를 기다리기도 한다.

작업 성과가 좋으면, 아예 캡션이 필요 없는 그림이 나오기도 한다. 그 그림에 이미 모든 농담이 고스란히 담겨 있기 때문이다. 이번 주에 그가 제출하려고 하는 만화가 그렇다. 그림 속 각기 다른 방향에서 걸어오는 두 사람이 곧 같은 길목에서 마주치기 직전이다. 그런데 한 사람은 가죽 끈에 매단 볼링핀을, 다른 사람은 볼링공을 끌고 가는 중이다.

캐닌이 말한다.

"만화가로서 제일 큰 재미를 느낄 때가 바로 이럴 때예요. 그림만으로 푸는 퍼즐 같은 거죠."

캐닌은 어떻게 볼링공과 볼링핀을 산책시키는 이미지를 떠올렸을까? 사람들은 어떻게 세상의 재미없는 수많은 소재 속에서 재미를 뽑아내는 것일까? 중대형 서점에 가면 이 질문에 답하는 책이 선반을 가득 메우고 있다. 어떻게 사람을 웃기는지 가르쳐주는 안내서부터 단계별 응용편, 그리고 코미디 TV 혹은 영화 작가를 꿈꾸는 이들을 대상으로 쓴 '코미디 경전'이 넘쳐난다. 그중 가장 흥미로운 책으로 코미디 서적의 고전, 윌리엄 프라이(William Fry)와 멜라니 앨런(Melanie Allen)의

1975년작 『코미디 작가의 연구(Life Studies of Comedy Writers)』를 들 수 있다. 무엇보다 그 책에서 〈올 인 더 패밀리(All in the Family)〉, 〈샌포드 앤 선(Sanford and Son)〉, 〈더 제퍼슨스(The Jeffersons)〉, 〈굿 타임스(Good Times)〉를 연달아 히트시킨 TV 시리즈의 거물, 노먼 레어(Norman Lear)가 코미디 극본 쓰기를 오르가슴에 비유했기 때문이다.

"모든 걸 다 뿜어내는 거죠. 그냥 다 콸콸 뿜어내는 거예요."

그의 작품 〈올 인 더 패밀리〉의 주인공 아치 벙커(Archie Bunker, 무식하고 큰 소리로 떠드는 화물 노동자—옮긴이)가 '아, 옛날이 좋았지' 할 법한 이야기다.

유머 이론 중 가장 오랫동안 인정받고 있는 이론은 코미디언도, 유머 학자도, 코미디 마니아도 아닌 아서 쾨슬러(Arthur Koestler)라는 남자가 제창한 것이다. 그의 인생을 살펴보면 유머와 별 상관없이 살았던 그가 유머 창작의 구조를 해체했다는 것이 전혀 놀랍지 않게 느껴진다. 그는 태어나 죽기 전까지 78년 동안 세상에서 사는 동안 안 해본 일이 없을 정도로 다채롭게 살았다.

오스트리아 태생의 기자이자 국제적 사교가였던 그는 미국을 대표하는 흑인 시인 랭스턴 휴즈(Langston Hughes), 영국의 저명한 시인 W. H. 오든(W. H. Auden)과 어울렸으며 체펠린 비행선을 타고 북극에 가기도 했다. 스페인 내전 기간에는 프랑코 장군 세력에 붙잡혀 감옥에 갇히기도 했다. 훗날에는 프랑스의 게슈타포로부터 도망치던 중에 유명한 철학자 발터 벤야민(Walter Benjamin)으로부터 받은 약을 먹고 자살을 시도하지만, 죽은 벤야민과 달리 쾨슬러는 살아남아 파란만장한 행보를 이어갔다. 이후 그는 유명 작가 티모시 리어리(Timothy Leary)와 함께 강력한 환각제인 LSD를 복용하고, 유명 작가 조지 오웰(George Orwell)과 친구가 되고, 영국 총리 마거릿 대처에게 정치적 조언을 하고, 청년이었던 살만 루시디(Salman Rushdie)를 가르치고, 여성 작가 시몬 드 보부아르(Simone de Beauvior)와 교제하는 등 죽는 날까지 모험을 계속했다.

그토록 다사다난하게 살면서도 쾨슬러는 1964년에 『창작의 행위(The Act of Creation)』라는 책을 출간하고 유머에 대한 자신의 철학을 밝히기까지 한다. 쾨슬러는 '상호 공존할 수 없는 두 개의 규칙이 충돌할 때', 즉 공통점이 거의 없는 두 개의 준거 틀이 혼합될 때 유머가 발생한다고 주장했다.[5] 쾨슬러는 두 개의 준거 틀이 서로를 양단할 때 펀치라인이 생겨난다고 보았다. 가장 간단한 예가 바로 동음이의어를 사용한 말장난이다. 발음이 같지만 전혀 다른 뜻을 가진 말로 하는 장난 말이다. 우리가 LA에서 배웠던 그레그 딘의 농담을 창작하는 과정도 서로 다른 두 개의 스크립트를 하나의 연결고리로 잇는다는 점에서 쾨슬러의 이론에 들어맞는다.

뿐만 아니라 쾨슬러의 이론은 시각적인 유머도 설명한다. 캐닌이 이번 주에 제출할 예정인 캡션 없는 만화를 예로 들어보자. 이 만화는 서로 다른 두 개의 준거 틀을 가지고 장난을 한다. 애완견 산책시키기를 좋아하는 사람들의 성향과 볼링이라는 스포츠가 그것이다. 둘 다 전혀 재미있지 않은 주제이지만 두 개가 맞물리는 지점, 즉 개를 산책시키는 사람과 볼링 용품이 만나는 순간 재미가 생겨난다.

피트는 유머 창작에 대한 접근법이라는 측면에서 쾨슬러의 이론을 높이 평가하지만 그의 이론이 유머 창작의 궁극이라고 생각하지는 않는다. 당연하게도 그는 무언가 잘못된 상황을 설정하고, 그것을 무리 없이 받아들일 수 있도록 (또는 그 반대로) 하면 웃음이 유발된다는 자신의 양성위반 이론이 쾨슬러의 이론보다 낫다고 생각한다. 덧붙여 그는 서로 다른 개념을 합치는 과정만으로는 이해할 수 없는 농담이나, 스마트폰('휴대전화'와 '인터넷'의 혼합)이 만들어진다고 지적한다.[6]

쾨슬러는 '상호 공존할 수 없는 두 개의 규칙이 충돌할 때' 창조가 일어나는 법칙은 농담뿐만 아니라 과학과 예술 등 인간의 모든 창조 행위에 적용된다고 보았다. 그는 '두 개의 서로 다른 추론이 교차할 때 그 충돌로 웃음이 터지거나, 그 결합으로 지적 합성이 일어나거나, 그 대립으로 심미적 경험이 생겨난다'고 썼다.[7]

하지만 농담을 지어낼 때 창의력은 도움이 된다. 재미있는 것은 그 반대, 즉 유머도 창의력에 도움이 된다는 것이다. 1987년 심리학자 앨리스 아이센(Alice Isen) 교수가 동료들과 진행한 실험이 이를 뒷받침한다. 그들은 실험 참가자들에게 양초 하나와 압정 한 상자, 성냥 한 갑을 나눠주고 주어진 도구만으로 벽에 초를 붙여보라고 지시했다. 실험 결과, 실험 전 재미있는 코미디 영화를 본 그룹이 수학적 내용의 비디오를 본 그룹보다 문제를 더 잘 해결하는 것(압정으로 상자를 벽에 고정한 뒤 성냥을 사용해 초에 불을 붙이고 그 촛농을 상자에 떨어뜨려 초를 붙이는 것)으로 드러났다.[8] 또한 아이디어 발상에 대한 최근 MIT의 실험 결과도 흥미롭다. 신제품을 브레인스토밍해달라는 부탁을 받은 즉흥연기 전문 코미디언들은 제품디자이너보다 평균적으로 20퍼센트 더 많은 아이디어를 냈고, 코미디언의 아이디어가 전문가의 아이디어보다 약 25퍼센트 더 창의적인 것으로 평가되었다.[9]

하지만 〈아메리카 퍼니스트 홈 비디오(America's Funniest Home Videos)〉를 보거나 하루 종일 즉흥연기를 하는 것 말고, 코미디 샛별들은 최고의 조합을 이루는 전혀 다른 콘셉트를 어떻게 생각해낼 수 있을까? 쾨슬러는 당사자가 얼마나 영리한 사람인지도 영향을 미치지만, 최대한 많은 준거 틀을 갖기 위해서는 많이 읽고 많이 경험해 세상이 어떻게 돌아가는지도 잘 알아야 한다고 했다.

유머 창작에 대한 이 법칙(최대한 많은 정보를 입수한 뒤 흔하지 않은 방식으로 결합하라)은 아주 단순해 보이지만, 이 법칙이 사실이라면 지금껏 남을 웃기는 컴퓨터를 개발한 사람이 나오지 않은 것은 이상한 일이다. 사실, 지난 수십 년간 사람을 웃기는 인공지능을 개발하기 위한 노력은 계속돼왔다. JAPE(Joke Analysis and Production Engine), STANDUP(System To Augment Non-speakers' Dialogue Using Puns), LIBJOB(lightbulb-joke generator), DEviaNT(Double Entendre via Noun Transfer program) 등이 그러했다. 그리고 덧붙여 재치 넘치는 차세대 코미디 컴퓨터를 만들려는 컴퓨터 프로그래머에게는 HAHAcronym Generator('하하' 두문자어 생성기)가 있다는 것을 말해주고 싶다.[10]

불행히도 이런 시도들은 컴퓨터가 농담을 할 수는 있지만, 멍청한 농담밖에 못한다는 것만 증명했다. 컴퓨터가 생성한 농담을 살펴보자.

> Q : 뗏목을 타는 동물은 무엇일까?
>
> A : 고양이(뗏목에 해당하는 영어 단어 'catamaran'이 'cat', 즉 '고양이'로 시작되는
>
>   데서 착안한 말장난)
>
> Q : 낙엽(leaves)과 차(cars)의 차이점은?
>
> A : 하나는 비질(Brush)해 갈퀴로 긁어모으고(Rake), 다른 하나는 빠르
>
>   게 속도를 내다(rush) 브레이크를 밟는다(brake)는 것.[11]

로봇이 세계를 정복하는 그날이 온다면 우리는 말장난에 관한 한 지옥을 경험할 것이다. 말장난 같은 농담에는 단어와 그 뜻의 조합이라는 단순한 데이터가 필요하고, 그런 데이터 처리를 컴퓨터보다 잘하는 존재는 없기 때문이다. 하지만 대부분의 코미디는 복잡하고 정해지지 않은 개념을 기반으로 한다. 최고의 코미디는 다양한 관점과 추론, 도덕, 금기 등을 파헤친 것이다. 컴퓨터가 그런 농담을 이해하게 하려면ㅡ컴퓨터 스스로 그런 농담을 생각해내고, 이를 언제 누구에게 말할지 결정하게 하는 것보다는 훨씬 쉬운 일ㅡ인류에 대한 모든 정보를 업로드해야 할 것이다.[12]

어쩌면 쾨슬러도 바로 이런 이유 때문에 농담을 지어내는 것이 단지 똑똑하기만 해서는 될 일이 아니고 서로 다른 요소를 창의적으로 섞기

만 하면 되는 단순한 문제도 아니라고 말했는지 모른다. 그는 또한 재미있는 농담을 잘 지어내려면 '다른 각도로 생각'하는 데 거부감이 없어야 한다고 썼다.[13] 재미있는 이야기를 지어내려면 기존의 법칙을 따르는 게 아니라 깨뜨려야 한다. 관점을 바꾸고 불합리와 부조리를 분석하고 사람들이 받아들일 수 있는 한계의 경계선을 철저히 파악해야 한다는 것이다.

캐닌은 다른 각도로 생각하는 데 일가견이 있는 사람이다.

"제가 생각해낸 최고의 아이디어들은 갑자기, 문득 생각난 것들을 조합한 데서 온 것 같아요."

캐닌은 우리와 함께 파크 슬로프를 가로질러 개선문과 그랜드 아미 플라자의 조각상을 지나 걸어가며 그렇게 말한다. 그러면서 자신이 조금은 모험심이 강하고 꼬치꼬치 캐묻는 경향이 있다고 털어놓는다. 그는 만약 자신이 외계인들이 세운 도시에 뚝 떨어진다면 그 도시의 건물이란 건물, 방이란 방에는 다 들어가보고 싶다고 말한다. 그리고 히죽거리며 시인하듯 말한다.

"그런 다음에는 제가 본 것들을 멋대로 해석해서 잘못된 그림을 그리겠죠. 아무 데도 가지 않고 작은 방에 혼자 앉아 그림을 그리는 거예요."

캐닌이 길거리 가판대에 들러 바나나 세 개를 사는 동안 우리는 이에 대해 곰곰이 생각한다. 그리고 우리 셋은 바나나를 하나씩 먹는다. 바나나겟돈이 일어나지 않도록 하기 위해.

캐닌을 비롯해 뉴욕에 거주하는 유명 혹은 무명의 유머 작가들이 대량으로 생산하는 유머는 사람들을 웃겨야 할 뿐만 아니라 시장에서도 잘 팔려야 한다. 그들의 유머는 《뉴요커》의 판매부수를 늘려야 하고, 브로드웨이 티켓 판매에 불을 붙여야 하며, 출간한 책은 베스트셀러를 만들어야 하고, 웹사이트는 입소문을 타도록 만들어야 한다. 극장에는 사람이 꽉꽉 들어차도록 해야 하고 TV 황금시간대의 광고도 꿰차야 한다. 특히 유머 마케팅 전략을 찍어내듯 구사하며 소비자들에게 사고 사고 또 사라고 강권하는 미국 광고 회사들이 몰려 있는 매디슨 애비뉴(Madison Avenue)만큼 재미있는 것과 잘 팔리는 것 간의 경계가 모호한 곳은 없을 것이다.

하지만 그들의 전략이 정말 효과적일까? 광고에서의 유머는 실제 물건의 판매와 직결되는가?

우리가 뉴욕으로 떠나기 몇 주 전 피트는 10대 임신 예방에 힘쓰는 미국 최대의 비영리기구 '10대 임신예방캠페인 본부(National Campaign to Prevent Teen and Unplanned Pregnancy)'로부터 예상치 못한 전화 한 통을 받았다. 워싱턴 DC를 기반으로 하는 이 기구는 새로운 피임 캠페인을 시작했는데, 18~29세 남성들의 주의를 끌기 위해 광고에 코믹한 요소를 더했다고 했다. 콘돔에 대한 유튜브 비디오와 〈SNL 디지털 쇼트〉에서 영감을 받아 제작한 힙합 노래, 코카콜라의 피임 효과에 관한 만화 등이 그것이었다. 하지만 담당자들은 새로운 캠페인이 대중의 호응을 얻고 있는지 반신반의하고 있었다. 캠페인에 코믹한 요소를 더한 것이 마케팅 메시지를 더욱 강력히 전하는 데 도움이 되었을까?

광고업계는 그렇게 생각하는 듯하다. 2008년 미국 광고업계는 유머 마케팅에 200억~600억 달러를 쏟아부었다.[14] 같은 기간 동안 슈퍼볼 광고의 75퍼센트 이상이 웃음을 유발하려는 목적으로 제작되었다.[15]

이런 광기 어린 유머 마케팅 열풍 속에서 성공하는 비결은 아마도 따로 있을 것이다. 연구자들은 재미있는 광고의 성공 비결 몇 가지를 알아냈다. 유머 마케팅은 보는 이의 시선을 사로잡는 경향이 있는데, 그 유머 요소가 광고의 메시지와 잘 연결되어 있을 때 사람들은 광고와 광고 속 제품을 더 잘 기억했다.[16] 그리고 광고업계가 그들에게 광고를 의뢰한 광고주에게 설명하는 것처럼 사람들은 재미있는 광고를 더 즐기고 그에 대해 더 많은 이야기를 나눈다. 하지만 유머 마케팅이 소비자가 실제로 물건을 구입하게 만드는지, 그리고 그 외의 마케팅 목표를 달성하고 있는지를 증명하는 확실한 증거는 아직 없는 게 현실이다.

피트는 최고의 유머 마케팅은 뉘앙스와 포지셔닝에 달려 있다고 생각한다. 그가 동료 케일럽 워렌과 알아낸 것처럼 중요한 것은 코미디 자체가 아니라 그 코미디가 어떻게 전달되느냐에 있다. 양성위반 이론에 따르면 유머는 잠재적으로 잘못될 수 있고 불안정하며 위협적인 상황에 의해 발생한다. 이는 광고가 재미있더라도 마케팅 담당자가 신중하지 않으면 브랜드에 나쁜 영향을 줄 수 있음을 의미한다.[17]

사람들이 1999년 신발 멀티숍 프랜차이즈 업체였던 저스트 포 피트(Just for Feet)의 광고를 역대 최악의 광고로 기억하는 이유도 마찬가지다. 물론 그게 유일한 이유는 아니겠지만. 광고 내용은 이렇다. 사막에서 케냐의 장거리 주자가 맨발로 뛰고 있다. 그때 군용 지프차에 탄 백인들이 그 흑인을 쫓는다. 곧 흑인 주자를 따라잡은 백인들은 그에게 나이키 운동화를 신겨준다. 이 인종차별적인 광고로 매출이 급감하자 저스트 포 피트는 광고 회사였던 사치&사치(Saatchi&Saatchi)를 상대로 1,000만 달러 배상 소송을 제기하기도 했다.[18]

하지만 명확한 매출 감소가 일어난 경우를 제외하면, 재미있는 광고가 성공했는지 아니면 처절하게 실패했는지를 알아내기란 어렵다. 10대 임신예방캠페인 본부가 피트를 찾아온 것도 바로 그런 이유에서였다. 이 기구는 자신들의 새로운 유머 광고가 효과적인지 알고 싶었고, 그래서 HuRL이 PSA 통계 도구를 사용해 몇 가지 실험을 해주길 바랐다.

물론 우리는 그 요청을 받아들였다. 과학의 이름으로는 무엇이든 하겠다는 게 우리의 입장이었으니까.

피트는 이 기구의 최신 광고 중 하나인 웹 비디오를 집중 분석하기로 했다. 비디오 클립에는 한 남자가 나와 젊은이들에게 피임 통계에 관한 대본을 읽어주다가 점차 샛길로 빠지면서 웃음을 유발한다. ("남자 다섯 명 중 한 명은 일어서서 관계를 가지면 임신 확률이 줄어든다고 믿는다면서요? 가만, 정말 삐– 지금 장난하나요?! 네, 삐– 살면서 들은 얘기 중에 제일 말도 안 되는 얘기예요!")

광고 속 조롱은 피임을 하지 않은 사람을 정확히 조준하고 있었기 때문에, 피트는 이 비디오의 목표 청중들이 귀를 닫아버릴지도 모른다고 생각했다.

우리는 제작팀과 협업해 이 비디오의 새로운 버전 세 가지를 만들었다. 그중 두 가지에는 부드럽고 친근하게 놀리는 어조를 취했다.

"남자 다섯 명 중 한 명은 일어서서 관계를 가지면 임신 확률이 줄어든다고 믿는다고 하죠……. 정말요? 에이, 그걸 믿는다고요? 그것보다는 많이 알고 있잖아요! 잠시 생각해보면 '맞아, 정자가 그렇게 호락호락한 놈이 아니지' 할 걸요."

그리고 마지막 비디오에는 진지한 어조로 사실만 정확히 전달했다.

인지과학자 필 페헌바흐와 졸업생 줄리 스키로(Julie Schiro)의 도움을 받아 피트는 18~29세의 남성 그룹을 모집해 각각 새로 제작한 비디오와 기존 비디오, 총 네 편의 비디오 중 하나를 보게 했다. 결과는 놀라웠다. 지루하고 건조하게 사실만 전달하는 비디오를 본 실험 참가자들이 재미있는 버전의 비디오를 본 참가자들보다 성 건강에 관한 정보를 찾아볼 확률이 훨씬 높은 것으로 나타난 것이다. 피트는 코믹한 비디오는 보는 이의 주의를 끌고 재미를 제공하지만 동시에 상황이 별로 심각하지 않다는 신호를 주기도 한다고 말한다. 코믹한 비디오에서 10대 임신은 심각하게 생각할 문제가 아니라 웃고 농담할 수 있는 주제였다. 피트는 이 결과에 '존 스튜어트(Jon Stewart, 미국의 풍자 코미디언—옮긴이) 효과'라는 이름을 붙였다. 〈더 데일리 쇼〉와 같은 정치 풍자쇼는 시청자들이 불편한 뉴스에 주목하게 만들지만, 그것을 코미디로 재미있게 풀면 그들이 부정을 바로잡으려는 노력은 하지 않을 확률이 높다는 데서 착안한 이름이다.[19)]

그렇다면 모든 광고가 진지하고 근엄하게 사실을 줄줄 나열해야 좋은가? 아마도 아닐 것이다. 피트는 유머 마케팅을 효과적으로 하려면 이를 결혼식의 멋진 건배 제의처럼 생각하면 될 것이라고 말한다. 사람들의 이목을 집중시키는 농담으로 시작하되 곧 농담은 다 접어두고, 말하고 싶은 요점을 잘 전달하라는 거다.

《뉴요커》에서 화요일은 늘 만화 오디션이 열리는 날이다. 1930년대에 예술가들은 이를 두고 '화요일의 공개재판'이라고 불렀다. 잡지를 창간한 해럴드 로스는 그날마다 사무실을 그럴듯하게 꾸미기 위해 신경이 잔뜩 곤두서서 책상을 연거푸 다시 배치했다고 한다.[20)] 화요일 오디션에 참여한 만화가에게 이날은 잡지에 실릴 만화를 선정하는 여러 단계 중 첫 단계다. 이 단계에서 그의 만화는 먼저 지면에 실릴 정도로 재미있는지, 그리고 1,000달러 이상의 고료를 줄 가치가 있는지 평가받는다.

화요일, 우리는 재커리 캐닌과 함께 만화가 공개 오디션장에 갔다.

나는 늘 '《뉴요커》 사무실' 하면 크고 화려하게 장식된 흡연 라운지에서 가죽 안락의자에 저마다 몸을 싣고 코냑을 홀짝이며 유로화의 가치 하락에 대해 거들먹거리며 이야기하는 장면을 상상했다. 하지만 현실 속의 《뉴요커》 사무실은 내가 지금까지 일했던 뉴스 편집실과 별반 다르지 않아 보인다. 조금은 어질러진 책상이 줄지어 늘어서 있고, 마케팅 협찬품이 구석구석 처박혀 있고, 검토해야 할 책이 금방이라도 무너질 듯 위태롭게 여기저기 쌓여 있는, 특징 없는 공간. 대청소를 할 수 있게 사무실을 비워주는 시간마저 없어 24시간 쉴 새 없이 돌아가는 사무실의 피할 수 없는 최후다.

열두 명쯤 되는 만화가들이 밥 맨코프의 사무실 앞을 어슬렁거리며 서로 이야기도 나누고 자기 이름이 불리길 기다리고 있다. 대부분은 매주 찾아오는 낯익은 얼굴이지만 그중 새로운 얼굴이 한둘 보이는 것도 늘 있는 일이다. 매주 열리는 이 오디션은 누구에게나 열려 있는 자리다. 자신이 그린 그림을 평가받기 위해 꼭 사무실에 직접 찾아와야 하는 건 아니지만, 만화가를 꿈꾸는 사람이라면 《뉴요커》의 만화 편집장을 만날 수 있는 기회를 포기하지 않게 마련이다.

셔츠 깃을 빳빳이 세우고 시어서커 재킷을 입은 말쑥한 차림새의 맨코프가 맨해튼이 한눈에 내려다보이고 그림이 어지럽게 널려 있는 자신의 작은 사무실로 만화가를 한 명씩 불러들인다. 맨 처음 호명된 사람은 1962년부터 《뉴요커》에 만화를 기고하고 있는 시드니 해리스 (Sidney Harris)다. 맨코프는 오랜 친구를 맞듯이 그에게 인사한다. 그들은 수십 년 전, 해리스와 그의 동료 만화가들이 한 손에 만화 원고를 들고 《뉴요커》부터 잡지 《룩(Look)》, 《새터데이이브닝포스트(Saturday Evening Post)》, 《내셔널램푼(National Lampoon)》까지 매주 순례하던 시절을 회상한다. 맨코프는 고참 해리스에게 그가 얼마나 사슴을 못 그리는지 놀리듯 말한다. 좋은 마음에서 우러난 날카로운 비평인 셈이다. 그러자 해리스가 헛기침을 하며 말한다.

"레오나르도 다 빈치도 고양이는 못 그렸다고요!"

그러고는 이번에 그려온 원고를 건넨다.

그다음 차례는 샘 페리(Sam Ferri)다. 《타임아웃(Time Out)》이나 《더뉴욕프레스(The New York Press)》에서 호평을 받은 젊은 만화가이지만 아직 《뉴요커》를 뚫지는 못했다. 해리스보다 샘과의 이야기가 더 길어진다. 맨코프는 샘의 원고를 면밀히 검토한다. 뉴욕의 일상생활을 담은 그의 삽화들은 지금껏 잡지에 실렸던 만화와 전혀 다른 개성을 가지고 있다. 맨코프는 만화의 여기저기에 피드백을 준다.

"너무 복잡해요. 정리를 좀 해야겠어요. 여기 이 남자 팔에는 이렇게 많은 선을 그을 필요가 없어요……."

그는 샘에게 포기하지 말라고, 성공을 거두려면 시간이 좀 더 걸리겠지만 지금의 독특한 방향을 계속 유지하라고 말해준다.

"남들보다 어렵고, 또 남들과 다른 걸 하고 있는 거예요. 그렇다고 누가 상을 주지도 않는데 말이죠."

맨코프가 한숨을 내쉬며 말한다. 맨코프는 샘과 같은 처지를 잘 이해하고 있다. 그의 사무실 벽에는 예전에 그가 잡지에 기고했던 만화 하나가 걸려 있다. 온라인 포스터 판매 순위에서 상위권을 차지하고 있는 이 만화 속에서는 CEO가 전화기에 대고 이렇게 말하고 있다.

'아니, 목요일도 안 되네. 아예 안 하는 건 어떤가? 그건 괜찮나?'

맨코프도 저런 만화를 그리기까지 수년간 노력해야 했다. 무명 시절 그도 1,000장 이상의 만화를 그려 제출하고 나서야 잡지에 한 컷을 실을 수 있었다.

마지막으로 캐닌의 이름이 불렸다.

"그렇고 말고요, 재커리는 제 후배죠."

캐닌이 제출한 만화 원고 뭉치를 훑어보며 그가 말했다.

"딱 30분 들여 내가 알고 있는 모든 걸 재커리에게 다 전수해주었어요."

그는 볼링공과 볼링핀을 데리고 가다 길목에서 만나는 그림을 아주 마음에 들어 했다.

"하지만 문제가 있어."

그가 그림 속 볼링공을 매달고 있는 가죽 줄을 가리키며 말한다.

"이렇게 묶여 있으면 공이 어떻게 구를 수 있지? 팩트체커팀(fact-checker, 내용의 사실 여부를 확인하는 사내 팀─옮긴이)이 지적할지도 몰라."

웃기려고 하는 말이 아니다. 잡지의 다른 모든 기사와 마찬가지로《뉴요커》의 만화도 악명 높은 팩트체커의 깐깐한 검사를 통과해야 한다. 한번은 말하는 파랑새를 그린 만화를 실으려다 취소될 뻔한 적도 있었다. 파랑새가 원래 말을 못하는 새라서가 아니라 그림 속의 새가 산파랑지빠귀(Sialia)의 실제 크기에 맞지 않아서였다.

맨코프는 농담하길 좋아한다.

"기본적으로 제가 하는 일은 만화가가 가져온 만화를 탈락시키는 거죠."

실제로도 그는 탈락시키는 데 발군의 솜씨를 자랑한다. 그가 처음 만화 편집장이 되었을 때 유명 극작가 데이비드 마멧(David Mamet)이 편지 한 통을 보내왔다.

'하지 말라는 사람 없기에 제 마음대로 이 만화 뭉치를 보냅니다.'

맨코프는 이렇게 답장했다.

'만화를 제출해주셔서 감사합니다. 저도 하지 말라는 사람 없기에 제 마음대로 극본을 보냅니다.'

하지만 그가 사무실에 앉아 하는 일은 원고를 탈락시키는 것 외에도 많다. 만화가들과 함께 일하며 원고를 편집하고, 《뉴요커》의 만화가 다른 만화와 다른 점이 무엇인지 그들이 알게 해주는 것도 그가 하는 일이다.

잡지에 실릴 만화를 선정하는 맨코프의 기준은 재미가 있는지 없는지를 가르는 것처럼 단순하지 않다. 그는 정말 웃기는 만화도 가끔 잡지에 실리지 못한다고 주저 없이 말한다. 광고에서도 그렇지만 만화에서의 코미디도 맥락이 중요하다.

"탈락 원고 중에는 웃기는 것 말고는 아무런 의미도 없는 만화가 많아요."

맨코프는 오디션이 끝난 뒤 우리와 함께 간 고급 프렌치 레스토랑에서 채식주의자용 버거와 허브티를 앞에 두고 그렇게 말했다. 맨코프가 가장 중요시하는 것은 만화가가 만화에 녹아낸 통찰력이다. 훌륭한《뉴요커》의 만화에는 '하하' 하는 순간과 '아하!' 하는 순간이 공존한다. 그런데 이 중 '아하'의 순간이 굉장히 중요하다. 심리학 연구 결과에 따르면 기발한 말장난을 이해하거나 어려운 수학 문제를 푸는 등 창조적으로 상관관계를 만드는 것은 본질적으로 즐거운 경험이라고 한다.[21]

맨코프가 캐닌의 볼링공 이미지를 좋아한 이유도 여기 있다. 웃고 다시 한 번 고개를 끄덕이게 되는 종류의 농담이기 때문이다. 볼링과 길목에서 일어나는 작은 사고라는, 만화에서 흔히 볼 수 있는 두 개의 비유를 아주 기묘하게 결합시켰다. 이런 개그는《뉴요커》의 코미디를 만든 만화 거물들, 즉 단순한 선의 미학을 살린 제임스 서버(James Thurber), 괴이한 만화로 많은 인기를 끌었던 찰스 애덤스(Charles Adams), 선이 독특한 솔 스타인버그(Saul Steinberg)가 물려준 재치 넘치고 존경할 만한 만화 유산에 걸맞은 수준이라 할 수 있다.

"《뉴요커》의 목표 중 하나는 만화를 예술로 승화시키는 거죠."

맨코프가 말한다. 그는 만화가들과 협업하여 함께 코미디를 만들어감으로써 이 목표를 달성하고 싶어 한다.

유머를 만들어내는 거대 산업 또한 협업과 브레인스토밍이라는 방식을 차용하고 있다. 시트콤은 작가들이, 코미디 영화는 한 명 이상의 시나리오 작가들에 더해 감독, 편집자, 제작자 및 이런저런 측근들이 함께 만들고 있는 것을 생각해보라. 어쩌면 아직까지 혼자 외롭게 개그를 짜는 사람은 스탠드업 코미디언뿐일지도 모른다. 하지만 이제 그들마저 다른 코미디언이나 작가들과 함께 극을 다듬는 게 사실이다.

이렇게 집단으로 코미디를 만들어내는 전략은 일리가 있다. 수백만 명을 웃게 만들 무언가를 생각해내기 위해 웃기는 데 재능이 있는 사람 열 명을 한방에 몰아넣고 좋은 결과물이 나오길 기대하는 것도 좋은 방법이다. 당신이 수백만 달러를 투자할 영화나 TV, 잡지의 운명을 유머 감각이 뛰어난 단 한 명의 얼간이에게 맡기길 바라는가?

맨코프는 《뉴요커》 편집부에서 원고를 선별하고 편집하고 캐닌과 같은 만화가의 재능을 키워주며 만화가들과 함께 재미있는 작업물을 만들어내더라도 세상 모든 사람을 웃길 수 없다는 사실을 잘 알고 있다.

"결국은 충분히 재미있는 정도지요."

결코 비관적으로 내뱉는 말이 아니다. 피트는 《뉴요커》의 만화는 코미디 클럽에 있는 모든 청중을 웃겨야 하는 스탠드업 코미디와 다르다고 말한다. 세상에 《뉴요커》를 읽는 독자는 너무 많고, 모든 사람을 웃기기에는 코미디 청중이 너무 많다.

"마치 열추적 미사일 같은 거죠. 이 중에는 당신을 웃기지 못한 만화도 있겠지만, 열추적 미사일처럼 그 만화도 자신이 웃길 수 있는 사람을 결국에는 찾아낼 거란 이야기예요."

아메바가 다른 아메바에게 '너, 시간낭비 하고 있는 거야. 난 무성애자거든'이라고 말하는 《뉴요커》의 만화가 당신 마음에 들지 않는다고 해도, 맨코프가 자신의 일을 제대로 하고 있다면 많은 사람이 이 만화를 오려 냉장고나 사무실 벽에 붙여놓을 것이다. 어쩌면《뉴요커》온라인 '만화 뱅크'에서 그 만화의 인쇄본을 살지도 모른다.

맨코프는 캐닌의 볼링공 만화가 그것을 재미있다고 여기는 독자들이 있을 만큼 재미있다고 생각한다. 그래서 캐닌의 원고는 다음 부서로 넘길 통과 원고로 분류된다. 이제 팩트체커들이 그 볼링공을 매달고 있는 가죽 줄에 대해 깐깐하게 굴지 않기를 바라보자.

대량으로 생산되는 코미디는 합당한 만큼의 위험성도 안고 있다. 피트는 시카고에서 열린 학회에 참석하는 동안 미국 최대 소셜커머스 웹사이트인 그루폰 본사를 방문했다. 그루폰은 온라인 딜을 설명하는 문구를 재미있게 쓰기로 유명하다. 그가 방문한 그루폰의 휑한 편집실에는 후드티, 몸에 딱 달라붙는 스웨터, 특이한 안경테를 쓴 20·30대 수백 명이 일하고 있었다. 콜로라도로 돌아온 피트는 내게 이렇게 말해주었다.

"그루폰을 운영하는 사람들이 힙스터(hipster, 대중의 큰 흐름을 따르지 않고 자신들만의 고유한 패션과 음악 문화를 쫓는 사람–옮긴이)더라고요!"

그루폰은 매일 400쪽짜리 소설책에 맞먹는 분량의 마케팅 문구를 사이트에 올리는데, 그루폰의 편집장 아론 위드(Aaron With)에 따르면 가장 어려운 점은 회사의 힙스터들이 몸에 딱 달라붙는 스웨터를 입은 미혼의 커트 보네거트(Kurt Vonnegut, 유쾌한 문장으로 유명한 미국 소설가–옮긴이)처럼 글을 쓰도록 만드는 거란다. 그래서 아론은 문구를 재미있게 쓰는 구체적인 법칙을 담은 편집 지침서를 만들어 배포했다. 지침서 내용은 이랬다. 정보 80퍼센트, 유머 20퍼센트로 글을 작성하라. 문장 두 개에서 네 개 사이에 재미있는 문구를 넣어라. 힙스터들이 쓰길 좋아하는 외발자전거, 무언극, 앞은 짧고 옆과 뒤는 긴 남자 헤어스타일, 넥 워머, 라이거, 힙스터, 좀비, 해적, 닌자에 대해서는 쓰지 말라. 그리고 마지막으로 유니콘, 절대 유니콘에 대해서는 쓰지 말라.

이후에 피트는 그루폰에서 최장 기간 동안 편집자로 일하고 있는 직원을 만나 이야기했는데, 그에게 이 일의 가장 어려운 점이 무엇이냐고 물었더니 이런 대답을 했다.

"정말 웃기는 것을 만들어내는 것이죠."

그럼에도 대량으로 유머를 만들어내는 대부분의 주체에 비하면 그루폰의 상황은 자유로운 편이다. 할리우드 코미디와 시트콤의 경우 작가, 감독, 제작자, 방송국 임원, 스튜디오 대표와 주요 광고 회사들까지 참견하는 사람이 지나치게 많다. 이렇게 너도나도 참견하는 사람들의 목표는 무엇일까? 최대한 많은 사람을 낄낄 웃게 하고 거부감은 최소화하자는 것이다. TV 프로그램의 제작업계에는 '거부감을 최소화한 프로그램'이라는 용어까지 있다. 거부감을 최소화하는 만큼 웃기는 것은 아니다. 중요한 것은 영화를 흥행시키고 시청률을 높이는 것이다.

유머의 대량생산 시스템 속에서 농담도 괴롭겠지만, 코미디언들은 어떨까? 이런 유머의 생산 절차가 애초에 농담을 만들어낸 사람들에게 어떤 영향을 미치고 있을까? 우리는 이 질문에 대답해줄 사람으로 미국의 풍자신문 《더어니언》에서 21년간 기자로 일하고 있는 토드 핸슨(Todd Hanson)만 한 적임자는 없다고 생각했다. 많은 이들이 「마약과의 전쟁에서 대실패」, 「아기들은 멍청하다는 연구 결과 발표」와 같은 《더어니언》의 가짜 기사를 쓰는 기자를 꿈의 직업으로 동경하고 있다. 만약 그게 사실이라면 《더어니언》에서 그 누구보다 오랫동안 기자로 일하고 있는 핸슨이야말로 완벽한 직장을 가진 인물일 것이다. 그렇지 않은가?

쨍 괴로운 낯빛으로 핸슨이 자신의 브루클린 아파트로 우리를 안내한다.

"정신적으로 너무 힘들어요."

그가 눈을 비비며 말한다. 그는 아예 밤을 꼴딱 샜던가, 이제 막 잠에서 깬 듯하다. 그에게 닥친 재앙은 현재 《더어니언》을 소유한 회사가 합병하면서 기자들을 뉴욕에서 다시 시카고로 재배치시키려 한다는 것이다. 핸슨은 빈 위스키병과 꽉 차서 넘치려고 하는 재떨이로 둘러싸인 추레한 소파에 몸을 묻으며 이번 이동으로 바뀌는 건 단순히 우편번호만이 아닐 수도 있다고 말한다. 그가 티셔츠 왼쪽 소매를 걷어 올리자 'Satire(풍자)'라고 새긴 문신이 드러난다.

"이 글자를 새길 자격이 있다는 느낌이 든 뒤에야 문신을 하고 싶었어요. 그리고 《더어니언》이 2001년 위스콘신의 매디슨에서 뉴욕으로 자리를 옮겼을 때 내게 그런 자격이 생겼다는 느낌이 들었어요. 하지만 지금 다시 옮겨야 하는 상황이라⋯⋯."

그의 고개가 수그러지고 목소리도 차츰 잦아든다. 그래도 핸슨은 남은 힘을 짜내 우리에게 《더어니언》의 제작 일정을 설명해준다. 월요일이면 기자들이 모두 모여 재미있는 헤드라인을 최대 스물다섯 개까지 제안한다. 기자팀은 제출된 수백 개의 제안서 중 절대다수를 탈락시키고 다시는 논의조차 하지 않는다. 그중 가장 재미있다고 생각되는 열다섯 개 정도가 기사로 쓰인다. 하지만 보통 헤드라인을 제시한 사람이 기사를 쓰지 않고, 편집은 또 다른 사람이 한다. 결과적으로 누구도 기사에 이름을 남기지 않는다.

"《더어니언》에서 모든 일은 협업으로 이뤄지죠."

핸슨이 말한다. 경쟁이 치열한 대부분의 코미디 극작가팀과는 다른 품위 있는 접근법이다. 이런 접근법이 있기에 핸슨과 그의 동료들은 '2001년 9·11테러 직후 사람들을 어떻게 웃겨야 할지'라는 최근 우리의 기억 속에 코미디로 다루기 가장 힘든 문제의 답을 알아내려고 노력하고 있다.

그날 아침 핸슨은 자신의 브루클린 자택 창문으로 맨해튼의 초고층 건물 두 채가 사라지는 광경을 목격했다. 앞으로 웃을 수 있는 일들도 붕괴된 건물과 함께 사라져버린 것 같았다. 〈SNL〉, 〈더 데일리 쇼〉 제작이 즉각 중단되었고 《타임》은 '풍자의 시대는 갔다'고 선언했다. 풍자의 모든 것이라 할 수 있었던 《더어니언》도 끝을 맞은 듯했다. 당시 《더어니언》은 뉴욕으로 막 이사한 뒤였고, 사무실 이전 후 아직 첫 발행도 시작하지 못한 상태였다. 핸슨은 이렇게 말한다.

"우리는 '정말 이렇게 끝나는 걸까?'라고 생각했죠."

'어떤 일에 대해 농담을 하기엔 아직 너무 이른 것일까, 아니면 이미 너무 늦은 것일까?'와 같이 코미디 세계에서 타이밍은 늘 어려운 문제다. 9·11의 트라우마는 매우 어려운 숙제를 우리에게 남겼다. 마크 트웨인은 '유머는 비극에 시간을 더한 것'이라고 말했지만 9·11과 같은 비극이 재미있어지려면 대체 얼마만큼의 시간이 필요한 것일까?

하지만 피트가 말하는 것처럼 농담의 재미를 좌우하는 변수가 타이밍만은 아니라는 사실에 주목할 필요가 있다. 그는 코미디에서 가장 중요한 것은 감정적 애착이라는 사실을 알아야 한다고 말한다. 농담을 더욱 혹은 덜 재미있게 만들기 위해서는 위반 상황과 그것을 바라보는 사람 간의 심리적 거리를 조절함으로써 위반이 일어난 상황을 더욱 혹은 덜 양성적으로 만들어야 한다. 금기시되는 주제에 대해 솔직하게 말하기까지 몇 날 며칠, 수개월, 수년을 기다리면 사건이 오래전에 일어났다는 느낌이 들어서 보다 안전하게 농담할 수는 있겠지만 그보다 덜 극단적인 방법도 존재한다.

이를 증명하기 위해 피트는 HuRL에서 여러 실험을 진행하고 있다. 그중 한 실험에서 한 그룹의 참가자들은 자선단체에 '아이티'라는 휴대전화 문자를 200번도 넘게 보내 자신의 다음 달 요금에 2,000달러 가까운 금액이 청구될 것이라는 사실을 모르고 있는 젊은 여성에 대한 이야기를 들었다. 피트는 사람들이 그 여자가 그들의 친구가 아니라 낯선 사람일 경우 이야기를 더 재미있다고 느낀다는 것을 발견했다. 즉 실수로 2,000달러를 쓰게 된 것 같은 극단적인 상황의 경우, 이 상황의 주인공과 그 상황을 보고 웃는 사람의 심리적 거리가 멀수록 이야기가 더 재미있어진다는 것이다. 그 반대 상황도 성립했다. 같은 실험에서 다른 그룹의 참가자들은 '아이티'라는 문자를 다섯 번 보내 실수로 50달러를 쓰게 된 여자의 이야기를 들었다. 이 그룹은 그 여자가 낯선 사람이 아니라 자신의 친구라고 했을 때 이야기를 더 재미있다고 느꼈다. 이는 실수로 50달러를 지출하게 된 것과 같은 덜 위협적인 상황은 농담 속 주인공과 그 농담을 듣는 사람의 심리적 거리를 줄이면 더 재미있어질 수 있다는 것을 의미한다.[22]

어쩌면 농담이 아직 '너무 이른 것인가?'라는 질문 자체가 잘못된 것일 테다. '편안하게 듣기에는 농담의 소재가 너무 가까운가, 아니면 너무 먼가?'라고 묻는 게 더 맞을 수 있겠다.

핸슨과 그의 동료들은 9·11을 이렇게 바라본다.

"제게 9·11은 타이밍의 문제가 아니라 타당성의 문제예요. 만약 맞는 이야기를 솔직하고 합리적으로 이야기했다면 그다음 날에도, 500년이 흐른 뒤에도 유효할 겁니다."

이러한 이유로 《더어니언》은 세계무역센터가 붕괴되고 2주가 채 지나지 않아 이 테러리스트의 공격으로 일어난 비극을 정면으로 다루는 특집호를 발행했다.

같은 시기에 코미디언 길버트 갓프리드(Gilbert Gottfried)는 자신이 비행기를 타려 했는데 비행기가 엠파이어 스테이트 빌딩에 들러야 한다고 해서 타지 않았다는 농담을 해서 대중의 비난을 받았다. 《더어니언》은 9·11 특별호에서 길버트와 같은 실수를 저지르지 않았다. 《더어니언》은 건물에 돌진한 비행기나 그날 사망한 시민들을 두고 농담하지 않았다. 소재가 너무 노골적이었기 때문이다. 대신 그들은 소름끼치는 테러리스트를 바보로 둔갑시켰다('비행기 납치범들, 지옥에서 눈뜨고 놀라'). 그리고 전국을 휩싼 절망과 혼란을 재치 있게 풍자했다. 핸슨은 「분노에 찬 신, 살인하지 말라는 계명을 다시 한 번 분명히 하다」라는 기사를 쓰며 눈물을 흘렸다고 했다.

9·11 특별호가 나간 다음 날, 독자들의 칭찬과 격려로 《더어니언》의 팩스는 불이 났다. 오늘날까지도 그 특별호는 《더어니언》 역사상 가장 많이 언급된 것으로 꼽히고 있다.

9·11 특별호는 핸슨에게 커리어의 정점을 찍게 해주었지만 안타깝게도 그 이후부터는 계속 내리막길이었다. 《더어니언》은 더 이상 당돌한 신흥 매체가 아니다. 이제 《더어니언》은 《더어니언뉴스네트워크》라는 인터넷 매체로 미국 전역에 수많은 독자층을 거느리고 있다. 2003년 핸슨은 영화 〈더어니언〉의 시나리오를 동료들과 공동 집필했지만 몇 년 동안이나 개봉이 지연되다가, 결국에는 극장을 건너뛰고 곧장 비디오로 공개되었다. 그러자 핸슨은 영화 크레딧에서 자기 이름을 뺐다. 더군다나 요즘은 《더어니언》의 유머에 시장과 소비자가 큰 영향을 미

치고 있기 때문에 기업의 심기를 건드리지 않고 솔직하게 이야기하기가 더욱 어렵다.

"그 사람들은 코미디를 질이 아닌 양으로 평가하거든요."

핸슨의 말이다. 핸슨에게 시카고로 다시 삶의 터전을 옮기는 건 어려운 일이다. 그는 자신이 언제까지《더어니언》에서 일할 수 있을지 모르겠다고 시인하듯 말한다. 하지만《더어니언》을 떠나면 그가 무슨 일을 할 수 있겠는가.《더어니언》의 기자들은 〈더 데일리 쇼〉나 〈콜버트 리포트〉 같은 쇼에 작가로 취직하기도 했지만 핸슨에게는 어려운 일이다. 마흔두 살인데다 이제까지 진짜인 것 같은 가짜 기사를 쓰는 것 말고는 다른 일을 해본 적이 없는 그가 할 수 있는 일은 많지 않다. 이런저런 이유로 그는《더어니언》을 떠나기 힘든 상황이다. 이제는 영광의 훈장이라기보다 전쟁터에서 얻은 상처처럼 보이는 그의 몸에서 '풍자'라는 문신을 지우기 힘들 듯하다.

우리는 핸슨의 전화기가 울리기 전까지 몇 시간 동안 이야기에 열중했다.

"괜찮아요."

그가 수화기에 대고 말한다. 전화를 걸어온 사람은 그의 심리치료사다. 매일 밤 정해놓은 시간에 핸슨은 치료사에게 전화를 걸어야 한다. 그러지 않으면 치료사가 그에게 전화를 걸어온다. 그가 극단적인 일을 벌이지 않은 것을 확인하기 위해서다.

전화를 끊은 핸슨이 울먹거리며 말한다.

"세상은 참 슬퍼요."

솔직하고 맞는 말이지만, 재미는 없다.

뉴욕에서의 일정이 얼마 남지 않자 우리는 긴장의 끈을 풀고 조금 방탕해지기로 했다. 물론 과학적인 방식으로 생산성을 향상시키기 위해서.

이 아이디어는 우리가 집착적으로 시청하는 TV 드라마 〈매드맨(Mad Man)〉에서 비롯되었다. 드라마에 등장하는, 잘 차려입은 1960년대 광고맨들은 점심시간이면 칵테일을 곁들인 식사를 즐기고 사무실로 돌아오자마자 '럭키 스트라이크 담배' 광고의 기발한 카피라이터를 탁 생각해낸다. 그런데 정말 그럴까? 시장에서 히트를 치는 유머 광고를 생각해내는 데 정말로 타락한 생활이 영향을 미칠까? 좀 더 구체적으로 이야기하자면, 술을 마시면 코미디를 더 잘 만들어낼 수 있을까?

코미디 클럽에 한 번이라도 가본 사람이라면 알고 있듯, 알코올과 웃음은 밀접하게 관련되어 있다. 과학자들도 유머를 이해하는 데 술이 도움이 된다는 사실을 인정한다. 그들에 따르면 술은 사람들이 유머에 더 잘 반응하게 만들고 불안감을 감소시키며 긍정적인 기분을 갖게 한다고 한다. 1997년 한 연구에서 술을 마신 이들에게 코미디 영화 〈총알 탄 사나이〉를 보여주었다. 그러자 술을 마신 이들은 노드버그 경관(O. J. 심

슨)이 좌충우돌하는 모습을 맨 정신으로 본 사람들보다 훨씬 더 재미있다고 느낀 것으로 드러났다.[23]

하지만 술과 코미디가 정비례한다는 연구 결과는 거의 없다. 말하자면 '레니 브루스(Lenny Bruce, 마약중독으로 사망한 1960년대의 스탠드업 코미디언-옮긴이)가 경험한 타락과 퇴폐는 레니 브루스같이 위대한 코미디언을 낳는가?' 하는 질문에 대한 연구는 거의 없다는 것이다. 이 문제를 좀 더 자세히 들여다보기로 한 우리는 뉴욕의 유명 광고 회사인 그레이 뉴욕(Grey New York)에서 일하는 광고 감독들과 함께 술자리를 마련하기로 한다. 그레이 뉴욕은 아기의 말하는 입모양에 어른 목소리를 덧입힌 이트레이드(E-Trade) 광고와, 미국의 전 대통령 빌 클린턴이 자신이 본 코믹한 광고 중에 최고였다고 극찬한 다이렉TV(DirecTV, 미국 최대의 위성방송사-옮긴이) 광고를 제작한 회사다. 우리는 그레이의 광고 감독들을 술자리로 불러내기 위해 우리가 술값을 내겠다고 제안했다.

감독들은 서로 참석하겠다며 나섰고, 우리가 미처 손을 쓰기도 전에 회사의 창작팀 전체가 모임에 초대된다. 게다가 그들은 자신들이 가고 싶어 하는 장소까지 정해버린다.

"허리케인 클럽으로 가시죠."

왠지 아늑하고 자그마한(?) 술집이 연상되는 이름이다. 부디 우리 지갑에 부담이 덜 되는 곳이길.

저녁이 되어 허리케인 클럽에 들어선 우리는 곧바로 곤경에 처했음을 알아차린다. 하얀 재킷을 입은 웨이터들이 크리스털 샹들리에 아래를 바삐 오가며 코코넛, 수박, 빨간 피망 안에 담은 이국적인 음료를 나르고 있다. 피트는 음료 메뉴를 흘끗 보더니 초조하게 웃으며 말한다.

"이거 오늘 돈 좀 깨지겠는데요."

우선 걱정은 접어두고 우리는 실험에 착수한다. 우리는 광고팀에 피트의 양성위반 이론을 설명하기 위해 사용해온 벤다이어그램을 보여준다.

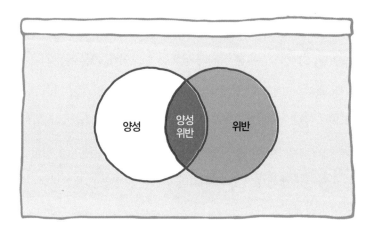

그런 다음 각 사람마다 칵테일을 한 잔씩 비우고 이 이론을 대입해 새롭고 재미있는 벤다이어그램을 만들어달라고 주문한다. 우리는 그레이 뉴욕의 창작팀이 새로운 벤다이어그램의 교집합에 '웃김'이라는 딱지를 달고, 각자의 농담을 양성과 위반에 해당하는 요소로 분해해주길 바라고 있다. 벤다이어그램을 그린 뒤에는 스스로 얼마나 웃긴지 점수도 매겨달라고 한다. 그런 다음 칵테일 한 잔을 또 마시고 새로운 벤다이어그램을 그리게 한다. 이 과정을 반복, 반복, 또 반복한다.

사람들은 마이타이, 벨리니, 모히토를 허겁지겁 마시고 곧 정신을 놓기 시작한다. 우리가 예상치 못한 것은 이들이 이 실험을 굉장히 심각하게 받아들인다는 것이다. 특히 그레이의 광고 감독들이. 상사들은 부하직원들을 다그치며 110퍼센트의 능력을 발휘하라고 요구한다. 제길. 스트레스와 타락 때문에 사람들은 과도하게 예의를 차린다. 아래는 그들이 완성한 벤다이어그램 중 하나다.

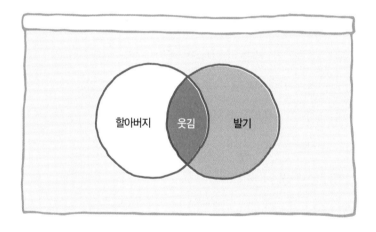

다른 것들에 비하면 이는 양호한 편이다. 우리는 뉴욕의 호화로운 바에서 뉴욕에서 가장 영향력 있다는 광고 제작팀과 함께 코미디가 어떻게 만들어지는지를 (적어도 코미디 창작이 어떻게 시도되는지) 보고 있다. 아직 분석할 게 남아 있지만 우선 예비 결과에 따르면 이 세상의 대부분은 재미가 없음을 증명하는 증거가 또 하나 추가될 것 같다. 그러니까 당신이 광고 감독들이나 《뉴요커》의 만화가 캐닌같이 재미있는 사람이 되고 싶다면 최대한 많은 농담을 생각해내고, 또 생각하는 게 최선이다. 혹은 피트가 말하는 대로 최대한 많은 위반 상황을 설정하고, 그 상황의 위반을 무리 없이 받아들이게 하는 방법을 최대한 찾는 것이다. 대부분은 별것 없는 농담이겠지만 캐닌의 볼링공 만화처럼 그럴듯한 것을 생각해낼 수도 있다.

참, 캐닌의 만화는 어떻게 되었을까? 맨코프가 캐닌을 '코미디 천재'라고 한 것이 틀린 말은 아니었나 보다. 볼링공 개그는 팩트체커의 깐깐한 검사도 통과했고, 맨코프와 함께 잡지에 실릴 12~20개의 만화를 추리는 《뉴요커》의 편집장 데이비드 램닉(David Remnick)에게도 오케이 사인을 받았다. 몇 달 후《뉴요커》의 85쪽 오른쪽 하단에 서로 다른 방향에서 각각 볼링공과 볼링핀을 끌고 같은 길목을 향해 걸어가다 부딪히기 직전의 행인 두 명을 그린 만화가 실렸다. 하지만 캐닌은 정신없이 바쁜 나머지 자신의 만화가 잡지에 실렸다는 사실도 몰랐을 것이다. 왜냐하면 《뉴요커》보다 유명한 코미디의 산실 〈SNL〉에 취직했기 때문이다.

다시 허리케인 클럽으로 돌아가보자. 우리가 대접한 술이 광고팀 모두를 캐닌급으로 웃긴 사람으로 만들었는가? 그들 스스로는 그렇게 생각한다. 술을 더 많이 마실수록 그들은 자신의 아이디어가 웃기다고 평가한다. 이후 피트는 온라인 패널 조사를 통해 그날 밤 작성된 벤다이어그램을 평가하도록 했고, 그 결과 술에 취했던 광고팀의 생각이 틀렸음을 알게 된다. 패널에 따르면 광고팀이 칵테일을 다섯 잔 마셨을 때 그들의 유머는 내리막길로 접어들었다. 블레이즈라는 필명을 사용한 광고 감독이 제출한 벤다이어그램을 보자. 그는 칵테일을 세 잔 마신 뒤 자신이 조금 더 취했다고 설문 척도에 표시하고, 아래의 보물 같은 벤다이어그램을 그렸다.

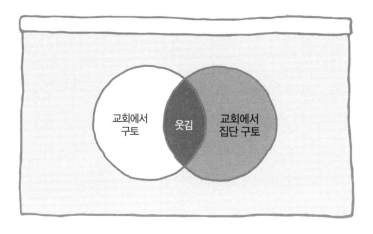

블레이즈는 자신의 벤다이어그램에, 7점 만점의 재미 척도에 4점을 주었다. 반면 온라인 패널은 3.5점을 주었다. 상당히 유사한 점수다. 그런데 그는 다섯 잔을 넘긴 이후부터 자신이 그린 벤다이어그램에 7점 만점을 주었다. 온라인 패널의 생각은 달랐다. 그들은 재미에 1.95점을, 불쾌함 정도에 4.2점을 주었다.

이렇게 다른 평가를 받은 벤다이어그램에는 어떤 단어가 쓰여 있었을까? 놀라지 마시라, 우리는 경고했다.

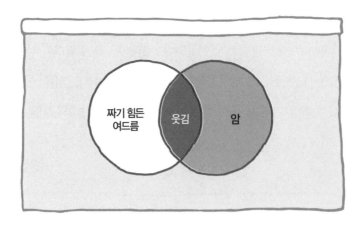

그렇다, 알코올은 농담을 더 재미있게 느끼도록 만들지만 청자가 아닌 화자에게만 그렇다는 것을 보여주는 증거다. 이 결과를 얻기 위해 우리는 1,272.96달러를 지불했다. 우리 둘 다 술집에서 내본 적이 없는 큰돈이었다. 우리는 이에 영감을 받아 벤다이어그램을 만들었다. 그리고 여전히 우리의 벤다이어그램이 맞는지 아닌지를 확인하기 위해 기다리는 중이다.

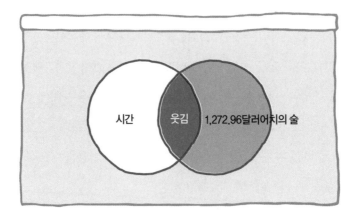

뉴욕을 떠나면서 우리는 사람을 웃기는 재주가 반드시 신이 내린 선물은 아니라는 것을 알았다. 사람을 웃기는 재능은 천부적인 것이 아니라 엄청난 노력이 필요하고 역설적이게도 재미가 필요한 일이다. 만약 영리하고 재미있는 방식으로 난해한 주제들을 결합하고자 한다면 좀 더 넓게 세상을 살아라. 흔치 않은 주제를 다룬 글을 많이 읽고, 가보지 않은 새로운 곳을 탐험하며 대담하게 모험하라. 이도 저도 못하겠다면 술자리에서 길고 두서없는 대화라도 하라.

단, 한턱내겠다는 말만은 조심하는 게 좋을 것이다.

4

탄자니아

4 :: 탄자니아 ::

우리는 왜 웃을까

우간다 공항에 도착하자 공항의 메인 홀에 걸려 있는 커다란 플래카드가 우리를 반긴다.

'우간다는 에볼라 바이러스 안전지대입니다. 즐겁게 여행하세요.'

거참, 안심되는 소리다.

하지만 정작 우리 머릿속은 에볼라 바이러스가 아니라 다른 병에 대한 생각으로 가득 차 있다. 에볼라보다 훨씬 덜 치명적이지만. 우리는 소위 1962년 탕가니카(Tanganyika, 지금의 탄자니아-옮긴이)의 웃음병을 추적하기 위해 이곳 동아프리카에 왔다. 소문은 이러하다. 1962년 탕가니카의 서북쪽 마을에서 수백 명의 사람이 웃음을 참지 못하는 사건이 일어났다. 이 고통(이 증상을 그렇게 부른다면)은 급속히 퍼져나갔고, 아무것도 이를 멈추게 할 수 없을 것 같았다. 급기야 학교에서는 휴교령을 내렸고 마을 전체가 극심한 고통에 휩싸였다. 수개월 후 웃음이 멈추기까지 이 '질병'에 감염된 사람은 1,000명에 이르렀다.

이후 탕가니카의 웃음병은 전 세계의 상상력을 자극해왔다. 신문 기자들과 라디오 쇼가 이 사건을 다루었고 이를 각색한 다큐멘터리도 있었다. 하지만 탕가니카의 웃음병을 다룬 많은 시도는 웃음병이 발생한 현지와 멀리 떨어진 곳에서 간접적인 출처와 단편적인 정보, 소문에만 의존했다. 지금까지 탕가니카의 웃음병을 보도하면서 사건을 직접 조사하고 웃음병의 근원을 추적한 사람은 거의 없었다. 그래서 우리는 그일을 하기 위해 이곳에 왔다.

솔직히 말해 우리는 이 사건의 전말에 의심을 갖고 있다. 악마에게 홀린 듯 참을 수 없는 웃음이 이 사람에서 저 사람에게로 전염된다니, 말도 안 되는 소리 같다. 하지만 분명 1962년 탕가니카에서는 무슨 일이 벌어졌다. 그런 일이 있었음을 증명해주는 목격담과 의학적 보고서도 있다. 하지만 그 일이 무엇인지, 그리고 유머와는 어떤 관련이 있는지는 여전히 미궁 속이다.

우리는 이곳에 있는 동안 웃음이라는 신비로운 현상의 단서를 얻을 수 있기를 바란다. LA에서는 스탠드업 코미디를, 뉴욕에서는 만화를 조사하면서 우리가 접하게 된, 코미디 전문가가 만들어낸 코미디는 우리가 일상생활을 하면서 낄낄대고 킥킥대는 웃음의 일부분에 지나지 않는다. 왜 그럴까? 우리는 왜 소리 내어 웃는 괴상한 버릇을 만들어냈을까? 왜 우리는 재미있는 것을 보면 본능적으로 다른 사람과 음성적으로 공유하고 싶어 할까? 그리고 웃음과 유머가 가끔은 별다른 상관관계를 갖지 않는 이유는 무엇일까? 1962년 동아프리카의 수백 명은 전혀 웃기지 않은 일을 두고 왜 웃기 시작했을까? 통제할 수 없는 질병처럼 웃음은 왜 그렇게 전염성이 강한 것일까?

그 시작은 세 명의 여학생이었다.

1962년 1월 30일, 빅토리아 호수에서 멀지 않은 카샤샤라는 마을의 기독교 여학생 기숙학교에서 '비정상적인 행동'이 시작되었다. 이 사건을 다룬 가장 권위 있는 매체인 《중앙아프리카의학저널》에 '탕가니카 부코바 지역의 웃음병'이라는 제목으로 게재된 글은 그렇게 묘사하고 있다. 의사 A. M. 란킨(Rankin)과 P. J. 필립(Philip)이 쓴 이 글을 더 구체적으로 살펴보면 반복적인 웃음과 울음이 소녀들을 덮쳤다는 표현이 나온다. 이 현상은 곧 다른 학생들에게로 퍼져나갔다. 짧게는 몇 분, 길게는 몇 시간 동안 웃음이 멈추지 않았고 장장 16일 동안 이 증상에 시달린 소녀도 있었다. 이 병에 걸린 학생들은 학업에 집중하지 못했고, 누구라도 자신의 웃음을 제지하려 들면 거칠게 반항했다. 이들은 자신의 머릿속에 무언가가 돌아다니고 있다고 말했다.

그해 3월 18일까지 95개 학교의 여자 중고등학생 159명이 이 병에 감염되었다. 학교에서는 이 병의 전파를 막기 위해 휴교령을 내렸지만 별소용이 없었다. 3월 21일에 휴교령을 해제하고 수업을 시작하자 수십명의 학생이 새로 감염된 것이다. 그 시점에는 이미 학교 밖까지 병이퍼져 있었다.

카샤샤는 우리가 연구를 시작하기에 최적의 장소 같았다. 우리는 탄자니아에서 하루를 고스란히 보낼 수 있게 된 첫날 곧장 마을로 향한다. 마을은 안개가 자욱한 계곡이 훤히 내려다보이는 숲에 위치해 있다. 큰 도로에 내리자 '그 학교'가 눈에 들어온다. 여학교가 문을 닫은 뒤수십 년간 이곳에는 다양한 학교가 세워졌고, 지금은 직업학교가 들어서 있다. 보슬비가 내리는 오늘은 수업이 없는 날이라 교내의 자그마한잔디밭은 텅 비어 있고, 양철공 작업실과 벽돌 저장소로 통하는 덧문이굳게 닫힌 채 바람에 덜컹이고 있다. 우리는 학교의 작은 사무실에서초록색 셔츠를 입은 다부진 체격의 교장 제이슨 카말라(Jason Kamala)를만난다.

"지금 말씀하시는 웃음에 대해 많이 들어봤어요."

호탕하게 웃으면서 그가 억양이 센 영어로 말한다. 그러고는 깨끗하게 정돈되어 있지만 오랜 세월의 흔적이 곳곳에 남아 있는 학교 건물로우리를 안내하며 자신이 알고 있는 것들을 이야기해준다. 전에도 같은이야기를 해본 적이 있단다.

그에 따르면 당시 여학교는 독일의 선교회에서 운영하는 시범학교로, 이 지역 최초의 기숙학교였으며 엄격한 교칙 때문에 학생들이 힘들어했다고 한다. 카말라는 이전에 기숙사로 사용되었고 지금은 목공실과 용접 작업장으로 쓰이고 있는 낡은 건물을 보여준다.

"기숙학교 시절 이 건물에는 마을 쪽으로 나 있는 창문이 하나도 없었어요. 거리의 남자들을 보지 못하게 하려 했던 거죠."

학생들은 밤에 화장실도 사용할 수 없었다고 한다. 화장실과 기숙사 담이 너무 가까웠던 까닭이다.

카말라는 건물의 깊숙한 곳에 있는 교실로 우리를 안내한다. 벽에는 금이 가 있고 창문은 깨져 있지만 어디서나 볼 수 있는 평범한 교실이다. 그는 교실 안으로 보이는 나무의자를 가리키며 1962년에 쓰던 의자와 같은 종류라고 말한다. 그리고 정말이지 불편한 의자라며, 의자 등받이가 앞쪽으로 이상하게 기울어져 있어서 바른 자세를 취할 수가 없다고 한다. 그의 말에 따르면 여학생들의 '자세가 나빠지는' 의자다.

세 명의 여학생은 바로 이 교실에서 웃음을 터뜨린 후 도무지 멈추질 못했다. 당황한 선생님은 종을 울려 잠시 수업을 중단하고 세 여학생을 운동장으로 내보내 반 분위기를 진정시키려 했다. 카말라가 당시 학생들이 섰던 운동장에 선다.

"여기서 다른 학생들이 그 세 명을 쳐다보다가 같이 낄낄 웃기 시작했죠. 웃음을 참지 못해 쫓겨난 학생들로 곧 잔디밭이 꽉 찼어요. 그들은 웃고, 웃고, 또 웃었어요."

우리가 동아프리카에서 가이드로 고용한 탄자니아 사람 윌리엄 러타

(William Rutta)는 최신 유행의 팔꿈치에 패치가 덧대진 재킷을 입고 작은 노트에 무언가를 끼적이며 카말라의 설명을 함께 듣고 있다. 지역 사파리와 키로예라 투어라는 여행사를 소유하고 있는 러타에게 우리가 가이드를 구한다는 이메일을 처음 보냈을 때 그는 현지어로 '오무니포 (Omuneepo)'라고 불리는 이 웃음병에 대해 모든 것을 알고 있다고 자신했다. 하지만 지금 카말라가 들려주는 이야기는 그도 처음 듣는 게 확실해 보인다.

하지만 괜찮다. 러타가 말하듯 '걱정하지 마, 다 잘될 거야'라는 뜻의 스와힐리어 '하쿠나 마타타(Hakuna Matata)'는 디즈니의 만화영화 〈라이온 킹(Lion King)〉에 나와 유명해진 말로, 러타가 제일 좋아하는 말이다. 적어도 그가 우리 같은 백인을 가이드할 때는 그렇다. 우간다 공항에서 러타가 우리를 픽업할 때 우간다 군대가 성난 군중 시위대를 향해 발포했지만 뭐 어떤가, 하쿠나 마타타. 우간다와 탄자니아를 잇는 도로가 공사 중이라 몇 시간동안 길에 서 있다시피 하다가 나중에는 미친 속도로 길바닥의 중장비와 공사하느라 만든 구덩이를 요리조리 피해 운전했지만 뭐 어떤가, 하쿠나 마타타. 우간다에서 탄자니아로 국경을 넘을 때 우간다의 국경 순찰사무소 창문에 지금은 점심식사 시간이라는 메모 한 장만 달랑 붙어 있고 사무실은 텅 비어 있었지만, 또 그 메모에는 언제 돌아올 것이라는 언질 하나 없었지만 뭐 어떤가, 하쿠나 마타타.

카말라는 학교를 구석구석 안내해주며 자신이 1962년에는 이곳에 없었지만 이후 1981년 직업학교 시절에 오무니포를 직접 목격했다고 한다.

"남학생 세 명에서 시작되었죠. 이렇게 사람을 쳐다보더니―카말라 가 눈을 크게 뜨고 우리를 쳐다보는 시늉을 한다―갑자기 웃기 시작하 는 거예요. '하하하!' 그러고는 눈물을 줄줄 흘렸죠. 사내애들이라 다루 기도 힘들었죠. 힘은 또 얼마다 셌다고요. 결국 그 아이들을 밧줄로 묶 어, 나아질 때까지 매트리스 위에 둘 수밖에 없었죠."

그는 이와 유사한 이야기도 들어본 적이 있다고 한다. 수년에 한 번씩 지역의 학교나 마을에서 오무니포가 일어났다는 이야기가 들린다는 것 이다. 불과 몇 년 전에도 그런 일들이 있었다고 한다.

이런 일이 왜 일어나는 것일까? 카말라는 어깨를 한 번 으쓱하고 말 한다.

"어쩌면 웃는 사람의 뇌에 광기를 일으키는 무언가가 들어가는 게 아 닐까요?"

사실 사람들이 언제, 그리고 어떻게 웃는지와 광기 사이에는 유사한 점이 있다. 웃음은 재미있는 무언가를 보았을 때 자동적으로 나오는 단 순한 반응이 아니다. 우리는 재미있는 것을 보고도 종종 웃지 않는다. 우리가 뉴욕에서 재미있다고 생각했던 《뉴요커》의 만화들을 보고도 크 게 웃음을 터뜨리지 않고 감탄 어린 미소를 지었던 것처럼. 때로 웃음 은 전혀 재미있지 않은 것에서 터진다. 유튜브에서 '참을 수 없는 웃음' 을 검색어로 입력해보라. 전쟁이나 정치 뉴스를 전하던 아나운서가 딱히 웃길 것이 없는 상황인데도 갑자기 웃음을 터뜨리고 참지 못하는 동영상이 줄줄이 뜰 것이다. 자칫하면 아나운서 자리에서 내려와야 할지도 모르는 상황이지만 그들은 웃음을 참지 못한다.

웃음의 기괴한 특징을 가장 잘 묘사한 사람으로 로버트 프로빈(Robert Provine)을 들 수 있다. 신경과학자이자 볼티모어 주의 메릴랜드대학교에서 심리학 교수로 재직 중인 그는 몇 해 전 웃음에 관한 연구를 훑어보고 인상적인 연구가 없음을 깨달았다.

"사람들은 수천 년 동안 웃음을 설명하기 위해 애써왔죠. 이제는 조금 다른 걸 시도해봐야 할 때라는 생각이 들었어요. 저는 이 주제를 수필 쓰듯 하는 것이 아니라 경험과학 측면에서 연구하고 싶었죠."

프로빈이 내게 말했다. 그래서 프로빈은 '보도신경과학(sidewalk neuroscience)'이라는 실험을 고안해 현실에서의 웃음을 추적하고 관찰했다. 프로빈과 그의 동료들은 술집과 쇼핑몰, 칵테일 파티, 동창회 같은 장소에서 '웃음이 터지는 에피소드'를 1,000개 이상 녹화했다. 또한 수십 명의 학생 자원자에게서 일상생활 중에 킥킥대거나 미소 짓고, 박장대소한 순간과 상황을 적은 '웃음 기록'을 받았다.

그의 저서 『웃음에 관한 과학적 탐구(Laughter: A Scientific Investigation)』에 실린 실험 결과는 프로빈에게도 놀라운 것이었다. 그가 조사한 현실 속 웃음들 중 웃긴 혹은 웃길 만한 요소가 조금이라도 포함된 것에 대한 웃음은 20퍼센트가 채 되지 않았다. 그보다 사람들은 '다음에 봐', '무슨 말인지 알겠어', '저기 봐! 안드레잖아!'와 같이 아무런 재미가 없는 말에 훨씬 자주 낄낄대고 미소 지었다. 뿐만 아니라 웃음을 유발한 말을 한 사람이 그 말을 들은 사람보다 웃을 확률이 46퍼센트나 높았다. 재미있는 것에 대한 반응으로 웃음이 터져나온다고 생각하기 쉽지만, 실제로 1,200개의 웃음 에피소드 중 웃음으로 상대방의 말이 중단된 것은 여덟 개뿐이었다. 99.9퍼센트의 상황에서 웃음은 대화가 자연스럽게 중단되는 잠깐잠깐 사이에 느낌표나 마침표처럼 끼어들어 터졌다.[1]

프로빈은 일상생활에서 터지는 웃음들 중 대부분이 농담, 혹은 농담과 유사한 것의 부산물이 아니라고 결론지었다. 대신 그는 우리가 사람들과 의견을 주고받는 과정에서 웃음이 생기며, 나중에 돌이켜보면 전혀 재미있지 않은 상황에서 웃음이 터지는 경우가 대부분이라고 주장했다. 이는 프로 코미디언의 숙제를 완전히 새로운 차원에서 바라보게 만드는 발견이다. 그의 주장에 따르면 코미디언은 관객과 분리된 존재로, 관객과 서로 이야기하는 것이 아니라 관객에 대고 자기 이야기를 할 뿐이다. 그의 이론에 따르면 코미디언들은 현실 속 대부분의 사람들과는 전혀 다른 방식으로 상대를 웃기려고 애쓰므로, 루틴의 대부분에 웃어서는 안되는 것이다. 하지만 우리는 프로빈의 주장에 따라 스탠드업 코미디를 일상적인 대화로 다시 짜야 한다고 생각하지는 않는다.

우리가 루이스 C. K.와 나누었던 일상적인 일대일 대화는 전혀 재미있지 않았다.

피트는 양성위반 이론이 프로빈의 비범한 발견에 도움이 될 거라고 생각한다. 재미없는 대화에서 대부분의 웃음이 터진다는 그의 연구 결과도 양성 위반일 수 있다는 것이다. 즉 위반 상황이 매우 양성이기 때문에 뒤돌아보면 웃긴 상황이 아니지만, 그 상황이 일어난 순간 그 자리에서는 웃긴다는 이야기다. '네가 거기 있었어야 돼'의 최고 판인 셈이다.[2] 어쨌든 프로빈의 발견은 웃음이 사회적이며, 그 핵심에는 대화의 양식이 있다는 것을 시사한다. 프로빈이 학생 자원자들로부터 받은 '웃음 기록'을 통해 그들이 혼자 있을 때보다 누군가와 함께 있을 때 웃을 확률이 30배나 높다는 사실을 발견했다는 것도 전혀 놀랍지 않다. 혼자 있을 때 웃음이 터진 몇 안 되는 경우는 모두 TV나 다른 매체를 접할 때였다. 다시 말해 전자기기가 사람을 대신했다는 말이다. 정말로 아무것도 없이 혼자 남겨졌을 때 웃음이 터지는 경우는 없었다.[3]

프로빈은 웃음의 사회적 힘을 보여주는 또 다른 증거, 즉 웃음이 집단에 미치는 영향력이 보통 사람들이 생각하는 것보다 훨씬 크다는 것을 시사하는 증거를 발견했다. 그는 《아메리칸사이언티스트(American Scientist)》에 기고한 글에서 이렇게 썼다.

'탕가니카의 웃음병은 웃음이 가진 전염성의 극단적 예다.'

맞는 이야기일까? 50년 전 이 기숙학교에서 일어났던 웃음병이 걷잡을 수 없이 퍼졌던 것은 웃음의 사회적 영향력 때문이었을까? 좀 더 조사해봐야겠다.

우리가 머무는 탄자니아 지역의 행정 중심지이자 우리의 연구 기지인 부코바 시내는 세계에서 두 번째로 큰 담수호인 빅토리아 호수의 서쪽에 위치해 있다. 한쪽으로는 초록빛 열대 언덕이 펼쳐져 있고 다른 한편으로는 끝없이 파란 호수가 펼쳐져 있는 부코바는 아름답기 그지없는 천혜의 환경을 자랑한다. 마치 아프리카판 지중해 도시 같은 느낌이다. 지저분하고 울퉁불퉁한 길, 철제 지붕을 얹고 있는 건물들, 공기 중에 자욱한 쓰레기 타는 냄새만 빼면. 우리는 시내를 내려다보는 야자나무 숲에 위치한 숙소를 잡았다. 숙소는 '이 지역의 유일한 럭셔리 관광 호텔'이라고 홍보하고 있지만 '럭셔리'는 어떻게 해석하느냐에 따라 의미가 달라지게 마련이다. 호텔에는 모기들이 왱왱거리며 돌아다녀서 사탕을 꺼내 먹듯 말라리아 예방약을 먹고 싶게 만들었고, 적어도 방 하나(내 방)에는 따뜻한 물이 제대로 나오지 않았다. 결국 나는 방을 바꿨지만 이번에는 데일 정도로 뜨거운 물만 나오는 바람에 애를 먹었다.

어슬렁거리며 동네를 돌아다니다 보니 편안한 시골 같은 느낌이 든다. 말하자면 부코바는 우리의 가이드 러타가 말한 '하쿠나 마타타' 정신이 발현된 지역공동체다. 부코바가 탄자니아의 옛 수도 다르에스살람에서 멀리 떨어져 있다는 점을 감안하면 그럴듯한 말이다. 이런 곳에 사는 사람들에게 웃음병같이 파괴적인 일은 쉽게 잊히지 않을 것이라는 생각이 든다.

다행히도 가이드 러타는 동네 사람들을 모두 알고 있다. 부코바에 사는 그는 자신의 밴 콘솔에 데일 카네기(Dale Carnegie)의 『인간관계론(How to Win Friends and Influence People)』을 넣어 가지고 다니며 현실에 응용하는 사람이다. 그는 휴대전화 두 대를 가지고 다니는데, 둘 중 하나는 늘 꺼져 있거나 둘 다 꺼져 있다. 그와 함께 다니면 동네를 제대로 걸어 다닐 수가 없다. 마주치는 사람마다 인사를 하느라 계속 걸음을 멈추기 때문이다.

"당신은 이 도시의 시장 같아요!"

피트의 말에 러타는 걸려온 전화를 받다가 싱긋 웃어 보인다. 하지만 아무리 비공식적 시장의 도움을 받고 있어도, 부코바의 안팎에서 사람들이 오무니포에 대해 할 이야기는 그리 많지 않아 보인다.

"제가 말할 수 있는 건, 그것이 기적이었다는 거예요."

기숙학교의 행정직원으로 일하면서 이 사건을 처음부터 끝까지 목격한 사람은 어깨를 한 번 으쓱하며 그렇게 말했다. 이후 만난 무슬림 성직자는 그것을 초자연적 현상이었다고 설명했다. 그는 사람들의 조상혼이 문제를 일으켰다고 믿고 있었다. 지역 교육자와 의료진도 별다른 도움이 되지 않았다. 그들은 50년 전 카샤샤에서 일어난 일을 왜 이제와서 묻고 다니느냐고 되물었다. 게다가 카샤샤를 제대로 찾아온 게 맞느냐며, 여기에서 멀리 떨어진 곳에 카샤샤라는 도시가 하나 더 있는데 거기에서 일어난 일은 자기가 알 바 아니라고도 말했다. 당신네가 거기로 갔어야 하는 건데 하며 그곳에 가서 다시는 이곳으로 돌아오지 말라는 뜻도 넌지시 내비친다.

이곳 사람들에게 진짜 걱정거리는 웃음병이 아니라 장티푸스, 말라리아, 문맹, 에이즈다. 하지만 분명한 것은, 과도한 웃음도 무언가 이상이 생겼다는 신호일 수 있다는 것이다. 아무것도 재미있지 않은데 병적으로 참을 수 없는 웃음이 터지는 것은 몸이 불편하다는 증상일 수 있다. 파킨슨병, 다발성 경화증, 가성구마비, 알츠하이머병, 정신분열증이 모두 그렇다. 전두엽 백질 절제술의 후유증으로도 이런 증상이 나타날 수 있다. 시상하부 과오종이라는 이름의 뇌종양도 '폭소 간질'을 유발한다. 보이지 않는 꼭두각시를 가지고 노는 것처럼 행동한다는 의미에서 '꼭두각시 증후군(happy puppet syndrome)'이라 불리다 이제는 '엔젤만 증후군(Angelman syndrome)'으로 명칭이 바뀐 증후군 또한 마찬가지다. 한때 파푸아뉴기니를 휩쓸었던, 치료약도 없는 치명적인 뇌질환으로 원주민들이 죽은 친척의 사체를 먹어 발생했다고 추정되는 쿠루(Kuru) 또는 웃음병도 그렇다.[4]

하지만 탄자니아의 웃음 에피소드는 이들 질병과 무언가 달라 보인다. 1963년 웃음병에 대한 글을 《중앙아프리카의학저널》에 기고한 의사 란킨과 필립은 이 병의 발병 원인을 조사하기 위해 감염, 바이러스, 식중독, 수계감염 질병 등을 조사했지만 아무것도 찾아내지 못했다.[5] 게다가 이 질병들의 경우 참을 수 없는 웃음에 더해 이후 훨씬 더 심각한 증상이 나타났지만 탄자니아의 웃음병은 그 증상이 웃음에서 그쳤다. 혹은 란킨과 필립의 건조한 설명을 빌리면, '치명적인 사례 보고'는 없었다.

　부코바에서 일이 순조롭게 풀리지 않자 러타가 밤에 우리를 시내로 데려간다. 그는 어둡고 연기가 자욱한 부코바 시내의 어느 술집 뒤편으로 우리를 안내한다. 깨끗이 치워진 술집 가운데서는 노출이 심한 옷을 입고 하이힐을 신은 여자들이 한 명씩 나와 아프리카 노래에 맞춰 춤을 춘다. 술집 안은 고기 굽는 냄새가 진동한다. 구석의 작은 부엌에서는 땀에 흠뻑 젖은 요리사가 까맣게 그을린 고기를 수북이 담은 플라스틱 접시를 끊임없이 내놓고 있다. 노래가 끝나면 댄서도 뒷벽에 쳐놓은 커튼 뒤로 가서 급하게 옷을 갈아입고 나온다. 격자무늬 셔츠를 입고 카우보이 부츠를 신은 댄서가 미국의 컨트리 가수 돌리 파튼(Dolly Parton)의 「코트 오브 매니 컬러스(Coat of Many Colors)」에 맞춰 춤을 춘다. 이곳은 마치 순결한 버전의 미국 스트립 클럽 같다. 그리고 마침내 흥을 돋우기 위해 댄서들이 이 술집의 유일한 백인 둘을 공연에 참여시키기로 결심하고 피트와 나는 차례로 조명 아래로 끌려 나간다.

　그렇게 우리는 아프리카의 저속한 버라이어티쇼 무대에 오른다. 무대 앞으로는 한껏 얼굴을 찡그린 남자들이 검게 그을린 고기를 물어뜯으며 도대체 저 사람들은 저기 서서 시야를 가리고 뭐하는 거냐는 표정으로 우리를 쳐다보고 있다. 그래서 우리는 춤을 춘다. 피트는 〈여인의 향기〉의 알 파치노라도 된 것처럼 댄서 한 명을 끌어다가 왈츠를 춘다. 나는 무대 위 여자들과 장난을 치다가 앞에 있는 관객에게 엉덩이를 흔들어 보이며 춤을 춘다. 피트는 있지도 않은 밧줄을 돌려 댄서 중 한 명을 잡는 시늉을 한다. 모두 다 과학을 위해서다.

우리는 키득대는 웃음소리와 박수 속에서 자리로 돌아와 앉는다. 비록 우리는 무대를 빛낸 가장 섹시한 댄서는 아니었지만 제일 웃기기는 했다. 이것은 중요한 의의를 갖는다. 유머가 성 선택에서 중요하게 여겨지지 않았다면, 즉 어느 정도 '섹시'하지 않았다면 인류 역사상 유머는 진화하지 않았을 것이기 때문이다.

700명의 남녀를 대상으로 한 설문 조사 결과 사람들이 배우자, 연인 등을 고를 때 유머를 가장 중요한 부분으로 여긴다고 대답한 것도 이상한 일은 아니다.[6) 또한 행복한 결혼, 그중에서도 특히 50년 이상 유지한 결혼 생활을 연구한 결과, 사람들은 자신이 행복한 결혼 생활을 한 이유로 배우자와 함께 웃을 수 있다는 점을 꼽았다.[7) 이를 두고 피트는 일리 있는 결과라고 말한다. 만약 부부가 서로를 웃게 만들 수 있다면 두 사람의 유머감각이 비슷하다는 것이고, 이는 곧 가치와 신념과 관심사가 비슷하며 상대를 행복하게 만들 수 있다는 의미니까.

불행하게도 유머가 관계를 끝낼 수 있다는 연구 결과도 있다. 유머감각(천박한 유머가 아니라 친근하고 긍정적인 유머)이 뛰어난 사람이 포함된 커플은 다른 커플보다 헤어질 확률이 높다고 한다. 모순으로 들리겠지만 이상한 일도 아니다. 유머는 사람들이 인정하고 좋아하는 인격적 특성이고, 그렇기 때문에 잘 지내고 있는 커플에 제삼자가 끼어들어 헤어질 확률도 높은 것이다.[8)

그렇다면 유머감각은 진화론적 측면에서 어떤 매력을 가지고 있는

가? 적자생존의 관점에서 재미있는 것을 인지하는 능력, 그리고 그것을 선전하는 능력은 어떻게 유용한가? 일부 진화론자들은 인간이 재치를 통해 지적 능력과 창조력을 보여주었고, 이를 통해 유머가 발전해왔을 것이라고 상정한다. 유머를 소셜 글루밍(한 동물 개체가 동종의 다른 개체의 피부, 털, 깃털을 청소해주는 행동 – 옮긴이)의 음성적(音聲的) 응용이라고 말하는 사람도 있다. 그들은 상대방의 가죽에 있는 벌레를 잡아주지 않고도 친해질 수 있도록 도와준 것이 웃음이라고 주장한다.

이 밖에도 다양한 이론이 있다. 막대기로 악어를 찌르는 행위는 죽을 수도 있을 만큼 위험한 일임을 웃음이라는 신호로 알렸다는 '불능화 메커니즘'론이 있고, 사회계층 관점에서 선사시대의 검투사들이 격투를 거치지 않고도 다른 이를 비웃을 자격이 있는 사람과 비웃음을 당해야 하는 사람, 즉 승자와 패자를 가리는 방법으로 웃음이 사용되었다고 주장하는 이론도 있다.[9] 혹은 덤불 속에서 바스락거리는 소리를 내는 놈은 예상대로 호랑이가 아니라 무서울 것 없는 영양이라는 것을 음성적으로 표현하는 신호로 웃음이 쓰였다는 이론도 있다.[10] 최근에는 웃음이 인간의 뇌가 자신에게 보내는 오류 경고 메시지라고 주장하는 이론도 나왔다. 이에 따르면 웃음은 '주목하라, 새로 발견한 것을 인정하라, 이 결론은 잘못 내린 것이다'라는 뜻을 담은 음성적 신호로 진화해왔다.[11]

이들 이론 모두 제각각 설득력이 있지만 대부분은 명백한 증거가 없다는 한계를 가지고 있다. 만약 피트가 도박꾼이라면 그는 2005년 뉴

욕 빙햄턴대학교의 학부생 매튜 제바이스(Matthew Gervais)와 그의 지도
교수이자 생물학자인 데이비드 슬론 윌슨(David Sloan Wilson)이 내놓은
이론에 그가 가진 전부를 걸 것이다. 두 사람은 과학 전문지《계간 생
물학평론(Quarterly Review of Biology)》에 기고한 29쪽짜리 글에서 신경
과학과 긍정심리학 및 다수준 선택이론(multilevel selection theory)을 토
대로 인류가 웃는 능력을 갖게 된 이유와 그 과정을 새롭고 설득력 있
게 주장했다. 그 논문은 과학에 환장하는 피트 같은 사람이 '진짜 끝내
준다'고 감탄을 쏟게 할 만큼 학술계의 명연주라 할 만했다. 그들의 이
론에서 가장 흥미로운 부분은 그들이 든 핵심 증거가 19세기에 전극
을 사용해 사람들의 얼굴을 들쑤시고 돌아다녔던 괴짜 의사 기욤 뒤센
(Guillaume Duchenne)의 주장에서 나왔다는 것일 테다.

프랑스 의사였던 뒤센은 당시 최첨단 장치, 즉 휴대용 충전기와 유도
케이블로 사람들의 얼굴에 자극을 가할 때 인체가 어떻게 반응하는지
를 알아내는 데 푹 빠져 있었다. 다행히 그는 여성 호스피스 병동에서
일하고 있었기 때문에 자극 실험의 대상을 구할 걱정은 하지 않아도 되
었다. 뒤센은 아마도 꽤나 매력이 넘치는 남자였을 것이다. 모든 여성
이 '장난감 상자를 들고 다니는 작고 나이 든 남자'가 자기 얼굴에 전기
자극을 가하길 원했으니까.

뒤센은 장난감 상자로 사람들의 얼굴에 자극을 가해 인간이 미소 짓
거나 깔깔 웃을 때 짓는, 진심에서 우러나오는 미소를 발견했고 이 표
정을 지을 때 광대뼈 근육이 움직여 입꼬리가 올라간다는 것도 알아냈

다. 또한 그는 사람들이 정말 재미있거나 흥미로운 것을 발견할 때 광대뼈 근육과 눈가 잔주름을 만드는 안륜근(眼輪筋, 눈꺼풀과 눈썹을 움직이는 근육-옮긴이)을 같이 사용하는 표정을 짓는다는 것도 알아냈다. 사람들이 진짜 웃음은 눈으로 웃는다고 하는 이유도 여기에 있었다. 뒤센은 인위적으로 전기 자극을 가해 이 웃음을 만들어보려 했지만, 오늘날 '뒤센 미소' 또는 '뒤센 웃음'으로 알려져 있는 이 두 번째 표정을 재현하는 데는 실패했다. 그는 이 미소를 '영혼이 즐거울 때에야 나오는 표정'이라고 했다. 이렇게 뒤센은 전기 자극을 통해 과학적인 사실을 밝혀냈지만, 그가 저서 『인간 골상의 메커니즘(The Mechanism of Human Physiognomy)』에서 아름다운 모델에게 레이디 맥베스 포즈를 취하게 한 뒤 얼굴에 전기 자극을 가해 또 다른 과장된 표정을 짓게 만든 것은 너무 멀리 간 것이라고 생각한다.[12]

그리고 약 100년 뒤, 제바이스와 윌슨은 뒤센의 발견이 인간의 진화 과정에서 웃음도 두 가지 방향으로 진화했음을 보여주는 증거라고 주장했다. 그들은 먼저 200만~400만 년 전 어느 시점에 재미있는 무언가에 의해 '뒤센 웃음'이 생겨났을 것이라고 주장한다. 아마도 언어가 생기기 전, 영장류가 싸움 놀이를 하며 헐떡이는 과정에서 생긴 웃음일 거라고 상정한다. 제바이스와 윌슨에 따르면 이 웃음은 기본적 필요는 충족되었고 내가 처한 상황이 별로 위험하지 않으니 지금이야말로 탐험하고 놀고 문명화의 사회적 토대를 다지기에 최적의 시기라는 신호였다. 지금은 UCLA에서 생물인류학 박사과정을 준비하고 있는 제바이스는 이 웃음의 진화가 양성 위반으로 유머가 발생한다는 피트의 주장과도 긴밀하게 연관되어 있다고 말한다.

"예상했던 것과 다르거나 옳다고 생각하는 것과 반대되는 위반 상황이 생겼을 때 웃음은 상황이 심각하지는 않으며 양성이라는 신호를 보내죠. 그렇게 유머와 웃음은 '지금이야말로 배울 기회'라는 것을 의미해요. 이 새로운 것은 심각한 것이 아니니까 다른 사람들도 같이 와서 이 새로움이 암시하는 바를 인지적·감정적·사회적으로 함께 즐기자고 신호를 보내는 거죠. 인류 역사상 인간이 끊임없이 배워왔다는 건 중요한 의미를 가져요. 그리고 배울 수 있는 뇌를 가진 종이 유머를 인식하면서 탐험과 배움이 장려되었죠."

제바이스와 윌슨은 200만 년 전부터 현재의 그 중간 어디쯤에서 다른 종류의 웃음, 즉 재미있는 것과는 별개인 '비(非)뒤센 웃음'이 생겼다고 주장한다. 인간은 인지적·행동적으로 진화하면서 웃음의 효과를 누리기 위해 자연스러운 웃음을 흉내 내기 시작했지만 인위적으로 '뒤센 웃음'을 정확히 재현하는 데는 실패했다. '뒤센 웃음'을 비슷하게 흉내 냈지만 진짜 웃음과 미소가 나올 때처럼 안륜근을 움직이지 못했기 때문이다. 마치 나방 중 일부 종이 포식자를 쫓아내기 위해 날개에 '부엉이 눈'과 비슷해 보이는 무늬를 갖도록 진화한 것과 유사하다. 다만 '비뒤센 웃음'의 경우 상대를 겁줘 내쫓으려 한 것이 아니라 더 가까이 다가오게 만들려 했던 차이가 있을 뿐이다. 사람들은 때로 자신과 상대 모두의 이익을 위해, 또 자신만 살려는 사악한 이유 때문에 웃음을 흉내 내어 재미에 약한 상대의 허점을 공략하고 그를 조종한다. 제바이스와 윌슨은 이렇게 썼다.

'비뒤센 웃음은 상대에게 앞으로의 일을 암시하고, 상대를 달래며, 조종하고, 조소하며 파멸시키기 위해 공격적이거나, 초조하고 불안하거나, 계층적인 맥락에서 일어난다.'[13]

세상에서 제일 유쾌한 이야기는 아니지만 사람들이 웃는 이유를 설득력 있게 설명해주는 이론이다. 제바이스와 윌슨의 주장이 맞다면 아프리카 스트립 클럽에서 우리가 사람들에게 주었던 웃음은 무엇이었을까? 진정한 즐거움에서 부지불식간에 나온 웃음이었을까, 아니면 우리를 달래고 조롱하기 위해 인위적으로 지어 보인 '비뒤센 웃음'이었을까? 전자이길 바라지만 왠지 후자일 것 같다는 느낌을 지울 수 없다.

아프리카에 왔으니 사파리에는 한번 가봐야겠다는 생각이 들었다. 아침 일찍 러타는 자신의 밴에 우리를 태우고 루본도 국립공원으로 향한다. 457제곱킬로미터에 이르는 천연자연보호구 루본도 국립공원은 빅토리아 호수 바로 옆에 위치해 있다. 차를 타고 호수를 빙 둘러 펼쳐진 완만한 초록 언덕을 타고 달리는 동안 피트가 자신의 아이팟으로 미국 래퍼 투팍의 음악을 튼다. 뿔이 긴 소 무리와 길가에서 날쌔게 움직이는 버빗원숭이 떼를 지나치며, 러타가 투팍의 노래를 따라 부른다. 그는 힙합 팬이란다. 러타가 피트에게 말을 건다.

"그런데요, 당신은 제가 봤던 교수님들과는 무척 다르네요."

"듣기 좋은 말이네요. 고마워요!"

피트가 대답한다. 마침내 우리는 진흙투성이의 작은 항구에 도착한다. 이곳에서 빨간색과 하얀색이 칠해진 작은 모터보트를 빌려 짧은 해협을 가로지른 다음 루본도 섬으로 갈 계획이다. 회색 파카를 입고 우울한 표정을 짓고 있는 남자 둘이 꽤 커다란 기관총을 들고 우리 뒤에 앉아 있다. 우리는 어떤 위협적인 존재(사람 또는 동물)가 있기에 그렇게 커다란 총이 필요한지 묻지 않기로 한다. 섬에 도착하자 사륜구동 지프차가 우리를 태우고 공원 깊숙한 밀림으로 들어간다. 지프차가 먼지 날리는 2차선 도로를 덜커덩거리며 달리자 나뭇잎이 차창을 때리고 지붕으로 덩굴식물이 밀려 들어온다. 나는 한껏 멋 부린 러타의 옷차림새를 곁눈질한다. 그는 위장용 얼룩무늬 셔츠에 바지, 사파리 조끼를 입고 왔다. 늘 그렇듯 오늘 나들이에 어울리게 옷을 입은 사람은 우리가 아니라 러타다.

우리는 섬에 서식한다는 침팬지를 몇 마리 볼 수 있기를, 또 한 번 간지럽혀볼 수 있기를 바라고 있다. 앞에서 살펴본 바와 같이 인간의 웃음은 인간과 가장 가까운 유인원이 거칠게 노는 과정에서, 지금 이건 위험한 상황이 아니라 즐겁게 노는 것이고 누구도 우리를 해치지 않을 것이라는 신호를 담아 내뿜는 독특한 숨소리에서 진화한 것이다. 영국 포츠머스대학교의 심리학자 마리나 다빌라 로스(Marina Davila Ross)는 침팬지, 보노보(난쟁이 침팬지), 고릴라, 오랑우탄, 인간을 각각 간지럽힌 뒤 그 숨소리를 녹음해 디지털 기기로 분석했는데, 그 결과 각각의 종 간 음성적 유사성이 진화적 관계와 일치했다. 즉 인간의 가장 가까운 친척인 침팬지와 보노보가 인간의 웃음소리에 가장 근접한 숨소리를 냈고, 인류와 조금 더 먼 고릴라는 인간의 웃음소리와 거리가 먼 숨소리를 냈으며, 인류와 가장 먼 오랑우탄은 넷 중 가장 원시적인 숨소리를 냈다.[14]

털복숭이 친척을 만나지 못하더라도 어쩌면 쥐 한두 마리는 찾아 간지럽힐 수 있을지 모른다. 실제로 쥐를 간지럽힌 과학 실험이 있었다. 1997년 오하이오 볼링그린주립대학의 심리학자 야크 판크셉(Jaak Panksepp)은 실험실에서 학부생 제프리 부르그도르프(Jeffrey Burgdorf)에게 "가서 쥐들을 좀 간지럽혀보자"고 말했다. 이미 동료들과 함께 쥐들이 놀 때 50킬로헤르츠 영역에서 찍찍거리는 초음파음을 낸다고 밝혀낸 두 사람이 한 발 더 나아가 쥐를 간지럽혀 이 소리를 유도할 수 있는지 알아보려 한 것이다. 당연하게도 그들이 실험실에서 초음파 녹음 장치로 쥐의 배를 간지럽히고 그 소리를 녹음하자 쥐들이 놀 때와 마찬가지로 50킬로헤르츠 영역의 소리를 냈다. 쥐들은 더 간지럽혀달라고 난리였다. 곧 온갖 매체에서 쥐도 웃는다는 뉴스가 흘러나왔고, 전 세계 사람들은 집에서 키우는 애완 쥐 우리를 열고 간지럼을 태우기 시작했다.[15]

"그걸 꼭 웃음이라고 생각하지는 않아요. 제가 봤을 때 그건 긍정적

가정이었죠."

지금은 시카고의 노스웨스턴대학교에서 생물의학공학 교수로 재임 중인 제프리 부르그도르프를 대학 내 분자치료학 폴크 센터에서 만났을 때 그가 우리에게 말했다. 그가 이렇게 신중하게 말을 고르는 것도 그럴 만한 이유가 있어서다. 쥐를 간지럽힌 과거의 실험이 대중에게 공개된 후 그들은 엄청난 비난을 받았다. 하지만 무슨 소리를 듣던 간에, 여기 앳된 얼굴로 사무실 문에 '나는야 아는 체하는 사람'이라는 글을 써 붙인 제프리는 1997년 이후 쥐들에게 이상한 소리를 내게 하는 데 푹 빠져 있다. 그가 말했다.

"그게 정말 긍정적인 감정이었다는 걸 제가 어떻게 아냐고요? 그건 제가 풀어야 할 숙제죠."

지금의 그는 무언가 알고 있는 것 같아 보인다. 그는 실험용 쥐들 중 확연히 덩치가 큰 놈이 거칠게 놀아, 더 이상 재미있는 놀이가 아니라 노골적인 괴롭힘이 될 때(피트의 말을 빌리자면, 물리적 위반 상황이 더 이상 양성이 아니게 될 때) 쥐들이 내는 50킬로헤르츠 영역대의 찍찍 소리가 더 큰 폭으로 변한다는 사실을 알아냈다. 그리고 쥐들에게 50킬로헤르츠의 소리를 녹음한 것과 다른 소리를 선택할 수 있게 해주었더니 쥐들은 50킬로헤르츠의 소리를 선택했다. 이를 통해 쥐에게도 선호하는 소리가 있음을 알 수 있었다. 마지막으로, 제프리와 그의 동료들이 전기 자극, 아편을 비롯한 여러 가지 방법으로 뇌의 보상중추를 자극하자 쥐들은 웃음과 같은 소리를 냈다.

요즘 제프리는 갖가지 샘플 냉동고가 즐비하고, 방사성 물질에 대한 경고문이 곳곳에 붙어 있고 보안카드를 찍어야 들어올 수 있는 이 실험실에서 실험용 쥐와 그 특별한 찍찍 소리를 이용해 기분을 좋게 해준다는 신약을 실험하고 있다. 임상시험은 이미 중간 단계에 진입했고 별문제 없이 진행된다면 앞으로 3~4년 안에 제품을 출시할 수 있을 것이다. 그렇다, 거대 제약회사들이 우울증 약을 개발하는 데 쥐의 웃음을 이용하고 있다.

우리가 볼더의 한 커피숍에서 만난 마크 베코프(Mark Bekoff)는 간지럼을 좋아하는 쥐, 장난치는 고릴라, 웃는 개까지 다양한 실험은 시작에 불과할지도 모른다고 말한다. 콜로라도대학교의 생태학 및 진화생물학 명예교수이자 동물 감정 분야에서 세계적으로 손꼽히는 전문가인 베코프는 우리가 이제 곧 많은 동물, 혹은 모든 포유동물이 유머감각을 가지고 있다는 것을 알게 될 거라고 주장한다. 그러면서 인간과 동물의 지능은 완전히 다른 종류가 아니라 수준의 차이가 있을 뿐이라는 다윈의 주장을 근거로 든다.

"만약 인간에게 유머감각이 있다면 동물에게도 유머감각이 있을 겁니다."

부당함을 아는 개부터 벌에게 다른 기질을 보이는 새끼거미까지 베코프를 비롯한 생태학자들이 동물의 행동에서 발견하고 있는 놀라운 사실들을 생각하면 동물도 유머감각을 타고난다는 이야기가 생뚱맞은 건 아닌 듯하다.

안타깝게도 지프차를 타고 루본도 섬을 사파리 투어를 하는 동안 우리는 단 한 마리의 침팬지, 쥐, 개 혹은 우리가 간지럽힐 수 있는 그 어떤 동물도 보지 못한다. 물가에 있는 게스트하우스 근처에 차를 세우자 러타가 삼림 속을 걸어보자고 제안해온다. 우리는 나무둥치를 넘고 나뭇잎을 헤치고 사파리에서 볼 만한 것들은 무엇이든 코를 바짝 대고 들여다보며 숲 속을 걷는다. 도중에 러타가 수북이 쌓인 진흙더미를 가리키며 코끼리 똥이라고 알려준다. 조금만 늦게 말해주었다면 피트가 발을 빠뜨릴 뻔했다. 피트는 타잔처럼 나뭇가지를 붙잡고 좌우로 움직여보려 낑낑대다 어찌어찌 죽지 않고 무사히 착지한다. 러타는 이전에 한 번 온 적이 있다는 절벽의 얕은 동굴로 우리를 끌고 들어가더니, 바닥에 흩어져 있는 뼈들을 가리키며 말한다.

"죽은 사람 뼈예요."

이 섬에 온 우리 같은 외국인이 환영받지 못하던 시절의 흔적이란다. 갑자기 아까 배의 호위대가 들고 있던 기관총의 용도가 궁금해진다.

"여기서 잡아먹히기 직전의 위기를 경험하지 못한다면 실망할 거예요."

피트가 덤불을 내려치며 선언하듯 말한다. 몇 분 뒤 나는 양다리에 찌르는 듯한 통증을 느낀다. 내려다보니 병정개미 떼가 내 발과 다리를 타고 줄지어 이동 중이다. 놈들은 내 신발과 양말 안까지 침투해 살갗을 무차별하게 물어뜯고 있다. 피트 역시 개미의 습격에 당하고 말았다. 놈들이 우리를 물어뜯으며 포식하는 동안 나와 피트는 고통에 차

소리를 지르며 종아리를 찰싹찰싹 내려친다. 그러고 있는 동안 부지런한 사파리 가이드 러타는 카메라를 꺼내 우리가 참담하게 당하는 모습을 찍는다.

정글 속 산책은 실패로 돌아간다. 우리는 게스트하우스로 돌아가 다른 방법을 찾는다. 해안가에 매여 있는 작은 보트를 빌려 섬을 둘러보기로 한 것이다. 우리는 해안가를 돌며 야생을 구경한다. 해안가에는 가마우지, 왜가리, 따오기가 노닐고 아프리카물수리는 우리의 머리 위를 날아다닌다. 수면 위로 하마의 코가 벌름거리고 초록빛을 띠는 물속으로 악어가 미끄러지듯 사라진다. 그러다가 고개를 들어 먼 곳을 내다보니 기이한 광경이 눈에 들어온다. 마치 호수에 불이라도 난 듯 거대한 먹구름이 수면에서 올라오고 있다. 러타가 저건 수백만 마리씩 부화한다는 아프리카 호수파리라고 설명해준다. 그때 키잡이가 머리 위의 다른 구름을 발견한다. 이번에는 진짜 먹구름이다.

그는 게스트하우스 쪽으로 배를 돌리지만 몰려오는 비보다 빨리 달리지는 못한다. 바람이 몰아치고 빗방울이 우리의 얼굴을 때리기 시작한다. 키잡이가 보트 바깥에 달린 모터를 최대속력으로 회전시켜보지만 배 안으로 물이 더 들어올 뿐이다. 비는 더욱더 세차게 쏟아붓고 곧 우리는 빗방울이 만든 끝없는 회색 커튼 속을 가르며 나아간다.

"저기 1미터, 아니 1.2미터짜리 파도가 와요!"

파도 속에서 미친 듯이 앞뒤로 흔들리자 피트가 엔진 너머로 소리를 지른다. 비에 온몸이 홀딱 젖은 이 궁상맞은 상황에서 나는 웃기 시작한다. 어쩌면 너무 어처구니가 없어서, 아니면 두려움에 휩싸여 그런지도 모르겠다. 어쨌거나 피트와 러타도 따라 웃는다. 우리는 이곳 빅토리아 호수 한가운데에서 익사할지도 모르는 위험천만한 상황에서 미친 사람들처럼 웃고 있다. 멈출 수가 없다.

다행히 스콜이 지나가고 우리는 해안가에 무사히 도착한다. 구름을 헤치고 해가 다시 모습을 드러내자 우리는 물에 젖은 옷가지를 벗어 해안가에 널어 말린다.

"당신이 웃기 전까진 '이게 과연 좋은 일이야, 나쁜 일이야?' 하고 고심 중이었어요."

피트의 아이팟에서 흘러나오는 1990년대 힙합을 배경음악으로 태양 아래 몸을 뻗고 눕자 피트가 내게 말한다.

"아까는 웃음이 '지금은 위험하지 않아. 괜찮아'라는 신호를 보낸 전형적인 예였죠."

러타의 해석은 다르다. 그가 비기 스몰스(Biggie Smalls)의 노래에 맞춰 고개를 까딱이며 말한다.

"그건 오무니포였어요!"

1962년 카샤샤의 기숙학교가 웃음병 때문에 잠시 휴교령을 내리자 여학생들은 집으로 돌아갔다. 물론 오무니포를 데리고. 카샤샤의 학생들이 근방의 집으로 돌아간 뒤 부코바 외곽 라미셴예의 여자중학교에서는 전교생 154명 중 3분의 1이 웃음병 증상을 보여 결국 휴교령을 내렸다. 그중 한 명이 30킬로미터쯤 떨어진 집에 돌아갔는데, 그 병을 구경하겠다고 15킬로미터를 걸어온 친척이 그 학생에게서 전염되었다. 곧 인근 학교의 남학생 두 명도 병에 걸렸고 그 학교 역시 문을 닫았다.

'이 논문을 쓰는 동안 병이 다른 마을로 번져, 아이들의 교육에 심각한 지장을 초래했고 마을 공동체에 상당한 공포가 조성되었다.'

《중앙아프리카의학저널》에 란킨과 필립이 쓴 글은 당시 상황을 이렇게 묘사하고 있다. 이 웃음병이 정확히 언제 멈추었는지, 또 얼마나 많은 사람이 전염되었는지에 관한 기록은 없지만, 일부 보고서에 따르면 1,000여 명이 이 병에 걸렸다고 전한다.

그중 피해가 가장 심각했던 지역은 부코바 서남부의 마을 엔샴바(Nshamba)였다. 란킨과 필립에 따르면 카샤샤의 학생들이 집으로 돌아간 뒤 마을 주민 217명이 이 증상을 보였다고 한다. 머리 위로 잿빛 구름이 낮게 떠 있고 비가 오는 아프리카의 아침, 우리는 빨간 흙길을 달려 엔샴바로 향한다.

당시 웃음병 환자들 중 대다수가 젊은 여자였기에 우리는 여성 주민들을 찾아나선다. 우리는 커피협동조합 앞에서 무릎을 꿇고 앉아 방수포에 수북이 쌓인 초록 커피콩 무더기에서 시원찮은 놈들을 걸러내는 한 무리의 여인들을 발견한다. 옳거니, 러타의 통역에 따르면 이들은 웃음병에 대해 알고 있다고 한다. 그중 갈색 헤어네트를 한 여자가 실제로 그 병에 걸렸다고까지 한다. 우리는 그 이야기를 더 듣고 싶어 안달이 난다. 하지만 웬일인지 여자들은 우리를 무시하고 다시 작업을 시작한다. 당황스러운 상황이다. 곧 러타가 여성분들이 목이 마른 것 같으니 음료를 대접하는 게 어떻겠냐고 귀띔해준다.

아하, 눈치를 챈 피트가 구멍가게에 가서 펩시, 환타, 스프라이트 같은 음료를 사오자 여자들이 환호한다. 뇌물로 바친 탄산음료 캔을 따고서야 그들은 입을 연다. 우리와 앉은 갈색 헤어네트를 한 여자는 1996년 7월쯤 그 병에 걸렸다고 한다. 먼저 등과 머리에 통증이 느껴졌고 사흘 뒤부터 온몸에서 힘이 쭉 빠지더니 웃고 울고 모르는 언어로 말했는데, 병원으로 옮겨져 퀴닌(남미산 기나나무 껍질에서 얻은 약물로, 과거에는 말라리아 약으로 쓰였다고 한다—옮긴이)을 맞고 나서야 회복했다고 한다.

옆에서 듣고 있던 러타가 그건 오무니포가 아니라 뇌 말라리아라고 말한다. 자신의 둘째형도 같은 병에 걸렸는데 지쳐 쓰러질 때까지 미친 사람처럼 뛰어다녔단다.

계속해서 우리는 웃음병에 대해 말해줄 마을 주민을 찾아, 울타리 없이 자유롭게 돌아다니는 닭 무리와 현관에 서서 사탕수수를 씹으며 쳐다보는 여자들을 지나쳐 계속 걷는다. 그러다가 우리가 만나야 할 사람이 아멜리아라는 여자임을 알게 된다. 학교가 문을 닫은 뒤 마을로 돌아온 여학생에게서 처음 전염된 마을 사람이 바로 아멜리아란다. 그녀는 회복 후 같은 병에 걸린 사람들을 치료해주기까지 했다고 한다. 하지만 문제가 있다. 아멜리아는 멀리 이사를 갔는데다 미쳐서 제정신이 아니라고 한다.

한편 동네 아이들이 우리를 둘러싸고 모여들기 시작한다. 이 마을에 백인 두 명이 있는 경우는 분명 흔히 볼 수 있는 광경이 아닐 것이다. 우리가 밴을 향해 걷자 아이들이 노래를 부르기 시작한다.

"백인, 어, 어, 어! 백인, 어, 어, 어!"

노래가 우리를 놀리는 것이든 아니든 상관없이, 피트가 노래에 맞춰 펄쩍펄쩍 뛰어주자 아이들은 즐거워하며 웃음을 터뜨린다.

이 아이들은 '흔히 볼 수 없는 백인 둘이 미친 사람처럼 춤추는 광경'이 웃기다고 생각한다. 갓난아기는 말보다 훨씬 먼저 웃음을 습득하는데, 보통 생후 10~20주부터 웃기 시작한다. (아기들이 생후 40일부터 웃기 시작한다고 말한 아리스토텔레스의 주장은 틀렸다.) 하나 분명히 할 것은 갓난아기들의 웃음은 유머 때문이 아니라 특정 자극을 유쾌하게 받아들이는 데서 나온다는 사실이다. (갓 낳은 조카를 돌봐야 하는데 아기를 어떻게 돌봐야 하는지 전혀 모른다면 주목하라. 한 살 이하의 유아 150명이 무엇에 웃는지 관찰 조사한 결과, 배에 뽀뽀해주거나 잡기 놀이를 할 때 가장 많이 웃었다. 유아를 무릎에 앉혀 흔들어주는 건? 별로 효과가 없었다. 게다가 위험하기까지 하다.[16])

지난 수년간 유머의 발전 과정 연구에 몰두하고 있는 폴 맥기(Paul McGhee)에 따르면 아이들은 생후 18개월 이전에는 대상을 재미있다고 인식하지 못한다고 한다. 그러다 18개월이 지나면서 대상을 재미있는 방식으로 바꿀 수 있음(바나나로 전화 놀이를 하듯)을 알게 된다. 이게 끝이 아니다. 맥기에 따르면 이후에도 유머는 3단계로 발전하는데, 먼저 세 살 때 아이들은 한창 배우고 있는 말을 이용해 사물의 이름을 잘못 부르는 장난을 치기 시작한다. 내가 자동차로 장거리 여행을 할 때 아내 에밀리를 놀리려고 창밖의 말을 가리키며 소라고 말하는 것과 비슷한 방식이다. 그런 다음 곧 닥치는 두 번째 단계에서 아이들은 사물을 재미있는 방식으로 재배열할 수 있다는 속성에 기반한 개념적 유머를 완전히 이해한다. 그즈음 아이들은 매 순간 웃음을 터뜨린다. 다섯 살배기 아이들을 연구한 결과에 따르면 그들은 한 시간에 평균적으로 7.7번 웃는다고 한다. 미국 성인이 하루 평균 18번 웃는 것과는 대조적이다.[17]

일곱 살 무렵이 되면 아이들은 여러 가지 생각과 의미를 한번에 처리하는 능력을 갖게 된다. 곧 말장난, 이중적 의미, 언어유희를 비롯해 복잡한 농담까지 모두 이해하게 되는 것이다.[18] 하지만 아이들이 풍자와 반어법같이 이해하기 힘든 농담까지 모두 이해하려면 몇 년이 더 걸린다. 가끔은 어른들도 이해하기 어려워하는 것을 생각하면 당연한 일이다. 최근에는 풍자를 나타내는 새로운 문장부호를 만드는 시도가 진행 중이다. 알파벳 'e'를 뒤집어 눈알을 찍은 모양의 풍자부호(SarcMark)가 대표적이다.

엔샴바에 온 외지인으로서 이곳 아이들뿐 아니라 어른들과도 웃고 농담하는 게 우리에게 득이 될 것이 분명해 보인다. 왜냐하면 웃음과 유머는 '위험한 건 없고 모든 게 괜찮다'는 것을 크게 외치는 강력한 사회적 신호이기 때문이다. 사회학자 로즈 코저(Rose Coser)는 이렇게 말했다.

"웃음과 유머는 초대장 같은 것이다. 그게 저녁식사 초대든 대화로의 초대든 간에, 웃음과 유머의 목적은 사회적 거리를 좁히는 데 있다."

유머와 웃음은 사회적 거리를 좁히는 데 탁월하며 긍정적인 감정과 사회적 친밀감을 증대시킨다. TV를 볼 때 리모컨을 이용하듯, 유머와 웃음도 다른 사람의 마음을 조종하는 리모컨 역할을 하는 셈이다. 몇 년 전 런던의 학자들은 기능성 자기공명영상(fMRI) 장비로 피실험자들에게 웃음소리를 들려줄 때 생기는 뇌 반응을 측정했다. 그 결과 웃기는 이야기를 듣지 않아도, 다른 사람의 낄낄거리는 웃음소리만으로도 웃음과 미소 근육을 통제하는 뇌의 뉴런을 충분히 자극한다는 것이 밝혀졌다. 과학자들은 직접 경험하지 않아도 보는 것만으로 동일한 반응을 일으킨다 하여 이 세포들에 '거울 뉴런'이라는 이름을 붙여주었다. 비명이나 구토 소리같이 불쾌한 소리도 거울 뉴런을 자극했지만 웃음소리보다는 그 정도가 약했다.[19]

LA에서 제대로 잘 웃는 사람(우리도 오디션에 응했던)에 대한 수요가 높은 것도 당연하다. 그들이 있어야 시트콤 시청자들이 함께 웃을 수 있으니까. 웃음이 전염성이 강하다는 것을 증명하는 과학적 증거는 많다.

농담이나 웃음이 주위 사람을 웃게 만들기만 하는 것은 아니다. 유머는 화자를 덜 위협적으로 보이게 하고 사회적인 매력은 한층 더해주기 때문에 마치 부두교(서인도제도의 아이티에 널리 퍼져 있는 애니미즘적 민간신앙 −옮긴이)가 그러듯 말도 안 되는 이야기를 믿도록 만들기도 한다. 한 연구에 따르면 풍경화를 놓고 가격을 흥정하려던 사람들이 협상 테이블의 상대편이 "내 애완용 개구리를 덤으로 드릴게요"라고 농담할 때 애초에 생각했던 것보다 더 높은 가격을 받아들일 의향을 갖고 있는 것으로 나타났다.[20] 또 다른 실험에서는 의도적으로 문장을 마구 섞어놓은 연설문을 피실험자에게 들려주었는데, 피실험자들은 똑같이 엉망진창인 연설문이라도 농담이 포함된 경우가 그렇지 않은 경우보다 더 논리 정연하다고 느끼는 것으로 나타났다.[21] 그렇다면 기억 속에서 희미해진 이상한 병에 대해 묻고 다니는 백인 두 명이 못된 짓을 하려고 그러는 것은 아니라고 이곳 엔샴바 사람들을 설득하는 데 유머를 사용한다면 어떻겠는가? 결과가 훨씬 더 좋을 것이다.

러타와 상의한 끝에 우리는 아멜리아라는 여자를 찾아내는 것이 우리가 할 수 있는 최선이라는 결론을 내린다. 우리는 에어컨에서 찬바람이 제대로 나오지 않는 바람에 '찜통'이라는 별명을 붙인 러타의 밴에 다시 올라타고 숲으로 향한다. 시골을 지나 더 깊은 시골로 들어가는 길에는 파릇파릇한 바나나 나무들이 있고, 저 멀리로 험준한 계곡이 보이기도 한다. 비구름이 지나간 뒤 아프리카의 태양이 밴 위로 작열한다.

"탄자니아에 오신 것을 환영합니다."

자칫 잘못하면 변속기가 망가질 정도로 울퉁불퉁한 흙자갈 급커브길이 연이어 펼쳐지자 러타가 우스갯소리를 던진다. 가끔 길가를 따라 걷는 사람이 보이면 러타는 차를 세우고 방향을 묻는다. 그러면 거의 모든 사람이 자동차에 올라타고 함께 가면서 길을 알려준다. 곧 밴은 아멜리아가 어디에 사는지 안다고 공언하는 사람으로 꽉 차, 마을 사람들 모두가 탄 듯 북적인다.

흙길은 곧 돌길이 되고 우리는 나뭇가지가 밴의 양 측면을 벅벅 긁는 길로 들어선다. 러타가 나무 막대기를 촘촘히 엮어 만든 견고한 울타리 옆으로 난 흙투성이 오솔길 끝에 차를 세우며 말한다.

"여기가 길 끝이에요."

길 끝에 색이 바랜 셔츠와 스커트를 입고 메마른 밭에서 일하고 있는, 나이가 지긋한 여자가 보인다. 우리를 본 그녀는 얼굴을 찡그리더니 맨발을 질질 끌며 천천히 토담집으로 향한다. 우리는 그녀를 따라 집 안으로 들어가 바닥에 앉는다. 어두컴컴하지만 좋은 냄새가 나는 집이다. 맞단다, 그녀의 이름이 아멜리아란다. 맞단다, 그녀는 엔샴바 출신이란다. 그녀의 까만 눈은 마치 피트와 나는 보이지 않는다는 듯 러타에게 고정되어 있다. 찌푸린 표정을 짓고 있는 완고한 얼굴을 하얗게 센 머리카락이 감싸고 있다.

러타가 '오무니포'라는 단어를 꺼낸다. 아멜리아가 움찔하고 놀란다.

"오무니포라고?"

그녀가 몸을 앞으로 기대며 묻는다. 하지만 무슨 말을 하려던 그 순간이 지나자 다시 포커페이스를 유지한다.

"난 아무것도 모르는데."

그녀가 스와힐리어로 러타에게 말한다. 러타가 그 말을 믿지 않고 아는 것이 있으면 이야기해달라고 밀어붙이자 그녀는 약간 주춤하며 한 발 물러선다.

"그래, 젊었을 때 어쩌면 그런 병에 걸렸을 수도 있겠지. 하지만 벌써 60년 전의 일이야."

그녀가 툴툴대며 아무것도 기억나지 않는다고 말한다. 러타가 그럼 병이 나은 뒤에 무슨 일이 일어났는지는 기억하냐고 묻는다.

"오무니포에 걸린 사람들을 치료해주지 않았나요?"

그랬지, 그녀가 인정한다. 아픈 사람들을 치료해주었다고 한다. 하지만 무엇을 치료해주었는지는 기억나지 않는단다. 말문이 막힌 채 앉아 있는 우리의 머리 주위로 파리가 윙윙 소리를 내며 날아다닌다. 벽에 난 구멍으로 햇살이 들어와 먼지가 날리는 어두컴컴한 실내를 비춘다.

잠시 밖으로 나오자 러타는 그녀가 두려워하고 있다고 말해준다.

"탄자니아에서 주술을 행했다는 이유로 죽임을 당한 사람들이 있거든요."

우리는 포기하지 않고 다시 이야기해달라고 조른다.

"우간다와 탄자니아 사이에 전쟁이 났을 때 전 여덟 살이었지만 아직도 그때 일을 생생하게 기억한다고요."

러타가 그녀의 말에 동의할 수 없다는 듯 강하게 말해본다. 우리는 그녀에게 피트는 대학 교수이며, 오무니포에 대한 소문을 들었는데 당시 무슨 일이 있었는지 듣고 싶어서 왔을 뿐이라고도 설명한다.

하지만 아멜리아는 고개를 젓는다. 이제 그만 나가달라는 뜻이다. 그녀가 오무니포에 대해 알고 있는 것이 무엇이든, 그녀는 무덤까지 가져갈 생각이다.

카샤샤의 직업학교 교장 제이슨 카말라는 우리에게 탄자니아 최초의 토착 정신과 의사인 크로버 루게이야무(Kroeber Rugeiyamu)를 찾아가 이야기해보라고 권했다. 카말라에 따르면 그는 은퇴 후 학교에서 멀지 않은 곳에 살고 있다고 했다. 날씨가 따뜻한 어느 날 점심시간, 우리는 루게이야무의 집 앞에 섰다. 그의 집은 탄자니아에서 보았던 다른 집들과 별다르지 않았고, 우리가 이제까지 봐온 세계의 모든 집과도 비슷했다.

높게 솟은 콘크리트, 깎은 듯 가파른 암석, 파형 강판이 마치 산업용 이글루처럼 땅에서 우뚝 솟아 있다. 루게이야무는 이 집이 무숀지(mushonge)라는 이름으로 알려진 지역 전통 초막을 현대식으로 바꾼 것이라고 설명한다. 그는 왜소한 체격에 잿빛 머리카락, 인자한 미소와 반짝반짝 빛나는 눈을 갖고 있다.

"아버지는 무숀지에 만족했지만 나는 의사잖소."

집 구석구석으로 우리를 안내해주며 루게이야무가 말한다. 1928년에 태어난 그는 놀라울 정도로 생기가 넘쳤다. 루게이야무는 고향에 있는 전통 가옥의 장점과 영국에서 의학을 공부하면서 알게 된 신문명을 섞어 자신의 무숀지를 개조했다. 바깥의 별채에는 바나나 나무와 바닐라 덩굴 밑의 심토까지 고르게 비료를 주도록 하는 시스템을 갖춰놓았다. 초막 안쪽으로 깊숙이 들어가 곡물저장소와 장작을 때는 오븐을 지나자 어두컴컴한 서재가 나타난다. 셰익스피어의 희곡들, 넬슨 만델라 전기, 『제3제국』을 비롯한 책들이 한가득이다. 집 안을 모두 구경시켜준 뒤 루게이야무는 우리를 무숀지의 큰방으로 데려간다. 커다란 콘크리트 기둥들이 방을 따라 솟아 있다. 천장은 꼭 성당의 천장 같다. 우리는 거적을 깐 바닥에 앉아 호롱박에 담은, 마을 주민들이 맨발로 으깬 바나나를 발효시켜 만든 와인을 마신다. 톡 쏘는 맛이다.

루게이야무는 자신의 신구(新舊)를 섞은 독특한 관점에 기반해 오무니포를 이렇게 해석한다.

"그건 히스테리였죠. 아닌가요?"

그가 모두 다 안다는 듯한 웃음을 지으며, 여태껏 그것만이 명백한 정답이었다는 식으로 말한다.

"보다 구체적으로는 집단히스테리였죠. 집단 내 충동적인 히스테리 증상이 폭발한 거예요."

루게이야무는 웃음병 증상을 보인 카샤샤의 학생들과 다른 학교의 학생들은 모두 많은 스트레스를 받고 있었다고 말한다.

"학교에 입학해보니 그전과는 생활이 너무 다른 거죠. 학교에 들어오기 전에는 자유를 누렸거든요. 하지만 학교에 입학해보니 자유를 엄격하게 제한하더라 이 말이죠. 그래서 자신들의 불만을 표현하는 수단으로 아이들이 웃기 시작한 겁니다. 학교에 시위하는 대신 웃는 방식을 선택한 거예요."

우리가 들은 이야기와도 일치한다. 카샤샤의 기숙학교는 소름끼칠 만큼 나쁜 학교는 아니었지만 창문 없는 기숙사와 불편하기 그지없는 의자가 있는 만큼 그리 편안하게 생활할 수 있는 학교는 아니었을 것이다. 더군다나 당시 카샤샤의 기숙학교는 지역에 처음 선보이는 기숙학교였기 때문에 여학생들은 마음껏 누렸던 자유에 가해진 종교적 제약을 받아들일 준비가 부족했을 것이다. 루게이야무가 말한 대로 학생들에게는 시위할 만한 이유가 있었다.

1962년 웃음병이 퍼졌을 때 루게이야무는 이 지역에 없었고, 그래서 오무니포를 직접 목격하진 못했다. 그로부터 몇 년 후 보건부에서 일할 때 비슷한 증상이 일어난 다수의 학교에 파견을 나갔다고 한다. 그에 따르면 그는 매번 무언가 비정상이라는 증거를 찾았다고 한다. 학교가 학생들을 과잉 수용했거나, 음식이 형편없거나, 교장이 무단이탈해 학교 전체가 공황에 빠졌다거나 하는 식이었다.

"그 웃음은 불만을 표현하는 방법이었죠. 자신들의 감정을 표현할 만한 대안이 없었으니까요."

몇 해 전, 텍사스 A&M대학교의 컴퓨터 언어학 교수이자 유머 연구원인 크리스찬 헴펠만(Christian Hempelmann)은 프로빈의 책 『웃음에 관한 과학적 탐구』에서 1962년 탕가니카에서 일어난 일을 웃음의 전염성을 보여주는 예로 든 부분에 동의할 수 없다는 생각이 들었다. 우리가 탄자니아에 오기 전 그는 내게 이렇게 말했다.

"그냥 그렇게 받아들이기엔 탕가니카의 웃음이 우리가 알고 있는 웃음과 뭔가 달랐거든요."

그래서 그는 최대한 많은 심리학 서적을 뒤지기 시작했고, 2007년 《유머 : 유머 연구 국제 저널》에 실은 글에서 루게이야무와 같은 결론을 냈다.[22]

이 이론을 뒷받침하는 증거는 꽤나 설득력이 있다. 1872년부터 1993년까지 일어난 140여 개 이상의 집단히스테리를 조사한 결과에 따르면, 그중 절반 이상이 카샤샤처럼 학교에서, 주로 젊은 여성에게 일어났다.[23]

웃음은 다른 집단히스테리 증상으로도 나타났다고 한다. 적어도 집단 동적 행동 히스테리(mass motor hysteria)에서는 그러했다. 나는 이 사실을 로버트 바르톨로뮤(Robert Bartholomew)와 전화 통화를 하며 알게 되었다. 바르톨로뮤는 UFO 출몰 소동, 마법에 대한 공포, 댄스 매니악, 인간 사냥에 대한 공포, 상상 속 공습을 비롯한 기이한 인간 행동을 전문적으로 연구하는 사회학 교수다.[24]

"집단 동적 행동 히스테리의 경우, 오랫동안 멈추지 않는 웃음 증상이 있다는 보고는 계속, 간헐적으로 있어왔죠."

바르톨로뮤가 말했다. 그러면서 그는 컴퓨터에 저장된 방대하고 다양한 예를 들어주었다. 사면초가 상태에 처해 있던 러시아제국 말기에 반복해 고함을 치고 손을 부들부들 떠는 증상의 집단히스테리가 일어났고 세기의 전환기에 유럽의 엄격한 초등학교에서도, 20세기 싱가포르의 열악한 환경의 공장에서도, 1992년 회생 불가능 상태에 이르렀던 캐나다의 정어리 통조림 공장에서도, 2003년 네팔의 여학생들 사이에서도 집단히스테리는 발발했다. 바르톨로뮤는 이 모든 사례의 공통분모로 집단히스테리를 일으킨 이들이 의심할 여지도 없이 극심한 스트레스에 시달리고 있었다는 것을 꼽았다.

어쩌면 오무니포 및 다른 집단 정신장애의 증상들이 나와 상관없는 시공간에서 벌어지는 일처럼 보일지도 모른다. 물론 비교적 잘사는 나라에서는 집단 동적 행동 히스테리를 보기 힘들다. 그렇다고 탕가니카에서 일어난 일이 우리와 가까운 곳에서 일어나지 말라는 법은 없다.

오무니포를 연구하는 하버드 졸업생 라티프 나세르(Latif Nasser)에게 전화를 걸자 그가 내게 이렇게 물었다.

"지금 르로이(Le Roy)에서 무슨 일이 벌어지고 있는지 아세요?"

르로이의 뉴욕 팩토리 타운에서 고등학생들이 통제할 수 없는 틱장애, 거친 몸동작, 감정 폭발 등과 같은 증상을 보이고 있다는 소식을 말하는 것이다. 탄자니아에서 그러했듯 이 증상은 주로 젊은 여성에게 나타났고, 마치 여학생 한 명이 옆 친구에게 비밀 이야기를 해주면 그 친구가 자기 옆 친구에게도 비밀을 속닥이듯 학교 바깥으로 급속히 퍼져 나가고 있었다. 일부 전문가들은 이 집단 동적 행동 히스테리가 꿈도 희망도 없는 마을에서 학생들이 자라며 받은 스트레스 때문일 거라고 말했지만 대다수의 부모는 이 진단을 거부하고 다른 이유를 찾고 있다. 유명 환경 전문 변호사 에린 브로코비치(Erin Brockovich)도 문 닫은 공장이 마을의 들판과 강물에 치명적인 물질을 유기한 건 아닌지 조사했지만 아무것도 찾지 못했다.[25]

우리가 만난 탄자니아 사람들이 우리의 질문을 회피하고, 사람들이 웃음을 멈추지 못했던 이유를 물으면 주술에 걸려서, 죽은 친척의 정령 때문에, 알 수 없는 신의 손길 때문에 그랬다고 대답한 것과 같은 맥락이다. 때로는 사건의 진실(도움을 외치는 집단의 울음)을 제대로 알기보다 그 일이 일어나지 않은 척 무시하거나 범인을 찾는 데 열중하는 것이 더 쉽기 때문이다.

탄자니아에서 보내는 마지막 날, 러타가 얼마 전 인근 학교에서 학생들이 이상하게 행동한다는 소문을 들었다고 이야기한다. 우리에게 한번 가서 보지 않겠냐고 말하고는 밴에 올라타는 모습이 전에 없이 조급하고 적극적이다. 어쩌면 우리의 강박적이고 집착적인 태도가 그에게 전염되었나 보다.

학교에 도착하자 마거릿 쉬림파카(Margaret Shilimpaka)라는 퉁퉁한 교장이 나와 우리를 맞아준다. 그녀에 따르면 최근 이 남녀공학 학교는 기존의 교육과정을 바꿔 '가정' 과목을 폐지하고 고객 접대 훈련과 음식 서비스 등 보다 실용적이고 현대적인 기술을 가르치는 과목을 추가했다고 한다. 초록 잔디가 깔린 널찍한 둔덕에 드문드문 세워진 현대식 건물들만 봐서는 심각한 일이 벌어지고 있는 낌새는 없다. 하지만 교장은 눈까지 크게 뜨며 말한다.

"이상한 행동을 보이는 학생이 많아요."

고개를 절래절래 저으며 그녀가 말한다.

"웃고, 울면서 이건 좋아요, 이건 싫어요 한다니까요."

지난 2년간 상황이 "매우 매우 나빴다"고 한다.

우리가 그런 증상을 보이는 학생들을 만날 수 있냐고 묻자 한 선생이 증세가 가장 심각한 학생들을 불러온다. 짧게 자른 머리에 흰색과 회색이 들어간 교복을 입은 여학생 넷에 남학생 한 명이 들어온다. 학생들은 조용히 앉아 호기심 가득한 눈으로 우리를 쳐다본다. 별문제 없는 평범한 고등학생 같아 보인다. 하지만 학생들은 자신들에게 문제가 있다고, 무슨 일인지 모르겠지만 무언가 일어나고 있다고 말한다. 소리를 지르고 웃고, 자다가 경련을 일으키고 누군가가 자기를 쫓는 꿈도 꾼단다. 심각한 갈증에 한번에 물을 엄청나게 마시고, 대낮에 어지러워 쓰러지고, 밤에 자다 깨서 보면 옷을 다 벗고 있기도 한단다. 누군가가 자기 목을 조르고 있는 느낌에 비명을 지르고 목을 꽉 움켜쥐기도 하고, 주위에 있는 사람들을 후려치려고 해서 상대를 폭력적으로 만들기도 한단다.

학생들의 이야기를 듣다가 나는 이 학교에 온 지 얼마 만에 그런 증상이 처음 일어났느냐고 물었다. 차례대로 한 사람씩 대답했다. 한 달, 두 달, 고작 몇 주. 피트와 나는 눈길을 교환했다. 무시할 수 없는 패턴이다.

이제 학생들이 질문을 던지기 시작한다.

"여기에 왜 오셨어요?"

학생들의 눈에는 근심이 가득하다. 무언가 애원하는 듯 보이기도 한다.

"우리를 치료해줄 약이 있나요?"

"뭐가 잘못되었는지 정확히 말해주실 수 있나요?"

피트는 잠시 말을 멈추고 생각을 정리한 뒤 말한다.

"탄자니아에서 이런 일은 수십 년 동안 계속 일어나고 있어. 대부분 너희 또래의 여학생들에게 일어나지."

러타가 통역을 해주자 피트가 다시 말을 잇는다.

"우리 생각에 이건 초조함, 걱정, 스트레스가 원인인 것 같아. 걱정이 생기면 몸에도 증상으로 나타나거든. 처음으로 집을 떠난 사람에게 충분히 생길 수 있는 일이야. 이런 증상은 세계 곳곳에서 나타나고 있어. 과로하는 직장인, 신경쇠약에 걸린 엄마, 스트레스에 시달리는 치어리더들도 호소하는 증상이거든. 하지만 무엇보다 중요한 건 이게 위험한 병이 아니라는 거야."

방 안을 가득 메웠던 긴장감이 서서히 사라지고 학생들의 얼굴에 무슨 이야기인지 알았다는 표정과 안도하는 표정이 스친다.

그렇다, 어쩌면 오무니포의 웃음과 평범한 일상에서의 웃음은 본질적으로 다를 것이다. 하지만 이 두 표현법에 기본적으로 같은 DNA가 있다는 것 또한 사실이다. 오무니포의 웃음도, 일상에서의 웃음도 모두 소통과 교감, 전파를 목적으로 하는 기본적인 신호다. 이 웃음들은 사회적 동물인 인간이 때로는 웃음이 아닌 다른 방법으로 표현할 수 없는 메시지를 상대에게 전할 수 있게 해준다. 위험할 것은 없고 모든 게 재미를 위해서라는 메시지를 전하거나, 히스테리의 경우 무언가 잘못됐다는 메시지를 전하도록. 어쩌면 우리는 타당한 이유를 찾기에 너무 바빠서 웃음 뒤에 숨겨진 메시지를 놓치고 있는지도 모른다.

피트는 학생들에게 약을 먹을 필요는 없고, 시간이 지나고 도움을 받으면 괜찮아질 거라고 말해준다. 나는 학생들에게 만약 불안해지거나 기분이 나빠지고, 집이 그리울 때면 대화할 사람을 찾아보라고 말해준다. 친구든 선생님이든, 이야기를 들어줄 사람이면 누구든 좋다고.

어쩌면 학생들에겐 그저 한바탕 웃음이 필요한지도 모른다. 이곳에서 우리가 배운 것처럼 웃음은 사람들이 생각하는 것보다 훨씬 강력한 사회적 무기다. 웃음은 낯선 사람들을 동포로, 무리를 공동체로, 친구를 연인으로 만들어준다. 그리고 무엇보다도 모든 것이 문제 없이 잘 해결될 거라는 신호를 준다. 이 학생들이 친구들과 농담하고 웃을 수 있다면 자신이 큰 위기에 빠졌다는 생각이나 외롭다는 느낌은 들지 않을 것이다.

"다 괜찮아질 거예요. 걱정할 거 하나 없어요."

피트가 말한다.

아니면 러타가 늘 하는 말처럼, '하쿠나 마타타'.

5
·····
일본

5 :: 일본 ::

코미디도 통역이 될까

일본어로 '고문'을 뭐라고 하는지 아는 사람? 그 답이 뭐든 간에 피트와 나는 그걸 겪고 있는 중이다.

우리는 굳은 의지로 열네 시간 동안 9,757킬로미터를 날아 오사카에 왔다. 코미디가 왜 그렇게 다양한지, 각자 다른 배경과 성별 등 여러 요인에 따라 사람들이 제각각 다른 유머의 기준을 갖는 이유는 무엇인지 알아보기 위해 일본만 한 곳이 없다고 생각했기 때문이다. 미국과 유머 스타일이 최대한 다른 나라를 찾을 때 일본 말고는 딱히 떠오르는 곳이 없기도 했다. 사람들은 우리에게 콜로라도와 일본 간의 열다섯 시간이라는 시차가 얼마나 끔찍한지 저마다 겪은 고생담을 늘어놓으며, 여정이 길고 힘든 백일몽이 될 수도 있다고 말해주었다. 이에 우리는 인터넷에서 시차 극복에 관한 비디오를 찾아 반복 시청하며 내용을 숙지했고, 시차의 근원을 주제로 쓴 논문을 읽기도 했다.

피트는 영화 〈사랑도 통역이 되나요(Lost in Translation)〉 중 주인공 빌 머레이가 가라오케에서 노래를 부르는 장면에서 이번 여정에 도움이 될 만한 힌트를 얻기 위해, 영화를 다시 보며 연구했다. 그런 다음 우리는 완벽한 식사 및 수면 시간표를 짜서 최고의 컨디션으로 비행기에서 내릴 수 있도록 만반의 준비를 마쳤다. 하지만 우리를 싣고 태평양을 횡단할 비행기의 엔터테인먼트 시스템이 고장 났을 줄이야, 화면에는 몇 분에 한 번씩 자동 업데이트되는 GPS 항공좌표만 떠 있을 뿐 오락거리는 아무것도 없었다. 우리같이 까다로운 괴짜들이 전전긍긍하며 짠 계획을 수포로 돌리는 상황이었다.

하지만 우리가 아무리 철저하게 준비했더라도, 혹은 많은 조사를 하고 치밀한 계획을 짰더라도 오사카에서 우리를 기다리고 있는 것들에 완벽하게 준비하지는 못했을 것이다.

한편 우리는 일본에서도 학술적으로 유머를 연구하는 붐이 일어났음을 알고는 잔뜩 흥분해 있었다. 일본 유머웃음협회의 임원 몇몇은 우리의 여정을 돕겠다고 제안해왔다. 우리가 모르는 사이, 협회 측은 우리가 일본에 도착한 날 저녁, 일본의 전통 1인 만담의 일종인 라쿠고 공연을 볼 수 있도록 예약해두었다. 공연은 우리가 공항에 도착하고 몇 시간 뒤 바로 시작하는 빠듯한 일정이라, 비행기가 연착이라도 하면 어떻게 해볼 도리가 없었지만 괜찮았다. 이메일로 이 공연이 '일생에 한 번뿐인 최고의 경험이 될 것이다', '절대로 놓쳐서는 안 될 공연이다'라는 이야기를 들었기 때문에 우리는 잔뜩 기대감에 부풀었다.

비행기에서 황급히 빠져나온 우리는 호텔로 가 짐을 떨군 뒤 곧장 공연장으로 향했다. 그렇게 우리는 여기 수천 명의 일본인, 대부분 한참 전에 은퇴한 것 같아 보이는 노인들과 함께 대극장에 앉아 있다. 무대에는 기모노를 차려입은 남자가 베개 위에 무릎을 꿇고 길고도 장황한 독백을 늘어놓고 있다. 그것도 일본어로. 통역도 없이. 아무런 소품도 없이, 뭔가를 생각나게 하는 동작 따위도 없이.

한마디도 알아들을 수 없지만 열심히 보는 척하기 위해 우리는 무진장 애쓰고 있다. 우리의 양옆으로는 일본의 유머학자 나가시마 헤이요와 모리시타 신야가 고개를 끄덕이고 웃음을 터뜨리며 공연을 감상하고 있다. 하지만 그들도 별 도움이 되지는 않는다.

"남편과 아내 이야기예요."

나가시마가 내게 서투른 영어로 라쿠고의 주제를 설명해준다. 나는 이해한 것처럼 보이려 한다. 마치 '남편과 아내'라는 단어만으로 내가 한 시간째 보고 있는, 한마디도 이해할 수 없는 일본 연기자의 코미디 내용을 모두 이해할 수 있는 것처럼.

드디어 우리 몸은 피로와 지루함에 항복하기 시작한다. 피곤해서 몸이 아플 지경이다. 나는 머리를 위아래로 까딱이며 집중하려 기를 쓴다.

"이제야 수면 부족이 뭔지 알겠어요."

핏기가 사라진 얼굴로 피트가 내게 속삭인다. 잠들지 않기 위해 서로를 팔꿈치로 쿡쿡 찔러보지만 아무런 소용이 없다. 나는 기자수첩에 생각나는 것들을 끼적이며 잠을 쫓아보려 하지만, 문득 정신을 차리고 수첩을 들여다보니 온통 반만 쓰다 만 문장들과 앞뒤가 하나도 맞지 않는 헛소리만 가득 적혀 있다. 피트는 자신의 수첩에 일본의 전통 단시를 짓고 있다.

듣고는 있지만 들리지는 않네
무릎 꿇은 저 예복 입은 남자를 보고 있노라니
웃음소리가 우리를 감싸네

흐흥, 혼자 코웃음을 터뜨리기도 하지만 오래가지는 않는다. 곧 그는 반쯤 감은 눈으로 허공을 응시한다. 마치 무아지경에서 참선 중인 스님 같다. 관람석을 둘러보니 고개를 까딱이며 졸고 있는 사람은 우리만이 아니다. 피트 옆의 모리시타 교수도 잠든 것 같다.

결국 나는 항복한다. 눈꺼풀이 닫히는데 비몽사몽인 피트가 내 귀에 대고 중얼거린다.

"일본 유머를 보려고 이렇게 멀리 날아왔는데, 우리 둘 다 일본어를 못하네요. 이제 이들의 유머를 어떻게 이해해야 하죠?"

뉴욕과 LA에서 우리는 미국 최고의 코미디 창작자들과 어울렸다. 하지만 최고 중의 최고라는 그들마저 자신의 코미디가 다른 나라에는 잘 전달되지 않는다고 시인했다. 코미디 영화보다 액션 영화가 전 세계적인 흥행을 불러일으킬 확률이 높은 것은 유머를 만들어내는 것보다 유머에 공감하기가 복잡하고 어렵기 때문이다. 그 사람의 성장 환경과 나이, 성별, 정치적 성향 등에 따라 유머감각이 달라지기 때문에 어떤 이에게는 웃겨 죽겠는 농담도 다른 이에게는 지루하기 그지없거나 불쾌하게 느껴질 수 있다.

　농담을 주고받을 수 있는 관계에 관한 사회적 규칙을 의미하는 인류학 용어 '농담관계(joking relationship)'도 문화권마다 제각각이다. 미국의 오지브와족은 이종사촌을 만날 때 농담하지 않으면 굉장히 무례하다고 여긴다.[1] 동아프리카의 자라무 부족은 수쿠마 부족과 농담을 주고받고, 수쿠마 부족은 지구아 부족과 서로 놀리며 장난치지만, 지구아 부족 사람이 자라무 부족을 만나면 모두가 갑자기 진지해진다.[2]

　그리고 많은 서양인이 특별히 이해하기 힘들어하는 외국의 유머가 있다. 우리는 여러 번 같은 질문을 받았다.

　"일본 유머를 설명해주실 수 있나요?"

　사디스트적인 퀴즈 프로그램, 포르노 애니메이션, 은하계 로봇 전쟁, 메이드복을 입은 웨이트리스가 있는 레스토랑 같은 일본 문화는 태평양 반대편에 사는 사람들을 곤혹스럽게 만드는 뭔가가 있다. 일본의 코미디는 더하다. 특히 '코미디'나 '유머' 같은 단어에 정확히 대응되는 일본어가 없기 때문에 더욱 그러할 것이다.[3]

우리는 유머가 카멜레온같이 다양한 모습을 보이는 진짜 이유를 밝히려면 일본의 코미디 업계를 직접 방문해보는 게 최선의 방법이 아닐까 생각했다. 그러기 전에 우리는 크리스티 데이비스(Christie Davies)가 우리보다 한 발 앞서 그 일을 하지 않았는지 확인해야 했다.

크리스티 데이비스는 유머계의 인디애나 존스다. 영국의 사회학자이자 국제유머학회의 의장을 지낸 그는 지난 수십 년간 오스트레일리아, 불가리아, 타지키스탄, 유고슬라비아 등 세계 방방곡곡의 농담을 분류하고 분석하는 작업에 몰두해왔다.

그를 만나기 위해 우리는 런던에서 스톱오버를 하는 기회를 틈타, 기차를 타고 그가 살고 있는 레딩(Reading)으로 향했다. 그는 그곳 대학교에서 강의를 하고 있다. 물기가 그렁그렁한 눈과 크고 뾰족한 코, 들쭉날쭉 자란 반백의 수염에 체격이 건장한 데이비스는 주머니가 여럿 달린 카키색 사파리 조끼를 입고 기차역으로 우리를 마중 나와주었다. 왠지 그 주머니에는 학술적 유물이 들어 있을 것만 같았다. 농담이 가득 적힌 파피루스라든지, 앉으면 방귀 소리가 나는 빅토리아 시대의 쿠션, 잉카제국의 신전 벽에 적힌 저속한 민요를 뜬 암회색 탁본 등과 같은 것들 말이다.

데이비스는 자신의 집으로 우리를 데려갔다. 그의 2층짜리 벽돌집은 한눈에 봐도 주인이 집안일에 도통 관심없는 사람임을 말해주는 듯했다. 현관에는 빈 음료 캔이 산처럼 쌓여 있고, 그 위로 말라비틀어진 크리스마스 화환이 보였다. 거실에 놓인 푹 꺼진 소파와 어울리지 않는 안락의자 위로는 외국어 사전, 마구 뒤엉킨 전기 코드, 아무렇게나 벗어놓은 옷가지 등 잡동사니가 천장에 닿을 듯했다. 페인트가 벗겨진 벽에는 괴기한 얼굴의 나무 가면과 스페인 팜플로나에서 투우에 올라타고 찍은 사진, 케이프혼을 배경으로 배의 갑판에서 찍은 사진들이 구깃구깃해진 채 걸려 있었다. 욕실은 차마 이야기하지 않도록 하겠다.

난장판을 치우고 소파에 몸을 던진 데이비스는 전 세계의 농담을 좇아 방랑하듯 생활하기 시작한 것은 1974년 인도에서 강의할 때부터였다고 말했다. 그가 학생들에게 영국 사람들은 아일랜드 사람을 멍청하다고 놀리길 즐긴다고 말하자 그의 학생들이 인도인들은 시크교도를 비슷하게 놀린다고 대답한 것이다. 데이비스에게는 '아하' 하는 깨달음의 순간이었다. 서로 다른 코미디를 연결해주는 고리 밑에 각각의 문화가 얼마나 다르게 생각하고, 얼마나 다른 방식으로 돌아가는지를 암시하는 단서가 숨겨져 있음을 깨달은 것이다. 이후 자신의 두꺼운 유머 저서들 중 한 권에서 썼듯, 그에게 농담은 '이제껏 풀기 위해 노력해온 사회적 퍼즐'이었다.

대개 그는 퍼즐을 풀어냈다. 그는 혁명 전 프랑스의 혼전 성관계율과 개인위생 문제를 파헤쳤고 랜디-프렌치맨(randy-Frenchmen) 농담의 기원을 알아냈다. 또한 미국에서 처음 생겨난 머리가 나쁜 금발 미인에 관한 농담이 크로아티아, 프랑스, 독일, 헝가리, 폴란드, 브라질 등지로 퍼져나간 경로를 추적했는데 오랫동안 머리를 쓸 필요가 없는 성적 대상으로만 비춰졌던 여성이 전문직을 갖게 되고 기존의 성 역할 구도가 흔들리면서 이런 농담이 나타나게 되었다고 추론했다. 그리고 1980년대 미국을 풍미했던 소위 '위대한 미국 변호사 농담'이 다른 나라로 퍼지지 않자 데이비스는 법학 전문가가 되어 그 이유를 밝히는 데 골몰했다. 그는 이 농담이 미국 내에서만 유행하는 것은 미국만큼 법의 신성함에 뿌리를 두고 있는 나라가 없는데다 미국만큼 변호사가 욕먹는 나라도 없기 때문이라고 결론지었다.[4]

데이비스의 연구에 영감을 받아 피트도 학술 탐정을 자처해 무언가를 파헤쳐보기로 한다.

"가령 '프랑스 사람들이 정말 제리 루이스를 사랑하는가?'라는 주제는 어떨까요?"

피트가 내게 물었다. 이 말은 사실일까? 그렇다면 이 말은 제리 루이스는 물론이거니와, 프랑스 사람들에 대해 무엇을 의미하는가? 이 수수께끼를 다룬 학자는 피트가 처음이 아니다.

2002년 프랑스 문학 및 문화 교수 래 베스 고든(Rae Beth Gordon)은 이 문제에 대해 책을 한 권 써내기까지 했다. 『왜 프랑스 사람들은 제리 루이스를 사랑하는가?(Why the French Love Jerry Lewis)』라는 책은 제목이 말해주는 것처럼, 카바레 쇼와 초기 프랑스 영화에서 볼 수 있는 거칠고 격동적인 슬랩스틱 코미디가 〈더 벨보이(The Bellboy)〉나 〈너티 프로페서(Nutty Professor)〉같은 영화에서 제리 루이스가 보여준 신경질적인 연기와 딱 들어맞는다고 주장했다.

피트는 그의 주장에 동의할 수 없었다. 그는 콜로라도대학교의 대학원생 브리짓 레너드(Bridget Leonard)와 버지니아 폴리테크주립대학 교수 앨리스 샹동 인스(Elise Chandon Ince)의 프랑스인 두 명에게 도움을 청했다. 모두 '궁극의 너티 프로페서 실험'을 계획하기 위해서였다. 그들은 설문 조사 소프트웨어 회사인 퀄트릭스(Qualtrics)와 함께 프랑스인 100명과 미국인 100명을 대상으로 '프랑스' 하면 떠오를 만한 열네 개 항목을 제시하고, 각각에 대한 선호도를 조사했다. 베레모, 브리 치즈, 마임, 레드 와인 등 어떤 식이었는지 대충 감이 올 것이다. 이 목록에는 물론 제리 루이스와 프랑스 코미디언인 척했던 〈핑크 팬더〉 시리즈의 스타 피터 셀러스도 포함되어 있었다.

연구 결과 미국인들은 제리 루이스를 열네 개 항목 중 네 번째로, 프랑스인들은 여덟 번째로 꼽았다. 제리 루이스는 대서양 건너의 프랑스에서보다 미국에서 훨씬 더 인기가 많았다. 피트가 카우보이, 애플 파이, 맥주 등과 같이 미국인이 선호하는 항목으로 다시 제시했을 때도 크게 달라지진 않았다. 제리 루이스는 미국인과 프랑스인이 선호하는 항목으로 꼽혔다. 이 실험으로 알게 된 다른 것이 있다면? 프랑스인들은 진짜 프렌치 키스를 좋아한다는 것, 하지만 바게트만큼 좋아하지는 않는다는 것. 한편 미국인들은 확실히 스카프를 좋아했다. 피터 셀러스는? 그를 좋아한 사람은 어디에도 없었다.

데이비스의 발견에 비하면 이 결과는 아무것도 아니다. 데이비스는 아일랜드 사람과 시크교도를 바보로 만드는 농담 간의 유사점에 영감을 받아 전 세계의 비슷한 농담을 추적하기 시작해 세계적인 농담을 발견해냈다. 그는 아웃사이더와 바보, 사회의 비주류를 놀리는 가시 돋친 말장난인 이 농담에 '멍청이 농담(stupidity joke)'이라는 이름을 붙였다. 가장 대표적인 예는 미국인이 폴란드인을 무시하는 농담이겠지만, 이는 비열한 빙산의 일각일 뿐이다. 세계 최고(最古)의 유머집으로 알려져 있는 고대 그리스의 『필로젤로스(Philogelos)』를 봐도 그렇다. 고대 그리스의 두꺼운 책 속, 265개 농담 중 약 25퍼센트가 현대의 터키, 트라키아에 각각 해당하는 키메와 아브데라 사람들과 관련된 농담이다.[5] 중세 영국은 고담(Gotham) 마을에 사는 지진아들을 놀렸다. 워싱턴 어빙(Washington Irving, 『뉴욕사』를 출간한 소설가 겸 수필가-옮긴이)이 멍청이들의 도시라는 의미에서 뉴욕을 고담이라고 불렀다는 것을 알게 된다면, 뉴욕의 별칭 '고담'이 그리 좋게 들리지는 않을 것이다.[6]

그때부터 '멍청이 농담'은 곰팡이처럼 번져나가기 시작했다. 데이비스의 조사에 따르면 우즈베키스탄에서는 타지키스탄 사람을 놀리고, 프랑스에서는 프랑스어를 쓰는 스위스 사람을 놀린다. 또한 브라질 사람은 포르투갈 사람을 놀리고, 핀란드 사람은 카렐리아 사람 이야기만 나오면 트집을 잡는다. 나이지리아 사람들은 하우사족을 놀린다. 이 모델은 직업 세계에까지 적용할 수 있다. 근육과 골격을 다루는 힘든 수술을 하는 정형외과 의사는 의료계의 놀림 대상이다. ("정형외과 의사와 목수의 차이가 뭔 줄 아나? 목수는 적어도 하나 이상의 항생제를 알고 있다는 거지.")

조사 결과 아일랜드 사람은 이 농담에서 운이 없는 것으로 나타났다. 영국, 웨일스, 스코틀랜드, 오스트레일리아에서 모두 멍청한 아일랜드 사람을 놀리는 농담을 한다는 것이다. 특히 같은 아일랜드 사람들도 놀리는 아일랜드의 카운티케리 출신은 운이 나쁘다고밖에 말할 수 없다.[7]

"거의 모든 나라에 '멍청이 농담'이 있죠."

데이비스는 조끼 주머니에서 휴지를 한 장 꺼내 큰 소리로 코를 풀며 말했다. 다른 주머니에서는 코 뚫리는 약을 꺼내 콧구멍에 대고 한 번 뿜어준다. 유럽, 인도, 중동, 라틴아메리카, 오스트레일리아 등 그가 살펴본 모든 곳에서 같은 패턴이 나타났다고 했다.

하지만 예외는 없을까?

데이비드는 고개를 끄덕이며 대답했다.

"동아시아요."

일본에서는 자국 내 특정 지방 사람을 멍청이라고 놀리지 않는단다. 또한 일본인들은 이웃나라 중국이나 한국을 놀리지도 않는다.

"우리랑은 다른 세상이죠."

데이비스가 말한다. 다른 말로 하자면, 그에게 일본의 유머는 아직 풀지 못한 퍼즐이다.

일본에서 유머의 역사는 수백 년간 나라를 지배한 무사 계급인 사무라이와 깊이 연관되어 있다. 우리에게 이 이야기를 해준 사람은 일본웃음과유머연구학회(Japan Society for Laughter and Humor Studies)의 이노우에 히로시다. 하지만 문제는 사무라이가 재미없는 사람들이라는 데 있다고 이노우에는 말한다.

"사무라이에게 타이밍은 생명이거든요."

창피한 코미디를 하기에 사무라이는 시간이 없거나 인내심이 부족했다.

"네가 날 비웃어? 그럼 난 널 죽이겠어. 이런 식이죠."

이노우에는 긴 검으로 상대를 찌르는 시늉을 한다.

우리는 분주한 오사카 시내가 내려다보이는 회의실에 앉아 냉녹차를 홀짝거리며 이노우에의 장황한 역사 수업을 듣고 있다. 지난번 라쿠고 공연에서 통역이 없어 겪었던 참사를 피하기 위해 오늘은 일본어 통역을 데리고 왔다. 그의 이름은 빌 레일리(Bill Reilly)로, 미국 뉴저지 출신의 쾌활한 스물여덟 살 청년이다. 그는 '도톰보리의 해적들(Pirates of the Dotombori)'이라는 코미디 극단을 운영하고 있다. 이 극단은 일본 내에서 영어와 일본어로 공연하는 단 두 개뿐인 극단 중 하나다. 다른 하나는 도쿄에서 운영 중인 자매 극단 '도쿄 만의 해적들(Pirates of the Tokyo Bay)'이다. 레일리는 우리가 오사카에서 통역을 구하고 있다는 이야기를 듣고 자원해왔다.

"이곳에서 풍자는 잘 먹히지 않아요."

오늘 아침, 하늘이 쾌청한데도 우산을 들고 우리가 묵고 있는 호텔로 온 레일리가 말했다. (정부에서 오늘이 장마철의 첫날이라고 말했단다. 일본에서는 정치가들이 일기예보를 해주나 보다.) 레일리는 풋풋한 가이진(Gaijin, 일본어로 '외국인'이라는 뜻—옮긴이)인 우리 둘을 빈정댈 수 있는 기회를 반겼고, 우리도 그에게 비웃어도 좋을 만한 소재를 기꺼이 제공했다. 살짝 튀어나온 문틀에 걸려 계속 고꾸라질 뻔하는 피트, 일본의 현금인출기를 어떻게 사용하는지 알 수 없어 돈을 뽑지 못하는 나, 침울한 표정의 일본 유머학자를 차례로 만나 인터뷰하겠다는 우리의 계획이 그것이다.

회색 양복을 입고 안경을 쓴 이노우에는 우리가 일본 중남부의 항구도시 오사카로 온 것은 탁월한 선택이었다고 말한다. 레일리가 이노우에의 말을 통역한 바에 따르면 오사카는 일본 코미디의 수도다. 오사카에서 길을 거닐다가 낯선 이들에게 손가락 총을 쏘면, 그들은 한 치의 주저함도 없이 총 맞는 시늉을 할 것이라는 얘기다. (이후에 레일리에게 정말로 그런 행동을 해봐도 되느냐고 묻자 레일리는 "안 된다"고 대답했다. "지나가는 사람이 야쿠자일 수도 있거든요. 그들에게 손가락 총을 쏘면 엄청 화를 낼 거예요.") 이노우에는 오사카가 '일본의 배꼽'으로 오랫동안 무역과 상업의 중심지로 기능해왔기 때문에 사무라이들도 오사카에 크게 간섭하지 않았다고 말한다. 아주 엄격한 위계질서와 관세는 상업이 발전하는 데 이롭지 못하다는 것을 알고 있었기 때문이다. 그래서 오사카의 상인들은 자유롭게 흥정하고 물물교환을 하며 농담을 주고받을 수 있었다. 그리고 농담은 이런 거래에서 윤활유 역할을 해주었다.

오사카는 일본 코미디의 중심일 뿐 아니라 일본 유머 연구의 중심지다. 오사카에 위치한 간사이대학교는 유머 연구부를 따로 두었을 정도다. 그리고 어느 날 아침, 우리와 함께 재앙과도 같았던 라쿠고 공연을 본 모리시타 신야의 안내로 우리는 간사이대학교의 유머 연구부를 방문했다. 모리시타는 최첨단 비디오 콘솔, 관객석이 제대로 갖춰진 극장이 완비되어 있는 미디어 실험실과 사람이 웃을 때 횡경막이 어떻게 움직이는지를 추적하는 장치를 갖춘 연구 실험실로 우리를 안내해준다. 모리시타가 이번 연구소 투어의 마지막 목적지로 우리를 안내하는 길에 피트가 툴툴댄다.

"아무래도 일본 대학에서 투자를 받아야겠어."

모리시타가 문을 연다.

"여기가 유머 과학 실험실입니다."

그러자 널찍한 공간 안에 줄줄이 늘어서 있는 책장이 눈에 들어온다. 그런데 어라, 책장이 거의 다 텅텅 비어 있다. 맨 안쪽 책장 하나에만 달랑 몇 권이 꽂혀 있을 뿐이다.

모리시타가 시인하듯 말한다.

"도서관이 좀 초라하죠."

피트가 답한다.

"이 사람들 참 낙관적이네요. 마음에 들어요."

우리는 이 유머학자들의 말을 확인하기 위해 일본의 코미디 수도를 모험하기로 한다. 제2차 세계대전 당시 미국이 투하한 폭탄으로 과거의 오사카는 폐허가 되었고, 그 자리에 현대식 콘크리트 건물이 들어섰다. 이 도시에는 생기 넘치는 국제도시의 분위기가 풍긴다. 머리 위로 덜컹거리며 지나가는 고가 전철, 밤을 환하게 비추는 번쩍이는 전광판, 오사카를 세계적인 미식의 도시로 만든 길거리 노점상과 음식점에서 풍기는 이국적인 음식 냄새가 그렇다. 대도시답게 분주한 분위기 속에서도 사람들은 믿을 수 없을 만큼, 신경이 조금 거슬릴 정도로 친절하다. 사방에 자동차 그림자 하나 보이지 않는 상황이라도 '건너지 마시오'라는 경고문이 걸려 있으면 그 누구도 길을 건너지 않는다. 길을 걷다가 피트와 내가 당황한 표정으로 잠시 걸음을 멈추려 하면(우리는 자주 그랬다), 누군가가 쭈뼛쭈뼛 다가와 서투른 영어로 도와줄 일이 있냐고 물어온다.

친절한가? 물론 그렇다. 하지만 오사카 사람들이 재미있나? 글쎄다. 오사카의 길에서 오사카 사람들이 재미있다는 증거를 많이 발견하지는 못했다. 우리가 스친 거의 모든 사람, 즉 행인, 가게 주인, 회사원, 경찰 등은 거의 말이 없었다. 사람으로 꽉 찬 만원 지하철 안도 이상하리만치 조용했다. 그 침묵이 너무나 비현실적이라 내 귀가 어떻게 된 건 아닌지 의심했을 정도다. 대도시에서 늘 들어온 고함 소리, 다투는 소리,

휴대전화로 떠드는 소리, 학생들의 수다 소리와 같은 소음이 이곳에는 없었다. 무엇보다도 웃음소리가 들리지 않았다.

어쩌면 피트와 내가 잘못 느끼고 있을 수도 있다. 어쩌면 일상의 압박에서 벗어난 사람들을 관찰해야 하는지도 모른다. 조금 편안해진 상태의, 자연인으로서의 그들을 봐야 하는지도 모를 일이다.

우리는 벌거벗은 그들을 봐야겠다.

이 아이디어를 준 사람은 레일리였다. 통역을 마친 그는 우리가 오사카에서 할 일을 찾고 있다면 이 근방에 위치한 멋진 성과 신사를 찾아가보라고 말했다. 그러고는 익살스레 윙크하며 스파월드에 가보는 것도 좋을 것이라고 덧붙였다. 지역 주민들이 벌거벗고 남탕과 여탕에 각각 모여 목욕을 즐기는 곳, 각종 탕과 사우나, 수영장, 워터 슬라이드가 완비된 7층짜리 목욕 동산인 스파월드!

신사와 목욕탕 중에 고르라니, 당연히 우리는 스파월드로 향했다.

먼저 우리는 1,000엔, 약 12달러에 해당하는 돈을 내고 종일 이용권을 구입했다(단언컨대 일본에서 가장 잘 쓴 돈이다). 처음에는 벌거벗은 낯선 사람들 사이로 걸어 다니기가 조금 어색하고 불편했지만, 쇼핑몰 저리가라 하는 크기의 로마식 목욕탕의 남성 전용 층의 열탕에 몸을 몇 번 담그고 사우나에 몇 번 들어갔다 나오자 마음이 편안해지기 시작한다. 로마에서는, 혹은 로마를 잘 따라 한 곳에서는 벌거벗은 일본인의 법을 따르라!

피트가 스파월드를 구석구석 조사해보겠다고 나서자 나도 그러기로 한다. 피트가 '때밀이'가 무엇인지 배우는 동안 나는 등 마사지에 대해 알아보기 위해 로마식 목욕탕 중심부의 호화로운 마사지 테라피실인 헤븐 스파로 향한다. 홀딱 벗고 중요 부위를 덜렁거리며 내놓은 채문을 열고 나와 코너를 돌았는데, 유니폼을 입은 여자 마사지사 무리가 나타난다. 마사지사들은 나를 보더니 화들짝 놀라며 비명을 지른다. 그러고는 큰 동작으로 나를 다시 코너로 밀어낸다. 그제야 나는 한쪽에 비치되어 있는 면 반바지들을 발견한다.

아, '헤븐'에서는 속옷을 입어야 하는 거다.

내 실수에도 여자 마사지사들은 화를 펄펄 내지 않는다. 그저 킥킥 웃을 뿐이다. 다시 한 번 우리는 오사카 사람들이 왜 웃는지 아무것도 알아내지 못했다. 재미있는 것으로 유명한 오사카 사람들이라는데, 왜 우리는 아무것도 알아내지 못하는 것일까?

우리와 라쿠고 공연을 함께 관람한 또 다른 일본 유머웃음협회의 나가시마 헤이요는 우리가 장소를 잘못 고르고 있다고 말한다. 일본 유머웃음협회의 오사카 본부에서 그를 만났을 때 그는 일본에서 코미디는 특정 구역에서만 행해진다고 설명했다. 대부분의 사회에는 바보 같은 농담을 주고받을 수 있는 저마다의 안전지대가 있다. 예를 들면 미국에서는 거의 모든 상황에서 상대와 농담을 주고받을 수 있지만 특정 주제, 이를테면 분변이나 극단적인 성적 취향, 인종차별에 관한 이야기는 금기 사항이다. 한편 일본에서는 이런 제약이 대화의 주제가 아니라 그 대화의 장소에 주어진다고 한다. 일본에서는 거의 모든 주제에 대해 농담을 할 수 있지만 그 장소는 코미디 극장이나 TV 속이어야 한다. 사무실에서는 농담을 할 수 없고, 내가 경험한 것처럼 고급 스파에서 벌거벗고 있을 때도 농담을 해서는 안 된다. 나가시마는 손을 크게 휘둘러 우리가 앉아 있는, 직원 두 명이 컴퓨터 앞에 앉아 표정 없이 키보드를 두드리고 있는 일본 유머웃음협회 사무실을 가리키며 이렇게 말한다.

"여기는 웃을 수 있는 장소가 아니에요. 문화에 대한 서로의 생각을 교환하는 곳이죠."

이 말에 피트는 웃음을 터뜨린다.

"하지만 여기는 일본 유머웃음협회잖아요! 여기서 웃을 수 없다면 대체 어디서 웃을 수 있단 말이에요?"

우리는 레일리와 그의 극단 동료들이 데리고 간 도톰보리에서 그 답을 찾는다. '도톰보리의 해적들'이라는 극단의 이름에도 들어 있는 이 구역은 심장을 요동치게 하는 밤 유흥의 중심지다. 도톰보리는 SF영화의 고전 〈블레이드 러너(Blade Runner)〉의 촬영 세트에 영감을 주었다고 하는데, 이곳에 한 번 와본다면 쉽게 이해될 것이다. 만화경 속을 들여다보는 것처럼 번쩍번쩍 빛나는 네온사인과 술집이 길게 줄지어 있는 거리 위로 매달려 있는 무시무시한 꽃게 모형, 그리고 용 조각상에서 마치 미래의 도시에 와 있는 것 같다는 느낌을 받을 수 있다. 인생을 즐기는 시민들이 살고 있는 미래의 도시 말이다.

이제까지 우리가 만난 조용하고 수동적이었던 오사카 사람들은 어딘가로 사라지고, 사람들로 가득 찬 이곳 도톰보리 술집은 필사적으로 제멋대로 행동하는 사람들로 한가득이다. 그들은 모타운 사운드(Motown sound, 1960년대와 1970년대 디트로이트 시에 근거를 둔 흑인 음반 회사가 유행시킨 음악—옮긴이)를 배경음악으로 "사케 한 잔 더"를 소리친다. 사람들은 분주한 상가에 놓인 댄스 비디오 게임기에서 그칠 줄 모르고 흘러나오는 비트에 맞춰 팔다리를 움직이며 춤을 추기도 하고, 지천에 널린 가라오케에 들어가 몇 시간이고 노래를 부르기도 하고, 웃는다. 모두가 웃고 있다.

우리도 이 여흥에 동참했다. 그날 밤 우리는 가라오케에서 건즈 앤 로지즈(Guns N'Roses) 노래를 수없이 부른 뒤 거리를 거닐다가 비좁은 골목에 위치한, 세상에서 가장 작은 바로 들어섰다. 비좁은 벽장만 한 건물 측면 공간에서 얇은 널빤지 뒤에 선 바텐더가 주문을 받고 있다. 그 뒷벽에는 술병과 술잔이 고정되어 있어서, 바텐더는 마치 목마른 달로 가고 있는 1인용 우주캡슐에 타고 있는 것처럼 보인다. 공간이 너무 협소해 손님들이 앉을 곳도 마땅치 않아, 단골 여섯쯤은 가게 앞에 옹기종기 모여 선 채로 술을 마시고 있다. 우리도 그사이를 비집고 바로 들어간다. 우리를 보고 사람들이 뭐라고 하는데도 전혀 못 알아듣고, 그들도 우리의 대답을 알아듣지 못한다. 우리가 일본어를 할 줄 알았더라도 그들의 농담을 알아듣지는 못했을 것이다. 오늘 일본 유머웃음협회에서 나가시마가 했던 말대로 일본은 고맥락(high context) 사회다. 단일민족국가인 일본은 역사나 문화가 지극히 일원적이기 때문에 대부분 농담에 설정이나 설명, 구체적인 배경이 필요 없다. 그래도 사람들은 곧바로 알아듣는다. 몸에 너무 딱 달라붙는 타이츠를 입은 올림픽 체조 선수에 관한 농담이 어찌나 유행했던지, 따로 말할 필요도 없이 허벅지를 가리키는 동작만 하면 모두 알아듣고 웃음을 터뜨릴 정도였다.

한편 미국은 저맥락 사회 중에서도 최저라고 할 수 있다. 사람들이 가지고 있는 다양한 관점과 문화적 배경, 정치적 의견은 좋은 코미디 소재가 되어주고, 이는 사람들이 저마다 다른 유머 스타일을 가지고 있다는 것을 의미한다. 2007년, 서로 다른 지역에 사는 미국인 800여 명을 대상으로 유머 관련 설문 조사를 한 결과, 텍사스 주 사람들은 알래스카 주 사람들보다 자학적인 농담을 더 많이 주고받고, 미네소타 주 사람들은 친구 및 이웃과 유대감을 쌓을 때 농담을 이용하는 것으로 드러났다. 또한 텍사스는 주 안에서도 유머 스타일이 갈리는 것으로 조사되었다. 텍사스 주의 서북부 주민들은 개인적인 어려움을 극복하는 데 유머를 사용할 확률이 미국 전역에서 제일 높았고, 텍사스 주의 서남부 주민들은 제일 낮았다.[8] 복화술의 대가 제프 던햄(Jeff Dunham)부터 가수로도 활동하는 데인 쿡(Dane Cook), 심야의 연인 첼시 핸들러(Chelsea Handler), 시골 사람의 아이콘 제프 폭스워디(Jeff Foxworthy)에 이르기까지 수입 랭킹에서 상위권을 차지하는 코미디언들 간에 별다른 공통점을 찾을 수 없는 것도 당연한 일이다.

코미디는 맥락에 의존하기 때문에 농담을 다른 언어로 번역한다는 것은, 예를 들어 뉴스 기사나 사업상의 문서를 번역하는 것보다 훨씬 어렵다. 농담에 사용되는 단어를 일대일로 번역한다고 될 일이 아니다.

그 농담을 제대로 전달하려면 직접적으로 드러나 있지 않더라도 원어의 농담을 기반으로 하고, 비트는 그 나라 사람들이 공유하는 문화적 경험과 신념, 기대, 터부를 포착해 표현해야 한다.[9] 대부분의 일본 농담에서 이런 맥락은 언급조차 되지 않는다. 바로 이런 이유 때문에 비교문화 연구원들은 농담이야말로 그 사회를 들여다볼 수 있는 창문이라고 여겨왔다. 인류학자 에드워드 홀(Edward Hall)은 이렇게 말했다.

"사람들은 웃고 농담을 한다. 만약 당신이 사람들의 유머를 배우고 그것을 정말로 장악한다면, 거의 모든 것을 장악한다고 할 수 있다."[10]

우리는 도톰보리에서 오가는 농담을 장악하지 못했다. 하지만 괜찮다. 세상에서 가장 작은 술집에서 피트와 나는 그들이 주고받는 농담의 맥락을 전혀 이해하지 못했지만 그들과 잘만 어울렸다. 우리는 처음 만난 사람들과 어깨동무를 하고 허공에 소리를 지르며, 막 던지는 동작과 말도 안 되는 표현을 하고, 위스키와 그 외의 이런저런 술을 계속 마시며 서로 소통한다. 물론 우리는 일본어를 못하고 그들도 영어를 못한다. 하지만 방탕은 만국의 공용어니까 별문제는 없다.

"무대 위에서 너무 움직이지 마!"
"배에서 소리를 내라고!"
"여자 연기를 할 거면 제대로 좀 하란 말이야!"

잿빛 머리카락에 안경을 쓰고 피곤한 얼굴을 한 강사, 다이쿠 도미오키가 60명의 학생에게 소리친다. 벽 앞에 쪼르륵 앉아 있는 어린 학생들은 둘씩 짝을 지어 자기 차례가 되면 강의실 중앙으로 나와 일본어로 상대와 농담을 주고받고 다이쿠는 연기에 대해 지적을 한다.

"발음에 좀 더 신경 쓰라니까!"

"여자를 비웃으면 안 돼. 관객이 대부분 여자라는 걸 명심하라고!"

학생들은 표정 없는 얼굴로 평가를 듣고 예의 바르게 고개 숙여 인사한 뒤 자기 자리로 서둘러 돌아간다. 강사도, 무대에 오른 학생도, 연기를 지켜보는 학생들도 웃지 않는다. 이 수업이 코미디언을 양성하는 수업이라는 게 역설적이다.

우리는 도쿄의 한가운데에 위치한 뉴스타 크리에이션 코미디 학교(New Star Creation comedy school)에 와 있다. 어제 우리는 오사카에서 고속열차를 타고 일본의 수도 도쿄로 왔다. 열차에서 내릴 때, 아니 내리기도 전에 파스텔 색조의 옷을 입은 청소부들이 몰려와 급히 열차 안을 윤이 나게 닦는 모습을 보며, 우리는 도쿄 사람들이 오사카 사람들보다 더 체계적이고 꼼꼼하다는 것을 금세 눈치챘다. 호텔에서 체크인을 할 때도 그랬다. 호텔 안내원은 우리가 무슨 고아라도 입양하는 양 많은 서류에 사인하게 하더니, "보안상의 이유"라며 우리 사진을 찍었다. 그리고 전등 스위치, 캐비닛, 리모컨, 비디오 전화 사용법을 빠짐없이 설명하고는 그 내용이 담긴, 고리가 세 개 달린 링바인더까지 주었다.

"이게 다인 것 같네요."

안내원이 독백 끝에 한숨을 내쉬며 말한다.

"확실해요?"

피트가 웃으며 묻자 자신이 설마 빠뜨린 것이 있나 싶어서 뜨악하는 안내원의 얼굴에 공포가 스친다.

우리는 일본 전역에서 코미디언이 되겠다는 부푼 꿈을 안고 찾아온 일본인 1,500명과 같은 이유로 이곳에 왔다. 즉 일본 코미디계의 거물 요시모토의 이름에 현혹된 것이다. 역사가 100년에 달하는 이 기업의 코미디 학교에서는 12개월 코스에 40만 엔을 지불하면 코미디를 배울 수 있다. 뿐만 아니라 학교에서는 연기, 춤, 무대에서 떨지 않는 법, 쿵 푸 수업도 제공하고 있다. 하지만 그것이 전부가 아니다. 요시모토는 일본판 코미디 센트럴로 최대 TV 방송 제작 기업일 뿐만 아니라 일본 코미디언 800명을 관리하고 곧 데뷔할 수백 명의 예비 코미디언을 양성하는 기획사다. 이들은 코미디 클럽을 소유하고 있으며 영화제를 창설했고 한때는 코미디 테마파크도 운영했다. 요시모토는 일본의 최대 코미디 기업이 아니라 일본의 코미디 그 자체다.

요시모토의 미국 지사장을 맡고 있는 요리히로 아키는 친절했다. 캘리포니아 산타모니카의 사무실에 있는 그와 통화를 했다.

"옛날 스튜디오 시스템 같은 거예요. 우리 회사는 사람들의 커리어와 그들의 인생을 통째로 관리해주지요."

나는 일본에 오기 전 요시모토에 대해 알아보려고 요리히로에게 전화를 걸었다. 그러자 그는 내게 회사의 보이지 않는 구석구석까지 소개시켜주겠다고 제안해왔다.

　그렇게 우리는 이곳 요시모토의 뉴스타 크리에이션 수업에 오게 된 것이다. 요시모토는 우리를 위해 통역가 다카히로 아라키를 붙여주었다. 인디애나 주에서 유년 시절을 보낸 덕분에 흠잡을 데 없는 영어를 구사하는 아라키는 행동도 미국식이다. 안경을 끼고 메신저백을 둘러멘 스물여덟 살의 아라키는 매번 부스스한 몰골로, 일본인답지 않게 약속 시간에 10분 늦게 나타났다. 우리와 함께 도쿄의 유명한 쓰키지 수산시장의 스시집에서 스시를 먹을 때는 일본의 요시모토에 대한 이야기보다 코비 브라이언트(Kobe Bryant), 르브론 제임스(LeBron James)와 같은 NBA의 유명 농구 선수들 이야기에 더 관심을 보였다. 우리와 더할 나위 없이 잘 맞는 통역가를 만났다.

　뉴스타 크리에이션에서 학생들의 연기를 보다가 유독 한 팀이 다른 팀보다 괜찮은 연기를 한 것 같아서 아라키에게 물어보았다.

"저 사람들 잘하는 건가요?"

그러자 그가 고개를 저으며 대답했다.

"여기 잘하는 사람은 아무도 없어요."

　수업이 끝난 뒤 우리는 강사 다이쿠에게 인사를 하러 간다. 그는 기운이 다 빠진 것 같아 보인다. 학생들은 쯔코미와 보케로 이루어진 두 명의 만담가가 농담을 주고받는 코미디인 '만자이'를 연습하고 있다. 보케는 일본 코미디의 중추를 담당하는 바보 역할을 말하고, 쯔코미는 보케

옆에서 그의 잘못을 재빨리 지적하면서 가볍게 때려 웃음을 유발하는 역할을 말한다. 강사 다이쿠는 만자이 슈퍼스타가 되기까지 학생들은 아직도 갈 길이 멀다고 한다. 그리고 보통은 학생들 중 3퍼센트만 향후 5년 안에 코미디계에서 살아남는다고 덧붙인다.

여러 시험을 통과하면 그들 중 소수는 요시모토에 남아 돈을 벌게 된다. 요시모토 산하 극단의 맨 밑에서부터 시작해, 잘 풀린다면 요시모토가 제작하는 쇼에도 출연할 수 있을 것이다. 대부분의 코미디언은 가난하지만, 그중 몇몇은 슈퍼스타가 되어 할리우드 스타만큼이나 많은 돈을 번다. 물론 가능성은 희박하지만 전혀 불가능한 일도 아니다. 일본에서 가장 유명한 개그 콤비 다운타운(Downtown)도 1982년에 뉴스타 크리에이션의 첫 학기를 수강하며 이 길에 입문했으니까.

오사카에서 우리는 요시모토가 소유한 극장인 난바그랜드가게츠에도 갔다. 여러 공연장을 갖춘 이 거대한 극장은 1912년 가족 소유의 작은 오사카 극장이 오늘날에 이르기까지 얼마나 성장했는지를 보여주고 있었다. 잭 대니얼이 테네시 위스키의 원조이듯, 요시모토 덕분에 오사카는 코미디의 중심이 될 수 있었다. 난바그랜드가게츠 주위에는 요시모토 자체 브랜드의 쿠키, 골프공, 인스턴트 라면, 휴대전화 클리너를 판매하는 형형색색의 가게가 즐비했고 여행객을 상대로 하는 음식점에서는 오사카의 명물, 작은 공 모양의 밀가루 반죽에 튀긴 문어를 넣어 구운 후 마요네즈를 듬뿍 얹은 다코야키를 팔고 있었다.

놀란 피트가 말했다.

"요시모토에 바치는 디즈니랜드 같네요."

디즈니랜드에서 미키마우스 기념품을 판다면 이곳에서는 자체 제작한 화장지와 다코야키를 판다는 게 차이라면 차이일 것이다.

난바그랜드가게츠에서 가장 큰 공연장의 무대에 서려면 자신이 남자이길 바라야 할 것이다. 이 만자이 강의실에도 여자는 손가락으로 꼽을 정도다.

스탠드업 코미디 극단인 도쿄 코미디 스토어와 함께 공연 중인 미국인 스프링 데이(Spring Day)가 말한다. (도쿄 코미디 스토어는 미국 LA의 원조 코미디 스토어와 아무런 상관도 없다.)

"드라마 〈매드맨(Mad Man)〉의 한 장면 같아요."

어느 날 저녁, 데이와 함께 닭꼬치와 말고기 육회를 먹으며 우리는 이 금발의 거침없는 코미디언과 일본은 맞는 게 거의 없다는 것을 알았다. (스프링 데이는 그녀의 본명이다. "부모님이 히피족이었어요"라고 어깨를 한 번 으쓱하며 그녀가 설명했다.) 데이는 일본의 여성혐오증과 요즘 세상에 걸맞지 않은 고정관념들이 특히 싫다고 한다. 심지어 요리까지 그녀와 맞지 않는단다(생선 알레르기가 있다고 했다). 그러면서도 그녀는 일본이 아닌 다른 곳에 사는 자신을 상상할 수 없다고 했다.

"여긴 엉망진창이죠. 하지만 정말 좋아요."

데이는 어려움이 여럿 있지만 가장 힘든 것은 여성을 혐오하는 문화라고 한다. 그중 최악은 남편에게 혹사당하는 가정주부라고도 했다. 데이에 따르면 구글에서 '일본 남편'을 검색하면 '영양 섭취를 제한하고 흡연을 권장함으로써 남편을 천천히 죽이는 법'이 검색 화면 상단에 뜬다고 한다. (내가 실제로 검색해보자 '일부 아내, 남편이 빨리 죽어버렸으면 좋겠다고 바란다고'라는 제목의 뉴스 기사가 맨 상단에 나왔다.)

코미디 세계에서 성차별은 일본만의 문제는 아니다. 유명 논객 크리스토퍼 히친스(Christopher Hitchens)부터 팟캐스트 진행자 애덤 캐롤라(Adam Carolla)까지 다수의 유명 인사가 여러 증거를 들어 여자는 남자만큼 웃기지 않는다는 결론을 내렸다. 이에 동의하는 사람도 많다.《뉴요커》의 만화를 이용한 최근 실험에서도 참가자들은 성별에 상관없이 재미있는 만화 캡션은 남자가 썼을 것이라고 생각했다.[11]

정말로 여자는 남자보다 재미가 없을까? 유머 연구의 초창기에 과학자들은 그렇게 생각했던 것 같다. 이를 연구한 학자들은 남자가 여자보다 그들에게 제시된 농담과 만화를 즐기며 성적인 소재나 공격적인 소재를 훨씬 잘 받아들인다는 것을 발견했다. 하지만 이후 실험을 검토한 결과, 이 실험에서 사용된 농담이나 만화가 적절치 않았음이 밝혀졌다.

"여자가 왜 길을 건넜을까? 알 게 뭐야, 대체 부엌에서 일 안 하고 밖에서 뭐하고 있는 거야?!"

이처럼 대부분의 농담이 성차별적이었기 때문이다.

그러니 실험에 참가한 여성들이 딱히 농담을 즐기지 않았다고는 할 수 없었다. 그저 여자를 깎아내린 농담을 즐기지 않았을 뿐이다.[12]

최근에는 웨스턴온타리오대학교의 심리학 교수 로드 마틴(Rod Martin)이 성별과 유머의 상관관계를 분석했다. 로드 마틴은 코미디에 대해 독단적인 주장을 하는 이들에게 공포의 이름일 것이다. 마틴은 코미디 연구의 비공식적 학장이다. 그럴 이유도 충분하다. 그는 코미디 학술 연구에 대해 알아야 할 모든 것을 416쪽 11장으로 명쾌하게 정리한 코미디 학계의 바이블 『유머의 심리(The Psychology of Humor)』의 저자다. 피트와 나는 이 책을 유머 과학의 최고를 보여주는, 유용하고도 믿을 수 있는 안내서라고 생각한다. 샌안토니오에서 열린 유머의 심리 학회에서 만난 마틴은 우리에게 말했다.

"사람들은 유머가 모호하고 정의하기 어려워서 연구하기 힘든 주제라고 생각하죠."

안경 속 그의 눈이 따뜻하고 친절하게 빛났다. 이어 그는 덧붙였다.

"그래서 유머 연구를 피하려 하지만, 저는 그렇기 때문에라도 더 열심히 연구해야 된다고 생각해요."

할아버지처럼 온화한 모습과 캐나다인 특유의 상냥한 태도에 속아서는 안 된다. 코미디계의 근거 없는 관념을 한번 물면, 대상이 갈가리 찢겨 낱낱이 분해되기까지 절대 놓지 않는 이가 바로 마틴이다.

마틴은 그런 자세로 여성이 웃기지 않는다는 관념을 연구했다. 그는 코미디 이해도에 관한 설문 조사부터 농담 콘테스트, 자기 보고식 설문, 관찰 실험 등 성별과 유머에 관해 유효하다면 무엇이든 실험했고, 이로부터 도출한 간단명료한 결론을 최근 ISHS에서 발표했다.

"저는 크리스토퍼 히친스가 틀렸다고 생각합니다."

거의 모든 과학적 측정법을 통해 분석한 결과에 따르면 유머를 인지

하고 즐기고 창작하는 데 남자와 여자는 차이점보다 공통점이 더 많다. 음란한 주제에 관해서도 마찬가지다. 여자도 남자만큼이나 재미있는 음란한 농담을 즐긴다.[13]

남녀의 성향이 확연히 다르게 나타나는 몇 안 되는 분야 중 하나가 바로 연애와 결혼이다. 그리고 요즘 시대에 이를 대표하는 것은 온라인 데이트 사이트 '매치닷컴(match.com)'일 것이다. 2011년 학자들은 이 사이트에 런던과 캐나다 사람 약 250명이 올린 데이트 프로파일을 분석했다. 그 결과 자신의 유머감각을 자랑하는 비율은 남자보다 여자가 약 두 배 더 높았으며("저는 스탠드업 코미디언이 되고 싶은 사람이에요"), 재미있는 사람을 찾는 비율은 남자보다 여자가 두 배 높은 것으로 나타났다("저는 저를 웃게 만들 수 있는 사람을 찾고 있어요").[14]

이런 불일치는 우리가 탄자니아에서 배웠던 유머의 진화적 기원과 일치한다. 남자에게 유머감각은 지적 능력, 사회적으로 바람직해 보이는 경향을 비롯해 유전적으로 적합함을 의미할 수 있다. 즉 재미있는 농담은 남자에게 공작의 날개와 같은 것이다. 여자는 최대한 좋은 짝을 찾으려는 유전적 동기를 가지고 있으며, 가장 재미있는 공작을 세심히 살피는 것은 그녀의 목적 달성에 도움이 된다.

오랫동안 유머가 구애를 하는 데 중요한 역할을 해온 것이 그 흔적을 남겨, 몇몇 학자는 유머를 창작하는 데 남자가 여자보다 좀 더 우세한 위치에 있다고 결론을 내리는 듯하다. 하지만 여자보다 남자가 더 재미있다고 단언한 애덤 캐롤라의 말이 맞다고 손을 들어주기 전에, 어쩌면 사회가 남자들의 농담에 훨씬 더 관대하기 때문인 건 아닌지 생각해 봐야 한다. 사람들은 수업 시간에 까부는 여학생보다 남학생을 훨씬 더 쉽게 받아들이니까.

이런 사회적 배경은 재미있는 여자보다 남자에게 유리하게 작용한다. 때로 지나치게 남을 웃기려 하는 남자들에게 이런 사회적 배경은 불이익을 가져오기도 한다.

피트는 자신의 수업을 듣는 몇몇 학생에게 농담을 창작하는 대회에 참여해보라고 권했다. 피트는 그의 동료 케일럽과 캐슬린 보즈(Kathleen Vohs), HuRL 연구원들과 이 실험을 진행하고 분석했는데, 제출된 50여 개의 농담을 제2의 그룹에 평가를 맡긴 결과 남자가 쓴 농담을 여자의 그것보다 더 재미있다고 생각하는 것으로 드러났지만 그 차이가 미미한 정도라 통계적으로 큰 의미를 지니지는 않았다. 하지만 남자들의 농담이 사람들을 훨씬 더 불쾌하게 만든 것만은 확실했다. 가장 높은 점수를 받은 농담 세 가지 중에서 남자가 쓴 두 가지를 살펴보자.

- 남녀공학 학교에 다니는 여학생이 일어나서 제일 처음 하는 일은? 집에 가기.
- 펜실베이니아주립대학교의 미식축구팀은 타이트 엔드(태클 가까이에서 뛰는 공격수)로 들어가 섹스 중독이 되어 나오는 곳.

실험 참가자들은 두 농담 모두 매우 불쾌하다고 평가했다. 그중에서도 펜실베이니아대학교 미식축구 농담은 제출된 모든 이야기들 중 가장 불쾌하다는 평을 받았다.

한편 제출된 농담들 중 가장 재미있는 것으로 뽑힌 아래의 농담은 조금 불쾌했지만 위의 두 가지만큼 불쾌해하지는 않았다.

- 강도가 들었는데, 그가 아시아인인 줄 어떻게 알 수 있을까? 하다 만 숙제가 끝나 있고, 컴퓨터도 업그레이드되어 있으며, 강도가 아직도 집 차고 앞을 못 빠져나가고 있다면 그는 아시아인이다.

이 보석 같은 농담은 여자가 썼다.

간단히 말하자면 남자들은 실상 자기보다 나은 여성을 자신보다 더 재미없다고 말하는 데 시간을 그만 낭비하고 자신의 농담을 더 재미있게 만드는 데 집중하는 것이 좋을 것이다. 뉴스타 크리에이션 수업에서 본 남학생들을 보고 판단하건대, 그들은 좀 더 노력해야 한다.

뉴스타 크리에이션에 없는 게 또 있었다. 바로 정치 농담이다. 우리는 일본에 머무는 동안 그 어떤 정치적 유머도 들어보지 못했다. 콜로라도 태생으로 하버드대학교를 졸업하고 지금은 외국인 듀오가 있는 만자이 그룹 팍쿤막쿤에서 보케로 활동하고 있는 패트릭 하란(Patrick Harlan)이 우리에게 말했다.

"일본에서는 미국 코미디의 근간을 이루는 정치 코미디를 찾아볼 수 없죠."

사람들이 정치적인 농담을 하기에는 현재 일본 정부가 너무 안정적이고, 일본의 선거 또한 너무 차분한 분위기 속에서 치러지고 있으며 일본 천황 또한 너무 신성시되고 있다.

반대로 미국에서는 코미디로 다루기엔 정치가 너무 차분하거나 신성하다고 생각하는 것은 상상조차 어려운 일이다. 정치 풍자쇼 〈콜버트 리포트〉부터 비판적 정치 논객 러시 림보(Rush Limbaugh), 〈SNL〉에 나와 자신을 흉내 내는 연예인과 팔꿈치를 비비는 대통령 후보까지, 정치인을 놀리는 것은 미국인의 취미가 되었다.

그렇다면 공화당과 민주당 중 누가 더 웃길까? 현재 코미디계가 돌아가는 상황을 봐서는 진보에 해당하는 민주당 쪽이 이기고 있다는 결론을 쉽게 내릴 수 있다. 데니스 밀러(Dennis Miller), P. J. 오르케(O'Rourke), 빅토리아 잭슨(Victoria Jackson)을 제외하고 보수 성향의 유명 코미디언이 있던가? 존 스튜어트는 민주당 지지를 공개적으로 선언했지만 공화당을 지지한다고 공개적으로 밝힌 코미디언이 있던가? 어떤 이들은 공화당을 지지하는 사람들이 삶을 긍정적으로 생각하는 기질이 있기 때문이라고 말한다. ("사회적 불평등이라고? 그런 게 어디 있어?") 이런 현상에 대해 피트는 공화당 지지자들이 민주당 지지자보다 양성으로 만들기에 적합한 위반 상황을 덜 만나기 때문이라고 말한다.

짐작은 잠시 접어두도록 하고, 그렇다면 민주당 지지자들이 공화당 지지자보다 정량적으로 더 재미있는가? 아칸소주립대학교의 정치과학 교수 패트릭 스튜어트(Patrick Stewart)는 자신의 저서 『2008년 대선 캠페인의 유머 전격 해부(Debatable humor: Laughing Matters on the 2008 Presidential Primary Campaign)』에서 2008년 미국 대선 기간에 이뤄진 공화당과 민주당 간의 주요 토론에서 사용된 유머를 빠짐없이 분류하고 분석했다. 그리고 그는 이렇게 결론지었다.

"지난 대선에서 둘 중 어느 당이 더 재미있는지를 뒷받침하는 그 어떤 증거도 찾지 못했다."

하지만 민주당 후보와 공화당 후보의 다른 농담 방식에 관해 발견한 게 몇 가지 있긴 했다. 예를 들어 민주당 후보들은 종종 포괄적이고 유쾌한 종류의 코미디에 의존했다.

"민주당은 매우 평등한 정당이에요. 누구나 들어올 수 있고, 또 누구나 나갈 수 있죠. 그러니까 표심을 잡으려면 오바마나 클린턴같이 카리스마가 있어야 하죠."

이에 특별히 뛰어난 사람이 바로 오바마였다. 스튜어트는 오바마가 토론 도중 자주 진심으로 즐거워 씩 웃거나 입을 크게 벌려 웃었는데, 이는 '나와 같이 즐겨요. 오늘 저는 여기에 즐기러 나왔습니다'라는 시각적 신호라고 말한다.

한편 스튜어트에 따르면 공화당 후보들은 이른바 '암호화된 유머', 즉 농담 도중에 눈을 찡긋찡긋하며 우리 편과 다른 편을 나누는 농담에 의지하는 경향을 보였다. 2008년 공화당 후보였던 마이크 허커비(Mike Huckabee)의 말을 예로 들어보자.

"(존) 에드워드가 미용실에서 돈 쓰듯 하원이 돈을 낭비하고 있다."

스튜어트에 따르면 여기서 마이크는 '이발소'가 아닌 '미용실'이라는 단어를 선택해 농담함으로써 하원을 비난하는 동시에 존 에드워드의 남성성도 공격했다.

코미디를 구사하는 방법에 관한 한 공화당 관계자들이 민주당 관계자보다 더 앞서나가고 있다고 말할 수 있다. 하지만 일상생활에서는 누가 더 재미있을까? 일반적으로 진보가 보수보다 유머감각이 더 낫다고 말할 수 있을까? 2008년 피트의 동료이자 듀크대학교에서 심리학과 행동경제학 교수를 맡고 있는 댄 애리얼리(Dan Ariely)와 마운트 홀리요크대학교의 학생 엘리자베스 맬린(Elisabeth Malin)은 진보파 150명, 보수파 150명으로 구성된 300명의 사람들에게 다양한 주제에 관한 스물두 개의 농담을 제시하고 재미있는 정도를 평가해달라고 부탁했다. 예상할 수 있듯 보수주의자들은 전통적인 인종, 성별의 고정관념에 대한 농담(아내의 장례식에 가기보다는 골프를 치러 나가겠다고 한 남자에 대한 농담을 포함)을 더 즐기는 경향을 보였다. 하지만 보수주의자들은 진보주의자보다 『깊은 생각(Deep Thoughts)』이라는 유머 책으로 유명한 부조리주의자 잭 핸디(Jack Handey)의 농담도 재미있다고 평가했다. 사실 보수주의자는 진보주의자보다 모든 종류의 농담을 더 재미있다고 생각했다.[15]

어쩌면 유머감각이 없는 공화당 지지자라는 개념은 정황상 생겨난 것일지 모른다. 결국 미국 스탠드업 코미디의 역사를 써온 사람들이 찰리 채플린(Charlie Chaplin), 레니 브루스(Lenny Bruce), 빌 힉스(Bill Hicks) 등 강경파 진보주의자였으니, 어쩌면 재미있는 보수주의자들은 클럽에 얼씬도 할 수 없었을 것이다.

"아기를 보면 웃음이 나오거나 미소가 지어지잖아요. 요시모토에 대해서도 같은 반응이 나오죠. 요시모토라는 이름만 대면 누군가는 웃음을 터뜨려요."

요시모토의 CEO 오사키 히로시의 말이다. 우리는 분주한 신주쿠 커머셜 센터 근처, 초등학교를 개조한 소박한 본사의 회의실에 앉아 CEO와 아기 얼굴에 대해 이야기를 나눈다. 오사키만큼이나 실내도 수수하다. 외부인을 접견할 때와 같은 의전이 행해진다. 직원들은 아이스티가 떨어지기가 무섭게 다시 잔을 채우고, 미디어팀 사원은 구석에서 차렷 자세로 서서 들어와 앉으라는 CEO의 사인을 기다린다. 회사 대표는 우리에게 요시모토 자체 브랜드 용품을 가득 담은 가방을 증정한다. 그러는 중에도 양복에 넥타이를 맨 오사키는 럭키 스트라이크 담배를 피우는 등 활기찬 모습이다. 이후 기념사진을 찍을 때 이 CEO는 사진 속 사람들이 다 웃게 만들겠다는 일념하에 우리를 더듬는 시늉까지 한다.

오사키는 오늘날 요시모토가 이렇게까지 성장할 수 있었던 것은 수십 년 전에 회사가 똑똑한 결정을 내렸기 때문이라고 말한다. 1920년대에 회사의 경영진은 미국 버라이어티쇼의 슬랩스틱과 속사포 같은 농담을 보고, 일본도 그런 코미디를 도입한다면 만자이 문화에 대대적인 혁신을 가져올 수 있을 것이라고 생각했다. 중세에 생겨난 만자이 문화는 원래 모습에서 별다른 변화 없이 계속 전승되고 있었으며, 당시 침체에 빠져 있는 상태였다. 학술서『일본의 유머 이해하기(Understanding Humor in Japan)』에 따르면 일본 코미디의 거물 요시모토는 연기자들에게 "미국 코미디언 로이드(Lloyd)처럼 안경을 쓰고 채플린 같은 콧수염을 기르라고 주문했다". 이후 일본의 방송계에 제2차 대전이 일어나자 요시모토는 다시 한 번 태평양 건너의 코미디 산업을 모방했다. 〈밥 홉 쇼(The Bob Hop Show)〉의 촌극과 농담에서 영감을 받아 요시모토 기업은 오랫동안 인기를 끌 버라이어티쇼를 개발해냈다.

오사키의 말을 바꿔 말하면 일본의 코미디는 문화의 갈라파고스 제도라는 것이다. 미국인들에게 괴상한 일본의 농담과 개그가 당황스럽다고? 하지만 사실 일본 코미디는 미국 코미디와 매우 흡사한 의붓자식이라는 거다.

최근 요시모토는 이 독특한 코미디 브랜드를 세계로 진출시키는 계획을 한창 추진 중이다. 최근 요시모토는 중국, 타이완, 한국에서 TV 프로그램과 라이브쇼 제작을 개시했고 오사키에 따르면 이제는 미국에 청출어람을 보여줄 준비를 마쳤다고 한다. 회사는 즉흥연기 극단으로는 최초로 외국과 제휴를 맺어 도쿄에 세컨드 시티 트레이닝 센터를 세울 계획을 공개했고 유명 리얼리티 프로그램 〈서바이버(Survivor)〉와 인기 드라마 시리즈 〈오피스(The Office)〉를 제작한 회사를 포함, 미국과 유럽의 몇몇 TV 제작사와 계약을 맺기도 했다.

하지만 특정 종류의 코미디 하나가 전 세계적인 인기를 얻을 수 있을까? 요시모토의 계획은 차질 없이 진행될 수 있을까? 물론 어떤 코미디는 믿을 수 없을 정도로, 나아가 불가사의할 정도로 어디에서나 인기를 끈다. 약삭빠른 광대가 자신의 기지와 책략 때문에 문제를 일으켰다가 스스로 그 문제를 해결한다는 이야기는 북미 원주민 문화, 고대 그리스 신화, 스칸디나비아 전설, 아프리카 부족 신화, 티벳의 불교 수행, 폴리네시아의 종교적 신화, 이슬람 우화를 비롯해 프랑스에서 발견된 1만 7,000년 전의 동굴 벽화에서도 나올 만큼 동서고금을 막론하고 사랑을 받아왔다.[16] 하지만 이들 이야기도 문화별로 조금씩 달라서 전 세계적으로 동일하게 통하는 농담이라고는 할 수 없다.

그렇다면 전 세계에 통하는 농담이 있을 수 있을까? 2001년 영국의 심리학 교수 리처드 와이즈먼(Richard Wiseman)은 이를 파헤쳐보기로 했다. 그와 동료 교수들은 '웃음실험실(LaughLab)'이라는 웹사이트를 만들어 사람들이 농담을 업로드하고 사이트에 올라온 다른 농담의 재미를 평가하게 했다. 웹사이트에는 12개월간 4만여 개의 농담이 올라왔고 40여 개국의 사람들이 약 200만 개의 평가를 남겨, 그의 연구는 사상 최대의 유머 관련 과학 연구로 기네스북에 오르기도 했다.

피트와 나는 잠시 런던에 머무는 동안 사람들로 붐비는 커피숍에서 와이즈먼을 만났다. 그는 웃음실험실을 그만둔 후에도 계속 불운, 사기, 유령 사냥을 분석하며 인간의 심리적 비밀을 연구하고 있다. 그는 카푸치노를 마시며 말했다.

"우리는 터무니없는 과학적인 계획도 무조건 실행해요."

하지만 와이즈먼은 웃음실험실만큼 터무니없거나 혹은 이목을 집중시키는 계획을 또 만들어내지는 못했다. 당시 와이즈먼과 그의 팀이 아래의 세상에서 가장 재미있는 농담을 공개하겠다고 하자 전 세계가 이 실험실에 주목했다.

> 두 사냥꾼이 숲 속을 걷고 있는데 한 사람이 갑자기 쓰러졌다. 쓰러진 사냥꾼은 호흡이 멈춘 듯했고 눈의 초점은 흐려졌다. 다급해진 다른 사냥꾼이 휴대전화를 급히 꺼내 119에 전화를 걸었다. "제 친구가 죽었어요! 어떻게 해야 하죠?" 상담원이 대답했다. "우선 진정하시고요. 제가 도와드릴게요. 먼저 친구가 죽은 게 맞는지 확실히 하세요." 잠시 침묵이 흐르고, 빵하고 총소리가 났다. 다시 휴대전화를 집어든 남자가 말했다. "확실히 했어요. 이제 뭘 해야 하죠?"

그렇다면 와이즈먼은 자신의 과학적 발견에 대해 어떻게 생각할까?

"세상에서 가장 재미있는 농담이 사실은 그렇게 재미있지 않더라고요. 끔찍한 일이죠. 저는 우리가 찾은 농담은 세상에서 가장 깨끗하고 단조로우며 가장 국제적으로 수용된 농담이라고 생각해요."

뒤돌아보면, 이 농담이 단조로운 것도 당연하다. 세상에서 가장 재미있다고 평가받은 농담은 가장 많은 사람을 웃긴 농담이 아니라 가장 적은 사람을 불쾌하게 만든 농담일 것이기 때문이다. 특정 사람이나 지역, 직업, 관점을 조롱한 농담이라면 채택될 리가 없다. 세상에서 가장 재미있는 농담은 모두가 수용할 수 있을 만한 것, 혹은 믿을 수 없을 만큼 지루한 것이어야 한다. 그리고 당연하게도 이 숲 속에서 갈팡질팡한 사냥꾼의 이야기는 매우 지루하다. 와이즈먼은 툴툴거렸다.

"그 이야기는 농담계의 베이지 색깔이에요. 그저 무난할 뿐이죠."

그의 최대 경쟁자인 피트는 이 사냥꾼 이야기에 불쾌함을 더하지 않고 더 재미있게 변형시킬 수 없는지 실험을 통해 찾고자 했다. 이를 위해 그는 다시 한 번 UCB 극장의 '과학부'와 손잡았다. 극단은 두 팀으로 나눠 실험을 진행했다. 먼저 첫 번째 팀은 분장용 피를 엄청 써서 원래 이야기와 최대한 흡사하게 촬영해 30초짜리 비디오로 만들었다. 다른 한 팀은 더 재미있게 이야기를 각색했다. 두 번째 팀에는 원본에서 너무 벗어나지 않도록 각색에 여러 가지 제약을 두었다.

그렇게 탄생한 사냥꾼 이야기 각색본 중 '쿵푸' 영화라는 별명이 붙은 시나리오와, 동물 모양 풍선 때문에 숨이 막힌 아이를 빽빽 소리가 나는 플라스틱 망치로 때려죽이는 신경질적인 광대가 나오는 시나리오는 우리가 퀄트릭스 설문 조사 패널에게 의뢰한 결과 원본보다 더 재미있지도, 더 불쾌하지도 않은 것으로 나타났다. 하지만 극단적인 각색본 하나와 덜 극단적인 다른 두 버전의 각색본은 훨씬 더 재미있고 동시에 원본보다 덜 불쾌하다는 평가를 받았다. 그중 한 각색본은 119 상담원의 지시를 잘못 이해한 사람들이 친구를 사경을 헤매게 하다 결국 사지를 절단하고, 다른 각색본에서는 친구를 죽이는 데 너무 서툰 나머지 총도 여러 번 쏘고 육탄전도 벌이다 결국 지나가던 선한 사마리아인이 그의 트럭으로 친구를 치여 죽이는 내용이 포함되어 있는 걸 생각하면, "덜 불쾌하다"는 평가는 상당히 의외였다.

하지만 피트는 중요한 것은 '농담을 어떻게 만지느냐'에 달려 있다고 말한다. 재미있다는 평가를 받은 두 개의 비디오에서 불쾌감을 유발할 만한 장면은 카메라로 촬영되지 않았고, 폭력적인 장면은 음향으로 암시하는 정도에서 처리되었다. 이 실험 결과가 말해주듯, 사냥꾼 이야기는 불쾌감을 더하지 않고도 더 재미있게 변형할 수 있었다. 하지만 비디오와 같이 다루기 힘든 매체와 UCB의 배우 등 코미디 전문가들이 동원되는 등 그 작업 과정은 간단치 않았다. 피트는 이렇게 결론 내린다.

"이야기에 심각한 폭력 장면이 등장할지라도 제대로 표현되기만 하면 사람들은 이야기를 무척 재미있다고 생각할 수 있다."

하지만 야마모토의 CEO 오사키는 생각이 조금 다르다. 그는 아무리 전문가들의 솜씨가 더해지더라도 심각한 폭력이 국제적으로 호소력을 가질 수 있을지 잘 모르겠다고 한다.

"저는 개인적으로 미국의 스탠드업 코미디가 재미있다고 생각하지 않아요. 통역이 잘못되어 그렇게 느끼는지도 모르겠어요."

내가 라쿠고 공연이 고문이라고 말한 것을 기억하는가? 잊어버려라. 우리가 지금 보고 있는 〈오가타 임파서블〉에 비하면 그건 아무것도 아니었다.

우리는 도쿄 시내 한가운데에 위치한, 요시모토가 제작하는 버라이어티쇼로 TBS에서 매주 수요일 심야에 방송되는 〈파워푸링(パワープリ)〉의 녹화장에 와 있다. 〈파워푸링〉 쇼의 내용 중 대부분은 〈SNL〉스타일의 콩트이지만 일회성으로 코미디언이 참여하는 벌칙 게임을 하기도 한다. 지금 우리가 보고 있는 것도 바로 그런 게임이다.

"〈오가타 임파서블〉에 오신 것을 환영합니다!"

무슨 이유에선지는 모르지만 악마처럼 차려입은 이 게임의 쇼호스트가 외친다.

"오늘 여기서 당신은 목숨을 걸고 도박을 하게 됩니다!"

오늘 도박을 할 사람은 일본의 젊은 배우 오가타 다코히로다. 갈색으로 염색한 더벅머리의 오가타는 데일 정도로 뜨거운 국물이 담긴 대접을 바라보며 용감해 보이려고 애를 쓰고 있다. 악마 분장을 한 사회자에 따르면 오가타는 이 뜨거운 국물의 무, 생선, 문어 등의 건더기를 60초 안에 오로지 그의 치아만 사용해서 다른 그릇으로 옮겨야 한다.

적어도 그게 우리가 이해한 바다. 통역가 아라키는 지금 벌어지고 있는 상황을 우리에게 설명해주려 애쓰고 있지만, 그 자신도 정확히 이해하고 있는 것 같지는 않다.

괴상한 세트와 사디스트적인 게임으로 유명한 일본의 게임쇼는 일본 연예계를 대표하는 아이콘이 되었다. 또한 이 게임쇼는 일본 코미디와 깊이 연관되어 있다. 요시모토도 이런 종류의 쇼를 많이 제작하고 있는데, 요시모토의 미국 지사장인 요리히로에 따르면 일본 게임쇼 참가자 중 80퍼센트는 코미디언이라고 한다. 평범한 일본인은 뜨거운 국에 얼굴을 들이대어 건더기를 옮기는 과정을 재미있게 만들 만큼 두려움이나 분노를 자유롭게 표현하지 않기 때문이다.

경적이 울리고 환한 조명이 비추자 오가타는 국물이 담긴 대접으로 자신의 머리를 밀어넣는다. 그리고 얼굴을 쳐들자 뜨거운 국물이 튀고 얼굴에도 묻어 괴로운 신음 소리가 절로 나온다. 그럼에도 불구하고 그의 입은 아무런 건더기도 건지지 못한 채 텅 비어 있다. 나는 〈오가타 임파서블〉 게임이 시애틀, 필라델피아, 런던, 리우, 모스크바, 두바이에서 히트치는 것을 상상하려 해본다.

아라키는 저 국물이 실제로 뜨거울 리는 없고 오가타가 연기하고 있을 뿐이라고 우리를 안심시킨다. 하지만 녹화가 끝난 뒤 얼굴이 온통 벌겋게 달아오른 오가타는 아라키가 틀렸음을 확인시켜준다. 국물은 피부가 데일 정도로, 이가 아플 정도로 뜨거웠다. "뜨거워요(hot)!"라고 아라키가 온종일 쓴 영어 단어를 내게 또 외친다.

날카로운 버저 소리가 게임에 주어진 시간이 다 되었음을 알린다. 오가타는 목표한 건더기 수를 채우지 못하고 도전은 실패로 끝난다. 곧

〈파워푸링〉의 코미디언들이 지친 몸으로 지저분한 대기실로 물러간다. 아라키가 어디론가 없어져서 나와 피트는 그 없이 이들을 만나보기로 한다. 이 코미디언들은 염색한 머리카락을 삐죽삐죽 세운 머리를 긁적이며, 서투른 영어로 마치 전쟁터에서 얻은 상처를 자랑이라도 하듯 자신들의 코미디 괴담을 늘어놓기 시작한다. 벌칙 게임에서 진 벌로 레몬을 껍질째 다 먹은 사람도 있고, 어떤 이는 만자이를 하다 파트너의 팔꿈치에 너무 세게 맞아 갈비뼈가 부러진 적도 있다고 한다.

그중 한 명이 피트를 바라보며 그의 큰 키에 관한 농담을 던진다. 그는 "크다!"라고 외친 뒤 피트의 바지를 가리키며 다시 "거기도 큰가요?"라고 말한다. 피트는 장난기 가득한 웃음을 지으며 어깨를 한 번 으쓱해 보인다.

"나는 여기도 거기도 다 작아요"라고 그가 자기 사타구니를 가리키며 실망했다는 듯, 기어 들어가는 목소리로 툴툴거린다.

"그래도 당신은 유명하잖아요!"라고 내가 외친다.

그는 수긍하면서도 "나도 여기도 거기도 다 크고, 안 유명하고 싶다!"고 외친다.

곧 우리는 "크고 크고", "작고 크고"를 너도나도 외친다. 점점 음란한 손동작을 취하면서. 지나가다 웃음소리에 이끌린 아라키가 대기실 안으로 빠끔히 얼굴을 들이민다. "아라키, 여기 진짜 재미있는 걸 놓치고 있어요!"라고 피트가 외친다.

우리는 일본 방문을 통해 유머를 이해하는 것은 문화의 영향을 받는다는 것을 확실히 알았다. 일본의 코미디는 미국의 코미디와 완전히 다르다. 이곳에는 언제 어디서 웃어야 하는지, 또 웃음의 대상이 무엇인지에 관한 사회적 규칙이 존재한다. 아마 요시모토의 글로벌 전략도 난관에 봉착할 것이다. 〈오가타 임파서블〉과 기타 일본 코미디의 유머가, 이렇게 말하면 어떨지 모르겠지만 매우 일본식이기 때문이다.

하지만 이곳 대기실에서 우리가 나누는 유머는 전문적으로 제작하거나 전략적으로 계획한 거대 비즈니스 차원의 코미디가 아니라 단어의 가장 자연스러운 뜻을 이용한 유머다. 계획하고 준비하지 않아도 유머는 발생한다. 그리고 그럴 때 더 재미있다. 저속한 몸짓으로, 밤늦은 시각 술을 마시며, 지퍼가 열렸다고, 문에 머리를 부딪히며 상대를 웃기는 것도 마찬가지다. 친구들, 그리고 집에 돌아온 사랑하는 사람과 함께 낄낄거리며 웃을 수 있게 하는 유머 말이다.

다른 말로 하자면 일본의 코미디는 우리에게 익숙한 미국의 코미디와 다를지 모르지만, 일본인이 겪는 유머와 미국인이 경험하는 유머는 거의 같다고 할 수 있다.

이에 더해 우리는 무엇이 일본인들을 진심으로, 진짜 웃게 하는지 또 당신과 나와 지구상의 모든 사람을 포복절도하게 만드는지 알아낸 것 같다.

세계적 화합과 재미의 핵심은? 바로 평화와 사랑 그리고 성기 농담이다.

6
· · · · ·

스칸디나비아

6 :: 스칸디나비아 ::

유머에도
어두운 이면이 있을까

공격은 갑자기 시작되었다. 시작은 고함 소리였다. 정상적으로는 들리지 않는 덴마크어가 코펜하겐의 추운 아침 정적을 깨고 울려 퍼졌다. 돌아보니 길 건너편에 거대한 몸집의 여자가 우리 쪽을 노려보며 고함치는 게 보인다. 고함만 치는 게 아니다. 그녀는 고개를 푹 숙인 채 두툼하고 까만 겨울 바지 속 다리를 재빠르게 움직이며 우리를 향해 돌진해오고 있다.

어쩌면 18세기 벽돌 건물과 화려한 덴마크의 그래피티 사진을 찍던 피트가 자기를 찍었다고 오해하는 모양이다. 아니면 그냥 우리가 생긴 게 싫어서일 수도 있다. 우리가 아는 거라곤 그녀가 격분해 있고 그 원인을 제공한 사람이 우리라는 것이다.

그녀는 피트의 머리로 팔을 휘두르며 뛰어오다가 마지막 순간에 발을 헛디뎌 인도 쪽으로 넘어진다. 그러고는 누운 채 신음 소리를 낸다. 우리는 놀라 넋을 잃고 그녀를 바라본다. 괜찮은 걸까? 우리가 도와줘야 하는 건 아닐까? 우리가 결정하기도 전에 그녀가 벌떡 일어선다. 다치지는 않은 모양이다. 그녀가 우리에게 보였던 적대감을 또 다른 행인과 자전거, 지나가는 차량 등 자기 신경을 거스르는 것에 옮겨 분출하는 것을 보고서야 우리는 그녀에게서 거리를 두고 물러선다.

우리는 어안이 벙벙했다. 덴마크에서 이런 환영을 받을 줄이야. 우리는 이곳 덴마크에서 유머의 어두운 이면을 알아보기 위해, 코미디가 어떻게 분류되고 분해될 수 있는지를 알아보러 왔다.

앞서 우리는 유머가 코미디 영화를 흥행시키고, 잡지 판매부수를 늘려주고, 국제적 분쟁을 해결하는 열쇠가 되고, 또 오래가는 우정을 쌓게 해주는 등 다양하고도 좋은 일을 한다는 것을 알았다. 하지만 피트는 코미디가 다 재미있지는 않다며 인종차별적·성차별적·동성애 혐오적 농담을 생각해보라고 한다. 레니 브루스, 메이 웨스트(Mae West) 같은 이들이 공연에서 위협적인 말을 했을 때 권력이 그들의 농담을 검열했던 것도 좋은 예다. 그에게 결론은 명백하다.

"유머는 어두운 곳에서부터 온다는 것."

이를 증명하기 위해 피트는 HuRL의 대학원생 로버트 메리필드 콜린스(Robert Merrifield Collins)와 함께 기존의 선풍기와는 다르게 텅 빈 원

안에서 마법처럼 바람이 이는 최신식 날개 없는 선풍기에 관련된 실험을 했다. 피트와 메리필드가 바람 부는 선풍기의 원 안에 실험 참가자들의 손을 넣자 대부분의 참가자는 웃음을 터뜨리며 즐거워했다. 언뜻 보면 이런 반응은 말이 안 되는 것 같다. 손가락 사이로 지나가는 바람을 느끼는 게 웃기지는 않으니까. 하지만 피트에 따르면 사람들이 바람을 재미있다고 느끼는 것은 어렸을 때 우리가 선풍기 날개에 작고 통통한 손가락을 넣으면 피가 철철 나게 될 거라고 어른들에게 단단히 교육을 받았기 때문이라고 한다. 그런 교육을 받고 자랐는데, 여기 과학자의 안내에 따라 선풍기 안에 손을 넣고 있다니. 이는 코미디가 생겨나는 뒤틀리고 어두운 이면이다.

사람들은 우리에게 유머의 어두운 이면을 분해하는 데 덴마크만큼 적합한 곳은 없다고 누누이 말했다. 하지만 이제까지 경험한 바로는 잘못 찾아온 것만 같다. 어제 우리를 태운 비행기가 수평선과 수평선을 잇는 잿빛 구름 아래로 내려오자, 드넓게 펼쳐진 초원에 옛 모습을 간직한 슬레이트 지붕의 농가가 드문드문 놓인 한 폭의 그림 같은 덴마크 교외 풍경이 눈에 들어왔다. 어두운 구석이라곤 찾아볼 수 없는 풍경이었다. 그리고 덴마크의 수도 코펜하겐에서 이제까지 우리가 본 것은 교회 첨탑과 궁전, 자갈이 깔린 골목길, 길거리 악사들의 연주가 울려 퍼지는 분주한 보행자 전용 광장 등 전형적인 유럽의 우아한 모습이었다. 다수의 연구 결과 또한 덴마크가 세계에서 가장 행복한 나라라고 결론 내기도 했다. 자살하려는 부랑자를 찾기 위해 올 곳이라는 신호는 그 어디에서도 찾을 수 없었다.

하지만 이곳 사람들이 외부인을 적대적으로 대할 이유가 없는 것은 아니다. 2005년부터 세계의 수많은 사람들이 독일 북쪽의 발트해에 위치한, 겉보기에 하찮고 조그만 이 나라를 대상으로 항의 시위를 펼쳐왔다. 성난 군중은 과격한 구호를 외쳤다.

"우리가 원하는 건 덴마크의 피!"

"덴마크에 폭격, 폭격, 폭격을!"

불매운동이 펼쳐져 덴마크의 주요 수출 시장이 무너지기도 했다. 암살 시도와 살해 위협 때문에 덴마크의 신문사에는 군대가 주둔했고, 무장한 경호원들이 직원들의 자택을 24시간 감시했다.

어젯밤 우리는 호텔에 짐을 놓고 도시를 살펴보기 위해 이곳저곳을 쏘다녔지만 아무것도 느끼지 못했다. 우리는 뉴욕 스타일의 피자를 먹었고, 파견 나온 영국인으로 북적거리는 영국식 퍼브(pub)에서 맥주를 마셨다. 그러고는 세븐일레븐에서 간식을 사 먹었다.

퍼브에서 만난 외국인들은 덴마크가 예전 같지 않다고 인정했다. 한 영국인 사업가는 이렇게 말하기도 했다.

"동화 같은 곳이었죠. 바이킹 신화와 젖소, 안데르센의 동화를 생각나게 했거든요. 하지만 지금은 그들이 동화를 다 망쳐놓았죠."

다른 단골손님은 상황이 제1차 세계대전과 제2차 세계대전 때보다 안 좋았다고 말하기도 했다. 이에 버금가는 참사가 일어난 것은 1864년에 덴마크가 프로이센과 오스트리아에 영토 중 3분의 1을 빼앗겼을 때

뿐이다.

대체 무엇이 이 재앙을 초래한 것일까? 그 시작은 만화 몇 편이었다.

나는 피트의 학술 탐험이 기이하다고 생각했지만 거손 레그먼(Gershon Legman)에 비하면 피트는 아무것도 아니었다.

전설에 따르면 거손 레그먼은 떠돌며 독학으로 민속문화를 연구한 학자로, 작가 아네스 닌(Anaïs Nin)의 에로틱 작품을 비난했다. 레그먼의 전기를 쓰고 있는 일리노이주립대학교의 민속문화 교수 수전 데이비스(Susan Davis)에 따르면 이는 사실이다. 또한 그는 1930년대에 세계 최초로 전기 바이브레이터를 발명했다고도 전해진다. 데이비스에 따르면 이는 딱히 사실이라고 할 수 없다. NYAM(New York Academy of Medicine)에 다니던 친구들과 함께 이 우스꽝스러운 장치를 만들어내기는 했지만 그것을 사용한 사람은 아무도 없었다. 그리고 그는 1963년에 한 대학 강의에서 "전쟁 말고 사랑을 하라"는 유명한 말을 했다고 한다. 데이비스에 따르면 이는 사실이다. 비록 원래 문장은 "우리는 서로를 죽일 게 아니라 서로 성교를 해야 한다"로 좀 더 길었지만.

레그먼이 확실히 한 일이 하나 더 있다면, 1968년에 30년간 수집한 1,000여 개의 음란한 농담을 수록한 『외설적 농담에 관한 이론 해석(Rationale of the Dirty Joke)』이라는 책을 출간했다는 것이다. 심신이 미약한 이들은 목차만 읽어도 몹시 당황할 내용의 책이었다.

주목할 점은 이 책이 그나마 순수한 외설적 농담을 집중적으로 다루었다는 것이다. 그는 이보다 더 추잡한 농담들은 다음 책 『웃을 일이 아니야(No Laughing Matter)』를 위해 남겨두었다. 이 두 번째 시리즈는 몇 년 후 유료 잡지의 칼럼 형식으로 발표되었다. 자존심이 있는 출판사에서는 결코 이 책을 출간하려 하지 않았기 때문이다.

이 책들은 마냥 충격을 주기 위해 쓰인 것이 아니었다. 데이비스는 내게 이렇게 말해주었다.

"외설적 농담을 수집하고, 그것을 책으로 발행하는 데 레그먼이 기여한 바는 정말 상당해요. 그리고 그는 그때까지 그 누구도 드러내려 하지 않았던 것들을 과감하게 드러냈죠."

레그먼은 『외설적 농담에 관한 이론 해석』의 서두에 이렇게 썼다.

'유머라는 이름하에 우리 사회는 모두가 모두에 대해 그 공격성에 제

한이 없는 농담을 할 수 있도록 허용한다.'

레그먼은 끊임없이 인류의 공격적 농담을 수집해 목록을 작성했다. 전 세계에서 날아드는 외설적 연구 자료를 미국 우체국에서 문제 삼자 미국보다 훨씬 더 자유방임적인 프랑스 교외로 이사하기까지 했다. 또한 그는 외설적 시가 들어 있는 문집들을 출간했고, 「나를 안고 촛불을 꺼주세요(Roll Me in Your Arms and Blow the Candle Out)」라는 외설적 포크송을 발표했으며, 자서전 『송골매 음경(The Peregrine Penis)』을 집필했다.

하지만 『송골매 음경』이 출간되기 전인 1999년에 그는 자신이 한 일을 세상에 미처 알리지 못한 채 눈을 감았다. 그리고 긍정적인 유머 선풍을 일으킨 노먼 커즌스(Norman Cousins)의 『환자의 시각에서 바라본 질병의 해부학(Anatomy of an Illness: as Perceived by the Patient)』이 출간되자 그의 음란 농담 서적은 곧 존재감 없이 무대에서 밀려났다.

레그먼이 수백 년 전에 태어났다면 그의 연구는 훨씬 더 빛났을 것이다. 역사 중 대부분의 시간 동안 사람들은 농담은 사악하고 음란한 것이라고 믿었다. 플라톤은 사람들이 타인의 고통과 불행을 즐기며 웃기 때문에 웃음은 사악한 것이라고 주장했다. 그의 우월성 이론은 1,000년을 거치면서도 수많은 유머 관련 이론 가운데 살아남았다. 유럽의 교회 목사들도 웃음을 주술보다 살짝 덜 혐오스러운 것이라고 생각했다. 『구약성서』에 등장하는 스물아홉 번의 웃음 중 경멸, 조롱이나 업신여김과 관련 없는 웃음은 단 두 번에 불과하다.[1]

18세기에 예의범절을 철저히 지키기로 유명했던 영국의 정치가 체스터필드 경(Lord Chesterfield)이 아들에게 보낸 유명한 편지 중에 이런 구절이 있다.

'다른 사람에게 잘 들릴 정도로 크게 웃는 것만큼 편협하고 버릇없는 행동은 없다.'

이 말은 단지 체스터필드 경의 생각이 아니라 수백 년 동안 내려온 사상가와 철학가의 의견이었다. 윌리엄메리대학교의 교수이자 ISHS의 공동 창립자인 존 모렐(John Morreall)은 이렇게 분석했다.

"사람들이 늘 코미디를 의심스러운 눈으로 바라본 이유 중 하나는 코미디가 무정부 상태를 가져오거나 체제 전복을 가능하게 만들 수 있다고 생각했기 때문이죠."

모렐은 지난 수십 년간 역사와 종교 속에서 유머가 어떻게 여겨졌는지, 지식과 권력을 손에 쥐었던 자들이 왜 유머와 아무런 관련이 없고자 했는지를 연구했다.

"코미디에서는 무슨 일이 일어날지 아무도 모르고, 그건 위험한 일이거든요."

유머는 19세기에 계몽사상이 싹트고 민주주의와 이성같이 자애로운 개념이 생겨나기까지 계속 위험한 것으로 여겨졌다. 그러다가 프랜시스 허치슨(Francis Hutcheson)과 같은 철학자들이 유머는 다른 사람의 문제를 비웃는 것처럼 단순하고 잔인한 것이 아니라 부적합한 것을 알아채는 것과 같이 악의 없는 것으로부터 비롯될 수 있다고 주장하기

시작했다.[2]

유머를 바라보는 시각이 완전히 바뀐 오늘날, 선량한 유머와 긍정적인 생각이라는 바다에서 속절없이 녹고만 있는 조그만 빙산 위에 서서 툴툴거리는 북극곰처럼 여전히 플라톤의 우월성 이론을 굳게 믿고 있는 한 사람이 있다. 그는 바로 찰스 그러너(Charles Gruner)로, 조지아대학교의 커뮤니케이션 교수다. 그에게 전화를 걸자 이런 대답이 돌아왔다.

"유머는 게임이죠. 일종의 시합과 같아서 언제나 승자와 패자가 생기게 되어 있어요."

그의 말에 동조하는 동료 교수가 아무도 없다는 것쯤은 그에게 별 의미를 갖지 않는다. 그는 덧붙여 말했다.

"제 의견에 동조하면 모든 문제가 풀려버리니까 그러는 걸 거예요. 그건 곧 유머에 관한 다른 연구들이 불필요하다는 것을 의미하니까요. 제 이론에 맞지 않는 농담을 이야기해보세요."

하지만 그 어떤 예를 들어도 그는 어떻게든 자기 이론에 농담을 끌어다 맞출 방법을 찾아낼 것이다. 그에게 언어유희는 말하는 자가 듣는 자에게 자신의 우월한 언어능력을 증명하는 게임이고, 배관공이 물이 새는 수도꼭지를 손가락으로 막고 있는데 그의 귀에서 물이 뿜어져 나오는 만화는 그 장면이 터무니없어 웃긴 게 아니라 누군가가 뇌 손상을 입는 걸 보는 게 즐겁기 때문이란다.[3]

모든 유머가 게임이라는 그러너의 주장이 진실이냐와 상관없이, 제리 루이스(Jerry Lewis)가 표현한 대로 '곤경에 빠진 사람을 보는 것이 재미 있다'는 것을 증명할 과학적 증거는 존재한다. 1983년 심리학자들은 실험 참가자에게 다양한 만화를 보여주고 그 재미와 공격성을 평가하도록 했다. 그 결과 사람들은 공격적인 만화가 그렇지 않은 만화보다 더 재미있다고 생각하는 것으로 드러났다.[4] 이후 다른 실험에서 밝혀진 더 충격적인 사실은 공격적인 만화에서 웃음을 유발하는 것이 주인공의 적개심이 아니라는 것이다. 대신 사람들은 농담의 대상이 겪는 고통이 사디스트적인 수준에 이르지 않는 한 그들의 고통이 클수록 재미있다고 생각했다.[5]

어떤 이들은 그런 고통을 겪는 것에 대해, 전문가들이 볼 때 병적일 정도의 극한 공포를 가지고 있다. 2004년 윌리발드 루크(Willibald Ruch)는 누군가가 나를 보고 비웃는 것은 아닌가 하는 생각에 공포를 느끼는 것을 '웃음 공포증(Gelotophobia)'이라 명명했다.[6] 웃음 공포증의 치료 방법으로 알려진 것은 아직 없지만, 그 시작으로 웃음 공포증 환자를 자신에게 쏟아지는 비웃음을 즐기는 이들과 다른 이를 비웃는 것을 즐기는 이들로부터 격리시키는 것이 좋을 것이다.

어쩌면 레그먼과 세상의 눈 밖에 난 우월성 이론 지지자들이 뭔가를 눈치채고 있는지도 모를 일이다. 어쩌면 현대 역사상 가장 골치 아픈 유머 스캔들이 일어난 이곳, 덴마크에 그 증거가 있을지도 모른다. 2005년 9월 30일, 덴마크의 일간지 《율란포스텐(Jyllands-Posten)》은 '무함마드의 얼굴'이라는 헤드라인 아래 열두 컷짜리 시사만평을 실었다.

UN이 인권을 침해한 만화라고 딱지 붙인 이 유일한 만평 때문에 전 세계적인 시위가 일어났다. 다행히도 만평이 공개된 후 1년이 채 지나지 않아 2006년 국제유머학회가 코펜하겐에서 열렸고 유머학자들은 '세계 최초의 초국가적 유머 스캔들', '인류 역사상 농담에 대한 가장 강력한 적대 반응'이라 일컬어지는 사건을 분석할 수 있었다.[7]

덴마크의 초국가적 유머 스캔들에 대해 많은 비평이 쏟아졌지만 아직도 답하지 못한 질문들이 있다. 왜 만화 탓이었을까? 왜 그 만화가 스캔들이 터지기 얼마 전 언론에 공개된 이라크 아부그라이브 수용소의 고문받는 포로 사진보다 훨씬 더 격렬한 반응을 이끌어낸 것일까? 그리고 가장 중요한 질문, 심각하게 받아들이라는 것이 아니라 그저 사람들을 웃게 만들려 했던 농담이 그렇게나 큰 고통과 혼란을 일으킨 이유는 무엇일까?

거리에서 만난 여자 때문에 받은 충격에서 아직 벗어나지도 못한 채 우리는 분주한 코펜하겐 대로의 아파트 건물 꼭대기 층에 위치한 예술가 조합 제브라(Zebra)에 도착한다. 제브라 소속으로, 멋지게 나이 든 라스 레픈(Lars Refn)가 우리를 맞아준다. 그는 말끔히 정돈된 반백의 머리카락과 수염을 기르고, 멋진 검은색 안경을 쓰고, 그보다 서른 살은 어린 젊은이들이 좋아하는 스트리트 웨어 브랜드인 칼하트(Carhartt)로

고가 박힌 티셔츠를 입고 있다. 안경테 속의 눈이 우리에게 웃음 지어 보인다. 그의 안내에 따라 제브라에 들어서니 탁 트인 공간에 많은 예술가가 저마다 자신의 작업대 위에서 한창 작업에 몰두하는 광경이 눈에 들어온다. 패션디자이너는 반쯤 만들다 만 옷들을 뒤적거리고, 프로그래머는 대형 사이즈 아이맥으로 HTML 화면을 만지고 있다. 우리는 레픈의 침착하고 따뜻한 환대에 조금 놀랐다. 우리가 들은 바로는, 그 만화 때문에 세상이 한창 시끄러울 무렵 그가 겪은 일은 짜증을 내고도 남을 만한 일이었기 때문이다.

레픈은 스튜디오의 회의실에서 우리에게 커피와 파이를 대접하며, 사건은 2005년 9월 편지 한 통으로 시작되었다고 말한다. 덴마크 신문삽화가협회의 일원이었던 그에게 일간지《율란포스텐》이 흔치 않은 요청을 해왔다.《율란포스텐》은 덴마크 신문삽화가협회의 회원 42명에게 같은 요청을 했는데, 그 내용은 이러했다. 지역의 한 작가가 아동도서를 출판하려 하는데, 삽화가들이 이슬람의 예언가 무함마드를 그리길 두려워하여 책에 들어갈 삽화를 구하지 못하고 있었다. 하지만 그런 식의 자기 검열을 하지 않았던《율란포스텐》은 삽화가협회의 회원들에게 "각자 생각대로 무함마드를 그려달라"고 요청하면서 제출된 만화는 모두 지면에 실릴 것이라고 약속했다.[8]

레픈은 여기에 함정이 있음을 곧 알아챘다. 덴마크의 최대 신문《율란포스텐》은 극우 성향으로 유명했고, 이는 곧 그들이 이민과 무슬림을 곱지 않은 시선으로 보고 있다는 것을 의미했다.

"마치《율란포스텐》은 어떻게 하면 무슬림을 화나게 할 수 있는지 실험하는 것 같았죠."

그리고 스스로를 히피라고 부르는 레픈은 그들의 이런 장단에 놀아나길 거부했다. 레픈은 신문사의 요청대로 무함마드를 그렸다. 하지만 그가 그린 무함마드는 이슬람의 선지자 무함마드가 아니라 동네 중학생 무함마드였다. 자신이 말하고자 하는 바를 명확히 하기 위해 레픈은 그림 속 소년에게 다양성을 존중하는 좌파 성향의 축구 클럽 셔츠를 입혔다. 그림 속 무함마드는 '《율란포스텐》 이사회는 극우주의자 집단이다'라는 페르시아어가 쓰인 칠판을 가리키고 있었다.

약속한 대로《율란포스텐》은 레픈의 만평을 포함해 총 열두 개의 만평을 모두 신문에 실었다. 레픈은 신문에 자신의 솔직한 생각을 표현했다는 데 신이 났다. 그렇게 일이 일단락되면 곧 다른 바쁜 일정도 시작될 계획이었다.

"그렇게 끝날 줄 알았죠."

하지만 이는 잘못된 생각이었다. 경찰서에서 걸려온 불길한 전화 한 통으로 비극의 서막이 올랐다.《율란포스텐》을 조롱한 레픈의 만평에 매체들의 시선이 집중되면서, 이 만평 때문에 화가 난 젊은 덴마크 남자가 레픈과 삽화가협회장을 살해하겠다고 협박해온 것이다. 경찰이 수사에 착수했고 레픈은 가족을 피신시켰다.

"그제야 저는 이게 웃을 일이 아니라는 걸 깨달았지요."

하지만 그것은 시작에 불과했다. 한 달 뒤 국민 대부분이 이슬람교를 믿는 11개 국가의 대사가 《율란포스텐》의 만평과 그를 통해 드러난 이슬람교에 대한 반감을 이야기해보자며 덴마크 총리 아너스 포 라스무슨(Anders Fogh Rasmussen)에게 면담을 요청해왔다. 총리는 이를 거절했고, 덴마크를 비난하는 아랍 국가들과 조직의 목소리가 높아져만 갔다. 덴마크의 랍비 대표단이 각종 발화성 물질과 문제가 된 만평을 가지고 중동 국가를 순회하자 긴장감은 더욱 고조되었다. 2006년 1월, 중동의 슈퍼마켓들이 덴마크 제품의 불매운동을 펼치기 시작했다. 그리고 2월 3일, 유럽의 몇몇 신문이 고집스럽게도 문제의 만평을 다시 게재하자 유명한 이집트 출신의 이슬람교 설교자는 '분노의 날'을 촉구했다.

하지만 '분노의 날'은 몇 주가 지나도 끝나지 않았다. 세계 각지에서 수많은 사람들이 거리로 나와 시위를 했다. 시위자들은 자카르타, 베이루트, 다마스쿠스의 덴마크 대사관을 부수거나 불태웠다. 급진주의 이슬람 지도자들은 이 만평에 관련된 편집자나 삽화가의 머리를 가져오면 포상을 내리겠노라 선언했고, 경찰은 유럽의 테러 음모를 폭로했다. 이에 대한 반응으로 일부 신문사가 다시 만평을 재게재했고, 이는 더 큰 혼란을 야기했다. 덴마크나 유럽에서는 희생자가 없었지만 아프가니스탄, 파키스탄, 나이지리아에서는 약 250명이 사망하고 800명이 부상했다.[9]

덴마크의 브랜다이스대학교에서 정치과학 교수로 재임 중인 덴마크 태생의 위떼 크라우센(Jytte Klausen)은 말한다.

"덴마크가 문화 문제로 국제적인 위기에 휘말린 건 처음이었죠. 그리고 덴마크의 갈등 해결 메커니즘은 문제 해결에 철저히 실패했고요."

이 사건을 다룬 크라우센의 저서 제목인 '세계를 뒤흔든 만평(The Cartoons that Shook the World)'은 당시의 위기를 잘 요약해준다.

하지만 만평이 그렇게 세계를 뒤흔든 이유는 무엇이었을까? 이슬람 경전 『쿠란』의 그 어디에서도 선지자의 얼굴을 그리지 말라는 이야기는 나오지 않는다. 우상숭배를 막기 위해 그림을 그리지 말라는 문구가 있기는 하지만 13세기에 페르시아에서 그려진 무함마드 그림부터 오늘날 테헤란과 이스탄불의 시장에서 팔리고 있는 형형색색의 엽서에 그려진 무함마드까지, 무슬림 문화에는 무함마드 그림이 넘쳐난다.[10] 2000년에는 회교 율법을 해석하는 북미회교도협의회(Fiqh Council of North America)도 미국 대법원 안에 60세 무렵의 무함마드 조각상을 잘만 설치했는데, 무엇이 문제란 말인가.

선지자를 그리지도 않은 레픈에게 이 소란은 놀랍기만 했다. 레픈을 포함해 만평을 제출한 삽화가 열두 명 중 무함마드를 아예 그리지도 않은 삽화가는 두 명이었다. 다른 셋은 여러모로 최선을 다해 무함마드를 그렸고 대부분의 만평은 이슬람을 조롱하지 않았다. 열두 명 중 두 명은 이 모든 게 책을 노이즈 마케팅하려 했던 아동도서 작가 탓이라며 비난했다. 한 삽화가는 블라인드를 내린 어두운 방에서 이마에 땀을 뻘뻘 흘리며 무함마드의 지팡이를 그리는 모습을 그려 자신을 풍자하기도 했다. 그리고 쉽게 이해할 수 없는 만평 하나가 등장했다. 《하퍼스매거진(Harper's Magazine)》에 실린 아트 슈피겔만(Art Spiegelman)은 다섯 개의 팩맨이 이스라엘을 상징하는 별과 이슬람을 상징하는 초승달을 먹고 있는 그림을 그렸다.[11] (이 만평의 금기 성향 때문에 『세계를 뒤흔든 만평』을 낸 출판사는 그 책이 온통 그런 만평에 대한 이야기였음에도 불구하고, 책에 그 만평을 실길 거부했다. 하지만 인터넷에서는 쉽게 찾아볼 수 있다.)

정말 중요한 문제는 그 만평 때문에 분노한 대부분의 사람들이 그 그림들을 직접 보지도 않고, 그에 대해 들은 나쁜 이야기만으로도 폭발했다는 데 있었다. 2006년 퓨리서치센터(Pew Research Center)가 13개국을 상대로 설문 조사한 결과 응답자 중 80퍼센트가 만평에 대해 들어보기만 했다는 믿기 어려운 결과가 나왔다. 그리고 팔레스타인의 조사기구가 좀 더 자세히 조사하자 팔레스타인 주민 중 99.7퍼센트가 이 만평의 존재를 알고 있지만 직접 본 사람은 31퍼센트에 불과한 것으로 드러났다.[12]

게다가 그 만평을 실제로 보았더라도 그들 모두 그림이 의미하는 바를 이해하지 못했을 것이다. 시리아의 독자가 알 수 없는 축구 유니폼을 입고 있는 소년을 그린 레픈의 만평을 어떻게 이해할 수 있었겠는가. 또한 별과 초승달을 게걸스레 먹는 다섯 개의 팩맨이 의미하는 바를 어떻게 알았겠는가. 또한 레픈과 대부분의 삽화가는 덴마크 경찰의 권고에 따라 언론 매체를 멀리했기 때문에 그들의 작품 속 맥락을 설명할 기회조차 갖지 못했다.

우리가 일본에서 배웠던 것과 같이 코미디도 맥락 의존적이다. 그리고 유머를 창작한다는 것은 사람들 사이에 공유된 지식과 추정, 빈정거림을 토대로 새로운 재미를 창조하는 힘든 일이다. 그중 하나만 빼도 전체 유머가 무너진다. 어쩌면 농담의 배경 설정이 부족했을 수도, 농담을 전달하는 사람이 농담을 망쳐서일 수도, 농담의 어조가 잘못되었을 수도 있다. 그 이유가 무엇이든 간에 유머는 성공하기보다는 실패할 확률이 더 높다. HuRL에서 피트가 입증했듯, 어떤 정보가 제공되었느냐에 따라 재미는 달라질 수 있다.

피트는 케일럽, 로렌스 윌리엄스(Lawrence Williams, 콜로라도대학 교수)와 함께 실험을 진행했다. 이 연구를 통해, 바지 지퍼가 열린 단순한 위반 상황에 다양한 추가 정보를 제공했을 때 각 상황별로 실험 참가자가 느끼는 재미도가 달라진다는 것을 발견했다. 먼저 참가자들은 낯선 이가 바지 지퍼가 열린 채로 집에 혼자 있는 상황은 지루하다고 생각했으며, 친구가 바지 지퍼가 열린 채로 동료와 함께 이야기하는 상황은 재미있다고 생각했다. 마지막으로 참가자 자신이 바지 지퍼가 열린 채로 중요한 회사 면접을 보고 있는 상황은 매우 속상하다고 생각했다.[13]

예전에는 농담을 해서 상대를 웃기지 못하는 것을 대수롭게 여기지 않았다. 제약된 시공간에서 친한 사람들끼리 주고받는 것이 농담이었기 때문이다. 일반인은 친구들과 이웃에게 웃기는 이야기를 했고, 코미디언의 농담은 클럽의 마지막 줄 관객까지만 전해졌다. 신문이나 주간지 만평도 그다음 회가 나오면 금세 기억 속에서 사라졌다. 하지만 인터넷과 비디오, 다국적 미디어 그룹이 등장하면서 코미디도 국경을 쉽게 넘을 수 있게 되었다. 때문에 이제 남을 웃기지 못하면 큰 낭패를 볼 수도 있는 시대가 열렸다.

레픈은 다 알고 있다는 듯이 고개를 끄덕인다. 그는 자신의 만평이 어떻게 실패했는지 사람들에게 설명하는 데 진저리가 난다고 했다. 그가 심드렁하게 말한다.

"농담을 했는데 그걸 부연 설명해야 한다면, 이미 그 농담은 재미가 없는 거죠."

다시 그때로 돌아간다면 다른 그림을 그릴 거라고도 한다.

"10억 명이 이 만화를 볼 거라고 생각했다면 더 괜찮은 걸 그렸을 거예요."

레픈은 자신의 만평이 실패작이라고 생각한다. 정말 그럴까? 무함마드 만평은 실패작이었을까? 아니면 엄청난 성공작이었을까? 그 답은 당신이 '실패'를 뭐라고 정의하느냐에 따라 달라질 것이다. 그리고 코미디에서 성공과 실패를 정의하기란 결코 쉽지 않다. 농담으로 상대를 웃길 수 있는 기회는 딱 한 번뿐이기 때문에 농담은 두 가지 형태로 실패한다. 첫째는 내용이 너무 양성적이라 지루하게 들리는 것이고, 둘째는 선을 지나쳐 불쾌감을 주는 것이다. 그렇다면 그 농담이 지루한지, 아니면 불쾌한지는 어떻게 결정할 것인가?

아마도 다음 예는 실패한 농담을 가장 명확히 판단할 수 있게 해주는 지표일 것이다. 농담이 실패하면 사람들은 웃지 않는다. 하지만 우리가 탄자니아에서 보았던 것과 같이 웃음과 유머가 늘 밀접하게 관계되어 있지는 않다. 2009년 워싱턴주립대학교의 응용언어학자 낸시 벨(Nancy Bell)은 실험 대상자 약 200명에게 그녀가 생각해낸, 가장 단조롭고 불쾌하지 않은 농담을 들려주었다.

"커다란 굴뚝이 작은 굴뚝에게 뭐라고 말했을까? 답은 '아무것도 말하지 않았다'이다. 왜냐하면 굴뚝은 말을 할 수 없으니까."

많은 참가자가 이 농담을 재미없다고 판단할 거라는 생각이 들었지만, 놀랍게도 약 40퍼센트가 웃었다. 농담이 가진 사회적 의무, 즉 농담의 화자와 청자로서 맡은 바 역할이 있기에 명백히 재미없는 농담에도 불평할 수가 없는 것 같았다.

농담이 실패작인지를 판단하기 어려운 이유는 또 있다. 다른 사람을 웃겼는데도 그 결과가 비참할 수도 있기 때문이다. 대표적으로 알렉스 미첼(Alex Mitchell)의 사례를 들 수 있다. 1975년 3월 24일, 영국에서 벽돌 공사를 하던 당시 50세의 미첼은 코미디 쇼 〈구디스(The Goodies)〉를 보다가 너무 웃은 나머지 25분간 웃음을 멈추지 못했고 결국 소파에 앉아 사망했다. 심장이 지속적인 웃음으로 인한 압박감을 견뎌내지 못한 것이다. 이후 그의 아내는 감정을 잘 드러내지 않는 영국 사람답게 〈구디스〉 측에 남편의 마지막 순간을 재미있게 만들어줘서 고맙다는 감사

편지를 보냈다.

다시 무함마드 만평으로 돌아와보자. 피트의 기준에 따르면 언뜻 이 만평들은 실패작으로 보인다. 이 문제의 그림들은 많은 사람을 모욕했고 이 만평을 재미있다고 생각한 사람도 거의 없었다. 하지만 애초에 그 그림들은 재미를 목적으로 그린 것이었던가. 《율란포스텐》이 그 만평들을 실을 때, 그들은 다른 문화와 대결 구도에 있는 심각한 그림으로 만평을 표현했다. 이 만평을 의뢰한 신문사의 편집장 플레밍 로즈(Flemming Rose)는 이와 관련해 직접 그린 그림에 글을 덧붙여, 이는 모두 표현의 자유와 자기 검열의 자유를 위해서였다고 주장했다.

《율란포스텐》이 그 만평들을 왜 신문에 게재했는지를 정확히 알기란 쉽지 않다. 표현의 자유가 제일의 가치라고 주장하는 신문사치고는 당시 그 사건 관련자들 중 누구도 우리에게 입을 열려고 하지 않았다. 신문사의 수석 편집장도 그러했고, 우리가 거듭 이메일을 보내고 전화 메시지를 남겼던 연락처의 대표도 그러했다. 우리는 덴마크에 오기 전 당시 만평을 모았던 로즈와 연락이 닿았지만 그는 우리와 만나는 것에 대해 시큰둥했다.

"그 일은 잊으려고 노력하고 있어요."

덴마크 작가협회의 대표 앤더스 예리쇼프(Anders Jerichow)는 《율란포스텐》보다 우리와 만나는 데 적극적이었다. 그는 자신이 근무하는 《폴리티켄(Politiken)》의 코펜하겐 사옥에서 만나자고 전해왔다. 《폴리티켄》은 덴마크 제2의 신문사이며 《율란포스텐》의 가장 큰 경쟁사다. 신기하게도《율란포스텐》도 같은 사옥을 쓰고 있는데, 이는 이 두 경쟁사가 한 회사 소유이기 때문이다.

《폴리티켄》의 사옥은 코펜하겐의 시청 광장의 한구석에 위치해 있다. 피트가 몇 분 늦는 바람에 나는 건물 앞에서 피트를 기다리며 사진을 찍는다. 빨간 벽돌 건물에 켜진 네온사인 광고판과 도로 위를 달리는 노란색 이층버스, 광장 끝에 서 있는 멋진 시청, 전자 보안 문, 건물 앞에 설치된 감시 카메라를 찍자 무장한 보안요원이 다가와 "지금 뭘 하느냐"고 묻는다.

좋은 질문이다. 사람들 앞에서 살해 위협을 받는 신문사의 보안장치를 사진 찍고 있다니, 이게 무슨 짓인가? 분명 나는 테러리스트이거나 바보 멍청이일 것이다. 나는 미안해서 더듬거리며 상황을 설명하고 "내가 찍은 사진들 중 문제시되는 것이 있다면 삭제하겠다"고 말한다. 내 대답에 만족한 보안요원은 "이해해줘서 고맙다"고 말한 뒤 자기 자리로 돌아가기 전에 "보통은 심문하기 위해 경찰서로 인계하지만 이번엔 봐드릴게요"라고 말한다.

그제야 피트가 나타난다.

"내가 없는 사이에 무슨 일이라도 있었나요?"

곧 예리쇼프가 나타나 우리를 건물 안으로 안내한다.

"사무실에 가려면 사원증을 다섯 번이나 찍어야 돼요."

우리는 사원증을 찍을 때마다 위험한 물건을 소지하지 않았는지 검사를 받는다. 옷장처럼 생긴 전신 스캐너에 들어가면 유리문이 닫히고 눈에 보이지 않는 메커니즘이 우리를 검사한다. 《율란포스텐》이 살해와 암살 위협을 받기 시작할 때부터 이런 식의 보안이 실시되었다고 한다. 같은 건물을 쓴다는 이유만으로, 만평과 아무런 상관이 없는 신문사인 《폴리티켄》의 직원들도 이런 보안 검사를 거쳐야 한다.

반백의 머리에 회색 스웨터를 입고 친절한 교수 같은 분위기를 풍기는 예리쇼프는 만평 사태를 처음 예측한 사람이다. 그는 두 신문사가 함께 사용하는 사옥의 카페테리아에서 점심식사로 라자냐와 청어요리를 먹으며 우리에게 그런 사실을 말해준다. 벽에는 고전적이고 추상적인 미술품이 걸려 있고 천장에는 최신 유행의 첨단 조명이 달려 있는 카페테리아는 세련(?) 그 자체다. 《율란포스텐》에 만평이 실린 그날, 그는 한 라디오 프로그램과의 인터뷰에서 이 문제가 국제적인 논란으로 번질 수도 있다고 예측했다. 중동의 인권과 국제 관계에 관한 서적을 스물네 권이나 집필 편집하고, 편찬에 도움을 주었던 그는 자기가 무슨 말을 하는지 정확히 알고 있었다.

예리쇼프가 보기에 《율란포스텐》의 만평은 노이즈 마케팅에 지나지 않았다.

"저한테는 유치해 보였어요. 금지된 단어를 사용할 의향이 있다는 것으로 자기가 얼마나 대단한 사람인지 자랑하고 싶어 하는 것 같았죠."

그럼에도 예리쇼프는 이 모든 일의 책임을 전적으로 《율란포스텐》에 돌릴 수는 없다고 주장한다.

"삽화가나 편집장에게 어느 정도의 책임을 물을 수 있는 것처럼 독자에게도 기사에 대해 극단적인 반응을 취하지 않고 폭력을 삼갈 책임이 있죠."

덴마크에 거주하는 대다수의 무슬림은 그런 책임을 보여주었다. 비록 약 20만 명 중 일부가 만평에 대해 공개적으로 불쾌감을 표현했지만, 그것도 탄원서나 평화적 시위 등과 같은 방법을 통해서였다.

한편 시리아, 사우디아라비아, 파키스탄에서의 반응은 딴판이었다. 예리쇼프는 그 배후에 정치적인 이유가 있었다고 믿고 있다. 만평이 발표된 후 4개월 동안은 별다른 반응 없이 잠잠하다가 외교적 문제가 발생한 뒤 중동 전체가 폭발하기 시작한 것만 봐도 그렇다. 그건 그렇고 시리아와 같이 첩보망이 촘촘한(?) 나라에서 수천 명이 덴마크 대사관을 부수는 정도의 시위를 비밀리에 조직하고 대중에 공개하고 실행한다는 게 가능한가.

예리쇼프는 시리아와 몇몇 중동 국가의 정치가와 반란군이 자신들의 이익을 위해 반(反)덴마크 시위를 부추겼다고 생각한다. 내부에서 외부로 국민의 시선을 돌리고, 국제적 문제에 정부의 권한을 행사하며, 자신이 이슬람의 진정한 수호자임을 증명할 수 있는 아주 좋은 방법이었기 때문이다.

덴마크를 괴롭히는 건 운동장에서 가장 왜소한 체격의 아이를 괴롭히는 것이나 다름없었다. 예리쇼프는 말한다.

"덴마크는 작은 나라죠. 국제적인 영향력도 별로 없고 중동에서의 인지도도 높지 않고요. 말하자면 그들에게 중요한 나라가 아니라 굉장히 좋은 도구였던 거죠."

게다가 별로 본 사람도 없고, 심지어 봤어도 완전히 이해하지 못한 만화를 꼬투리 잡는 것이라면? 더할 나위가 없는 선택이다.

어쩌면 만평은 실패작이 아니었을지도 모른다. 처음 이런 만평을 낼 생각을 했던 사람들은 자신이 무슨 일을 벌이고 있는지, 즉 홍보 목적으로 논란을 불러일으키고 있다는 것을 정확히 알고 있었을지도 모른다. 그리고 지구 반대편의 사람들은 자신의 정치적 이익을 위해 기꺼이 동조해주었다. 그들은 만평의 유머가 사람들을 웃기지 않고 실패하길 바랐고, 그런 바람은 예상을 훨씬 뛰어넘는 성공으로 끝났다.

햇볕에 그을린 얼굴에 심각한 표정을 짓고 귀에는 송신기를 낀 두 남자가 우리를 맞아준다.

"이리로 오세요."

그들을 따라 건물 뒤편으로 가보니 덴마크 경찰 두 명이 우리를 기다리고 있다. 그중 한 명이 우리에게 말한다.

"여권을 확인하고 몸수색을 하겠습니다."

폭탄수색견이 킁킁거리며 우리의 짐 냄새를 맡고 바지 지퍼를 보고 짐을 질질 흘린다.

"난 이 몸수색에 대해 정신적인 준비를 마쳤어요."

피트가 앞으로 나서 경찰들이 몸을 뒤적거릴 수 있도록 양팔을 위로 올리며 농담한다. 하지만 남자는 전혀 웃지 않는다.

덴마크의 서부 반쪽을 차지하는 유틀란트 반도의 중간쯤에 위치하는 오르후스는 덴마크 제2의 도시다. 아침에 코펜하겐에서 출발한 우리는 차를 몰고 완만한 구릉의 농장들을 지나, 발트해를 사이에 두고 섬을 이어주는 현수교를 여럿 지나 이곳에 도착했다. 우리가 덴마크에 도착한 순간부터 하늘을 가리고 있던 음울한 구름이 오늘도 끝없이 하늘을 덮고 있다. 오는 길에 우리는 머리 위로 펼쳐지는 다양한 회색에 '새벽빛 회색', '한낮의 회색', '황혼의 회색', '잿빛 회색', '지루한 회색' 등등 이름을 붙여주었다.

오늘의 최종 목적지, 오르후스 교외의 단층집에서 이렇게 우락부락하고 심각한 남자들이 우리를 맞이한 것도 전혀 놀랍지 않다. 《율란포스텐》에 게재된 열두 개의 만평 중 가장 널리 알려져 있고 가장 많은 비난을 받은 만평의 삽화가, 수많은 사람들이 죽기를 바라고 있는 쿠르트 베스테르고르(Kurt Westergaard)를 만나러 이곳에 왔으니까.

《율란포스텐》에 실린 무함마드 만평 중에서 베스테르고르의 만평은 가장 상징적이었고, 물론 가장 자극적이었다. 이 일을 의뢰받고 그는 짙은 눈썹에 수염이 덥수룩하고, 터번 대신 금방이라도 터질 것 같은 폭탄을 머리에 쓰고 있는 무함마드를 그렸다. 그것만으로 공격의 대상이 되고도 남는데, 당시 《율란포스텐》의 정규 직원이었던 베스테르고르는 다른 삽화가들이 침묵하고 있을 때 언론과 인터뷰를 하면서 문제를 크게 만들었다. 그 결과 그의 목숨뿐 아니라 다른 사람들의 목숨까지 위태로워졌다.

코펜하겐에서 우리가 베스테르고르에 대해 묻자 레픈의 표정이 곧 어두워지면서 말했다.

"회사 사람들이 그분을 그다지 좋아하지는 않아요. 게다가 지금은 강제로 숲에서 살고 있고요. 미안할 지경이에요."

베스테르고르의 보안요원이 그가 지내고 있는 집 현관으로 우리를 안내해준다. 매체에 노출되기 위해 전전긍긍하고 있는 외국인 혐오증 환자를 만날 것이라고 생각했는데, 뜻밖에도 가죽옷을 입은 산타클로스 할아버지가 우리를 맞이한다.

"펫(PET, 애완동물을 뜻하는 'pet'과 발음이 같다−옮긴이)이 무례했다면 너그러이 헤아려주세요."

덥수룩한 흰 수염에 까만 가죽조끼와 빨간 바지를 입고 장식용 단추가 달린 벨트를 찬 베스테르고르가 쾌활하게 우리를 맞아준다. 그가 말하는 펫은 '덴마크의 보안정보국(Politiets Efterretningstjeneste: PET)'을 가리킨다. 정부의 비용으로 그를 밤낮으로 지켜주고 방금 전 우리를 수색했던 사람들이다.

"저 사람들이 다행이라고 생각하는 게 두 가지가 있죠. 첫째는 제가 한겨울에 수영하러 찬물에 뛰어드는 사람이 아니라는 것, 둘째는 제가 나체주의자가 아니라는 것이에요."

그의 안내에 따라 거실로 들어서니 미리 준비해둔 커피와 티, 간식이 놓여 있다.

"제 아내의 맥주 케이크 맛 좀 보세요. 펫도 엄청 좋아하거든요."

언뜻 보기에 베스테르고르는 전세계의 분노를 일으킬 만한 부류의 사람은 아닌 것 같다. 이미 몇 해 전에 《율란포스텐》을 그만둔 그는 이곳에서 버섯 위에 올라간 인어, 요정, 어부와 같은 환상적인 수채화를 그리며 살고 있다. 하지만 그의 집 주변을 어슬렁거리며 본, 벽에 그려진 그의 신문사 시절 그림들은 전혀 다른 이야기를 하고 있다. 약탈당하는 벌거벗은 여자들, 가시철사가 귀를 관통해 괴로워하는 강제수용소의 포로, 십자가에서 내려와 '일요일에 다시 돌아오겠음'이라고 쓰인 사인을 뒤로하고 길을 떠나는 예수 등 도발적인 그림이 많다.

베스테르고르는 이런 자극적인 그림들을 회사의 의뢰가 있을 때만 그렸다. 베스테르고르는 스스로 진보라고 생각하지만, 신문사가 의뢰한 일이 자신의 성향에 맞지 않아도 개의치 않았다.

"의뢰받은 그림이 내 생각과 달라도 작가나 편집자에게 충성을 다해야 했으니까 군말 없이 그렸지요."

그랬기 때문에 무함마드 만평을 의뢰받았을 때도 그는 주저하지 않았다. 그에게 그 일은 재미있는 무언가를 그리는 것이 아니라 자기 생각을 가장 잘 전달할 수 있는 그림을 그리는 것을 의미했고, 그는 당시 무슬림 테러리스트들이 어떻게 이슬람을 인질로 잡았는지 환기시키고 싶었다. 때문에 무함마드의 터번에 폭탄을 그려 넣은 것이다. 전 세계 수백만의 무슬림들을 분노하게 만들었지만, 사람들이 그 만평을 다른 뜻으로 이해하리라고는 전혀 상상도 못했다고 한다.

"시간을 되돌린다면 그리지 않았을 그림도 있나요?"

피트가 벽의 선동적인 그림들을 자세히 살펴보며 묻는다.

"아니요. 하지만 풍자에는 반드시 이유가 있어야 하죠. 풍자는 아주 공격적이고도 정확한 방식으로 좌절을 표현할 수 있는 수단이거든요."

베스테르고르의 말이 맞다. 냉소적인 유머와 코미디의 존재 이유를 설명하는 가장 설득력 있는 이론 중 하나는 수많은 사람들을 모욕하기 위한 코미디는 야비해 보일지라도 그것이 금기시된 불만과 콤플렉스를 표출하는 방법이라는 것이다. 농담은 우리가 가진 개인적인 분노의 안전한 배출구라는 프로이트의 주장을 사회적으로 확대한 셈이다.

버클리대학교의 민속학 교수 앨런 던데스(Alan Dundes)는 야비한 농담을 해체해 사회의 가장 깊고 어두운 비밀을 폭로하는 데 일인자다. 그는 농담을 진지한 학문으로 격상시키고, 또 농담을 논란의 대상으로 만들겠다는 목표를 가지고 치열하게 살아왔다. 그는 '터치다운을 위해 엔드 존으로 달려가며(Into the End Zone, Tring to Get a Touchdown)'라는 제목으로, NFL의 알려지지 않은 동성애에 관한 세미나를 갖던 중 미식축구 팬으로부터 살해 위협을 받기도 했다. 1983년『서양의 전통문화(Western Folklore)』라는 책에 아우슈비츠 수용소의 희생자들에 관한 농담을 분류해 실어 일장풍파가 일어났을 때도 그는 후속 저서『아우슈비츠 농담(More on Auschwitz Jokes)』을 덤덤하게 준비했다.

"그런 농담들이 유쾌하거나 웃겨서 기록하는 게 아닙니다. 인류가 경험하는 모든 면면을 기록으로 남겨두는 게 중요하다고 생각하기 때문에, 대부분의 사람들이 그것들이 인간성의 어두운 측면을 드러내고 있다고 생각해도 기록으로 남겨두는 것입니다."

던데스의 말이다. 인간사의 어두운 면을 포함해 모든 면면을 기록하려는 그의 노력 덕분에 캘리포니아 버클리대학교 캠퍼스의 외딴 건물의 작고 어수선한 방 안에 민속학 기록 보관소가 만들어졌다. 샌프란시스코로 가는 길에 나는 이곳에 들러 던데스와 그의 제자들이 수집한 수많은 농담과 재담, 미신과 민간설화, 도시 전설, 민간전승 이야기를 뒤지며 꼬박 하루를 보냈다. 그중에는 프랑스인에 대한 미국의 농담("왜 프랑스인들은 냄새가 날까? 맹인들도 그들을 미워할 수 있도록"), 미국인에 대한 프랑스의 농담("미국인과 요구르트의 차이점은? 요구르트는 문화가 있다는 것")을 비롯해 거의 모든 농담이 있었다.

던데스는 이 농담들을, 그중에서도 불쾌한 농담들을 인류의 비밀을 이해하는 데 쓸 수 있는 암호라고 생각했다. 1960년대와 1970년대에 미국에서 유행한 죽은 아기 농담을 예로 들어보자.

"저기 구석에 앉아 있는 뻘건 게 뭐야? 응, 면도날을 씹고 있는 아기야."

이같이 저열한 농담은, 던데스에 따르면 베트남전쟁에서 받은 트라우마와 최신식 편리함, 임신의 양면성이 합쳐져서 생겨난 것이라고 한다.[14] 1980년대 후반에는 동성애 혐오자의 에이즈 농담도 유행했다.

"'동성애자'의 뜻이 뭔지 알아? 바로 '아직 에이즈에 안 걸렸어?'라는 뜻이야."

던데스는 이런 농담이 당시 사람들이 에이즈와 동성애에 대해 갖고 있던 공포심을 표출하고, 그로부터 거리를 두기 위한 방법이었다고 주장했다.[15] 워낙 오랫동안 사악한 코미디와 유머를 분석한 그는 이제까지 밝혀진 적이 없는, 잔인한 유머 시리즈 간의 관계도 알아냈다고 한다. 그의 연구에 따르면 폴란드 사람에 관한 농담이 유행하던 1960년대와 1970년대 무렵 한 사람은 이런 농담을 만들어냈다.

"전구를 천장에 다는 데 몇 명의 폴란드 사람이 필요하게? 다섯 명. 한 사람은 전구를 잡고 나머지 넷은 의자를 돌려줘야 하니까."

던데스에 따르면 그 농담은 전구 농담의 시초가 되었다.[16]

그렇다면 베스테르고르와 다른 삽화가들이 그린 무함마드 만평들은 덴마크의 어두운 비밀에 대해 무엇을 말하고 있는 것일까? 어쩌면 금기를 깨는 것이야말로 덴마크의 취미라고 말하고 있는지도 모른다. 덴마크는 세계에서 가장 비종교적인 국가 중 하나로, 포르노와 동성 결혼을 최초로 법제화한 나라다.

덴마크에서 가장 크게 히트친 문화 상품은 〈크로븐(Klovn, 광대를 뜻하는 덴마크어다)〉이라는 TV 코미디 쇼다. 영화로도 제작된 이 쇼는 카누 여행을 떠난 가족에게 일어나는 동성 간 성행위와 살인, 아이를 위험에 빠뜨리는 사건이 줄기를 이룬다. 우리가 덴마크에 온 뒤 어딜 가든 보였던 〈파라다이스 아일랜드〉라는 쇼의 자극적인 포스터에는 유방 확대술을 받은 여성 두 명이 비키니를 입고 있는 사진이 적나라하게 박혀 있다. 하지만 과거에 이 나라에 공개적으로 돌아다니던 이미지들에 비하면 이 그림들은 약과다. 2005년 만평 논란이 있기 전에 덴마크를 깜짝 놀라게 한, 더욱 충격적인 소식이 있었다. 당시 시장 후보였던 루이스 프레버트(Louise Frevert)의 반대파가 루이스가 분명 포르노 배우처럼 보이는 사진을 코펜하겐의 곳곳에 붙인 것이다. 안타깝게도 이 사진들은 조작이 아니었다. 프레버트는 자신이 '미스 루루'라는 이름으로 하드코어 포르노 영화에서 활동했다고 공개적으로 밝혔다.[17]

그렇다면 베스테르고르는 덴마크 삽화가로서 자신의 임무를 충실히 이행한 셈이다. '성우(聖牛·sacred cow, 절대로 거스를 수 없는 통념이나 관행-옮긴이)'를 죽이려 했으므로. 하지만 정작 죽을 뻔한 것은 그 자신이었다. 그는 만평으로 촉발된 살해 위협 중 다수의 대상이 되었으며, 2008년 그를 살해하겠다는 음모가 밝혀진 뒤 덴마크 경찰은 그의 출퇴근길을 경호해주기 시작했다. 최악의 사건은 2010년 1월 1일에 발생했다. 이 사건으로 인해 그는 24시간 경호를 받게 되었는데, 아마도 남은 인생 동안 계속 경호를 받을 것이다. 그날 베스테르고르는 집에서 홀로 이웃 알바니아 여인의 다섯 살배기 딸을 돌봐주고 있었다. 그때 도끼를 든 남자가 뒷문을 쳐부수고 들어왔다.

베스테르고르는 곧장 철문을 장착하고 창문을 방탄유리로 교체해 밀실로 개조한 욕실로 도망쳤다. 혼자 남겨진 소녀는 안타깝게도 당시 다리가 부러진 상태라 꼼짝없이 도끼를 든 남자와 갇혀버렸다. 다행히도 남자는 아이를 해치는 데는 별 관심이 없어 보였고, 5분 뒤 베스테르고르가 아직도 화장실에 숨어 있는 사이 경찰이 도착해 침입자를 향해 총을 쏘면서 상황이 종료되었다.

베스테르고르는 거실 탁자를 내려다보면서, 자기 손에 난 주름의 결을 따라 만지며 말한다.

"그때 그 행동은 올바른 선택이었어요. 나는 일흔일곱이에요."

그는 만약 자신이 침입자와 마주했다면 그 아이는 소름끼치도록 끔찍한 그의 최후를 목격했거나 그 아이도 죽었을 거라고도 말한다.

"당시 나는 매우 이성적으로 생각했고, 옳은 선택을 했지요."

하지만 어쩐지 그는 우리보다 그 자신을 설득하려는 듯 보인다. 살해 위협과 공격, 끝나지 않을 경찰의 경호에도 불구하고 베스테르고르가 얻은 수확이 하나 있다면 그가 그린 무함마드 만평의 복사본이 잘 팔리고 있다는 것이다. 원본을 사겠다고 연락해온 이들도 있었다. 1972년 보잉 727기를 납치한 죄로 수십 년간 복무한 전 미국 항해사 마틴 J. 맥넬리(Martin J. McNally)도 원본을 5,000달러에 사겠다고 제안해왔다. 텍사스의 한 남자는 15만 달러를 제시했는데, 거래가 성립되기 직전에 발을 뺐다. 덴마크 영사관에서 근무하는 자신이 이 그림을 산다는 것이 정치적으로 옳지 않을 수 있다는 이유에서였다.

그래서 이 모든 논란을 불러온 원본은 지금 어딘가의 금고에 보관 중이다. 적절한 가격에 사겠다는 사람이 나타나면 베스테르고르는 그림을 팔지도 모르겠다고 한다. 활짝 웃으며 그가 말했다.

"내 아내가 말한 것처럼, 처음에는 선지자 무함마드였지만 지금은 짭짤한 무함마드죠."

이만하면 선지자 무함마드 만평이 왜 그렇게 큰 문제로 번졌는지 알 것 같다. 짓궂은 삽화가와 주목이 필요했던 언론사, 조작에 능한 정치가와 전 세계적인 오해가 함께 어우러져 사건을 키웠던 것이다. 이 시련에 희생자가 있다면, 그건 철저히 이용당한 덴마크일 것이다. 이렇게 수수께끼는 해결되고 사건도 종료된다.

그렇게 생각했다, 룬 라센(Rune Larsen)을 만나기 전까지는.

《폴리티켄》의 앤더스 예리쇼프는 우리에게 오르후스에 살고 있는 그의 동료 기자 라센을 만나보라고 권했다. 오르후스에서의 마지막 날 아침, 우리는 북적이는 강둑에 위치한 카페에서 그를 만나기로 했다. 약속 시간보다 조금 일찍 도착한 우리는 주위를 구경한다.

오르후스는 오랫동안 덴마크에서 '멍청이 농담'의 대상이었고, 때문에 오르후스 주민들은 덴마크 사람들의 놀림을 받아왔지만 우리는 이 도시의 사람들이 아주 유쾌하다는 것을 발견한다. 또한 우리는 덴마크 방식, 말하자면 사람들이 단호하지만 쾌활하게 거리를 서둘러 걷는 모습이라든지, 초소형 독일 차를 매너 있게 운전하는 방식이라든지, 목재와 현대식 투명유리, 강철을 잘 섞은 도시의 건물 등에 점점 익숙해져 간다. 덴마크가 레고의 탄생지인 것도 당연하다. 모든 게 이렇게 딱딱 들어맞으니.

라센이 약속 시간보다 늦게, 헐떡거리며 나타나자 레고 생각이 쏙 들어간다. 라센은 의례적인 인사말에 시간을 허비하지 않는다. 소년같이 앳된 얼굴에 말을 더듬는 이 기자는 필사적으로 자기주장을 펼친다. 그는 우리가 무함마드 만평 논란을 다 알지 못한다고, 주문해놓은 아이스커피에는 손도 대지 않은 채, 두 눈을 이글거리며 말한다.

이 사건의 핵심은 삽화가들의 장난이 아니라 덴마크 정부가 세상을 향해 친 장난이라고 라센은 말한다. 그의 말을 빌리면 그건 덴마크 총리와 동료들이 몇 개월간 이뤄낸 '외교의 만화화(化)'였고, 이는 결국 폭력 시위로 이어졌다. 라센은 자신의 저서 『만화의 위기(The Caricature Crisis)』에서 라스무슨 총리가 무슬림 대사관에서 처음 면담을 제안해왔을 때 수락했다면 통제 불능 상태로까지 악화되지는 않았을 거라고 했다. 하지만 무슨 이유에서인지 총리는 그 제안을 거절했다.

총리의 결정은 조금 의아해 보인다. 우리가 덴마크에 와서 만난 모든 사람은 우리를 따듯하게 환대해주었고, 기꺼이 커피와 간식을 대접하며 이야기를 나눠주었다. 그러지 않는 것은 전혀 덴마크답지 않다. 그렇다면 덴마크 총리는 왜 대사들과의 대화를 거절했을까? 그것도 확산되고 있는 논란에 더욱더 불을 지필 가능성이 있는 상황에서.

라센은 덴마크의 저변에 흐르고 있던 외국인 혐오증 때문이었다고 생각한다. 1960년대까지만 해도 덴마크는 배타적인 문화를 가진 단일민족국가였다. 이후 터키, 파키스탄, 전 유고슬라비아에서 이민자가 넘어오면서 변화하기 시작했다. 오늘날 덴마크 인구에서 무슬림이 차지하는 비중은 여전히 4퍼센트밖에 되지 않지만, 이는 많은 이들에게 커다란 인구통계학적 변화이고 달갑지 않은 변화였다. 1997년 《율란포스텐》이 실시한 설문 조사에 따르면 응답자 중 절반가량의 덴마크 사람들은 무슬림을 덴마크 문화를 위협하는 존재로 인식하고 있었다.[18]

이런 상황은 덴마크인민당(DPP)이 출현하는 배경이 되었다. 1990년대에 발족한 인민당은 이민을 반대하는 극우 성향의 정당으로, 2002년에는 덴마크의 제3정당으로까지 성장했다. 인민당은 이슬람에 강경한 태도를 취하는 것으로 알려져 있다. 정당 의장은 이 나라의 일부가 "낮은 수준의 문명에 머물러 있는 인구"라고 주장하기도 했다.[19] 인민당과 그들의 과장된 주장을 지지하는 덴마크 인구는 소수에 불과하지만, 덴마크의 다당제에 영향력을 행사하기에는 충분한 수준이다.

라센은 숨을 고르며 우리에게 말한다.

"라스무슨이 총리로 선출된 것은 인민당의 지원이 있었기 때문이죠. 그래서 이런 논란이 불거졌을 때, 이 문제는 인민당의 전문이었기 때문에 총리는 무슬림 대사들의 요청을 묵살할 수밖에 없었던 거예요."

라센이 정신 나간 음모가처럼 보이지는 않는다. 이곳에서 만난 사람들은 모두 친절했기 때문에, 그들이 우리가 기대하는 것만큼 솔직하지 않을 때에도 우리는 쉽게 눈감아주었다. 베스테르고르를 예로 들어보자. 그는 스스로를 진보파라고 얘기했지만, 우리가 이민 이야기를 꺼내자 신중한 모습을 보였다.

"우리는 이 나라에 온 사람들을 환영해요. 하지만 '다른 사람 혹은 신을 풍자하거나 비판하는 우리 문화를 존중해주거나 고마워할 수는 없는 건가?'라고 의문을 제기할 수는 있죠."

그래서 우리는 소위 말하는 '고마워할 줄 모르는' 덴마크의 무슬림을 만나기 위해 지역의 무슬림 사람들이 많이 찾는다는 도시 외곽의 쇼핑몰 바자르 베스트로 향했다. 벙커처럼 생긴 쇼핑몰 주변으로 똑같이 생긴 음울한 분위기의 아파트 건물이 늘어서 있고, 현관문으로는 아랍 음악이 흘러나온다. 그리고 덴마크의 어디를 가나 보이는 〈파라다이스 아일랜드〉 포스터의 비키니 입은 여자의 가슴이 이곳에서는 빨간색 페인트로 덧칠해져 있다.

이곳에서 우리와 점심을 함께하기로 한 '대화하는 무슬림(Muslims in Dialogue)'의 의장 니하드 호드직(Nihad Hodzic)은 말한다.

"여기는 덴마크의 빈민가로 알려져 있죠."

우리는 호드직이 터키나 파키스탄에서 건너온 좀 더 나이가 지긋한 이민자일 거라고 생각했다. 하지만 우리와 함께 샤와르마를 먹고 있는 사람은 길게 기른 수염만 아니면 평범한 덴마크 사람으로 보일 만큼 피부색이 밝은 스물한 살 청년이다. 보스니아 사람인 호드직은 자신이 덴마크 사람들이 '무슬림' 하면 떠올리는 후진 고정관념에 맞지는 않는다고 인정한다. 하지만 그것이 그가 말하려는 바이기도 하다. 이 쇼핑몰의 다양한 옷가게, 미용실, 음식점에서도 볼 수 있다시피 덴마크의 무슬림도 다양하다는 것이다. 보스니아, 세르비아, 시리아, 소말리아, 파키스탄, 터키 등 다양한 나라 출신들이 이곳에 살고 있다. 호드직이 덧붙인다.

"덴마크에는 다양한 나라 출신의 무슬림이 살고 있어요."

덴마크에 살고 있는 다양한 무슬림이 의견을 같이한 것이 있다면, 그들이 무함마드 만평을 좋아하지 않았다는 것이다. 이들 중 만평으로 인한 불쾌감을 공개적으로 표현한 사람은 극히 일부이지만, 2006년 실시한 설문 조사에 따르면 덴마크에 살고 있는 무슬림 중 81퍼센트가 그림에 불쾌감을 느꼈다고 했다. 호드직에 따르면 무슬림에서 무함마드를 그리는 것이 금지되어 있어서 생긴 불쾌감이 아니었다.

"무함마드를 근사하게 그렸다면 결과는 완전히 달랐을 거예요. 저도 기분이 나쁘지 않았을 거고요. 하지만 그 만평들은 분명히 조롱하기 위해 그려진 것이었어요."

미국 대법원에 새겨진 무함마드상은 선지자를 영예롭게 그렸기 때문에 아무런 논란을 초래하지 않았다. 하지만 이 만평들은 선지자를 조롱하기 위한 것이었다.

"사람들을 웃기기 위해 그 만평을 그렸다면 실패작이죠. 하지만 사람을 조롱하고 사람에게 불쾌감을 주기 위해 그렸다면 성공이에요."

탄자니아에서 알게 되었듯, 유머는 사람들 간에 유대감을 쌓고 긍정적인 분위기를 돋우는 데 효과적인 강력한 사회적 접착제다. 비록 교실이나 운동장에서 친구를 놀리는 행동은 바람직하지 않다고 여겨지지만 상대를 놀리는 행동마저 집단의 윤리를 형성하고, 관계를 시험하고, 자극적인 개념을 전달하는 데 유용하게 쓰일 수 있다.

지난 수십 년간 놀림을 연구한 캘리포니아 버클리대학교의 심리학자

다커 켈트너(Dacher Keltner)에게 물어보라. 한 실험에서 켈트너와 그의 동료들은 남자만 가입할 수 있는 사교 클럽의 정회원과 준회원을 실험실로 초청해 서로를 놀리도록 했다. 이를 관찰한 결과 정회원들이 때로는 상당히 날카롭고 신랄하게 준회원을 놀렸지만, 결국 이 장난에 연관된 모든 이들이 재미있는 농담을 주고받는 과정을 통해 더 친해졌음을 발견했다. 놀림의 대상이 얼굴을 붉힌다든지 시선을 피한다든지, 초조하게 미소를 짓는다든지 당황한 내색을 비출수록 놀리는 사람은 상대를 더 좋아하게 되는 것으로 드러났다.[20]

행동을 지도하는 가벼운 놀림과, 사회적 차별을 이용하는 괴롭힘은 분명 다르다. 대부분의 사람들이 재미있고 악의가 없다고 생각하는 장난을 예로 들어보자. 현실에서 장난은 사회적 경계를 허무는 것이 아니라 그것을 더욱 강조하는 데 사용된다. 인디애나대학교의 인류학 사서인 모이라 스미스(Moira Smith)는 지난 수십 년간 짓궂은 장난을 연구해왔다. 그녀는 장난으로 유명했던 영국인 시어도어 후크(Theodore Hook)가 1809년 런던 곳곳의 사람들에게 가짜 편지를 보내 굴뚝 청소부, 생선가게 주인, 의사, 제빵사, 목사, 심지어 요크 공작과 시장까지 토트넘 부인이라는 여자의 집주소로 같은 날, 같은 시각에 모이도록 한 일화를 찾아내기도 했다.

이런 장난에 우리는 웃음을 터뜨리지만, 그 딱한 토트넘 부인은 얼마나 놀라고 당황했을지 생각해보라고 스미스는 말한다.

"장난은 장난을 치는 사람과 그 대상이 되는 사람 간의 차이를 두드러지게 만들죠."

만약 당신도 그런 장난의 희생자였던 적이 있다면, 그 장난을 친 사람은 당신을 꽤나 조준했을 것이다.

사람들 간의 차이를 강조하는 유머가 장난만 있는 것은 아니다. 사람들을 나누고, 한쪽을 공격하고, 가진 자와 가지지 못한 자를 나누는 농담은 너무나 많다. 그렇다, 유머는 패를 가른다. 인종차별적 농담, 성차별적 농담, 동성애 혐오적 농담…… 이 모든 것이 고정관념을 더 확고히 만든다. 하지만 이들은 코미디라는 범주 안에 포함된다는 이유로, 코미디가 아니었다면 허용되지 않았을 정도로 잔인해지고 모욕적으로 치달을 수 있다. 어쨌든 "농담일 뿐"이니까.

그런데 '대화하는 무슬림'의 호드직 같은 사람에게 무함마드 만평은 그저 그런 농담이 아니었다. 만평에는 아부그라이브 수용소의 고문받는 포로 사진보다도 문제의 소지가 있는 심각한 함의가 담겨 있었다. 덴마크뿐 아니라 세계 각지의 무슬림이 여전히 아웃사이더임을 강조한 것이다.

다른 사람을 폄하하는 유머와 장난이 가진 또 하나의 문제는, 내가 그 농담의 대상이 되었을 때 사태를 악화시키지 않고 대응하기가 참으로 어렵다는 것이다. 이는 만평 사태가 터졌을 때 해결하기가 거의 불가능했던 이유이기도 하다. 만평으로 세상이 시끄러워졌을 때 대부분의 무슬림은 모욕을 조용히 받아들이며 평범한 일상을 지속해갔다. 가장 절충적인 방법이었지만 동시에 가장 힘겨운 방법이었다. 그렇게 행동함으로써 그들은 자신이 만만한 놀림감임을 암묵적으로 시인했다. 바로 그 때문에 일부는 가만히 앉아 모욕을 받아들이길 거부하고 항의하겠다고 결심한 것이다. 하지만 그들의 방법도 성공적이지는 않았다. 결국 그들은 폭력적이고 비문명적인 사람들로 비춰졌으며, 무엇보다 모멸적이었던 것은 농담을 받아들이지 못하는 사람으로 평가받게 된 것이다.

어쩌면 아직까지도 우월성 이론을 신봉하는 찰스 그러너가 맞을지도 모른다. 어쩌면 농담은 게임이고, 만평 사태라는 시합에서 무슬림은 져야 했는지도 모른다.

하지만 이게 끝이 아니다. 이런 만평들은 사회 분열을 강조할 뿐만 아니라 그 간극을 더 벌려놓는다. 웨스턴캐롤리나대학교의 심리학 교수 토마스 포드(Thomas Ford)는 상대를 폄하하는 농담은 차별에 대한 내성을 증가시킨다는 요지의 '선입견 규범이론(prejudiced norm theory)'을 정립했다. 한 실험에서 포드는 남자 학부생들에게 다양한 코미디 비디오를 보게 했다. 그런 다음 유학 클럽, 유대인 조직, 흑인학생협회, 여성협회 중 어느 단체의 재정 지원을 삭감할지를 결정하라고 지시했고 학생들은 이것이야말로 자신에게 주어진 진짜 과제라고 생각했다. 당연하게도 실험에 앞서 측정한 결과, 적대적 성차별 성향을 보였던 남학생들은 다른 단체보다 여성협회의 재정 지원을 삭감하는 데 가장 열성적이었다. 또한 적대적 성차별 성향이 높았던 남학생들 중에서도, 짜증나는 아내를 '아내 학교'에 보낸다는 내용의 TV 프로그램 〈맨 쇼(Man Show)〉와 같이 여성을 폄하하는 코미디 비디오를 본 남학생들만이 여성협회를 무시했다. 비슷한 수준의 성차별 성향을 보였던 남학생들 중 아기의 말하는 입모양에 어른 목소리를 덧입힌 이트레이드 광고처럼 악의 없는 클립을 본 사람은 적대적 성차별 성향이 낮았던 이들과 비슷한 정도로 여성협회의 재정 지원을 삭감하려 했다.[21]

포드는 사회가 수용 가능하다고 여기는 한계란 고무줄 같다고 이야기한다. 사람들은 경멸적인 농담을 통해 금기시되는 주제에 대한 시답잖은 농담으로 시간을 허비하고, 이는 결국 인종차별, 동성애 혐오, 반무슬림 정서와 같이 접근할 수 없는 주제를 더욱 잘 받아들일 수 있게 만든다. 그리고 그 한계가 일단 높아지면 다시 낮아지기란 쉽지 않다.

어쩌면 무함마드 만평은 덴마크의 인종차별을 더욱 강조해, 무슬림이 덴마크인과의 공통점을 찾을 기회조차 없게 만들었기 때문에 더욱 비극적이었는지도 모른다. 게다가 그 만평은 덴마크의 인종차별을 더욱 악화시킬 가능성도 있었다. 만평이 신문에 실렸을 당시 덴마크는 문화 교류에 있어 일촉즉발의 상황이었다. 어쩌면 무함마드를 낙서하듯 그린 그림들은 이미 존재하던 갈등에 불을 붙인 것인지도 모른다. 그 여파는 9·11테러 발발 이후 이미 근심 걱정이 많고 분열된 세계의 먼 곳까지 퍼져나갔다.

선동적인 무함마드 만평이 나온 다른 나라에서도 이런 국제적 논란이 일어났을 가능성이 있었는지는 이를 증명해줄 예시 없이는 말할 수 없다.

그래도 우리가 생각하고 있는 예가 하나 있기는 하다.

"이제 이해할 수 없는 또 다른 언어에 적응해야겠네요."

자동차 GPS에서 우리가 덴마크 국경을 넘어 다른 나라로 진입한다는 소리가 흘러나오자 피트가 우스갯소리를 한다. 우리는 덴마크 동부와 스웨덴의 남쪽 끝을 잇는 외레순대교를 반쯤 건너고 있다. 발트해의 세찬 바람이 우리의 렌터카와 도로에 몰아친다. 안전하게 다리를 건너자 눈앞에 스웨덴이 펼쳐진다……. 그런데 어째 그 풍경이 덴마크와 영락없이 똑같다. 경사가 완만한 초록 들판, 연기를 내뿜는 굴뚝과 돌아가는 풍차, 황량함과 잿빛 하늘까지 덴마크에서 보았던 것들과 다를 바 없다.

우리는 스웨덴의 쿠르트 베스테르고르라 할 수 있는 라르스 빌크스(Lars Vilks)를 만나러 이곳에 왔다. 2007년, 빌크스는 덴마크의 삽화가만큼이나 도발적인 그림을 그렸다. 많은 무슬림이 불결하다고 생각하는 동물 중 하나인 개의 몸에 선지자 무함마드의 머리를 얹은 스케치였다. 하지만 베스테르고르와 빌크스 사이에는 차이점이 하나 있다. 베스테르고르는 그 만평을 그릴 당시 자신이 무슨 짓을 하고 있는지, 어떤 혼란을 가져올지 전혀 몰랐지만 2년 후 빌크스는 자신이 무슨 짓을 하고 있는지 분명히 알고 있었다는 것이다. 그럼에도 불구하고 그는 그림 공개를 강행했다.

스웨덴 남부는 휴양지로 여름철이면 날씨가 화창하고 따뜻하다. 적어도 북극권에 포함되는 북부 지방보다는 그러하다. 하지만 한겨울인 지금, 이 지역은 황량하기 그지없다. 도로는 텅텅 비어 있고 고급 가게와 음식점은 문을 판자로 막아놓고 휴업 중이다. 호텔도 딱 한 곳만 영업하고 있어서 선택할 필요도 없이 그곳에 묵게 되었다. 호텔 홈페이지에서는 로맨틱 커플을 위한 '주말' 특별 패키지를 광고하고 있었다.

GPS가 우리를 빌크스의 집으로 안내하는 중이다. 우리는 GPS의 안내에 따라 고속도로를 벗어나 미로 같은 시골길을 한참이나 지그재그로 달린다. 가랑비가 자동차 앞 유리에 후둑후둑 떨어진다. 우리는 교외의 한적한 마을과 목조 구조의 헛간을 여럿 지나친다. 그러다가 어느덧 진흙투성이 들판에 둘러싸인 노란 집 앞에 차를 세운다. 차문을 열고 밖으로 나서자 근육질 남자 넷이 캠핑용 자동차에서 내려 다가온다. 재킷 밑으로 숨겨둔 총이 불룩하게 솟아 있다. 아무 말 없이 우리는 여권을 건네고 몸수색 자세를 취한다. 이제 어떻게 해야 하는지 아는 거다.

"덴마크에서 당신과 같은 일을 하는 사람을 만났어요."

비바람에 거칠어진 화강암 같은 얼굴을 한 보안요원에게 피트가 말한다.

"압니다."

그가 우리를 집으로 들여보내주기 전에 대답한다.

헝클어진 반백의 머리카락에 두꺼운 플라스틱 안경을 쓰고 낡은 스웨터를 입은 노인이 우리를 맞아준다. 빌크스는 앉으라고 몸짓하는데, 거실이 너무 작아 도대체 어디에 앉아야 할지 알 수가 없다. 거실은 온통 그림과 예술 서적, 다 쓴 낡은 연습장으로 뒤덮여 발디딜 틈이 없다. 커피 테이블 위에 놓인 빈 토마토 캔을 활용한 붓통과 종이접시 사이로 작업 중인 그림이 보인다. 빌크스는 렘브란트의 유명한 자화상을 종이에 재현하고 있다. 원작과 다른 점이 있다면 렘브란트의 턱에다 개의 몸에 무함마드의 머리를 얹은 그림을 그리고 있다는 것이다.

빌크스는 세계적인 명작에 자신의 악명 높은 선지자 이미지를 붙이는 시리즈물을 작업 중이라고 설명한다. 티치아노(TITIAN)의 「바카스와 아리아드네」에서는 치타 얼굴에, 메리 카사트(Mary Cassatt)의 「극장의 리디아(Lydia at the Theatre)」에서는 목걸이 펜던트에, 앤디 워홀(Andy Warhol)의 「캠벨 수프 캔」에서는 브랜드 로고 자리에 자신의 그림을 넣었다. 조잡하다고 생각하는 사람도 있을 수 있고, 불경스럽다고 말하는 사람도 있겠지만 바로 이것이 빌크스의 작업 방식이다. 개념 예술가이자 이론가로서 그는 기존의 법칙을 따르는 대신 그것을 부수려 한다. 한번은 미술 전시회에 자기 소유의 자동차를 주기도 했고, 또 다른 전시회에서는 그 자신을 통째로 내놓았다. 빌크스에게 중요한 것은 '그의 창작품을 사람들이 어떻게 이해하고 반응하느냐'다. 반응은 격할수록 더 좋다.

빌크스는 안락의자에 앉아서 말한다.

"예술에서 위험성은 아주 중요한 부분이죠."

마치 인생은 예상치 못한 긴 농담이라는 듯, 놀란 듯 멍한 표정이다.

"대부분의 비평가는 위험을 감수한 예술가들에 대해 이러쿵저러쿵 이야기를 늘어놓지만 다 헛소리예요."

빌크스는 2007년 7월, 북쪽의 조그만 갤러리에서 그에게 '예술 작품 속의 개'라는 전시에 작품을 의뢰해왔을 때, 진짜 위험을 감수하기로 했다. 빌크스에 따르면 그 전시회는 원래 관람객이 자신의 애완동물을 데려와 함께 관람할 수 있는 귀여운 주제로 기획되었다고 한다.

"갤러리 측에서는 제가 전시회에 활기를 불어넣어줄 수 있다고 생각했던 것 같아요."

그리고 갤러리는 그들이 원했던 활기를 얻었다.

빌크스도 《율란포스텐》의 편집장들이 들었던 이유를 똑같이 든다. 자신의 '무함마드 – 개'는 표현의 자유를 강조하기 위해서 그린 것이고 "종교적 상징물을 모욕하는 것이 문제가 되어서는 안 된다"라는 것을 증명하기 위해서였다고. 그는 자신의 그림이 전시회 밖으로까지 퍼져나갈 줄은 생각지 못했다고 말하지만, 그 그림이 몰고 올 파장을 몰랐을 거라고 믿기는 힘들다. 갤러리 측은 그의 그림을 전시하지 않기로 했지만 언론이 뛰어들었고, 곧 이 스칸디나비아의 무함마드 그림에 악평이 쏟아졌다. 다시 한 번 이 그림은 전 세계로 퍼져나갔다.

하지만 빌크스의 그림이 가져온 충격은 세계를 뒤흔들 정도는 아니었다. 어쩌면 정부 관료들이 덴마크가 빠졌던 늪에서 한두 가지의 교훈을 얻었기 때문이었을 수도 있고, 반무슬림이라는 함정에 스웨덴이 덴마크만큼 깊게 빠지지 않았기 때문일 수도 있고, 어쩌면 모두가 지난번 사태에서 크게 데였기 때문이었을 수도 있다.

스웨덴 총리는 무슬림 국가들의 대사를 접견해서 이슬람을 존중하는 것이 얼마나 중요하다고 생각하는지를 강조했다. 중동의 정치가들도 신중한 태도를 취했고, 이란의 강경보수파 대통령 마흐무드 아흐마디네자드(Mahmoud Ahmadinejad)마저 이 그림을 시온주의자의 시답잖은 음모 정도로 여겼다. 물론 깃발 한두 개가 불살라지긴 했지만, 모든 것을 고려해보았을 때 빌크스의 무함마드 그림으로 촉발된 논란은 덴마크의 그것보다 훨씬 더 약했다.

하지만 한 남자가 모든 것을 바꿔놓았다. 이라크의 반란 단체가 빌크스의 머리에 현상금 10만 달러를 걸고, 그를 "양을 도살하듯" 죽인다면 현상금에 5만 달러를 더 얹어주겠다고 공표한 것이다. 이후 많은 이들이 이 현상금을 받기 위해 살해 계획을 세우고 실행했다. 그중 한 명이 미국인 콜린 르네 라로즈(Colleen Renee LaRose)로, 살해 계획을 세우다 붙잡혔다. 이후 그녀는 '지하드 제인'(아랍의 여성 테러리스트를 일컫는 말─옮긴이)으로 유명세를 탔다.

가장 위험한 시도는 2010년 5월, 빌크스가 스웨덴대학교(Swedish University)에서 언론의 자유에 대해 강의하던 날 일어났다. 빌크스에 반대하는 사람들이 갑자기 강단으로 뛰어오르자 강의실은 난장판으로 변했고 보안요원들은 황급히 빌크스를 빼냈다. 유리창이 조금 깨졌지만 다행히 별다른 피해는 없었다. 그로부터 며칠 뒤, 또 다른 이들이 그의 집을 불 지르려 했다. 다행히 빌크스는 집 안에 없었고, 방화 미수범들이 불에 데기만 했을 뿐 빌크스를 해치는 데는 실패했다. 갈팡질팡한 방화범들 중 한 명은 빌크스의 집을 떠나며 운전면허증을 떨어뜨려 경찰이 수사하는 데 도움을 주기까지 했다.

빌크스는 이 모든 일련의 사건을 익살스럽게 말한다. 만평과 관련하여 우리가 이제까지 만나본 이들 중 자신이 겪은 위험했던 사태에 대해 웃으면서 얘기하는 사람은 그가 유일하다.

"그 사태는 우스꽝스러웠다고 생각해야 해요."

다른 훌륭한 개념 예술가가 그러하듯, 그 역시 자신의 자극적인 예술이 가져오는 결과를 받아들여야 한다는 생각이 확고하다. 빌크스는 자신의 생각을 내보였다.

"사건이 완전히 끝난 것은 아니고, 앞으로 또 무슨 일이 벌어질지 몰라요. 그래도 그 결과를 받아들여야죠."

나직한 어조에 앞으로 일어날 일이 해피엔딩이 아닐 수도 있다는 암시가 담겨 있다.

1980년대 빌크스가 자연보존구역에 바다에 떠다니는 나무를 사용해 추상 조형물 「니미스(Nimis)」를 세우며 일어난 유명한 일화에서도 그의 결과를 받아들이는 태도를 알 수 있다. 자연보존구역에 무언가가 세워지고 있다는 것을 눈치챈 지방의회가 빌크스에게 철거하라고 요구했지만 싸움에서 물러나는 법이 없는 그는 명령에 불복하고 수년간 기이한 법정 싸움을 이어갔다.

1996년 빌크스와 그의 지지자들은 빌크스의 작품을 보호하기 위해 조형물 주위 1제곱킬로미터를 사들인 뒤, 가상 독립국가 라도니아(Ladonia)를 세웠다. 지방의회는 이를 합법적으로 인정하지 않지만, 라도니아는 국기(검정색과 초록색의 직사각형)도 있고 국가(國歌)도 있으며 전 세계적으로 'www.ladonia.net'에서 무료로 시민권을 취득한 사람이 1만 5,000명에 이른다. '지하드 제인'도 체포되기 전 라도니아의 시민권을 취득했다. 빌크스는 그 때문에 CIA가 그녀를 추적하는 과정에서 매우 혼란스러워했다고 말한다.

라도니아는 이 지역의 최대 관광 명소가 되었다. 빌크스에 따르면 매년 4만 명이 이곳을 방문한다고 한다. 게다가 그의 집에서 멀지 않은 곳에 있단다.

피트와 나는 서로를 마주 본다. 이제 라도니아로 갈 시간이다.

우리는 곧 눈 덮인 숲 속을 걷는다. 매서운 추위에 숨을 쉴 때마다 하얀 입김이 나온다. 진흙투성이의 강바닥과 경사진 절벽을 지나 계속 걷는다. 우리는 나무기둥에 쓰인 노란색 'N' 자를 따라 걷고 있다. 아마도 「니미스」의 앞 글자를 뜻하는 것일 게다. 하지만 늦은 오후 하늘은 벌써 어두컴컴해지는데, 아무리 가도 추상 조형물은 나타나지 않는다. 당장이라도 나무 뒤에서 암살자가 뛰쳐나와 총을 겨누고 우리의 이 고생을 끝내줄 것만 같다.

빌크스가 라도니아로 가는 길을 안내하겠다고 해서 우리는 렌터카를 타고 그의 차를 따라왔다. 곧 보안요원이 초가지붕을 얹은 농가가 모여 있는 곳에 그를 내려준다. 빌크스가 숲 속으로 향하는 흙길을 가리키며 말한다.

"여기서부터 산길이 시작돼요."

우리는 길을 따라 걷다가 인사를 하려고 뒤돌아본다. 그때 빌크스의 보안요원 한 명이 반대편 숲 속으로 전력 질주하는 모습이 보인다. 뭘 하는 거지? 화장실이 급했나? 우리가 벼랑에서 떨어지지 않도록 빌크스가 우리를 따라가보라고 부탁한 건가? 아니면 이 스칸디나비아 사람들이 우리의 간섭에서 완전히 벗어나기 위해 우리를 암살하려 하는 걸까?

길모퉁이를 돌자 뒤틀린 나무판자와 나뭇가지로 만든 아치형 입구가 눈에 들어온다. 그곳에 들어서자 우리가 상상했던 그 어떤 것보다 크고 거대하며 더 기괴한 「니미스」가 서 있다. 기괴한 모양의 나무 위 오두막집처럼 나뭇가지로 만든 통로와 다리, 탑이 금방이라도 무너질 듯 서 있다. 바다 위를 표류하던 유목과 나무조각들이 발트해가 철썩거리는 돌투성이의 해안까지 이어져 내려와 있다.

우리는 고집이 세고 고독한 남자가 세운 조형물에 경이로움을 느끼며, 말없이 미로 같은 통로와 터널을 급히 둘러본다. 조형물을 더 잘 보기 위해 해안가 근처의 바위로 올라간 피트가 고개를 저으며 말한다.

"이건 정말 작품인데요. 지방의회는 대체 왜 이런 작품을 철거하라는 거죠?"

아마도 빌크스는 아름다움은 보는 사람의 눈에 달려 있는 것이라고 대답했을 것이다. 누군가에게는 멋진 조형물이 다른 사람에게는 고의로 지방법을 무시한 불법 설치물이자 사무적으로 처리해야 할 골칫거리인 것이다.

무함마드 그림도 마찬가지다. 누군가에게 이 논란은 커다란 오해였다. 하지만 다른 이에게 이 그림은 정치적으로 이용하기 좋은 기회를 제공해주었고, 또 다른 이에게는 명백한 인종차별 메시지를 전한 잔인한 그림이었다. 그리고 누군가에게 이 논란은 개 전시회와 성난 언론의 헤드라인, 파트와(이슬람 학자가 이슬람 법에 대해 내놓는 의견—옮긴이)의 합작으로 탄생한 이상한 예술 실험이자 세계적인 퍼포먼스였다.

빌크스가 최고의 예술은 위험을 수반한다고 믿는 것처럼, 최고의 코미디도 마찬가지다. 우리는 가장 자극적이고 약간의 위험이 가미된 농담에 가장 크게 웃음을 터뜨린다. 최고의 코미디를 만들어내기 위해서는 비극과 고통, 상처의 가장자리에서 아슬아슬한 줄타기를 해야 한다. 그리고 일부는 이를 통해 상대를 웃길 수 있는 정확한 지점을 맞춰 사람들에게 큰 웃음을 선사하겠지만, 일부는 그냥 선을 넘었다는 평가를 받을 것이다.

우리는 유머에 탄성이 있다는 것을 배웠다. 코미디는 무한한 공격성을 숨기고 있을 수도 있지만, 동시에 건강한 동료애와 순수한 즐거움을 줄 수 있는 무한한 기회를 지니고 있다.

농담의 의도가 좋든 나쁘든, 그 의도는 농담 자체에 있지 않고 그 농담을 하는 사람과 듣는 사람에게 있다. 그래서 가장 순수한 농담도 그 안에 사악함을 가지고 있을 수 있다. 반면에 가장 사악하고 문제가 될 가능성이 있는 농담이라 할지라도 그 안에 반짝거리는 빛을 가지고 있을 수 있는 것이다.

무함마드 만평이 불러일으킨 논란 속에 감춰져 있던 빛도 커지고 있을지 모른다. 호드직은 그 사건 이후로 덴마크 내 무슬림 공동체의 영향력이 커졌으며 결속력도 강해졌다고 말한다.

"만약 그 사태가 다시 일어난다면 그때보다 더 잘 대처할 수 있을 거라고 생각해요."

덴마크인들도 변화에 더 잘 대처하고 있는 것 같다. 최근 조사에 따르면 덴마크인들의 이민자에 대한 태도가 관대해지고 있다고 한다. 일부 정치가는 여전히 적대적인 헛소리를 늘어놓고 있지만.

삽화가들도 한두 가지의 교훈을 얻었을 것이다. 레픈과 그의 동료 몇몇은 무함마드 만평의 사본을 판매해 받은 저작권료로 '만평 웹사이트(caricature.dk)'를 열었다. 그들이 만평의 배포권을 갖고 있기 때문에 사람들은 마음대로 그들의 그림을 사용하지 못할 것이다. 한편 평생을 이단자로 산 베스테르고르는 역시나 이 사업에 동참하기를 거부하고 자신의 수입 중 5만 달러를 아이티 재난 구조를 위해 기부했다.

빌크스는? 그는 지금 하고 있는 일을 앞으로도 계속할 것으로 전망된다. 궁전을 짓고 문제를 일으키고 인생의 다음 장에 무슨 일이 펼쳐질지를 기다리면서.

　나무 뒤에 숨어 그를 지켜보는 스웨덴 특공대가 그다음 장을 해피엔딩으로 끝내주길 바랄 뿐이다.

7

·
·
·
·

팔레스타인

7 :: 팔레스타인 ::

예상치 못한 장소에도
유머가 있을까

모두들 우리를 미쳤다고 했다.

"어딜 간다고요?"

그들은 그럴 리가 없다는 듯 되물었다.

"팔레스타인요."

다음 행선지를 떠올린 것은 덴마크와 스웨덴에 머물고 있을 때였다. 많은 사람이 무함마드 만평 논란은 이슬람 사람들이 재미없다는 것을 보여준다고 생각하고 있었다. 우리는 그들이 틀렸다고 생각했다. 이를 증명하기 위해 우리는 역사상 가장 불안정한 지역, 즉 폭력과 고통, 자살 폭탄과 슬피 우는 어머니들, 깊은 증오와 잃어버린 희망의 대명사인 그곳으로 출발했다.

"팔레스타인에서 우리는 유머를 찾을 겁니다. 그것도 많이요."

사람들에게 이런 말을 하자 빈정거리는 대답이 돌아왔다.

"암요. 팔레스타인은 정말 끝내주게 재미있는 곳일 거예요."

지금 이스라엘 고속도로를 타고 서안지구로 향하는 이 길에서, 다른 사람들의 이야기가 맞다는 생각이 들기 시작한다.

문제는 우리가 이스라엘의 벤구리온 국제공항에 내린 어제부터 시작되었다. 팔레스타인을 구성하고 있는 서안지구와 가자지구에는 민간 공항이 없다. (인터넷에서 항공편을 검색할 때 목적지로 '팔레스타인'을 넣으면 아무런 결과가 나오지 않는다. 내가 해봤으니 믿어도 좋다.) 팔레스타인에 갈 수 있는 방법 중 하나는 먼저 이스라엘로 가서 보안 검문소를 통과하는 것이다. 이스라엘은 가자지구와 서안지구를 자신들이 점령한 영토로 여기고 있기 때문에, 들어오고 나가는 사람도 이스라엘에서 결정한다. 당신이 NGO(Non-Governmental Organization, 비정부기구-옮긴이)의 일원이 아니라면 이스라엘의 서남부 끝에 위치한 분쟁 지역, 가자지구에 가기 힘든 것도 이 때문이다. 땅굴을 파서 무단으로 가지 않는 한. 한편 이스라엘은 미국 델라웨어 주 크기의 보다 안정적인 지역, 서안지구에는 사람들의 출입을 허가하고 있다. 이스라엘 출입국 관리소의 근엄한 보안요원들은 우리가 유머를 찾아 서안지구에 왔다고 말하자 심드렁한 반응을 보였다.

공항에서 나온 뒤 일은 더욱 꼬여만 갔다. 텔아비브의 택시기사가 우리를 호텔에 내려주면서 주차장에 서 있던 차를 들이받은 것이다. 그는 상대편 차를 한 번 쳐다본 뒤, 아무 일도 없었다는 듯 우리에게 택시요금을 받고는 줄행랑쳐버렸다. 보아하니 이곳에서는 미국에서처럼 유대인의 죄책감(Jewish guilt, 유대인이면 응당 느낄 것이라고 추정되는 죄책감. '유대인 유머'의 소재로 쓰이며 일부 유대인들의 자학으로 연결되기도 한다―옮긴이)이 매력적으로 여겨지지 않나 보다.

생각지 못한 문제도 일어났다. 호텔에 체크인을 한 피트가 메일함을 확인하자 새로운 이메일 한 통이 와 있었다. 몇 달 전 피트는 팔레스타인의 유일한 TV 코미디 풍자쇼 〈와탄 알라 와타르(Watan ala Watar)〉를 알게 되었고, 쇼 제작자는 우리를 서안지구에 있는 녹화장으로 초대했다. 이번 팔레스타인 여행에서 가장 중요한 일정이기도 했다. 그런데 갑자기 그쪽에서 우리의 방문 기간 중에는 녹화가 없을 거라고 이메일로 알려온 것이다.

1만 1,000킬로미터를 날아왔는데, 우리가 정성 들여 짠 일정이 무산되고 있었다. 서안지구 같은 곳에서는 아무리 잘 짠 계획도 보통 잘 끝나지 않나 보다.

"미국 거예요. 저게 최고죠."

이스라엘 택시기사가 경찰의 최첨단 무전기를 가리키며 말하자 마음속 근심이 잠시 잊힌다. 리오는 몸에 딱 달라붙는 까만 티셔츠에 바지를 입고 있다. 전쟁이 빈번한 분쟁 지대에 각종 무기가 즐비한 보안 장벽에 가는 사람이 입을 만한 옷차림새는 아니다.

"우리 오늘 클럽에라도 가나요?"

피트가 궁금해한다. 리오는 피트의 말을 가볍게 비웃고 자동차 계기판을 만져 레이디 가가의 뮤직비디오가 나오는 화면의 볼륨을 높인다. 잘못된 길로 들어설까 걱정할 필요는 없다. 경로를 이탈하면 요란한 경고음이 울려 바른 길로 인도해줄 테니까. 이 차에 없는 건 명령조의 히브리어로 안내하는 이스라엘 버전의 키트(KITT, 미국 드라마 〈전격 Z작전〉에 나오는 스스로 판단해서 움직이는 자동차−옮긴이)뿐이다.

리오와 그의 마력을 올린 벤츠에는, 국민의 근면함으로 2,000년간의 유랑 생활을 끝내고 나라까지 복원한 이스라엘에서 우리가 목격한 배짱과 근면함이 고스란히 담겨 있다. 나는 이곳의 유대인들이 내가 자라며 겪은 유대인과 얼마나 다른지를 보고 깜짝 놀랐다. 내 어머니는 뉴욕에서 태어난 유대인이다. 미국에서 우리 동족은 사회적으로 서툴고, 신경질적이고, 브리지 게임을 하며 PBS 방송국의 모금운동 프로그램을 시청하고, 날카로운 말투로 "오이 베이(Oy vey, '아이고'라는 뜻으로 유대인이 많이 쓰는 감탄사−옮긴이)"를 외치는 사람들이다. 하지만 전 국민이 유대인인 이 나라에서 본 유대인은 이제껏 내가 보았던 미국의 유대인과 전혀 다른 모습이다. 유대인의 어선이 점점이 흩어진 평화로운 항구를 내려다보는 유대인 소유의 화려한 카페에서 토마토 오이 샐러드를 먹고 있는 유대인, 유대인이 짓고 소유한 고층 빌딩으로 유대인이 운전하는 택시를 타고 급히 출근하는 유대인, 지중해 동쪽 끝 해안에 누워 눈에 띄게 마른 몸을 선탠하는 유대인, 군복을 입고 자동소총을 휘두르며

행진하는 젊은 유대인. '오이 베이.'

이스라엘은 나라를 잃고 2,000년간 떠돌던 괴로운 유랑 생활을 품위 있고 결연하게 잊었다. 1948년 이스라엘은 팔레스타인 중 뉴저지 크기의 영토를 차지하고 이집트, 시리아, 트랜스요르단, 이라크 군대의 공격을 막아내며 독립국을 선포했다. 이후로도 이스라엘은 끊임없이 이어지는 아랍 국가들의 공격을 막아내고 마크 트웨인이 '황량하고 아름답지 않은 곳'이라고 묘사했던 험준한 벽지를 차지한 뒤 세상에서 가장 발달된 나라를 세웠다. 거기에 더해 당시 아무도 쓰지 않고 있던 조상의 언어 히브리어를 현재는 이스라엘의 560만 유대인이 쓰고 있는 모국어로 만들었다.

하지만 과거의 영토를 회복하겠다는 시오니즘 계획에 문제가 하나 있었으니, 팔레스타인에 살고 있는 많은 아랍인이 그 계획에 동조하지 않은 것이다. 때문에 이 지역에는 이스라엘이 통치하는 지역과 팔레스타인이 점령한 구역 사이에 유혈 충돌이 빈번히 발생하게 된다.

이스라엘은 눈부신 발전을 이뤄냈지만 팔레스타인은 그러지 못했다. 팔레스타인의 1인당 국내총생산은 2,900달러로 가나와 비슷한 수준이고, 평균수명은 이스라엘의 80세에 비해 훨씬 짧은 66세에 그친다. 재정적·사회적 기준에서 국가 순위를 매길 때 팔레스타인은 저 아래 하위권에 속한다. 그것도 팔레스타인이 지금처럼 통일된 정부와 상비군, 심지어 합의된 국경도 없는 점령 지구가 아니라 정식 국가였다면 그럴 것이란 얘기다.

지금은 한여름, 팔레스타인과 무슬림 세계에서는 한 달 동안 먹고 마시는 것이 금지되는 라마단 기간이다. 그 어떤 사람이라도 우울하게 만들 이 시기, 무더운 중동의 여름, 전쟁으로 피폐해진 분쟁 지역에 사는 사람은 말할 것도 없을 것이다.

택시 밖으로는 점점 더 황량하고 경사진 풍경이 펼쳐진다. 지중해에서 내륙으로 들어갈수록, 풀과 나무는 사라지고 먼지투성이의 둔덕과 수세미 같은 풀이 무성한 계곡이 펼쳐진다. 언덕 꼭대기에는 감시탑들이 서 있고, 길게 뻗은 고속도로 옆으로는 부러진 이스라엘의 전투기 날개가 으스스하게 전시되어 있다. 나는 리오에게 얼마나 자주 카란디아 검문소로 외국인을 태워다주느냐고 묻는다. 카란디아 검문소는 이스라엘과 서안지구를 이어주는 곳이다. 리오는 원래는 그곳에 가려는 외국인이 많았는데, 몇 달 전 이스라엘 탱크가 이탈리아 기자를 사살한 뒤로는 별로 없다고 말한다. 나는 곧 말을 돌린다.

대부분의 택시는 서안지구로 통하는 주요 검문소까지 우리를 데려다주길 거부했다. 가는 길에 벽에서 돌이 떨어져 차를 긁히는 경우가 종종 생기기 때문이다. 하지만 리오는 주저하지 않고 우리를 태워다주었다. 그는 자기도 팔레스타인의 상황을 이해한다며 이렇게 말한다.

"브루스 스프링스틴(Bruce Springsteen, 미국 노동자들의 음악적 대변자로 평가받고 있는 미국 가수 –옮긴이)이 사회의 낮은 계급을 위해 노래하는 거랑 비슷한 거죠."

그의 말에 용기를 얻은 우리는 이스라엘이 서안지구에서 영토를 확장하기 위해 맺은 여러 협정에 대해 묻는다. 각종 시위와 폭력을 촉발하고 국제사법재판소와 UN의 비난을 받은 협정 말이다. 피트가 리오에게 묻는다.

"정착민에 대해서는 어떻게 생각하세요?"

마치 그들이 조금 지나치다는 데는 우리 모두 동의할 수 있지 않느냐는 듯한 어조다.

그러자 리오가 받아친다.

"왜 모두들 그들을 정착민이라고 부르는 거죠? 그 땅은 원래 우리 땅인데요!"

우리는 평화안을 포기하고 곧바로 「본 투 런(Born to Run)」(브루스 스프링스틴의 앨범명-옮긴이) 모드로 갈아탄다. 리오가 덧붙인다.

"나는 팔레스타인 사람을 증오하진 않아요. 그저 좋아하지 않을 뿐이죠."

이제 우리는 수십 년간 폭력과 고통으로 신음한, 큰 총을 든 채 자신만만하고 짜증이 나 있는 이스라엘 사람들 옆으로 숨막히는 무더위 속에서 배고픔에 머리까지 아픈 팔레스타인 사람들이 있는 그 땅으로 이제막 들어갈 참이다.

리오는 막사와 울타리, 8미터짜리 콘크리트 벽이 우뚝 솟아 있는 검문소 앞에 우리를 내려준다. 이 검문소를 넘으면 팔레스타인이다. 무뚝뚝한 표정을 짓고 있는 이스라엘 군인이 자동소총으로 지시하는 방향을 따라가니 칙칙한 1층짜리 건물이 나온다. 우리는 안으로 들어가 바닥에서 천장까지 높이 솟은 검문 개찰구를 여러 개 통과한다. 나는 다음 보안 절차가 무엇인지 알아보기 위해 주위를 둘러보며 이제 곧 쏟아질 질문과 서류 작성에 마음의 준비를 한다. 하지만 햇빛이 비치는 출입구 밖으로 우리를 태우려는 지저분한 팔레스타인 택시가 줄지어 서 있는 광경이 눈에 들어온다.

"이게 끝이에요?"

내가 묻는다. 지구상에서 가장 혼란스러운 지역에 들어왔는데 그 과정이 뉴욕 지하철을 타고 돌아다니는 것보다 쉽다니, 믿을 수가 없다.

"네. 하지만 들어오는 것보다 나가는 게 훨씬 어렵다는 걸 꼭 기억하자고요."

피트가 대답한다.

사건은 1968년 1월의 어느 흐린 날, 북한의 공해상에서 일어났다. 지역을 순찰 중이던 북한 해군 초계정은 의심스러운 함선을 발견하고 나포했다. 함선의 승무원이 미국 국기를 치켜들자 북한 초계정은 배에서 내리라고 명령했다. 이후 북한은 나포한 함선에서 급히 없애려 한 흔적이 남은 기밀문서들을 발견한다.

그들이 나포한 것은 미국의 첩보함 USS 푸에블로(Pueblo) 호였다.

이 소식은 곧 미국에 전해졌고, USS 푸에블로 호의 승무원 82명은 평양의 포로수용소에 수감되었다. 북한 요원은 미군 장교를 고문하고 머리에 총을 들이대며 자백을 강요했다. 처음에 포로들은 자신들이 곧 풀려날 것이라고 생각했다. 하지만 베트남전쟁이 한창이던 당시 미국 행정부는 국제적인 수렁은 하나로 족하다고 생각했고, 이는 곧 북한에 최후통첩을 하지 않을 것과 포로를 구출할 작전도 수행하지 않을 것을 의미했다. 그렇게 승무원 82명은 북한에 남겨졌다.

그런데 이상하게도 일이 재미있어지기 시작했다.

북한 당국은 포로들에게 악마 같은 자본주의를 버리겠다는 편지를 쓰라고 명령했다. 이에 승무원들은 편지에 그런 내용을 쓰지 않고 코미디 프로그램의 유행어를 썼다. 한 포로는 자신의 어머니에게 '하우디 두디(Howdy Doody)에게 안부 전해주세요'라고 썼다. USS 푸에블로 호의 함장 로이드 부처(Lloyd Bucher)는 CIA의 사악한 천재 록스핑거의 일본 은신처에서 첩보 임무를 받았다고 진술했다. 여기서 록스핑거는 《플레이보이》에 실린 제임스 본드 패러디물에서 따온 이름이었다.[1] 부처는 최후 자백에서 '북한의 해군과 북한 정부에 찬가(paean)를 바치고자 하는 강렬한 열망이 있다'고 했지만 문어체로 잘 사용하지 않는 동사 'paean'은 사실 '오줌을 누다(pee on)'와 동음이의어였다. 하지만 그가 자신을 나포한 억류자에게 오줌을 뿌리고 싶다고 한 속뜻을 아무도 알아채지 못했다.

사진 사건도 있었다. 포로를 앉혀놓고 찍은 사진에서 승무원들은 카메라에 대고 가운뎃손가락을 들어 욕을 했다. 거의 모든 사진에서 승무원들이 북한 정부를 조롱하자 결국 북한 간부가 가운뎃손가락이 무엇을 의미하느냐고 묻기에 이르렀다. 부처는 승무원들을 대표해 설명했다.

"왜요? 하와이에서는 행운을 빈다는 뜻으로 쓰는 손동작인데요."

앨빈 플러커(Alvin Plucker)는 자신과 승무원들이 1968년 12월 23일 북한에서 풀려나기까지, 포로로 보낸 11개월간을 이렇게 회상한다.

"그 사건은 처음부터 끝까지 아주 웃긴 코미디였어요."

얇은 잿빛 머리카락에 꿰뚫는 듯 파란 눈을 가진 플러커는 USS 푸에블로 재향군인협회의 부회장이자 모임의 비공식적 사학자다. 나는 콜로라도의 우리 집에서 한 시간 거리에 살고 있는 그를 방문했는데, 그의 집 지하실에는 USS 푸에블로의 임시 박물관이 차려져 있었다. 창문도 없는 작은 방에는 '무장 첩보함'을 나포했다는 소식이 실린 《평양타임스》부터 포로수용소에서 입었던 회색 죄수복까지 온갖 수집품으로 가득 차 있었다. 한쪽 벽면에는 함장 부처가 2004년 세상을 떠나기 한 달 전에 찍은 사진이 걸려 있었다. 사진 속 부처는 활짝 웃으며 '하와이에서 행운을 빌 때 쓰는 손동작'을 하고 있다.

USS 푸에블로 호 사건과 미군 포로의 사진 장난 같은 이야기는 유머가 대부분 사람들이 생각하는 것보다 훨씬 오래간다는 것을 암시한다. 피트는 이를 양성위반 이론과 연결시켜 이렇게 말한다.

"정말 좋은 양성 위반을 만들고 싶다면 먼저 정상적이지 않은 상황, 즉 위반 상황을 많이 생각해내야 해요."

웃음과 고통이 밀접한 관계를 갖는다고 말한 사람이 피트가 처음은 아니다. 마크 트웨인의 언급을 보자.

"유머의 비밀은 그 근원이 즐거움에 있지 않고 비탄에 있다는 것이다. 천국에 유머는 없다."[2]

하지만 괴로움과 유머에 대해 이해하기 힘든 것은 절망적인 상황에 빠진 사람들이 강요에 의해 남을 웃기려 하는 것처럼 보인다는 것이다. 그런 행동이 또 다른 문제를 불러올지라도. 자신을 억류하고 있는 북한에 손가락으로 욕을 한 것은 USS 푸에블로 호의 승무원에게 득이 되는 행동은 아니었다. 과거 소련에서도 금지된 농담은 절대 해서는 안 되었지만, 그럼에도 불구하고 소련의 시민들은 세계에서 가장 풍성한 농담집을 만들어냈다. 그중에는 심지어 금지된 농담을 해서 체포된 사람에 관한 농담도 있었다.

백해 운하를 누가 팠지?
오른쪽은 그 금지된 농담과 관련된 사람들이 팠지.
그럼 왼쪽은?
그 농담을 들은 사람들이 팠지.[3]

마치 어둡고 힘든 시기에 사람들을 웃기는 일이 반드시 필요하고 중요한 일이라 사람들이 상식도 무시하고 자기도 보호하지 않으면서 상대를 웃기려 하는 것 같다.

어쩌면 우리도 팔레스타인에서 이런 유머를 찾을 수 있을지 모른다. 하지만 우리는 스스로를 보호하기 위해 그 누구에게도 하와이에서 행운을 빌 때 쓴다는 손동작을 취하진 않을 것이다.

팔레스타인의 도시 라말라에서 우리는 지도 밖에 있다.

라말라는 서안지구를 통치하는 팔레스타인 자치정부의 임시 행정수도다. 최근에는 지역의 군사 규제가 완화되고 대외 원조와 투자가 늘어나면서 도시에 건설 붐이 일고 있다.

하지만 아직까지도 라말라에는 지도가 없다. 우리가 묵고 있는, 4,000만 달러를 들여 지은 라말라의 첫 오성급 호텔인 모벤픽 호텔의 안내원에 따르면 그렇다.

"우리는 아직도 크고 있는 중이라 지도가 필요 없어요."

우리가 라말라를 찾아온 이유를 얘기하자 그는 이해하지 못하겠다는 표정을 짓는다. 그리고 우리가 역사를 볼 수 있는 곳이 어디냐고 물었더니 이렇게 대답한다.

"구시가요? 구시가가 있긴 하지만 갈 수 없을 텐데요."

우리는 호텔의 안내원이 틀렸다는 것을 알아챈다. 우리에게는 라말라 지도가 절실하다. 여기저기 테라코타 지붕을 한 적절한 높이의 빌딩이 줄지어 서 있고, 모스크의 첨탑들이 안개 낀 청록색 하늘을 향해 솟아 있는 이 도시는 현대적이면서도 지중해의 빛깔을 가지고 있다. 하지만 동시에 헷갈리기도 한다. 울퉁불퉁한 바위 언덕을 따라 얽혀 있는 길들을 너무 오래 돌아다니면 분명히 몸이 축날 것이다. 좁은데다 평평하지도 않은 인도 구석구석은 파인 자국과 갈라진 틈으로 인해 걷기가 쉽지 않다. 신호등도 한참을 걸어가야 하나 나오는 정도다.

"팔레스타인에 대해 확실한 것 하나는 돌이 많다는 거네요. 무기가 없는 사람들한테는 유용하겠어요."

한낮의 태양 아래 축 늘어진 피트가 말한다.

어디를 둘러보나 우리가 잠시 태양을 피해 어디로 가야 할지 상의할 수 있는 카페와 음식점이 보인다. 문제는 지금이 라마단 기간이라는 것, 대부분의 가게가 문을 닫았다. 자멘이라는 대형 커피숍 두 곳이 영업을 한다고 들었는데 하나는 도시의 저쪽 끝에, 다른 하나는 도시의 이쪽 끝에 있다고 했다. 택시기사에게 그중 한 곳으로 가자고 하면 우리가 말한 곳이 아닌 다른 지점에 내려줄 것만 같다.

우리는 자력으로 이 도시에서 재미있는 무언가를 찾는 데 실패했다. 그래서 우리는 도시 어디에서나 볼 수 있는 노란 택시를 불러세운다. 택시기사들은 아예 한 손을 경적 위에 올린 채 운전하는 것 같다.

"구시가에 데려다주실 수 있나요?"

우리가 말하자 기사는 전혀 이해하지 못하겠다는 표정을 짓는다.

"구시가 말이에요. 옛날 건물들이 있는 곳 말이에요."

다시 말했지만 당황한 기사가 자신이 소속된 택시 회사에 전화를 건다. 하지만 그들도 구시가를 모른단다. 우리는 포기하고 호텔로 돌아가 기로 한다.

"모벤픽 호텔은요?"

"오, 모벤픽 호텔, 알다마다요!"

택시기사가 의기양양하게 대답하고는 우리가 오늘 하루를 시작했던 그곳으로 다시 우리를 데려다준다.

하지만 중동 사람들도 코미디를 즐긴다는 것을 알고 있는 만큼, 우리는 쉽게 포기하지 않을 것이다. 이슬람은 다른 주요한 종교와 마찬가지로 인류의 유머를 오랫동안 안고 왔다. '종교계의 콜버트 리포트'라 불려온 미국 예수회 신부이자 『천국과 웃음 사이(Between Heaven and Mirth)』의 저자 제임스 마틴(James Martin)은 이렇게 말했다.

"유머는 인간사의 일부죠. 만약 종교가 인간사를 모두 담아내지 못한다면 사람들이 그 종교를 받아들일 수 없을 겁니다. 현실적으로 이야기해서, 만약 당신이 종교를 하나 만들려고 하는데 그저 우울한 사람들만 한가득 모여 있다면 누가 그 모임에 오려고 하겠습니까?"

어쩌면 이러한 이유로 유대교와 기독교, 이슬람교가 모두 웃음에서 시작되었는지도 모르겠다. 성경의 「창세기」를 보면 이 세 종교의 출발점이 되는 아브라함이 100세가 되던 때에 자신과 90세가 된 아내 사라에게서 아기가 태어날 것이라는 소리를 하나님에게서 듣고 웃음을 터뜨리는 장면이 나온다. 그들에게서 태어난 아기에게 '그가 웃는다'는 뜻의 히브리어 '이삭'이라는 이름을 붙여준 것도 당연하다.

이슬람교의 경전 『쿠란』 또한 유머는 신에게서 영감을 받아 생긴 것이라고 이야기한다. 『쿠란』은 '신은 사람을 웃게 만들고 울게 만드는 분'이라고 말한다.[4] 유럽이 암흑기를 보내며 갈팡질팡하고 있을 때 아랍은 즐거움을 지켰다. 11세기에 이란의 학자 알 아비(Al Abi)는 농담과 재미있는 일화를 집대성한 일곱 권짜리 백과사전을 집필했다. 그는 무슬림 전통에 대한 농담에서 시작해 괴짜, 복장 도착자, 소리 나는 (그리고 소리 없는) 방귀 등 다양한 주제를 다루었으며 당시 최악 중에 최악이라 여겨졌던 운하 청소부에 대한 글을 쓰기도 했다.[5]

팔레스타인이 겪은 고난은 그런 코미디의 전통을 없애버렸을까, 아니면 더욱 키웠을까? 여행 전에 세운 계획이 모두 틀어져서 우리는 옛날식으로 조사를 하기로 했다. 라말라 거리에서 만난 낯선 이들을 붙잡고 당신은 재미있는 사람이냐고 묻기로 한 것이다.

먼저 피트가 자멘 카페에서 담배를 피우고 있는 멋쟁이 여성을 붙잡고 묻는다. 여자가 대답한다.

"우리가 재미있다고 생각하지는 않는데요."

하지만 그녀처럼 세련된 그녀의 친구가 비웃으며 말을 잇는다.

"네 이름이 뭔지 말해드려."

"제 이름은 허리야 지아다(Hurriyah Ziada)예요."

그러자 친구가 말한다.

"아랍어로 '여분의 자유'라는 뜻이죠. 팔레스타인에 사는 사람의 이름이 '여분의 자유'라니, 웃기지 않나요?"

프랑스 철학자 앙리 베르그손(Henri Bergson)은 이렇게 주장했다.

"삶의 기계적인 부분에서 코미디가 생겨난다."

사람들이 사는 방식을 제한하려는 어색한 시도에서 웃음이 유발된다는 것이다. 구소련에 재미있는 농담이 그렇게나 많았던 것도 공산주의 지도자들이 일상의 면면을 모두 기계화하려 했기 때문이었는지 모른다. 좋게 말해서 그들의 시도는 어색했다.

팔레스타인에서도 삶은 제한과 규제의 연속이다. 검문소가 제멋대로 사람들의 왕래를 방해하고, 지갑 속 신분증의 색깔에 따라 갈 수 있는 곳과 갈 수 없는 곳이 달라진다. 이슬람 원리주의 조직인 하마스가 가자지구를 차지하고 온건파 파타당이 서안지구를 통치하기 시작하면서, 양 진영이 분열된 지난 2007년 이후로는 화합하는 모습을 찾아볼 수 없게 되었다.

다른 말로 하면, 이곳에는 양성으로 만들 수 있는 위반 상황이 많다는 것이다.

오늘의 금식이 끝났음을 알리는 종소리가 사원의 첨탑에서 울려 퍼지자 라말라가 살아난다. 가게와 음식점들이 다시 문을 열고, 거리에는 허기를 채우고 사회적 교류를 하러 나온 사람들로 넘쳐난다. 젊은이들은 대놓고 저작권을 침해한 '스타 앤 벅스' 카페에서 택시로 꽉 막힌 원형 교차로를 내려다보며 에스프레소를 마신다. 길 아래 조금 자극적인 이름의 '9·11 카페'에서는 테크노 음악이 흘러나오고, 웨이터들은 가짜 방탄조끼를 입고 음료를 나른다.

우리는 중년 남자들이 물담배를 피우고 있는 야외 테라스 자리에 합석한다. 그들은 우리에게 혹시 비공식적인 아랍의 코미디 사다리에 대해 들어본 적이 있느냐고 묻는다. 제일 재미있는 쪽의 사다리 끝은 이집트란다. 이집트에는 농담하기 좋아하는 이들이 넘쳐나, 압델 나세르(Abdel Nasser) 전 대통령 시절에는 정부에 관한 농담을 검열하는 첩보기관을 따로 둘 정도였다고 한다.[6] 반대쪽 끝은 요르단이라고 한다. 그들 중 한 명이 "매일 아침 출근 전, 셔츠를 입고 넥타이를 매고 화난 표정을 짓는 요르단 회사원에 대한 이야기를 들어본 적 없으신가요?"라고 농담한다.

그렇다면 팔레스타인은 이 사다리의 어디쯤 위치하고 있을까?

이 질문에 답해줄 적임자는 라말라에 위치한 비르제이트대학교의 인류학과 민속학 교수로 팔레스타인 농담을 수집하는 데 일생을 바쳐온 샤리프 카나나(Sharif Kanaana)일 것이다. 하지만 이번 팔레스타인 여행에 운이 따라주지 않아서인지 그 역시 캘리포니아에 있는 아들을 만나러 미국에 가 있어서 서안지구에 없다고 한다. 우리는 그와 전화 통화를 했다. 카나나는 말했다.

"고통과 번뇌에도 불구하고 팔레스타인에는 유머가 많습니다. 제가 기대한 것보다도 훨씬 더요."

지난 수십 년간 이스라엘과 팔레스타인의 관계는 팔레스타인 사람들의 반이스라엘 저항운동인 인티파다의 수차례 봉기에 따른 충돌로 요약될 수 있다. 1989년에 첫 인티파다가 일어났을 때, 카나나는 이스라엘군에 맞서며 멍들고 피 흘린 젊은 혁명가들이 웃고 농담하는 모습을 보고 크게 놀랐다고 했다. 그 웃음을 설명하기 위해 카나나는 팔레스타인 농담을 수집하기 시작했고 그 작업은 아직도 현재진행형이다. 현재 그의 사무실에는 수천 가지의 팔레스타인 농담을 연도별로 기록해 정리한 인덱스 카드가 있다고 한다.

카나나는 그 인덱스 카드가 담긴 박스와 바인더 속에서 패턴을 찾았다고 했다. 첫 인티파다가 일어났을 때 팔레스타인의 점령 지역에서 사람들은 놀라울 정도로 단결했고 에너지가 넘쳤다. 그때는 팔레스타인을 승자로 묘사하는 농담이 크게 유행했는데, 길거리의 영리한 팔레스타인 소년이 이스라엘 군인보다 낫다는 농담이 많았다. 그러다가 제1차 인티파다가 끝나고 제2차 인티파다가 일어나기 전인 2000년대 초반, 농담은 어둡고 비관적인 색깔을 띠기 시작했다. 그중 신과 여러 국가의 수반이 모여 각 국가의 소원을 신이 들어줄지 말지 결정한다는 농담이 있었다. 신은 각 수반이 이야기한 소원에 대해 같은 대답을 했다. "네가 죽기 전에는 안 된다." 그런데 팔레스타인의 전 지도자인 아라파트가 팔레스타인 사람들에게 자유를 달라고 하자 신은 이렇게 대답했다. "내가 죽기 전에는 안 된다."

카나나는 말을 이었다.

"유머에도 주기가 있어요. 돌이켜보면 유머에서 반란이 일어날 것임을 감지할 수 있죠. 사기가 떨어지면 농담은 어둡고 비관적으로 바뀌어요. 그리고 사람들이 어떤 조치를 바라게 되면 다시 반란이 일어나죠."

나는 그에게 최근 그가 수집한 농담들은 팔레스타인의 미래에 대해 무엇을 말하고 있느냐고 물었다.

카나나의 목소리가 어두워진다.

"지난 1년 반 동안 새로운 농담을 들은 게 없어요. 이에 비춰보건대, 팔레스타인 사람들은 앞으로 어떤 미래가 펼쳐질지 전혀 모르는 것 같아요. 현재 상황을 타파할 방법이 보이지 않는 거죠. 그래서 더 이상 농담을 하지 않는 거예요."

우리의 팔레스타인 방문 기간 동안 녹화 일정이 없던 코미디 프로그램은 어딜 가나 우리를 쫓아다녔다. 그날의 금식이 끝나고 저녁이 되면 도시의 모든 음식점, 카페, 집에서는 〈와탄 알라 와타르〉의 시작 시간을 놓칠세라 TV를 켰고 곧 인트로 음악이 흘러나왔다. '와탄 알라 와타르'는 아랍어로 '조종당하고 있는 조국'이라는 뜻이다. 보통 이 15분짜리 프로그램은 1주일에 한 번 방송되지만 라마단 기간에는 매일 밤 방영된다. 보아하니 신성한 달이라는 라마단은 미국의 스포츠팀이 전승 행진을 하는 기간과 무척 유사해 보인다. 모두들 거하게 저녁을 먹은 뒤 TV 앞으로 모여드는 모양새가 그렇다.

라말라에서 처음으로 보내는 밤, 우리는 모벤픽 호텔 라운지의 직원에게 이 쇼를 틀어달라고 부탁한 뒤 우리와 이야기를 나누던 현지 회사원에게 통역을 부탁했다. 쇼는 팔레스타인의 법무장관을 둘러싸고 성난 지역 주민들이 항의하는 장면으로 시작되었다. 통역에 따르면 그들은 〈와탄 알라 와타르〉가 자신들을 조롱했다며 쇼를 고소하겠다는 것이었다. 쇼에 출연한 한 여성은 아직까지 이 프로그램이 자신을 놀리지는 않았지만, 그런 일이 벌어지기 전에 고소하고 싶다고 말했다. 그때 이 소동으로 기진맥진한 법무장관에게 전화가 왔는데, 알고 보니 이 또한 쇼가 그를 놀린 것이었다.

며칠 뒤 우리는 쇼에서 보았던 마날 아와드(Manal Awad)라는 여성을 자멘 카페에서 만났다. 도시의 엘리트가 많이 모이는 이 카페에서도 최신 유행하는 청바지를 입고 멋진 셔츠를 입은 그녀의 세련된 외모는 눈에 띄었다.

"우리가 시작하기 전에는 팔레스타인에 스탠드업 코미디라는 게 아예 없었죠."

런던에서 연극 연출로 석사학위를 받아서인지 그녀의 영어에는 영국식 억양이 묻어난다. 재떨이에 담뱃재를 털 때마다 오른쪽 손목 아래로 작은 문신이 보인다. 이 30대 여성은 코미디 분장을 할 때를 제외하고는 검고 구불구불한 머리카락을 히잡으로 감춘 적이 한 번도 없을 것만 같다.

이스라엘에는 〈아름다운 나라(Eretz Nehederet)〉와 같이 오래되고 유명한 풍자 코미디 쇼가 있었지만 팔레스타인에는 그런 프로그램이 전혀 없었다고 한다. 하지만 아와드와 이마드 파라진(Imad Farajin), 카리드 마소우(Khalid Massou)가 2008년에 코미디 공연을 시작하면서 변화가 생겼다. 그들의 극장 쇼는 크게 히트쳤고, 팔레스타인 자치정부의 수반인 마흐무드 압바스(Mahmoud Abbas)까지 팬을 자청하고 나섰다. 곧 국영 TV에서 방영될 쇼를 함께 만들어보자는 제안이 들어왔고, 마날과 두 동료는 '검열하지 않을 것'이라는 조건하에 수락했다.

팔레스타인의 관료들은 심지어 마흐무드 압바스 13세가 500년 후에나 평화협정에 사인한다는 내용의 콩트 방영도 허가해주었다. 하마스도 쇼에 등장했다. 한 콩트에서는 가자의 이슬람교도 판사가 남성 법정 서기에게 추파를 던지기도 했다. 오사마 빈 라덴, 버락 오바마, 이스라엘 협상가 등 건드리지 못할 사람은 없었다. 하마스 정보부는 이 쇼를 두고 '흑색선전'이라며 분노를 표했지만, 팔레스타인 자치정부는 이 쇼를 즐겼다. 심지어 압바스의 최측근인 야셰르 아베드 라보(Yasser Abed Rabbo)는 직접 쇼에 출연하기까지 했다.

2010년 설문 조사 결과 〈와탄 알라 와타르〉를 시청한 적이 있는 가자 지구와 서안지구 주민들 중 60퍼센트가 쇼를 좋아한 것으로 드러났다. 이는 팔레스타인의 두 주요 정당의 지지율보다 훨씬 높은 수치였다. 이런 지지를 등 뒤에 업고 아와드와 그녀의 동료들은 더욱 다양한 소재로 눈을 돌려 팔레스타인 사회와 낙후된 의료 시스템, 비열한 경찰, 퇴보한 문화 전통을 풍자의 대상으로 삼았다. 곧 코미디 교육 프로그램을 개시할 계획도 있다. 언젠가는 팔레스타인 최초의 코미디 클럽을 열지도 모를 일이다.

샤리프 카나나 교수가 오랫동안 수집해온 일상의 농담들은 침체할지 몰라도 라말라의 코미디 사업은 호황을 누리는 듯 보인다.

라말라의 오후에 만난 현지 기자이자 사회활동가인 라미 메다위(Rami Mehdawi)는 그것이 이곳 사람들이 재미에 심한 갈증을 느끼고 있기 때문이라고 말한다.

"이곳에 여흥이 없어진 지가 오래됐거든요."

깔끔하게 정리된 수염과 자신감 넘치는 웃음을 가진 메다위가 말한다.

"저는 서른두 살이지만 무언가를 하고 싶을 때 헬스장에 가는 것 말고는 할 수 있는 일이 없어요."

그는 특히 라말라에는 공원이 없다는 사실을 지적한다. 이 도시에는 수풀이 우거진 산책길이나 잔디밭이 없다. 다양성이라고 할 만한 것이 없는 상황에서 팔레스타인 주민들은 코미디 혹은 시간을 보낼 수 있는 무언가를 간절히 바라 마지않는다.

이를 증명하기 위해 라미는 라말라 사람들이 밤을 어떻게 즐기는지 구경시켜주겠다고 제안한다. 피트는 즉각 수락했다.

"문화규범을 부수러 가봅시다!"

라미는 기꺼이 우리를 돕겠다고 나선다. 그는 학생 혁명가들이 모여 저항 전략을 짜기보다는 여자를 꾀기 위한 멘트를 연습하고 있는, 도시를 내려다보는 야외 클럽으로 우리를 데려갔다. 그는 우리에게 아니스 맛이 나는 이곳의 전통술 아락(Arak)과 유명한 현지 맥주 타이베 (Taybeh)를 소개시켜주었다. 그리고 나서는 바르셀로나와 레알 마드리드의 축구 경기를 중계방송하는 바로 우리를 데려갔다. 팔레스타인 사람들은 이 두 축구팀에 종교만큼 열광한다고 한다. 바에서 제공하는 과자를 한 움큼 집어 삼키고 다시 한 움큼을 먹기 전에 라미가 말한다.

"젊은 세대에게는 뭔가 믿을 게 필요하거든요. 젊은 세대는 바르셀로나랑 레알 마드리드를 그 어떤 정치 지도자나 나라보다도 좋아하죠."

경기가 끝나자 라미는 한밤중의 도시 중심가가 어떤지 봐야 한다며 우리를 끌고 간다. 곧 우리는 경적을 울리는 차와 깃발을 흔드는 젊은 남자들의 물결에 휩싸인다. 팔레스타인 자치정부의 군인들이 자동소총을 들고 질서를 유지하려는 사이, 사람들은 고함을 지르고 구호를 외치느라 난리다. 그렇다면 이건 다음 반란, 즉 새로운 인티파다를 예고하는 소리일까? 아니, 이건 바르셀로나가 골을 넣어 경기를 이긴 데서 나오는 환호성이다.

아와드가 좋은 소식이 있다며 우리가 떠나기 전에 〈와탄 알라 와타르〉의 녹화가 있을 예정이라고 전화를 걸어왔다.

아와드는 녹화 당일 모벤픽 호텔에서 우리를 데리고 녹화장에 같이 가주겠다고 약속했다. 하지만 약속한 날 그녀는 나타나지 않고 있다. 30분이 지나고 한 시간이 지나자 피트가 그녀에게 전화를 건다.

아와드는 끔찍한 일이 일어났다고 말한다. 팔레스타인의 법무장관이 최근 방송에서 그를 비난한 내용을 문제 삼아 쇼를 중단시켰단다. 며칠 전에 본 〈와탄 알라 와타르〉의 내용이 연상된다. 쇼의 상황과 현실이 너무나 흡사하다. 팔레스타인의 법무장관은 농담을 농담으로 받아들이지 못하는 것 같다.

우리는 곧장 실행에 돌입한다. 팔레스타인 자치정부의 지인에게 연락해 법무장관의 개인 전화번호를 알아낸 것이다. 수사관이라도 된 듯 피트는 번호를 입수하자마자 바로 전화를 건다.

"여보세요, 저는 피트 맥그로입니다만."

연결이 되자 피트가 전화기에 대고 선언하듯 말한다.

"여보세요? 여보세요? 여보세요?"

그는 얼마간 계속 '여보세요'를 반복하다가 전화를 끊는다.

"이런, '여보세요'를 여덟 번 말하더니 끊어버리네요."

퓰리처상 감이다.

우리는 낙심한 채 이스라엘로 돌아가기 위해 택시를 타고 검문소로 향한다. 예루살렘에서 홀로코스트 생존자 지젤(Gizelle Cycowycz)을 만나기로 했다. 하지만 피트가 앞서 예상한 대로 팔레스타인에서 나오는 것은 들어가는 것보다 더 복잡하다. 그래피티로 뒤덮여 있는 이스라엘과 팔레스타인을 가르는 보안벽이 화염병 흔적으로 새까맣다. 검문소의 지저분한 복도에서 우리는 팔레스타인 사람들이 선 줄에 끼여 필요한 허가를 받고 거대한 검문 개찰구를 여러 번 통과한다. 검문은 제멋대로 시작되었다가 끊겨 아내와 남편, 엄마와 아이들을 잠시 갈라놓기도 한다. 복도를 지나자 팔레스타인 사람들이 소지품을 꺼내 금속탐지기에 넣고 검사를 받고, 두꺼운 유리판 너머의 이스라엘 군인들에게 자신의 신분증을 보여준다. 검문대를 통과하는 우리뿐 아니라 유리판 너머의 저들도 긴장하기는 마찬가지다. 검문소를 통과하는 데는 총 20분이 걸렸다. 어떤 사람들은 몇 시간씩 기다리기도 한다는데, 그에 비하면 우리는 운이 좋았던 편이다.

우리는 이스라엘 도심으로 향하는 만원 버스에 올라타 대체로 아랍의 땅이었지만 기독교와 이슬람교의 성지가 몰려 있어, 이스라엘과 팔레스타인 둘 다 자기 땅이라 주장하는 동예루살렘을 지난다. 라말라에 머물다가 오니 보이지 않았던 것들이 보인다. 깨끗한 거리, 신호등, 나무 같은 것들 말이다.

지젤은 예루살렘의 도심에서 멀지 않은, 가로수가 줄지어 서 있는 조용한 거리에 살고 있다. 그녀의 안내에 따라 널찍한 아파트로 들어서자 예술 작품과 책이 빼곡한 책장들이 눈에 들어온다. 마음씨 좋은 유대인 할머니들이 다들 그러듯 지젤도 우리에게 엄청난 양의 음식을 권한다. 지젤이 준 차와 쿠키, 초콜릿을 먹고 난 뒤 그녀의 이야기를 청했다.

그 뒤 몇 시간 동안 지젤은 우리에게 자신의 굴곡진 삶을 이야기해주었다. 어렸을 때 나치가 조국 체코를 점령하자 그녀는 학교에 다닐 수 없게 되었고 그녀의 아버지는 직장을 잃었다. 그런 뒤 아우슈비츠 수용소로 보내져 온몸의 털이란 털은 다 깎고 1,000명에 이르는 여자들과 함께 비좁은 막사에서 청소년기를 보냈다. 늙었거나 허약하거나, 혹은 너무 어린 이들이 가스실에 가서 죽임을 당하는 것도 지켜보았다. 전쟁이 끝나고 그녀의 어머니와 자매들은 집에 돌아왔지만, 그들의 집은 엉망이 되어 있었다. 게다가 그녀의 아버지는 불행히도 아우슈비츠 화장터가 문을 닫기 직전에 끌려가 죽었다는 사실도 알게 되었다.

홀로코스트에서 살아남은 사람이라면 대부분 겪은 끔찍한 이야기였다. 유대인들이 '쇼아(Shoah, 유대인들이 '홀로코스트' 대신 선호하는 단어인데 히브리어로 '대재앙'을 뜻하며, 홀로코스트가 '번제물'을 의미하기 때문에 나치의 대량 학살이 신을 위한 제물에 비유될 수 없다는 이유에서 쓰기를 꺼린다-옮긴이)'라고 부르는 이 희생을 말할 때는 거의 대부분 침통하고 신성한 어조가 사용된다. 여전히 홀로코스트 유머는 금기 사항이지만(멜 브룩스의 〈프로듀서〉와 같이 성공적인 예를 제외하고는), 지젤은 그렇다고 홀로코스트에 유머가 없었던 것은 아니라고 말한다.

"최악의 환경 속에서도 우리는 웃었어요."

홀로코스트 생존자를 위한 지원 그룹을 운영하는 심리학자로 활동 중인 지젤이 말한다. 그녀가 살았던 막사에 밤이 찾아오면 자신과 가까운 곳에서 자던 전 창녀들이 음란한 농담을 주고받곤 했단다. 노동수용소로 보내졌을 때는 생산 라인에서 일하면서 다른 여자아이들과 웃긴 노래와 이야기를 하며 낄낄대기도 했고, 지금 돌이켜보면 부끄럽지만 당시 주위에 일어난 힘든 일을 두고 혼자 속으로 웃기도 했다고 한다.

"죽을 만큼 배가 고팠지만 우리는 웃었어요. 분명 그건 해방감이었을 거예요."

홀로코스트와 같이 끔찍한 시련 속에서 피어난 유머를 이야기할 때 사람들은 해방감이나 위안, 한숨 돌리기에서 그 이유를 찾는다. 『지옥에서의 웃음 : 홀로코스트에서의 유머(Laugher in Hell: The Use of Humor During the Holocaust)』의 저자인 스티브 립먼(Steve Lipman)은 이렇게 말한다.

"홀로코스트 유머는 현실을 긍정하는 유머였지 현실을 희생시키는 유머는 아니었어요. 유머는 일종의 대처 방법이자 탈출구였죠. 미약하나마 끔찍한 상황에서 한 발 물러나 상황을 통제하기 위한 방법 말이에요."

이는 아무런 희망이 없어 보이는 심각한 상황을 비웃는 '농담(gallows humor)'도 마찬가지다. 프로이트는 이를 이렇게 표현했다.

'자아는 현실의 도발에 괴로워하기를 거부하고 외부 세계의 트라우마에 영향 받기를 거부하며 외부 세계로부터 받는 트라우마는 사실 쾌락을 얻는 다른 경험과 다를 바 없다고 주장한다.'[7]

이는 곧 생존 유머다. 지젤이 우리에게 묘사했듯이, 어둡고 기지 넘치며 자조적인 홀로코스트 농담이 친숙하게 들리는 것도 우리가 팔레스타인에서 같은 종류의 유머를 발견했기 때문이다. 샤리프 카나나가 인티파다 이후 추적 수집한 사면초가에 몰린 상황에 대한 농담과 〈와탄 알라 와타르〉의 코미디는 자기방어적이었고, 이는 화자들이 더 깊은 절망으로부터 자신을 보호하는 방법이다. 또한 많은 사람들이 '유대인 유머'라고 여기고 있는 유머이기도 하다.

유머학자 엘리어트 오링은 '유대인 유머'라는 부적절한 명칭을 해체시키기 위해 학술적 논쟁을 이어가고 있다. '유대인 유머'는 오랜 기간 자기비하적인 약자의 유머가 유대인의 전유물이었다는 의미다. 오링은 이렇게 말한다.

"사람들은 '유대인 유머'가 어딘가 특별하다고 생각하지만, 그 누구도 그를 뒷받침하는 확실한 증거를 대지는 못했지요."

그가 지적한 대로 유대인이 자조적인 농담을 한다는 설을 뒷받침하는 증거는 없다. 『탈무드』의 재미있는 이야기에도, 고대 이스라엘의 농담을 집대성한 책에도 그런 말은 나와 있지 않다. 유대인이 자기비하적 유머만 구사한다는 주장은 유대인 코미디의 다양성을 무시하는 것이기도 하다. 날카로운 풍자도 있고, 때론 이스라엘 군대에 관한 농담도 존재하니까. 또한 우리가 라말라에서 만난 사람들을 비롯해 많은 사람들이 적 앞에서 자기를 먼저 비하해 상대에게도 그럴 기회를 주는 방법으로 유머를 심리적 완충지대로 사용한다. 보안벽을 가운데에 둔 양쪽 사람들 모두 인정하려 하지 않겠지만, 이스라엘과 팔레스타인은 모두 자기비하적 유머감각을 가지고 있는 듯하다.

하지만 자기비하적 농담은 우리가 팔레스타인에서 발견한 농담들 중 일부를 설명할 뿐, 전부를 설명하지는 못한다. 인티파다가 한창일 때 샤리프가 수집한 반이스라엘 농담은 생존을 위한 유머는 아니었다. 〈와탄 알라 와타르〉의 풍자 유머가 그저 사람들이 이 위기를 헤쳐나갈 수 있도록 도와주기 위한 것이었다면 정부 관료들이 그렇게나 적극적으로 검열을 하려 들진 않았을 것이다. 아와드와 그녀의 동료들은 아리스토파네스(Aristophanes, 고대 아테네의 희극 작가-옮긴이), 조너선 스위프트(Jonathan Swift, 영국의 풍자 작가-옮긴이), 존 스튜어트에 이르기까지 그들 이전에 활동했던 풍자가들과 같은 목적, 즉 어리석음과 악덕을 조롱해서 이를 널리 알리자는 목적을 가지고 있었다.

이런 종류의 유머는 체제 전복의 도구이며, 재치가 무기와 같은 힘을 갖는다는 것을 보여주는 증거다. 하지만 팔레스타인같이 온갖 발사 무기가 날아다니고, 자동소총이 범람하고 폭파가 난무하는 곳에서 유머가 그 힘을 발휘할 수 있을까? 우리는 이에 대한 답을 찾기 위한 최적의 장소가 '자유극장(Freedom Theatre)'이라고 생각했다.

자유극장은 이스라엘 태생의 예술가이자 활동가인 줄리아노 메르 카미스(Juliano Mer-Khamis)가 2006년 서안지구에 위치한 도시 제닌에 세운 극장이다. 그는 1948년 팔레스타인 전쟁 때 이스라엘로부터 망명해 온 도시 사람들을 위해 이 극장을 세웠다. 하지만 극장을 설립할 당시 팔레스타인의 독립을 목표로 하는 제닌의 순교여단(Martyrs Brigades)의 전 의장인 자카리아 주베이디(Zakaria Zubeidi)의 도움을 받기로 한데다 평소 이스라엘의 팔레스타인 영토 점령을 맹비난한 그의 성향 때문에 그의 극장은 이스라엘 사람들에게 환영받지 못했다. 팔레스타인 사람들도 극장에 대해 부정적이기는 마찬가지였다. 자유극장이 첫 번째로 무대에 올린 작품은 혁명가를 풍자한 조지 오웰의 『동물 농장』을 팔레스타인 버전으로 각색한 작품이었다. 무대 위 소년소녀들은 돼지 가면을 쓰고 연기했으며, 이는 보수적인 무슬림 독립주의자의 반감을 불러일으켰다.

누군가가 나타나 그를 해치려 할 것은 시간문제처럼 보였다. 그리고 우리가 팔레스타인으로 가기 몇 달 전에 사건이 발생했다.

그날 저녁, 가면을 쓴 정체불명의 괴한들이 극장을 막 떠나려던 메르 카미스에게 총을 쐈고 결국 그는 사망했다. 이 살인 사건은 이스라엘과 팔레스타인 모두를 동요시켰다. 우리는 메르 카미스가 사망한 이후에도 그의 동료들이 먼저 떠난 친구의 뜻을 이어 계속 극장을 지켜나가려 한다는 이야기를 듣고 택시를 타고 제닌으로 향했다.

한 시간 반여 동안 언덕을 따라 난 나선형 언덕을 오르락내리락하는 택시 안에서 피트는 멀미로 만신창이가 되었다. 나는 운전기사에게 속도를 조금 줄여달라고 얘기할까도 생각했지만 곧 그가 담배를 한 모금 피우지도, 음료를 마시지도, 무언가를 먹지도 않았다는 사실을 알아채고 입을 다물었다.

제닌 교외의 우중충한 거리에 위치한 난민촌의 화려한 건물, 자유극장에 도착해보니 극장은 한바탕 난리다. 아랍 자막이 나오는 만화 〈도라 더 익스플로러(Dora the Explorer)〉와 〈텔레토비〉를 보러 온 난민촌 아이들이 극장의 좁은 사무실 주위를 소리 지르며 뛰어다니고 있다.

200여 석을 갖춘 극장 밖에는 아직도 메르 카미스가 죽기 전에 마지막으로 올렸던 〈이상한 나라의 앨리스〉의 간판이 걸려 있다.

사무실 안에서는 극장의 부장으로 있는 야콥 고흐(Jacob Gough)가 허리를 구부린 채 맥북을 들여다보며 급한 전화를 계속 받아 처리하는 중이었다. 듬성듬성한 머리숱에 찡그린 얼굴을 하고 있는 고흐는 웰시(Welsh) 제작사의 프로덕션 매니저로 메르 카미스가 죽은 뒤 자유극장을 다시 꾸려보겠다고 자원해서 돕고 있었다. 그가 팔레스타인에서 산 지도 이미 수년째라고 한다. 그는 직접 일을 맡기 전에는 자신이 어느 정도로 부조리한 관료주의를 상대하고 있는지 전혀 몰랐다고 한다.

고흐에 따르면 이 부조리는 메르 카미스의 살인 사건 조사에까지 영향을 미치고 있다고 한다. 팔레스타인 자치정부도 이 사건을 조사하려 했지만 이스라엘 측이 메르 카미스의 시신과 자동차, 개인 소지품을 몰수해가는 바람에 현지 형사가 조사할 만한 증거가 거의 남아 있지 않았다. 한편 사건을 조사 중이던 이스라엘 군대는 자유극장의 일원을 괴롭혀 자백하게 만드는 것 말고는 별다른 전략이랄 게 없어 보였다. 메르 카미스의 살인 용의자로 체포되었던 남자는 증거 불충분으로 풀려났다. 고흐가 고개를 저으며 말한다.

"상황이 좀 이상해요."

고흐가 처리해야 할 용무가 많아서 피트와 나는 밖으로 나와 난민촌을 구경하기로 한다. 심야 뉴스에서 보았던 것같이 막사가 늘어서 있고 엉성하게 지은 건물들이 있을 거라 예상했지만 난민촌은 멀쩡한 주택

들이 들어서 있는 제대로 된 마을이다. 심지어 송전선들이 교차하고 콘크리트와 콘크리트 블록으로 지은 다층 건물도 즐비하다. 생긴 지 60여 년이 지난 이 난민촌은 사실 이름만 난민촌이다. 주민들은 대부분 이곳에서 태어났는데도 언젠가 이스라엘의 고향으로 돌아갈 수 있을 거라는 기대감을 품고 있다.

하지만 어디를 가나 가난과 폭력으로 얼룩진 흔적이 남아 있다. 먼지투성이 폐차들이 높게 쌓여 있는 공터, 총알 자국이 그대로 파여 있는 벽, 까맣게 덮인 그래피티, 2002년 이스라엘군이 난민촌을 점거했을 때 죽은 순교자가 묻힌 우울한 묘지……. 이 난민촌에 곧 좋은 날이 올 거라는 희망을 갖고 있는 사람은 거의 없다. 이스라엘에서 쫓겨나 집을 잃은 수많은 난민 문제를 어떻게 해결할 것인가는 양측의 평화 협상에서 가장 어려운 문제다.

피트는 여느 때와 같이 사람들의 기분을 좋게 해주려 열심이다. 그는 우리를 이곳으로 데려다준 택시의 조수석 앞 서랍에서 찾은 바르셀로나 엠블럼 깃발을 빌려와 우리 앞을 지나가는 아이들에게 흔들어댄다. 그가 정신줄을 놓은 훌리건처럼 "바르셀로나!"를 외치자 아이들도 따라 소리치며 깃발을 잡아채려고 겅중겅중 뛴다. 피트는 신이 나서 낄낄거린다. 피트가 "애들을 더 찾아봐요, 우리"라고 말한다. 이 동네에서 미국인은 별 인기가 없고 아이들을 놀리는 미국인도 거의 없다는 점을 감안해서 나는 조금 더 신중하게 행동하는 게 어떻겠냐고 말해본다.

미로처럼 엉클어진 거리를 거니는 동안 곳곳에 산재한 빈곤과 폐허의 흔적이 보이자, 나는 메르 카미스와 그의 동료들이 한 일이 이 마을에 변화를 가져오기는 했는지 궁금해진다. 특히나 사회를 풍자하는 자유극장이 이스라엘과 팔레스타인을 모두 비판했다는 점에서 더욱 그렇다. 일부 유머 전문가들은 체제 전복적인 유머는 전혀 실용적이지 않다고 주장했는데, 현실은 어떠할까?

회의론자들은 아마도 농담으로 반란이 일어난 경우가 있으면 한번 말해보라고 할 것이다. 제대로 던진 농담으로 폭군을 타도하고 탄압을 극복한 경우가 있냐고. 어떤 이들은 한 발 더 나아가 코미디는 혁명을 일으키지 못할 뿐 아니라 혁명을 방해한다고까지 주장할지 모른다. 피임 캠페인에 코미디 요소를 집어넣었을 때 사람들이 피임을 덜 심각하게 받아들였다는 피트의 PSA 연구처럼, 불만을 품고 있는 대중에게 던지는 농담은 안전밸브 같아서 사람들이 반란을 일으키는 대신 농담을 통해 울분을 발산하고 자신이 처한 곤경을 덜 위협적인 방식으로 바라볼지도 모른다.

베를린 장벽이 무너지기 직전 구소련을 강타했던 코미디와 정치적 농담 붐도 이를 뒷받침한다. 구소련의 유머를 지난 수십 년간 추적 조사해온 국제 유머 전문가 크리스티 데이비스(Christie Davies)는 구소련을 붕괴시킨 모든 요인 중 농담은 20위 안에도 들어가지 못한다고 말한다.[8] 당시 구소련을 강타한 농담 붐은 기껏해야 민중 사이에 이미 퍼져 있었던 봉기의 기운을 시사한 것일 뿐 봉기를 일으킨 결정적인 요인은 아니라는 것이다. 다른 말로 데이비스는 '농담은 온도조절기가 아니라

온도계일 뿐'이라고도 표현했다.[9]

　데이비스와 다른 냉소주의자들에 따르면 '혁명적 유머'는 부적절한 명칭이다. 세상을 바꿔놓은 농담이란 존재하지 않기 때문이다.

　이런 논쟁은 피트에게 그가 가장 좋아하는 논리 추론법인 '검은 백조'가 있느냐 없느냐를 증명하는 것과 같다. 피트는 '세상에 검은 백조 같은 것은 없다'는 명제가 틀렸다는 것을 증명하려면 까만 깃털을 가진 백조 한 마리만 있으면 된다고 말한다.

　혁명적 농담이 과연 존재하느냐에 대한 논란의 경우 우리는 까만 백조로 가득한 나라를 하나 발견했다고 할 수 있겠다.

　때는 1999년 세르비아로 거슬러 올라간다. 이 발칸 반도의 작은 나라는 당시 대통령 슬로보단 밀로세비치(Slobodan Milosevic)가 10년째 독재 정권을 이어가고 있었다. 전 유고슬라비아 국가들과 치른 네 차례의 전쟁으로 세르비아는 정치적으로 고립되었고, 경제적으로 파산할 지경에 이르렀으며, 공격적인 국수주의자들이 판을 치고 있었다. 그 누구도 조만간 상황이 변할 것이라고 기대하지 않았다.

　하지만 1년 후, 모든 것이 바뀌어 있었다. 50만 명의 민중이 가두시위에 나서며 밀로세비치는 불명예스럽게 실각했다. 무슨 일이 있었냐고? 그저 농담이 있었을 뿐이다.

　모든 것은 오트포르(Otpor, '저항'이라는 세르비아어─옮긴이)라는 민주화 학생운동단체에서 시작되었다. 오트포르는 밀로세비치의 생일에, 그가 엉망으로 만들어놓은 유고슬라비아만큼이나 엉망으로 만든 커다란 케이크를 선물했다. 또 한번은 경찰에 베오그라드의 오트포르 본부에 중요한 물건이 담긴 커다란 소포가 왔다는 말을 흘렸다. 이 무거워 보이는 수상한 상자를 조사하기 위해 관련자들이 모여들었고 언론도 취재를 하기 위해 현장에 나타났다. 하지만 상자는 텅 비어 있었고, 경찰이 있는 힘껏 상자를 들어 운반하려 했을 때 마치 〈루니툰스〉 만화에서처럼 상자가 공중으로 날아가버렸다. 그 광경이 방송을 통해 세르비아 전역에 중계되었다.

이는 모두 민주화운동에 유머를 주입한 '웃음운동(laughtivism, laughter와 activism의 합성어—옮긴이)' 덕분이었다. 자칭 '마틴 루터 킹 주니어(Martine Luther King Jr.)'와 영국의 유명 코미디 프로그램 '〈몬티 파이튼(Monty Python)〉의 수제자'라 부르는 오트포르의 전 대표 세르다 포포빅(Srda Popovic)에게서 들은 바로는 그렇다. 나는 포포빅이 유머가 비폭력 민주화운동에 더한 세 가지 중요 요소에 대한 강의를 하러 콜로라도에 머물 때 그를 만났다. 먼저 그는 유머는 대중의 대부분을 움직이지 못하게 만드는 '두려움'이라는 장벽을 넘게 해준다고 했다. 당신이 비웃은 사람에 대해 공포감을 느끼기란 어려운 일이다. 둘째, 한창 유행했던 오트포르 티셔츠를 입고 우스꽝스러운 가두시위를 벌였던, 만면에 웃음을 띤 젊은 활동가들은 이 운동을 멋지고 재미있는 것으로 보이게 만들었다. 포포빅은 내게 윙크하며 이렇게 말했다.

"2000년도에 세르비아에서 체포된 적이 없는 사람은 여자랑 아무런 재미도 보지 못했죠."

마지막으로 유머는 밀로셰비치가 어떻게 반응하든 그를 우스꽝스럽게 보이도록 만드는 데 중점을 두었던 오트포르의 테마, 즉 '진퇴양난'식 항의에 반드시 필요한 요소였다. 일례로 오트포르가 큰 통에 밀로셰비치의 얼굴을 그린 뒤 지나가는 사람들에게 한 대씩 쳐보라고 한 적이 있었다. 밀로셰비치는 사람들이 그의 얼굴을 치는 걸 가만히 놔둘 생각이 아니었으므로 경찰은 이 행위의 배후를 조사했고, 이는 결국 오트포르가 경찰이 '통'을 구속했다고 말할 수 있게 만들었다. 우리는 덴마크와 스웨덴에서 경멸조의 농담과 장난이 종종 권력을 쥔 이들과 힘없는 이에게 어떤 손해를 가져오는지 배웠다. 하지만 오트포르는 그와 달리 가장 막강한 권력을 가진 이를 상대로 유머를 사용했다.

포포빅은 말한다.

"바야흐로 '웃음운동'의 시대가 오고 있어요."

포포빅과 오트포르에서 그와 함께했던 동료들은 새롭게 CANVAS(Center for Applied Nonviolent Action and Strategies, 비폭력 행동과 전략을 위한 센터)라는 조직을 세우고 세계 전역의 활동가에게 '웃음운동' 기법을 전수하고 있다.

어쩌면 제닌이 그들의 다음 행선지가 될지도 모르겠다. 고흐는 최근에 겪은 일련의 어려움에도 불구하고 메르 카미스가 자유극장을 통해 펴려던 작전이 이곳의 탄압과 종교적인 편협에 대항하는 데 강력한 무기로 쓰일 수 있으리라 여전히 확신하고 있다. 하지만 자유극장은 코미디 공연 대본을 좀 더 다듬어야 할 필요가 있다. 고흐에 따르면 이곳의 농담은 난폭한 경향이 있다고 한다. 이를 잘 보여주는 일화가 하나 있다. 극장 단원들이 새로 온 자원봉사자를 놀리기로 계획을 짰다. 어느 날 밤 자원봉사자가 일을 마치고 극장에서 나가려 할 때 단원들은 밖에 이스라엘 군인이 있으니 조심하라고 말해주었다. 그리고 자원봉사자가 숙소로 돌아가는 길에 전 자유의 전사 자카리아 주베이디가 그의 뒤에서 갑자기 나타나 자동소총을 머리에 들이대고 외쳤다.

"자카리아 어딨어! 그놈한테로 가!"

이어 그는 이스라엘 특공대원을 흉내 내며 자원봉사자에게 소리쳤다.

"그놈 내가 죽여버리겠어!"

자카리아의 집에 도착하기까지 그 장난은 계속되었다. 마침내 자원봉사자가 신경쇠약으로 쓰러지기 직전에야 자카리아가 말했다.

"놀랐죠? 장난이었어요!"

그날 일을 회상하며 고흐가 낄낄거린다.

"모두 웃겨서 죽으려고 했어요."

하지만 깜짝 놀란 우리의 표정을 보더니 다시 생각하고는 말한다.

"어쩌면 너무 지나쳤을지도 모르겠네요."

우리는 팔레스타인에서 유머를 찾아냈다. 그것도 꽤 많이. 하지만 유머는 팔레스타인 어디에나 있는 것일까? 너무 어려운 상황이라 사람들이 웃을 수 없는 지점이 존재하는가? 농담이 사라져버리는 지점이 있는가?

USS 푸에블로 호 사건의 생존자 앨빈 플러커는 그런 지점에 도달했다. 하지만 그가 북한에 포로로 잡혀 있을 당시는 아니었다. 미국으로 송환된 후 수십 년 동안 그는 자신이 겪은 일 때문에 외상 후 스트레스 장애에 시달렸다.

"그전의 제가 아니었죠. 웃을 수가 없었으니까요."

지젤 또한 홀로코스트에서 그런 순간을 경험했다. 그녀에게 웃음은 안도감이 느껴질 때 찾아오는 것이었다. 때문에 노동수용소에서 일을 할 때나 자매들과 함께 보낸 시간에 그녀는 웃을 수 있었다. 하지만 종종 아우슈비츠의 끔찍한 기억이 웃을 수 있는 가능성을 모두 없애버렸다고 그녀는 말한다. 수천 개의 야윈 얼굴, 어디에나 존재했던 죽음의 그림자, 끔찍했던 추위와 배고픔 등은 유머가 살아남기에 너무나 잔혹한 환경이었다.

피트도 연구를 통해 유머가 사라지는 지점을 발견했다. 2012년 10월 말, 허리케인 샌디가 처음 카리브해 서부에서 형성되었을 때 피트와 로렌스 윌리엄스, 케일럽 워렌은 트위터 계정 '@AHurricaneSandy'에서 이 폭풍에 대한 농담을 받았다. 그중에는 '말 그대로 남자들이 하늘에서 쏟아지네. 방금 남자들 한 무리를 주워다가 버리고 왔다'라든지 '방금 스타벅스를 때려 부쉈지. 이제 난 펌프킨 스파이스(스타벅스의 메뉴 중 하나) 허리케인이야!'가 포함되어 있었다. 그런 다음 허리케인이 미국 동부에 접근하고, 해안에 상륙하고, 진정되는 일련의 시점에서 온라인 연구 참가자들에게 이 트위트들의 재미를 평가하도록 했더니 결과는 일정한 패턴을 보였다. 사람들은 태풍이 미국에 상륙하기 전에 이 트위트들을 가장 재미있다고 평가했으며, 이 점수는 그로부터 36일 이후 다시 최고치를 찍었다가 이 재앙이 사람들의 기억에서 점차 사라지면서 줄어들었다. 최고치를 찍은 두 점 사이에, 허리케인이 미국에 상륙하고 수백만 명이 전기가 끊겨 고생하고 이 자연재해로 나라가 수십억 달러의 손해를 입어 휘청거렸을 때, 또 지역공동체가 허리케인 때문에 세상을 떠난 수백 명을 애도하는 동안 '@AHurricaneSandy'의 글들이 재미있다고 생각한 사람은 훨씬 적었다.[10]

우리가 라말라에서 목격한 상황은 허리케인이나 포로수용소만큼 끔찍하지는 않았지만 피트와 나 또한 웃음이 사라지는 지점을 발견했다. 우리가 처음 팔레스타인에 도착했을 때 여행 일정이 꼬였던 건 재미있었고, 심지어 웃기기까지 했다. 우리가 단 몇 블록 떨어진 곳이나 시내를 가로지르는 짧은 거리를 이동하는데도 택시기사들이 매번 자신의 미터기가 고장 났다며 20세켈을 청구하는 것도 재미있었고, 우리 호텔의 욕실과 침실을 가르는 투명유리 때문에 우리 둘 중 한 명이 샤워할 때 남겨진 사람이 욕실 안을 훤히 볼 수 있었던 것도 웃기기만 했다.

하지만 우리의 마음속에 많은 고민이 일어나며 상황은 악화되기 시작했다. 우리는 이미 꽤 오랫동안 이곳저곳을 여행하고 있었는데 가족과 떨어져 지내는 시간이 점차 괴롭게 느껴지기 시작했고, 피트 또한 연구와 학생을 가르치는 일을 같이하며 힘들어했다. 이 프로젝트를 진행하는 초반에 우리는 힘든 점에 대해 웃을 수 있었지만 팔레스타인을 여행할 즈음 웃음은 많이 사라져 있었다.

팔레스타인에서는 코미디 소재로 사용할 수 없는 것이 하나 있는 듯했다. 바로 이스라엘 정착민 문제다. 정착민은 팔레스타인 사람들을 고향 땅에서 몰아낸 강탈자로 비춰지고 있으며 가벼운 농담으로 다루기엔 상황이 너무 심각했다. 카나나도 팔레스타인 농담을 수집하는 동안 단 한 번도 이스라엘 정착민에 대한 농담은 들어보지 못했다고 했다.

만약 그의 말이 맞다면 서안지구에서 농담할 거리가 거의 없는 지역이 하나 있을 것이다. 바로 팔레스타인 사람들과 이스라엘 정착민이 함께 살고 있는 도시 헤브론이다.

"헤브론에서 본 것은 어딜 가도 볼 수 없을 거예요."

저녁마다 우리를 데리고 나가 관광시켜준 메다위가 말했다.

자유극장에서 혼란스러운 시기를 겪고 있는 야곱 고흐는 이렇게 말했다.

"헤브론요? 아이고, 거기야말로 정말 장난이 아니죠."

다시 한 번 택시를 타고 속이 뒤집어질 정도로 고생한 뒤 도착한 헤브론에서는 바르샤르 파라샤트(Bashar Farashat)가 우리를 기다리고 있다. 라말라에서 알게 된 사람에게 소개받은 파라샤트는 소년 같은 미소를 지으며 '국제 트레이너', '라이프 스킬과 인간 개발'이라고 쓰인 명함을 건넨다. 파라샤트와 같은 전문적인 문제 해결사의 사업은 상당히 호황을 누리고 있다. 요즘 같은 시기에 헤브론 사람에게는 해결해야 할 문제가 산적해 있기 때문이다.

서안지구의 최대 도시인 헤브론은 오랫동안 일대의 무역과 산업의 중심지로 기능해왔고 정신적인 중추이기도 하다. 이 도시의 중심부에는 유대교와 기독교, 이슬람교의 출발점이 되는 아브라함의 묘지라 추정되는 패트리아크 동굴이 위치해 있다. 이는 헤브론을 지구상에서 가장 성스러운 장소 중 하나로 만들어주었다. 헤브론은 사람들이 공유하고 있는 정신적 뿌리를 찾기 위해 모여드는 도시로, 산업과 통일의 지표로 부를 수 있다는 말이 이해되기도 하지만 정작 헤브론에는 이해되지 않는 것이 너무 많다.

파라샤트는 패트리아크 동굴이 위치한, 2,000년이라는 세월을 견뎌낸 성지이자 무슬림들이 '이브라힘 모스크'라 부르는 곳으로 우리를 안내한다. 헤브론의 구시가를 타고 펼쳐지는 좁고 구불구불한 골목길을 따라 걷다 보니 우리의 머리 위로 쳐져 있는 철 그물망이 보인다. 철 그물망 위로는 위에서 떨어진 쓰레기와 벽돌이 지저분하게 쌓여 있다. 파라샤트는 이 길을 따라 지어진 아파트에 사는 정착민들이 모스크로 가는 사람들에게 쓰레기를 던져서 설치한 것이라고 설명해준다. 철 그물망은 쓰레기는 걸러주지만 설거지한 물이나 표백제를 비롯해 찝찝한 액체까지 막아주지는 못한다.

파라샤트는 계속해서 불화와 슬픔의 장소로 우리를 안내한다. 다음 장소는 팔레스타인 주민이 살다가 이스라엘 정착민에게 쫓겨난 곳이다. 1929년 이곳에 거주하던 이스라엘 사람들은 유대인 70여 명이 살해된 헤브론 학살이 일어나자 이 땅에서 쫓겨났다가, 잃어버린 자신들의 땅을 되찾겠다고 선언하면서 다시 이 땅을 점령했다. 이 구역은 이스라엘군이 통제하며 수천 명의 군인이 400명의 정착민을 보호하고 있다. 이곳에는 좁은 통로가 하나 있는데, 정착민들이 이 도시의 중앙 시장을 문 닫게 만든 이후 팔레스타인 상인들은 이 길을 통해 신선한 향신료나 물총, 각종 향수, 껍질을 벗긴 염소 머리 같은 물건을 팔러 다닌다.

이브라힘 모스크 입구에 도착하자 우리를 맞는 것은 웅장한 고대식 정문이 아니라 입장객을 검문하는 보안 개찰구다. 1994년 이스라엘 정착민이 모스크에서 기도하고 있던 무슬림에게 총을 난사해 29명이 사망한 사건이 발생한 뒤 보안 검색이 강화되었다.

검문소를 통과하자 무더위를 피할 곳이 없는 마당이 펼쳐진다. 우리 주변으로는 수많은 무슬림이 로마 시대 헤롯 왕이 지었다는 벽을 향해 절하며 기도하고 있다. 헬멧을 쓴 이스라엘 군인들이 자동소총을 들고 그들 사이를 거닐고 있다. 머리 위로 솟은 돌 첨탑의 스피커에서 아랍어 기도문이 흘러나온다. 하지만 곧 기도문 소리는 모스크 맞은편 건물인 유대인의 이벤트 홀에서 뿜어져 나오는 빠른 템포의 유대교 음악 소리에 묻힌다. 건물의 누군가가 바로 지금, 라마단 기도가 한창인 딱 이 순간이 최신 가요 40곡을 틀 최적의 타이밍이라고 판단한 것이다.

모스크에서 파라샤트가 기도를 하는 동안, 우리는 그늘을 찾아 근처의 팔레스타인 가게의 차양 아래에 서서 주위를 두리번거린다. 우리 앞으로 혁대에 권총을 찬 이스라엘 경찰이 다가오는 게 보인다. 그는 우리가 있는 가게 주인을 향해 곧장 걸어온다. 피트와 나는 이제 곧 일어날 소동에 마음의 준비를 한다. 하지만 예상치 못한 일이 일어난다. 두 사람은 악수를 한 뒤 오랜 친구처럼 시끄럽게 아랍어로 수다를 떨기 시작한다. 놀란 피트가 두 사람이 함께 있는 모습을 사진 찍는다. 가게 주인이 피트의 카메라를 향해 포즈까지 취해주며 경찰에게 뭐라고 말한다.

"가게 주인이 자기 페이스북에 당신이 찍어준 사진을 포스팅해서 경찰 동료들이 다 볼 수 있도록 하겠다는데요."

기도를 마치고 돌아온 파라샤트가 통역해준다.

"그래요?"

경찰이 대꾸한다.

"그럼 나는 이 사진을 인화해서 가게에 붙여 파타당과 하마스당이 모두 보러 오게 할 거예요!"

둘은 배를 쥐고 웃는다. 팔레스타인 가게 주인은 이스라엘 경찰 어깨에 팔을 두르고 우리를 향해 돌아서 영어로 말한다.

"이 사람은 이스라엘 경찰복을 입고 있지만 마음만은 팔레스타인 사람이에요."

우리는 정말 놀랐다. 그러고는 곧 안도감에 그들과 함께 웃기 시작한다. 우리가 팔레스타인에 웃음을 찾으러 간다고 했을 때 모두가 우리더러 미쳤다고 했다. 하지만 우리는 그들이 틀렸다는 것을 증명했다. 이곳에서 우리는 유머가 사람들의 고통을 완화시켜준다는 것을 알았고, 팔레스타인의 거리에서 노는 아이들과 홀로코스트에서 살아남은 이스라엘 생존자가 함께 웃는다는 것도 알았다. 또한 우리는 사람들이 유머로 그들의 압제자에게 대항한다는 점에서 유머가 체제를 전복시킬 수 있다는 것도 알았다. 그 압제자가 총을 든 군인이든 강경파 이슬람교도든 실수를 연발하는 관료든 간에.

그리고 무엇보다 가장 놀라운 것은 우리가 헤브론에서 유머를 발견했다는 것이다. 메마른 땅에서 초록 싹이 돋아나듯 유머는 헤브론에 존재하고 있었다. 그리고 헤브론의 유머는 무언가 달랐다. 그 유머는 필요할 때 또는 문제가 생겼을 때 무기나 도구, 약이나 몽둥이가 아니라 더 단순하고 기본적이며 무엇보다 가장 회복력이 강한 것이었다.

그것은 바로 경찰과 가게 주인이, 하루 일과를 시작하는 사람들이 길에서 마주치며 나누는 일상적인 웃음이었다. 몇 년째 불화가 계속되고 있지만 이스라엘 사람들과 팔레스타인 사람들은 여전히 같은 공간에서 살고 있다. 그렇게 살을 맞대고 오래 지내다 보면, 원하든 원치 않든 간에 결국 같은 것을 보고 웃게 될 것이다.

웃음으로 이스라엘과 팔레스타인 간의 위기를 한번에 해결할 수 있냐고? 아닐 것이다. 하지만 웃음이 그 시작은 될 수 있다. 팔레스타인 같은 곳에서는 작은 웃음이 오래가는 법이다.

8

......

아마존

8 :: 아마존 ::

웃음이 최고의 명약일까

우리를 실은 화물 수송기가 안데스 산맥 상공 어딘가에서 난기류를 만나 휘청인다. 어디에서도 들어본 적 없는 끽끽거리는 기계음이 길고 텅빈 화물칸에 울려 퍼진다. 나는 안전벨트를 바짝 조여 하역망에 나를 단단히 고정시킨 뒤, 동체에 몇 개 없는 창문 중 하나를 통해 손바닥만한 하늘을 바라보며 주의를 분산시키려 애쓰고 있다. 피트는 수면 마스크를 쓰고 이어폰을 낀 채 잠을 자려 노력하는 중이다. 나는 옆자리에 앉은 사람과 이야기를 나누며 시간을 보내볼까도 했지만, 프로펠러 네개가 내는 귀청이 터질 듯한 소리 때문에 도저히 불가능하다는 것을 깨닫는다. 사실 옆자리 사람에게 무슨 말을 해야 할지도 모르겠다. 이 비행기에 탄 사람들은 모두 광대다.

내 옆으로는 커다란 꿀벌 복장을 한 여자 광대가 빨갛고 동그란 광대 코를 만지작거리고 있으며, 통로 건너편에 앉은 젊은 여자는 온갖 색의 실을 넣고 레게 머리를 땋고 있다. 누군가의 생일 파티에라도 와 있는 것처럼 화물칸에는 비눗방울이 동동 떠다니고, 웃는 얼굴이 그려진 노란 풍선이 여기저기서 춤추고 있다. 누군가 「오 수잔나」를 부르기 시작하자 다른 사람이 피리로 반주를 넣어준다. 아무래도 피트가 낮잠을 자긴 글러버린 것 같다.

우리는 100명의 광대와 함께 페루비안 항공의 화물 수송기를 타고 아마존의 중심으로 가는 중이다. '웃음은 최고의 명약인가?'라는 간단한 질문의 답을 찾기 위해서다. 그렇다, 앞서 살펴본 것처럼 유머는 나라 간에 싸움을 붙이기도 하고 혁명에 영감을 주기도 한다. 그렇다면 유머가 치료도 할 수 있을까? 웃음이 병을 치료할 수도 있다는 생각에 기반해 세계 각지에서는 직업이 생겨났고 누군가는 돈을 벌었으며 관련 의료 행위도 행해지고 있다. 이 명제가 참인지를 증명하기 위해 피트와 나는 세상에서 가장 가난하고 고립되어 있는 곳에 가서 무언극을 하고 즐겁게 놀 계획을 세운 최고의 어릿광대 그룹을 따라나섰다. 그들은 한 가지 조건하에 우리의 동행을 승낙했다. 바로 피트와 나도 광대 역할을 해야 한다는 것이다.

나는 팔짱을 낀 채 좌석에 웅크리고 앉아 몸을 따뜻하게 하려고 애써 본다. 페루비안 항공이 좋은 뜻에서 교통편을 지원해주겠다고 나섰지만 실제로 그들이 제공한 교통편에는 유감스러운 부분이 많았다. 페루의 수도 리마 공항의 활주로에 앉아 있는 동안에는 화물 수송기 안에 공기가 부족해 답답해서 힘들었고, 비행기가 이륙한 뒤에는 난방이 되지 않아 땀에 젖은 옷이 꽝꽝 얼어버렸다. 내 주변 사람들은 재킷과 울로 만든 모자를 주섬주섬 꺼내 입었고, 커다란 수영 타월을 꺼내 몸을 덮는다. 나도 추위에 몸을 덜덜 떨며, 내가 이번 여행에 대해 아내 에밀리에게 말했을 때 그녀가 했던 말을 떠올린다. 아내는 내 팔을 토닥이며 말했다.

"당신은 좋은 광대가 못 될 거야."

나는 그런 아내의 예상을 피트에게 얘기하지는 않았다. 피트는 며칠 전 우리가 페루에 도착한 날부터 가능한 한 많은 대화에 '티티카카 호(Lake Titicaca)'를 집어넣는 데 열중하고 있어서 조금 정신이 없었다.

화물 수송기가 하강하기 시작하자 속은 울렁거리는데 수송기 안 광대들이 일제히 박수를 치기 시작한다. 비행기는 환호 속에서 덜컹거리며 착륙한다. 우리는 페루의 열대우림 도시인 이키토스에 도착했다. 착륙하자 화물 수송기는 절절 끓는 오븐으로 변신한다. 입고 있던 스웨터와 재킷을 벗어던지며 수송기에서 내리자 아마존의 습한 더위가 우리를 반긴다. 휑한 이키토스의 공항에서 수하물을 기다리는 동안 우리 동료들은 봅슬레이를 타듯 짐을 싣는 카트를 타고 서로를 밀어주며 중앙 홀을 누비고 있다. 광대들 중 한 명이 가죽끈으로 묶은 고무돼지를 끌고 다니다가 돌아가는 수하물 컨베이어 벨트 위에 올려놓자 사람들은 자기 앞으로 고무돼지가 지나갈 때마다 귀엽다며 쓰다듬어준다.

"정말 재미있어요."

피트가 외친다. 나도 동의하는 편이다. 하지만 아직까지 우리는 광대 복장으로 갈아입지 않고 있다.

아마존 여행을 계획하게 된 것은 몇 달 전, 시카고의 한 호텔 컨퍼런스 룸에서 양말인형의 환영하는 말을 들으면서였다.

"AATH(Applied and Therapeutic Humor Conference, 웃음치료 및 응용학회) 의 연례 학회에 오신 것을 환영합니다!"

AATH 회장 칩 러츠(Chip Lutz)의 손에 낀 양말인형이 그 커다란 눈으로 화려한 하와이언 셔츠를 입은 남자와 짧은 원피스를 입은 여자 청중들을 훑으며 말했다.

"저 양말인형, 청중하고 눈을 꽤 잘 맞추네요."

피트가 농담했다.

웃음치료에 관한 한 미국에서 가장 유서 깊고 규모가 큰 AATH 학회에서 그런 장난은 흔했다. 저녁에 열린 칵테일 리셉션에서는 전 세계에서 온 사회복지사와 간호사, 의사, 전문 연사들과 만나 이야기를 나눴는데, 어색한 분위기를 깨기 위해 사람들이 흔히 던지는 질문이 바로 '웃음 지도자로 공식 인증을 받으셨나요?'였다. AATH 학회 상점을 돌아다니다 보니 테이블마다 『웃음 : 선택할 수 있는 약(Laughter: The Drug of Choice)』 『이것이 바로 즐거울 때 당신의 뇌(This Is Your Brain on Joy)』 『당뇨가 우스울 수 있는 이유는?(What's so funny about…Diabetes?)』과 같은 책이 즐비했다. 상점 근처에는 물풍선을 던지는 기계가 서 있고, 반짝반짝 불이 들어오는 귀가 달린 머리띠와 '예수를 위해 광대짓을 하다(Clowning for Jesus)'와 같이 재미있는 문구의 자동차 범퍼 스티커를 파는 가판이 죽 서 있었다. 한번은 대낮에 호텔 엘리베이터를 탔는데 나비가 대롱대롱 달린 머리띠를 한 여자를 만나 "날개가 멋지네요"라고 말했다가 변태 취급을 당하기도 했다.

최근 뜨겁게 달아오른 웃음치료 붐을 생각하면, 사실 역사상 대부분의 시기에 웃음과 건강은 아무런 관련이 없다고 여겨졌다는 사실을 잊기 쉽다. 서양의학의 기반을 다진 고대 그리스의 의학자들은 온갖 종류의 치료법에 대해서는 많은 말을 했지만, 건강과 웃음의 관계에 대해서는 눈에 띌 만한 언급을 하지 않았다. 너무 많이 웃어 허약해진 사람들은 지루한 강의를 계속 들어야 한다는 심각한 경고를 제외하고는.[1]

하지만 1979년에 출간된 언론인 노먼 커즌스의 저서 『웃음의 치유력(Anatomy of an Illness: as Perceived by the Patient)』이 모든 것을 바꿔놓았다. 노먼 커즌스는 이 책에서 꾸준히 〈캔디드 카메라(Candid Camera)〉 같은 코미디 프로그램을 시청하거나 막스 형제(Marx Brothers, 미국의 코미디언 가족-옮긴이)의 영화를 보면 치명적일 수 있는 퇴행성 관절염을 치료할 수 있다고 주장했다. 또한 커즌스는 그의 또 다른 베스트셀러

저서에 이렇게 썼다.

'나는 웃음이 최고의 명약이라는 고대 이론에 생리학적 근거가 있다는 발견을 하고 몹시 고무되었다.'[2]

커즌스의 발견에 고무된 사람은 그 말고도 많았다. 이후로 유머가 건강에 유익하다는 아이디어에 기반한 산업이 형성되어 발전하기 시작했고 각지의 병원에 광대 교육 프로그램, 웃음 카트, 웃음방이 보급되었다. AATH와 경쟁하는 다양한 웃음치료학회와 컨설팅 업체들이 트라우마와 비극을 어떻게 유머로 극복할지를 가르치는 교육 사업에 앞다퉈 뛰어들었다.

그중에는 웃음으로 신체 건강과 정신 건강을 도모할 수 있다고 주장하며 현재 72개국에 1만 6,000곳의 클럽을 두는 등 성황을 이루고 있는 웃음요가를 빼놓을 수 없다. 피트와 나는 웃음요가를 직접 체험하기 위해 덴버 웃음 클럽에서 매주 열린다는 주간회의에 참석했다. 덴버 시내의 유니테리언 교회에서는 열두어 명의 클럽 회원이 두 명의 '웃음 지도자(쾌활한 제프와 미친 카렌)'의 지도에 따라 아주 이상한 수업을 듣고 있었다. 수업 시작은 '인사 웃음'이었다. 방을 돌아다니며 마주치는 사람과 악수하고 아무런 이유 없이 하하하 크게 웃는 것이다. 그런 다음에는 사람들과 횡설수설 대화를 이어나갔고, 누군가가 잔디밭에서 돌아가는 스프링클러를 흉내 내자 물줄기를 피해 뛰는 시늉을 하기도 했다. 수업 내내 우리는 '범퍼카 웃음', '진정제 웃음', '웃음 폭탄' 같은 반복연습을 통해 까닭 없이 웃는 연습을 계속했고 사람들은 실제로 포복절도

했다. 한번은 반백의 할머니에게 상상의 웃음 담뱃대를 건넸더니, 할머니가 깊게 한 모금 빨고 키득키득 웃음을 터뜨리기도 했다.

"한 시간 전보다는 확실히 에너지가 넘치는 느낌이네요."

피트가 말했다. 하지만 나는 정신병원에 들어갔다 나온 기분이었다. 그래도 이 주간회의에 늘 참석한다는 친절하고 정상인으로 보이는 회원들은 이런 연습을 통해 많은 것을 얻고 있는 것 같았다.

"꼭 스탠드업 코미디나 영화, 연극을 찾아볼 필요가 없다니까요. 그냥 웃으면 돼요."

그들 중 한 명이 우리에게 그렇게 말해주었다.

"바로 그게 포인트죠."

1995년, 웃음요가를 처음 창시한 인도 의사이자 지금은 '웃음 구루'로 전 세계적인 유명세를 떨치고 있는 마단 카타리아(Madan Kataria)의 말이다. 인도 뭄바이의 자택에 있는 그와 스카이프 영상통화를 했을 때 그는 내게 이렇게 말했다.

"웃음은 늘 농담이나 코미디, 일상에서 일어나는 일에 의존적이었고 그에 대한 반응으로 여겨졌죠. 하지만 웃음요가는 최초로 일상과 웃음을 분리시켰어요. 평상시에는 사실 그렇게 웃을 만한 일이 없을 때도 많거든요. 하지만 이유 없는 웃음도 충분히 유익하다는 것을 제가 발견한 거죠."

카타리아에 따르면 이유 없는 웃음은 스트레스 완화와 면역 체계 강화, 심혈관 건강 증진, 심리적 안정, 사회적 유대감 증진, 삶을 대하는 영적 태도 강화에 도움이 된다고 한다. 1990년 커즌스가 세상을 떠난 뒤 유머의 의학적 효용은 그가 말한 것들을 넘어서 훨씬 늘어났다. 요즘에는 웃음과 유머가 좋은 운동이며 두통을 덜어주고 기침과 감기를 막아주고, 혈압을 낮추고 심장질환을 예방해주고 관절염의 고통을 완화시켜주며, 궤양을 치유하고 에이즈를 치료하며 암 치료에 도움을 준다는 주장까지 나왔다.[3] 한 발 더 나아가 체외수정 때 광대를 동원하면 임신 성공률이 높아진다고 주장하는 사람들도 있다. 광대 코 분장을 하고 침대에 들어가면 아예 수정이 일어날 기회가 사라질 수 있다고 경고하기도 하지만.[4]

  유머가 점점 '건강'해지면서 유머의 수익성도 높아졌다. 카타리아는 웃음요가 클럽의 무료 강좌 방침을 정하면서도 한편으로 웃음 지도자 양성 과정과 관련 사업, 그리고 현재 인도 방갈로르에 짓고 있으며 앞으로도 늘어날 것으로 기대되는 웃음대학교를 통해 수익을 창출하고 있다. 시카고의 AATH 학회에서도 '세대를 아우르는 웃음 클럽은 어떻게 만드는가', '신성하고도 발작적인 웃음 : 당신이 속한 신앙 공동체의 웃음과 기쁨' 같은 제목뿐 아니라 '웃음을 수익으로 전환시키는 방법' 같은 제목의 세미나가 많이 열렸다. 참석자들 중 많은 이가 그 방법을 배웠다. 학회의 호화로운 수상자 만찬에서는 코미디언 레드 스켈턴(Red Skelton)의 친필 사인이 담긴 자화상이 무려 1,600달러에 경매되었다. 중고품 판매 가게에서도 후미진 곳에 처박혀 있을 싸구려 광대 그림 같은 자화상이었는데.

그렇다면 이 모든 관심과 투자가 과연 그만한 가치가 있을까? 로드 마틴은 자신의 저서 『유머의 심리학(Psychology of Humor)』에서 유머와 신체 건강문제를 다룬 과학 연구 수십 건을 들어 이 문제를 파고든 후 이렇게 결론을 내렸다.

'유머와 웃음이 더 나은 건강으로 가는 길이라고 주장하는 사람들은 빈약한 증거만으로 너무 성급하게 자신의 의견을 알리고 다닌 것 같다.'

이제까지 우리가 가장 흔히 듣는 웃음과 유머에 관한 주장, 즉 웃음과 유머가 면역 체계를 강화하고 다양한 질병으로부터 신체를 보호하며 심장병의 위험을 낮춘다는 가설 중 과학적으로 확실하게 입증된 것은 아무것도 없다. 일부 연구는 오히려 웃음과 유머가 건강의 실질적 지표를 낮춘다는 정반대되는 결과를 내놓기도 했다.[5]

10년 전 이 문제를 완전히 해결하기 위해 노르웨이 과학기술대학교의 교수 스벤 베박(Sven Svebak)은 사상 최대 규모의 공중 보건 연구 프로젝트를 진행하며 유머감각을 측정하는 설문 조사를 실시했다. 'HUNT-2'라는 제목의 이 연구에서 연구팀은 노르웨이 중부에 위치한 도시 노르트뢰넬라그의 성인 주민 전체를 대상으로 혈압, 신체용적지수, 다양한 질병 증상, 전체적인 건강 만족도를 조사했다. 마틴에 따르면 이는 '유머와 건강에 관한 사상 최대의 상관 연구 프로젝트' 였다. 2004년 베박 교수와 그의 동료들은 연구 결과를 발표했는데, 그에 따르면 유머와 객관적 건강지표 간에는 어떠한 상관관계도 없다고 했다.[6]

"글쎄요, 유머가 암 환자에게 도움이 된다는 일화적 증거를 많이 알고 있는데요."

이와 같은 연구 결과를 발표한 AATH 학회에서 한 간호사가 그렇게 말하자 피트의 대답은 이러했다.

"당연하겠죠. 우리도 초감각적 지각(ESP)를 뒷받침하는 일화적 증거를 많이 알고 있어요."

그럼에도 피트는 유머의 치료 효과를 포기하려 하지 않았다. 피트의 이런 태도는 심리학자 스티브 월슨(Steve Wilson)과의 개인적 친분의 영향을 받은 것일 수도 있다. 오하이오를 기반으로 하는 세계웃음클럽 (World Laughter Tour) 웃음치료 프로그램의 창시자인 월슨은 25년이 넘는 세월 동안 유머와 건강의 상관관계를 연구했고, 시카고 학회에서는 물방울무늬의 광대 모자를 쓰고 제다이(Jedi, 영화 〈스타워즈〉에 나오는 신비스러운 기사단의 기사-옮긴이)라도 된 것처럼 재미있는 이야기를 많이 들려주었다. 오랫동안 피트를 알고 지낸 그는 두 팔 벌려 우리를 동지로 환영해주었다. 피트가 오하이오주립대학에서 박사학위를 받는 동안 월슨과 그의 아내 팸은 피트를 가족같이 대해주었다고 한다.

스티브 월슨은 우리에게 유머와 유머의 치료 효과를 이해하는 것은 타액 샘플이나 혈압 차트를 읽는 것처럼 단순하지 않다고 말했다.

"유머로 병을 치료할 수 있다고 주장하는 건 아니에요. 유머에 부속적인 치료 효과가 있다는 걸 말하고 싶은 겁니다. 주가 되는 치료법의 효과를 높이기 위해 유머를 이용할 수 있다는 거죠. 행복한 삶의 비결은 바로 균형이에요. 만약 유머와 웃음을 피해 다니기만 한다면 삶의 균형은 깨질 겁니다."

어쩌면 윌슨의 말이 맞을지도 모른다. 하지만 그의 말을 그대로 받아들이지는 않기로 했다. 우리 스스로 답을 찾기 위해 우리는 세상에서 가장 유명한 병원의 광대를 찾기로 했다.

로빈 윌리엄스가 광대이자 의사로서 미국 의료 시스템에 연민과 유머를 담려 했던 헌터 애덤스로 열연한 1998년작 영화 〈패치 애덤스 (Patch Adams)〉의 말미에는 이런 설명이 나온다.

'그 후로도 패치는 무료 치료를 계속하고 있으며 그 어떤 의료사고도 일으킨 적이 없다. 그리고 현재는 그가 늘 꿈꿔 마지않았던, 세상을 바꿀 게준트하이트 병원(Gesundheit Hospital)을 짓고 있다.'

영화가 말해주지 않은 것은, 영업 12년 후 패치의 병원이 의사 부족과 재원 부족으로 문을 닫았다는 것이다. 웨스트버지니아 주에 위치한 게준트하이트 병원을 완공하는 데 필요한 수백만 달러의 재원을 마련하기란 불가능에 가까웠다. 대신 패치와 그의 동료들은 자신이 하는 일의 명분을 사람들에게 알리기 위해 게준트하이트 글로벌 지원센터(Gesundheit Global Outreach)를 세워 6개 대륙의 60개국에 광대 부대를 파견하는 서비스를 제공하고 있다. 2005년부터 게준트하이트 글로벌 지원센터는 한 가지 행사를 준비하고 실행하는 데 최대한의 노력을 기울이고 있다. 바로 국제 광대 부대와 정부 기관, NGO가 주체가 되어 아마존 유역에서도 가장 빈곤하기로 유명한 이키토스의 끝자락에 위치한 빈민가 베렌의 지역공동체를 돕기 위해 매년 몇 주에 걸쳐 열고 있는 행사. 이름하여 '베렌 프로젝트'는 국제 광대들의 가장 야심찬 프로젝트이자 최대 규모를 자랑하는 프로젝트다.

우리가 이곳, 광대들로 넘치는 이키토스의 이 호텔 로비에 서 있는 것도 바로 그 행사 때문이다. 이 건물은 '베렌 프로젝트'의 임시 본부이고 우리 주변으로는 올해 프로젝트의 첫 번째 활동, 즉 베렌 시내에 축하 퍼레이드를 나가려고 대기 중인 광대 복장을 차려입은 사람들로 한가득이다. 패치 애덤스는 맨 앞줄에 서서 선크림의 중요성에 대해 강조하고 있다.

"선크림을 바르세요!"

패치가 고무로 만든 생선을 손에 들고 온몸으로 그 중요성을 표현한다.

"바르지 않으면 이렇게 됩니다. '아, 아, 아!'"

그는 온몸의 화상 상처를 비비는 시늉을 하며 고통에 몸부림치는 연기를 한다.

선크림을 바르라는 패치의 충고는 아마존 광대 부대에 합류하기 위해 받았던 길고 긴 교육의 마지막을 장식했다. 패치의 절친한 친구이자 늘 여유 있어 보이는 게준트하이트 글로벌 지원센터의 이사 존 글릭(John

Glick)은 피트와 내가 아마존 광대 부대에 합류할 수 있느냐고 처음 문의했을 때 흔쾌히 우리를 데리고 가주겠다고 했다. 하지만 그는 내게 경고했다.

"광대 부대의 행사를 준비하는 일은 고양이들을 한데 모으는 것같이 힘든 일이에요."

이는 곧 우리가 준비할 게 엄청나게 많은 행사에 참여하게 되었다는 뜻이었다. 곧 우리의 메일함에는 여행을 떠나기 위해 해야 할 일들을 알리는 이메일이 날아들기 시작했다. 제3세계에서 유행하는 전염병 예방주사를 모두 맞아야 한다는 이메일에 나는 어느 날 아침 지역의 진료소에 들러 아마존 한가운데서 내 몸이 결딴날 수 있는 다채롭고 끔찍한 경우의 수를 알게 되었다.

"절대로 'osis'로 끝나는 병은 걸리면 안 돼요. 'osis'는 '벌레'라는 뜻이거든요."

그런 다음에는 아마존 '광대 패션'에 대해서도 배웠다. 아마존에서 광대 복장은 화려할수록, 번쩍거릴수록, 습기 친화적일수록 좋다고 했다. 먼저 피트와 나는 중고용품점에 들러 최고로 특이한 하와이언 셔츠를 골랐다. 다섯 살 된 내 아들 가브리엘은 자신의 물방울무늬 넥타이를 기부해주었는데, 내게 그 넥타이를 건네는 모습이 마치 광대들의 보석이라도 내주듯 진지했다.

광대 코를 준비하라는 지시도 내려왔다. 이메일을 보낸 스태프는 이렇게 강조했다.

'광대 코는 광대에게 있어 가장 중요한 특징이죠. 광대 코는 당신의 마술이자 힘이고, 광대의 세계로 들어가게 해주는 여권과도 같은 겁니다. 당신이 이전에는 할 수 있을 거라고 생각지도 못했던 것들을 하게 해주죠.'

나는 스태프의 말을 이해할 수 없었지만, 그 말뜻을 잘 알고 있다는 사람을 추천받았다. 그는 시카고를 기반으로 활동하는 제프 젬머링(Jeff Semmerling)이라는 가면 제작자로, 게준트하이트와 유사 기관의 광대를 위해 코를 수공예로 만들어주고 있다고 했다. 듣기로 젬머링은 '빨간 코'계의 랄프 로렌(Ralph Lauren)이라고 했다.

아마존으로 출발하기 몇 주 전 시카고에 있는 젬머링에게 전화를 걸자 그가 내게 이렇게 말했다.

"혹자는 광대의 코를 가장 진화한 가면이라고 하죠. 단순하지만 우아하거든요. 빨갛고 동그란 코를 끼우면 지구상의 누구라도 당신이 광대라는 걸 알죠."

젬머링은 스무 개가 넘는 광대 코가 담긴 카탈로그를 보내주었다. 네오프렌, 가죽 등 다양한 소재에 둥실둥실한 모양부터 아주 작은 코 덮개, 길쭉한 미사일까지 그 모양도 다양했다. 무엇을 골라야 할지 몰라서 나는 젬머링에게 피트와 내 사진을 보내 가장 잘 어울릴 만한 코를 골라달라고 부탁했다. 그는 나에게 크고 둥그런 코를, 피트에게 커다란 단추 모양의 코를 골라 보내주며 이런 메모를 덧붙였다.

'마음속 광대를 풀어주었을 때 당신이 무엇을 하든, 혹은 무엇이 되어

있든 놀라지 마세요.'

그리고 이곳 베렌으로 가는 퍼레이드 행렬의 시작점에서, 우리는 빨간 코를 장착하고 우리 마음속의 광대를 꺼낼 준비를 마쳤다. 이곳에 온 광대 중 많은 이들이 너무 더워서, 또 땀이 많이 나서 광대 분장을 하지 않았다. 원래 얼굴을 전혀 분장하지 않은 광대도 많긴 하지만.

"분장하지 않은 맨얼굴일수록 친밀감을 쌓기는 더 좋지요. 게다가 광대에 공포를 느끼는 사람들도 덜 놀라게 만들고요."

글릭이 우리에게 말해주었다. 패치는 나의 근심을 알아차린 듯한 표정으로 내 주변에 서 있다. 내 눈과 마주치자 그가 미친 사람처럼 씩 웃으며 말한다.

"가서 미쳐볼 준비가 됐나요?"

드럼과 휘파람 소리, 그리고 이번 퍼레이드를 돕겠다고 자원한 페루 해군 악대의 시끄러운 트럼펫 소리가 내는 불협화음과 함께 우리는 출발한다. 무지개처럼 다채로운 색깔의 발레용 스커트, 멜빵, 직접 물들인 통 넓은 바지가 이키토스 시내를 따라 행진한다. 라마와 산 정상의 유적, 안데스 산맥으로 유명한 페루는 놀랍게도 국토의 60퍼센트 이상이 아마존 강을 끼고 있는 정글이다. 그리고 이 방대한 무인의 황야 중심에 50만 명이 거주하고 있는 이키토스가 있다. 50만 명이 거주하는 도시라고 하기엔 부족한 게 많은 도시다. 일례로 이키토스로 가는 길이 아직도 나지 않았다. 길이 없는 도시 중에서 인구가 가장 많은 도시다. 이키토스에 가려면 우리처럼 비행기를 타거나 느린 배를 한참이나 타야 한다.

도시는 19세기 말부터 20세기 초, 고무 붐의 중심으로 찬란한 발전을 경험했다. 하지만 전성기가 지나간 뒤 지금 이키토스 시내에는 바퀴가 세 개 달린 지저분한 택시들이 태울 손님이 없어 길가를 막고 있고, 강가를 따라 난 유럽식 산책로에는 '아동 성 관광 금지'를 외치는 광고판이 서 있을 뿐이다. 한때 고무 장사로 큰돈을 벌어 호화롭게 지은 대저택은 다 쓰러져가고, 대저택 안으로는 식료품점이나 기념품 가게가 들어서 있다.

하지만 시내 이후에 나타나는 지역에 비하면 이곳은 비버리힐스와 다름없다. 퍼레이드가 교차로에서 왼쪽으로 방향을 틀어 계속 행진하자 냄새가 진동하는 재래시장과 강가를 따라 난 내리막길이 펼쳐진다. 길에는 아무렇게나 버린 하수가 넘치고, 이 동네 전까지만 해도 볼 수 있었던 벽돌과 시멘트로 지은 건물들이 사라지고 짚을 엮어 지붕을 올린 나무 판잣집이 나타난다. 판잣집은 3미터 높이의 기둥 위에 지어졌거나 뗏목 같은 통나무 위에 얹어져 있다.

여기는 베렌의 빈민가다. 이곳에는 6만 명의 주민이 가난에 시달리며 살고 있다. 높은 실업률, 최소한만 들어오는 전기, 전무한 위생시설, 허점투성이의 의료 서비스, 횡행하는 영양실조, 만연한 알코올중독과 약물 사용, 가정폭력과 범죄, 그럼에도 전혀 찾아볼 수 없는 경찰의 개입 등 문제가 많은 지역이다.

집들이 기둥 혹은 뗏목 위에 지어져 있는 것은 매년 1월부터 6월까지의 우기에 강물이 몇 미터씩 범람하기 때문이라고 한다. 올해는 피해가 더욱 심각했다. 100년 만의 최대 홍수가 찾아왔기 때문이다. 기둥 위에 지은 집들을 지나치며 살펴보니 집집마다 수마가 할퀴고 간 흔적이 생생하다. 외벽의 반쯤 되는 높이까지 페인트가 벗겨진 집도 많다. 몇 달 전에 집이 어디까지 잠겨 있었는지를 보여주는 대목이다. 홍수 당시 사망자가 수십 명에 이르렀고 수백 명의 주민이 집을 떠나 학교나 쉼터에서 생활해야 했다. 그들이 다시 집으로 돌아왔을 때는 뎅기열과 렙토스피라병 같은 유행병이 횡행하고 있었다.

다른 말로 하자면 우리는 페루의 가장 가난한 지역에서도 가장 가난한 동네에 와 있다. 그리고 상황은 최악이다.

진흙투성이 길을 따라 발을 구르며 걷다 보니, 내게 무언가 변화가 일어난다. 둥둥 울리는 퍼레이드 음악 때문인지, 아니면 함께 행진하고 있는 100명의 전염성 강한 환호성 때문인지, 맨발로 우리를 향해 모여든 아이들의 밝은 미소 때문인지, 아니면 집 현관에서 우리를 쳐다보며 수줍게 웃어주거나 손을 흔들어주는 사람들 때문인지, 그것도 아니면 더위를 먹어서인지 모르겠다. 그 이유가 무엇이든 내 안에서 광대가 움직이기 시작했다.

나는 구경꾼들 사이로 바쁘게 뛰어다니며 좌우에 있는 이들과 하이파이브를 한다. 하수구 위를 겅중 뛰어넘고 건물 기둥을 요리조리 피해 아이들을 쫓아가기도 한다. 흐릿한 오후의 볕 아래, 임시방편용으로 택시에 달아놓은 확성기에서 나오는 광대 원정대의 주제가에 맞춰 나는 다른 광대들과 춤을 춘다. 주제가는 뎅기열로 죽지 않으려면 손을 깨끗이 씻으라는 내용의 빠른 템포의 노래다. 어느 순간 보라색 셔츠를 입은 작은 소녀가 내 손을 잡고는 놓아주지 않는다. 우리는 손을 잡고 나란히 서서 베렌을 행진하다 결국 나는 소녀를 내 품안에 안고 걷는다.

퍼레이드 음악이 마무리되고 보라색 셔츠를 입은 소녀도 내게 한 번 웃어 보이고 손을 흔들며 사라진다. 그렇게 퍼레이드가 끝난다. 피트는 나를 보고 웃는다.

"역시 아빠는 다르네요."

바보같이 헐렁한 모자를 쓰고 반짝반짝 빛나는 빨간 코를 달고 있는 피트도 그렇게 나빠 보이진 않았다. 호텔로 터덜터덜 걸어오는 길에 피트가 내게 말한다.

"갑자기 동네가 확 살아나더라고요. 사람들이 미소 짓고 웃으니까 갑자기 동네가 달라 보이던 걸요."

그러면서도 피트는 이렇게 덧붙인다.

"정말 문제가 심각하긴 해요. 베렌을 도우려면 수백만 달러는 있어야 겠어요. 그리고 기본적으로는 이 도시 전체를 다른 곳으로 통째로 옮겨야 해요. 제가 생각했던 것보다 훨씬 열악했어요."

광대 무리는 어떻게 그들이 이런 곳에 변화를 가져올 수 있을 거라고 기대했을까?

알고 보니, 아마존에서 광대로 활동한다는 것은 말라리아에 걸릴 위험을 어느 정도 수반하는 여름 캠프에 온 것 같았다.

베렘 지역과 인근에 있는 노인들의 집, 버려진 아이들의 쉼터, 지역 교도소('찌를 수 있을 정도로 날카로운 장난감'은 가져오지 말라는 경고가 있었다)에는 '광대'들이 넘쳐났다. 그중 일부는 아이들에게 훌라후프를 가르쳐주었고, 그림자로 인형극을 했으며, 플라스틱 양동이를 두들겨 리듬을 즐기는 활동도 있었다. 또 일부는 집집마다 돌아다니며 쓰레기를 버리고 고인 물을 밖으로 버리는 것이 왜 중요한지를 엉덩방아와 물총 개그를 통해 알려주기도 했다. 하지만 대부분의 광대들은 길거리에서 놀고 있는 아이들을 모아 즐거운 시간을 보냈다.

대학생, 사회복지사, 간호사, 전문 서커스 공연가로 구성된 100명의 광대 부대의 대부분은 아직 20대이지만, 이전에 이 행사에 참여했던 사람도 많다. 그들은 뻔뻔하게 지난 '베렘 프로젝트'에서 일어났던 무모한 일들을 추억한다. ("엘살바도르에서 레비랑 데이비드가 귀걸이를 훔쳐 짐에 넣었다가 걸렸는데, 책임자한테 바로 뇌물을 못 줘서 1주일 동안이나 감옥에 있어야 했던 거 기억나? 그때 정말 재미있었지!")

나머지는 서열 속에서 자신의 위치를 찾으려 애쓰는 소심하고 어색해하는 신참들이다.

문제가 있다면, 100명의 광대 부대에도 다양한, 우리가 생각하는 것보다 훨씬 많은 광대 스타일이 존재한다는 것이다. 페루와 아르헨티나에서 전문 광대 클럽에 소속되어 있는 남미 출신의 광대는 자기 몸에 딱맞게 재단된 광대 옷을 입고 잘 다듬어진 프로그램을 소화한다. 그런가 하면 뉴욕 양키 광대도 있고, 우리처럼 패치 애덤스 아래 소속된 오합지졸 미국인 광대도 있다.

게준트하이트 광대들 중 많은 수가 한 번도 광대가 되어보지 않은 초보다. 아마존에 온다고 해서 어릿광대 속성 수업을 듣지도 않았고, 참고할 만한 지침서도 없었으며, 반드시 지켜야 할 규칙 같은 것도 없다. 패치는 이런 것들을 믿지 않는다.

"제한이 너무 많잖아요. 비법 같은 건 없으면 좋겠어요. 그냥 모두 사랑 혁명가가 되면 되는 거죠."

계획 같은 것은 다른 사람에게 위임하고 놀기에만 집중하려 하는 그의 모습이 한 그룹의 지도자라기보다는 나쁜 영향을 미치는 사람 같아 보인다. 문제아에 친구들에게 따돌림까지 받았던 어린 시절을 보낸 뒤 고등학교에 진학한 패치는 '인류에 봉사하고 남은 일생 동안 행복하게 살자'고 결심했다고 한다. 이후 그는 하루도 빼놓지 않고 익살을 부린다. 의과대학에 다닐 때도, 게준트하이트 병원을 운영했던 지난 12년도 그러했고 요즘은 전 세계를 돌아다니며 그렇게 하고 있다.

이곳 이키토스와 베렌에서도 우리가 볼 때마다 그는 익살을 떨고 있다. 한번은 페루의 유명 음식인 페비체를 파는 레스토랑에서 팬티를 머리에 쓰고 점심을 먹은 적도 있고, 팔자수염 아래에 가짜 치아를 여러 개 붙인 채 거리를 유유히 걷기도 했다. 반은 회색, 반은 파란색으로 물들인 긴 머리카락을 휘날리면서 꺅꺅 소리 지르며 뛰어다니는 아이들의 뒤를 정신없이 쫓기도 했다. 그가 잠시 멈춰 설 때가 있다면, 땀이 난 몸으로 할머니들을 안아줄 때뿐이었다.

패치와 여러 차례 정처 없는 이야기를 길게 나눈 끝에 나는 그가 공식적인 광대 트레이닝 프로그램 말고도 많은 것을 믿지 않는다는 사실을 알게 되었다. 그는 감기도 믿지 않았고 양약을 생산하는 제약회사들의 교묘한 책략도, 자본주의도 믿지 않았다. 그는 컴퓨터도 믿지 않았다. 매달 수백 통씩 날아드는 편지에는 일일이 손으로 답장을 써준다고 했다. 조직적인 종교도 믿지 않았다. 그는 사랑과 연민이라는 보다 근본적인 정신이면 족하다고 했다. 전통적인 가족 구조도 믿지 않아, 우리가 공동체에 다 같이 소속되어 사는 편이 더 나을 것 같다고 말했다. 그리고 그는 인류가 오래 살아남을 것이라고 믿지 않았다.

"내가 공부한 바에 따르면 우리는 곧 멸종될 거요. 인간은 골칫덩이라니까."

그가 머리에 쓴 팬티를 긁적이며 내게 말했다. 그리고 패치가 믿지 않는 게 하나 더 있었다.

"나는 웃음이 최고의 명약이라고 말한 적이 없어요."

그는 우리가 처음 대화하던 날 그렇게 선언하듯 말했다. 그 대신 그는 건강한 인생의 비결은 모든 사람과 사랑의 관계를 맺는 것이라고 생각한다고 말했다. 그리고 유머는 그런 관계 형성을 방해하는 사회적 관행과 경계, 근심을 해결하는 최고의 수단이라고 했다. 그러면서 그는 광대란 기존의 것을 흔들어놓는 사람이라고 했다.

"왕실에서 왕을 바보라고 부를 수 있는 유일한 사람은 바로 어릿광대였거든요."

맞는 말이다. 광대는 코미디언처럼 아웃사이더이며 반항아다. 전 세계적으로, 그리고 문명화 과정의 대부분 시기에 광대와 어릿광대, 사기꾼, 방랑자들은 군중의 반대편에 서서 기존 법칙을 깨왔다. 그들은 순응하지 않았고, 그 누구도 두려워서 내뱉지 못하는 말을 감히 입 밖으로 꺼냈다.

어쩌면 그것은 오늘날 미국에서 광대라는 이미지가 귀신 들린 집이나 연쇄살인범 이야기처럼 어둡고 무서운 것과 종종 연관되는 이유이기도 할 것이다. 결국 광대의 특징 중 혼란스럽고 질서가 없는 부분은 무섭게 느껴질 수도 있으니까. (1970년대에 일명 '피곤한 윌리'의 폴 켈리와 '포고 타는 광대'의 존 웨인 게이시라는 아마추어 광대 둘이 연쇄살인을 저지른 것도 일조했다.)[7] 몇 해 전, 영국의 셰필드대학교에서 4~16세인 아이 250명을 조사한 결과 한 명도 빠짐없이 병원 인테리어의 광대 그림이 무섭다고 느끼는 것으로 드러났다.[8] 물론 병동에서 자야 하는 아이들은 벽에 그려진 광대 그림과, 면회 시간에 "같이 놀지 않을래?"라며 다가오는 실제 광대 얼굴을 전혀 다른 시각으로 바라본다. 이후 전혀 다른 결과가 나온 것도 그런 이유일 것이다. 영국 소아병원의 연구 조사에 따르면 병동의 소아 환우들과 부모, 의사, 간호사는 모두 병

원 내 광대들이 유익하다고 답했다.[9]

생애 처음으로 내 아내가 틀렸던 것도 바로 광대의 반항적 특징 때문이었을 것이다. 나는 아내가 예상한 것처럼 나쁜 광대가 아니었다. 나는 온몸을 던져 숨바꼭질을 했고 줄넘기 시합에 나갔으며, 깔깔거리는 아기들과 까꿍놀이를 했고 내달리는 택시의 뒤를 미친 사람처럼 쫓았다. 하루는 어느 활동을 끝낸 내게 게준트하이트의 이사 존 글릭이 다가오더니 이렇게 말했다.

"당신에게는 광대의 끼가 있어요. 언제든 패치 광대로 활약해주세요."

나는 그의 칭찬을 온몸으로 흡수했다. 온몸은 땀, 아니 아마도 구정물에 절어 있었고, 입은 모래를 털어넣은 것처럼 깔깔했고, 나는 바보 같아 보였지만 그런 것 따윈 문제시되지 않았다. 제프 젬머링의 말이 맞았다. 빨간 광대 코는 내 안의 광대를 살아나게 해, 지난 세월 내가 쌓아온 콤플렉스를 모두 없애주었다.

내 광대 복장 중에 베렌의 아이들에게 가장 반응이 좋았던 것은 아들 가브리엘이 빌려준 넥타이였다. 아이들은 싫증 한 번 안 내고 그 넥타이를 잡아당겨 나를 줄에 묶인 애완동물마냥 끌고 다녔다. 아이들이 그 놀이를 그렇게나 좋아한 것도 당연했다. 그들은 지구상에서 가장 힘이 없는 존재이고 가장 많이 이용당하는 존재다. 하지만 그 광대 복장 덕분에 아이들은 다 큰 백인 미국인에게 힘을 행사할 수 있었다. 세계가 완전히 뒤집힌 것이었다.

피트도 광대는 아니었지만 다른 일을 했다. 이 프로젝트가 최적의 환경이 아닌 곳에서 광대들의 마음속에 있는 아이들을 불러내는 것이었기 때문에 누군가는 광대 부대를 감독해야 했다. 하수구에 빠지거나 탈수로 쓰러지는 사람이 없도록, 아마존 깡패들에게 납치되는 사람도 없도록. 책임감과 질서를 즐기고, 불의의 사고가 일어날 가능성을 늘 생각하는 사람 말이다. 그래서 피트는 빨간 광대 코를 벗어던지고 광대부대를 관리하는 지킴이가 되었다.

어느 날 오후에는 이키토스 교외의 정신병원에 갔는데 피트도 지킴이로 동행했다. 광대들 대부분은 나무가 드문드문 심어진 뜰에서 환자들과 춤추고 낄낄거리며 캐치볼을 하고 있었다. 그런데 머리를 파랗게 물들인 아르헨티나 광대 라미로가 병동으로 들어가는 모습이 보이자 피트는 그를 몰래 따라갔다. 라미로는 휑하고 우중충한 병실의 침대 속에 웅크리고 누워 이불을 머리끝까지 올리고 있는 나이 든 여자 환자에게 다가갔다. 피트가 창문을 통해 들여다보니 라미로는 그 환자의 침대 곁에 앉아 하모니카를 연주하기 시작했다. 잠시 연주한 뒤 그는 스페인어로 말했다.

"이 음악이 좋으면 발을 움직여보세요."

이불 밑 발이 꼼지락거리자 그는 다시 연주를 계속했다.

피트는 창밖에서 바라보고, 라미로는 하모니카를 불고, 여자 환자는 침대에 누워 있은 지 30~40분쯤 되었을까. 시간이 지나자 환자가 이불 속에서 얼굴을 빼꼼히 내놓기 시작했다. 마침내 라미로가 가야 할 시간이 되자 환자는 침대에서 일어나더니 아무 말 없이 라미로를 오랫동안 안아주었다.

　그날 우리가 하룻동안의 활동을 보고하기 위해 호텔 근처의 야외 바에 모였을 때 피트가 할 말이 있다고 손을 들었다.

　"여기 오기 전에는 광대에 대해 많이 알지 못했어요. 하지만 오늘 정말 아름다운 광경을 많이 봤습니다."

　감정이 북받치는지 목소리가 갈라졌다.

　"여러분은 정말로 중요한 일을 하고 있어요."

　통통한 체격의 아르헨티나 광대 로레나가 자리에서 내려와 피트를 꼭 껴안아주며 이렇게 말했다.

　"광대 가족의 일원이 된 걸 환영해요."

　여정이 반쯤 지나자 피트와 나는 우리가 재미있는 시간을 보내고 있음을 깨달았다. 언뜻 이해되지 않는 일이었다.

　우리는 매 끼니마다 채소가 턱없이 부족한 식단인 생선튀김과 햄버거 같은 것을 먹고 있었지만 그에 대해 아무런 불평도 하지 않았다. 《내셔널지오그래픽》에 나올 법한, 호텔 침대에 우글거리는 생물체에 대해서도, 호텔 방에 널어놓았지만 습기 때문에 바짝 마르지 않는 땀내 나는 옷가지에 대해서도 별다른 불만을 터뜨리지 않았다.

　"만약 우리 둘만 여기 왔다면……."

어느 날 아침, 내가 그렇게 말문을 열자 피트가 말을 이어 대답했다.

"……둘 다 엄청 치를 떨었겠죠."

하지만 우리는 단둘이 이곳에 오지 않았다. 우리는 우리보다 훨씬, 말도 안 되게 긍정적인 사람들에게 둘러싸여 있다. 이곳에서 만난 광대들은 우리가 이전에 상상했던 광대, 말하자면 요란한 소리를 내는 장난감을 가지고 과장된 몸짓을 하거나, 주어진 시간이 끝나면 기진맥진한 늙은이로 변해 퇴근하는 광대와 완전히 딴판이다. 이곳에 있는 젊은이들은 에너지와 사랑이 넘치고 누구를 만나든 익살을 부린다.

그렇다면 우리는 왜 치를 떨지 않고 있을까? 어쩌면 우리의 비참한 처지에 집중하기에는 여기저기 익살을 부리러 다니느라 너무 바쁘기 때문인지도 모른다. 유머와 대처 메커니즘은 결국 밀접하게 관계되어 있으니까 말이다. 성공적인 유머는 긍정적인 감정을 만들어내고, 이는 일이 틀어져도 심리적 완충장치로 기능하게 된다. 뿐만 아니라 우리는 유머가 관점을 바꾸고 상황을 재해석하는 것임을 배웠다. 피트라면 위반 상황을 양성으로 바꾸는 것이라고 표현하겠지만. 어쨌든 우리는 호텔의 침대벼룩과 못난 광대 옷에 대해 농담하며 즐거움을 잃지 않고 있다. 그러지 않았다면 참을 수 없었을 실망감을 다스리지 못했을 것이다.

유머와 대처 메커니즘이 밀접하게 관계되어 있다는 것은 지난 몇 해 동안 단지 이론이 아니라 실제임을 보여주는 설득력 있는 연구가 속출했다. 그중 한 감동적인 실험에서 연구팀은 배우자가 사망한 지 채 6개월이 지나지 않은 남성들을 인터뷰했다. 그 결과 배우자를 잃은 슬픔에서 여전히 헤어나지 못한 이 시기에 결혼 생활을 웃으며 회상했던 이들은 이후 슬픔과 우울증에 관련한 문제를 덜 겪는 것으로 드러났다.[10]

유머와 대처 메커니즘의 관계를 보여주는 근거는 북한에 억류되었던 USS 푸에블로 호 사건에서도 찾아볼 수 있다. 자신들을 억류하고 있는 북한 정부에 하와이에서 행운을 빌 때 쓰는 손동작이라며 가운뎃손가락을 들어 보인 미국인 포로들을 기억하는가? 북한에서 풀려나 미국으로 돌아온 생존자 82명을 조사했더니, 그 시련을 가장 잘 극복해낸 사람은 믿음, 부정, 그리고 유머와 같은 다양한 방어기제를 사용한 것으로 나타났다.[11]

피트는 이 연구가 방향은 맞다고 인정하면서도, 현실에서 얻은 이런 데이터에는 문제가 하나 있다고 지적한다. 유머도 대처 메커니즘의 하나라는 것을 그 무엇도 증명하지 못한다는 것이다. 이런 유형의 연구 결과들은 유머와 대처 메커니즘의 상관관계를 보여주지만 시련을 이겨내는 데 유머가 도움이 되었는지, 아니면 원래 역경에 강하게 태어난 사람들이 자신의 문제에 대해 농담하며 위기를 쉽게 극복했는지 분명하지가 않다.

심리학자들이 유머와 대처 메커니즘의 관계를 제대로 파악하기 위해 여러 실험을 하는 것도 바로 이를 제대로 밝혀내기 위해서다. 한 연구에서 실험 참가자들에게 차가 산산조각이 난 끔찍한 사고 장면이 다수 포함되어 있는 13분짜리 안전에 관한 비디오에 해설을 붙이게 했다. 참가자들 중에서 재미있는 해설을 붙여달라는 지시를 받은 이들은 비디오를 시종일관 진지하게 해설한 이들보다 이후 스트레스를 덜 받은 것으로 나타났다. 또한 피부 전도 반응, 심박동 수, 피부 온도 등 수치 분석 결과 재미있는 해설을 붙인 참가자들이 생리적으로도 스트레스를 덜 받은 것으로 드러났다. (안타깝게도 이후 발표된 논문에는 참가자들이 사고에 관해 어떤 농담을 했는지 나와 있지 않다.)[12]

피트는 이와 같이 가학적인 연구를 매력적으로 생각한다. 특히 그는 그가 '유머를 곁들인 불만'이라고 부르는 것에 관심이 많다. 우리가 익히 알고 있듯, 크고 작은 비극은 예기치 않은 코미디를 불러온다. 비행기를 놓치거나 주차비가 잘못 계산되거나, 비싼 레스토랑에서 형편없는 식사가 나오는 것처럼 불평하는 게 당연한 문제들은 흔히 유머를 수반한다.

피트는 졸업생 크리스티나 칸(Christina Kan), 케일럽 워렌과 함께 '옐프닷컴(Yelp.com)'의 평점 수백 개를 분석했다. 분석 결과 이들은 다른 소비자들이 부정적인 평점, 그중에서도 별점 한 개짜리 평점이 긍정적인 평점보다 훨씬 더 재미있다고 생각한 것으로 드러났다. 피트는 재미있는 방식으로 불평을 표시하는 것은 자연스러울 뿐 아니라 유익하다고 생각한다. 왜냐하면 그저 부정적으로 불만을 드러내는 것보다 유머를 곁들이면 당사자뿐 아니라 그를 바라보는 다른 사람들의 기분도 나아지기 때문이다.

피트는 참가자들에게 고통스러운 상황에 처했다고 가정하게 한 뒤 그에 대해 유머 있게 불평을 표시해보라는 실험을 진행 중이다. 아직까지 실험이 끝나지 않아서 그 결과를 말할 순 없지만, 분명한 것 하나는 내가 피트의 말을 따라 얼음물통에 5분간 손을 담그고, 차가운 물속으로 서서히 가라앉는 것 같다는 타이타닉 농담을 했지만 그 농담이 내 오른손 새끼손가락의 감각이 몇 주 동안이나 없어지는 것을 막아주진 못했다는 것이다.[13]

이곳 페루에서는 유머와 대처 메커니즘의 관계를 알기 위해 얼음물통 같은 건 필요 없다. 광대들 덕분에 어디에서나 그 관계를 볼 수 있기 때문이다. 광대들의 장난은 베렌의 주민이 그들의 문제에 대처하는 데 도움이 될 뿐 아니라 광대들 자신에게도 도움이 된다.

패치 애덤스가 '양'이라면 게준트하이트 글로벌 지원센터의 이사 글릭은 '음'이다. 패치는 늘 시끄럽고 사람들의 흥미를 유발하려 들지만 글릭은 부드럽고 조용하다. 오래 써서 반들반들해진 빨간 광대 코 아래로 늘 평화로운 미소가 걸쳐져 있는 글릭은 늘 다른 사람을 격려해준다. 글릭은 행복이 넘치는 사람 같아 보였기 때문에, 어느 날 밤 패치가 모두를 호텔 로비로 호출해 오늘 밤에는 글릭을 위해 '광대의 치유' 시간을 갖자고 했을 때 우리는 적잖이 놀랐다. 로비에서 우리가 커다란 원을 만들자 글릭이 그 안에 들어가 섰는데, 글릭의 오른손이 떨리고 있는 게 아닌가. 글릭은 여전히 미소를 띤 채 4년 전부터 이 증상에 시달리고 있다고 말한다.

"제 손에 재미있는 일이 일어났어요."

그는 떨리는 자기 손가락을 바라보며 말한다. 신경학자 친구에게 병명을 물어보니, 친구는 그의 눈을 지그시 응시하며 이렇게 말해주었단다.

"자네, 파킨슨병에 걸렸네."

내과 의사이자 침술사인 글릭은 가만히 있지 못하고 말도 할 수 없으며, 삼킬 수도 없는 파킨슨병 환자를 많이 봐왔다.

"자기 몸속에 갇힌 기분은 어떨까요? 내 몸에 갇혀서 하고 싶은 일을 하나도 할 수 없는 기분 말이에요."

글릭이 말한다. 패치를 바라보자, 그가 형광색 셔츠 소매로 눈 주위를 닦으며 울고 있다.

"이제 제 안에는 두 명의 제가 있어요. 먼저 제 자아는 이쪽에 있죠."

그가 떨리지 않는 자신의 왼쪽을 가리키며 말한다.

"이쪽의 저는 제어할 수 있죠. 저는 제어를 좋아해요. 제 평생을 더 많은 제어를 위해 살았죠."

그가 미소를 지으며 말을 잇는다.

"떨리는 제 몸의 오른쪽은 다른 이야기를 해요. 이제 그냥 놓으라고요. 떨리는 제 몸의 오른쪽은 '이게 네 영혼이야'라고 말하죠. 그래서 제가 놓으면, 패치가 제게로 오죠."

그가 자신의 오랜 친구를 바라본다.

"그리고 산티카고가 제게로 와요."

그가 큰 원을 그리며 서 있는 다른 광대를 쳐다본다.

"그리고 폴라, 켈리, 안야, 데이비드, 슐로모, 레비가 제게 오죠."

그는 차례대로 모든 광대를 쳐다보고 그들의 이름을 부른다. 이제 거의 모든 사람이 눈물을 흘리고 있다. 그리고 패치가 원 안으로 들어와 글릭의 어깨에 손을 올린 뒤 말한다.

"저는 광대에게 특별한 치유의 힘이 있다고 생각해요."

그리고 그는 우리 모두가 글릭에게 한번에 그 힘을 전해주었으면 좋겠다고 말한다.

"마치 전기를 전해주듯 말이죠."

패치는 글릭을 바닥에 눕게 한 뒤 모두 가까이 와 그의 팔, 다리, 머리 등 몸 전체에 손을 얹어달라고 부탁한다. 그런 다음 패치와 사람들이 노래를 부르기 시작한다.

"어메이징 그레이스, 하우 스위트 더 사운드……."

여기, 종교를 믿지 않는다고 했던 패치 애덤스가 내가 들어본 중에서 제일 열정적으로 찬송가 「어메이징 그레이스」를 큰 소리로 부르고 있다.

노래가 끝난 뒤 마지막 순서 하나가 더 남았다.

"여러분, 손가락으로 글릭을 간질이세요."

100명의 광대가 소리치며 글릭을 간지럽힌다. 그러자 패치가 결론을 짓는다.

"이게 바로 '광대의 치유'죠."

예상치 못한 일이다. 그 누구도 예상하지 못했다. 아마존에서의 마지막 날 제대로 응급 상황이 발생할 줄이야. 그리고 나는 그 상황의 중심에 서 있다.

게준트하이트에서 칼 해머슬라그(Carl Hammerschlag)의 존재감은 크다. 20년 전 예일대학교에서 정신과 인턴으로 근무하고 있던 키 200센티미터의 장신 해머슬라그는 어느 날 패치가 치과학회에 연사로 온다는 소식을 듣고 그 강연에 찾아가 그를 만난 뒤 지금까지 계속해서 광대로 봉사하고 있다. 종종 핑크 발레 스커트와 스타킹을 신는 73세의 해머슬라그는 이곳 아마존에서 '길거리 정신과 의사' 역할을 맡았다. 그는 평소 간호사, 지압사를 비롯해 의료업에 종사하는 광대들을 모은 뒤 홍수로 큰 피해를 입은 동네를 찾아가 길거리 클리닉을 열려고 한다.

이키토스에서의 마지막 날 아침, 나는 너무 입어 반질반질해진 광대복을 차려입고 해머슬라그의 클리닉에 따라나선다. 여러 대의 택시에 나눠 타고 우리는 그날의 목적지인 푼차나에 내린다. 이키토스의 구석에 위치한 이 동네는 지난 홍수로 커다란 피해를 입었다고 했다. 잿빛구름이 가득한 하늘 아래서 우리는 쓰레기가 여기저기 널려 있고 바닥에는 바퀴 자국이 잔뜩 나 있는 진흙길을 따라, 기둥 위에 위태롭게 얹어져 있는 집들을 지나 걷는다. 어떤 곳에서는 집들이 무너져 엉겨 있다. 마치 전쟁터를 연상케 하는 풍경이다.

우리는 푼차나의 중앙 광장에 임시 클리닉을 세운다. 물에 축축하게 젖어 있고 여기저기 물웅덩이가 파인 진흙투성이 광장의 양 끝으로 표면이 거친 축구 골대가 서 있다. 우리 말고도 동물병원이 오늘 이곳에서 진료를 한다. 시간이 조금 지나자 우리의 예상보다 훨씬 많은 가족들이 와서 돌아다니기 시작한다. 공짜 비타민을 나눠주는 자원봉사자 주위를 사람들이 겹겹이 둘러싼다. 치료사들은 주민과 일대일로 10분이라도 조용히 이야기할 수 있는 조용한 구석자리를 찾으려 애쓴다. 동물병원 막사에서는 동네 개들이 가리지도 않고 중성화 수술을 받는다. 개들이 울부짖는 소리가 요란하다. 어떻게 통제할 수가 없다. 아이들이 떼로 몰려와 뛰어다니고 사람들이 다니는 길을 막으면서 상황은 더 심각해진다.

"애들 좀 어떻게 해봐."

해머슬라그가 명령조로 말하며 이곳에서 아무런 일도 하고 있지 않은 두 명의 광대를 바라본다. 그중 한 명은 나, 다른 한 명은 나보다 나이가 좀 더 많은 마크라는 광대다. 우리는 무엇을 해야 하는지 알고 있다.

우리는 광장의 저 끝으로 가서 일하기 시작한다. 거의 100명의 어린 아이가 모여들고 나는 내가 할 수 있는 모든 개그와 게임, 장난을 한다. 꽥꽥 소리를 지르는 아이의 허리를 잡고 미식축구를 하듯 내 팔 아래에 낀 채 광장을 헤집고 뛰어다니며 진흙을 철퍼덕철퍼덕 밟기도 한다. 지저분한 손수건을 가지고 "토로! 토로!(Toro, 투우용으로 사육되는 스페인산 수소―옮긴이)"를 외치며 신이 난 아이들을 향해 휙 돌기도 한다. 다른 광대의 페이스 페인팅 크레용을 빌려 아이들의 팔뚝에다 그림도 그린다. 아이들은 내 주위로 몰려들어 스페인어로 자신이 원하는 그림을 그려 달라고 외친다.

"꽃이요! 나비요! 아나콘다요! 하트요!"

그런 다음 마크와 나는 근처 현관에 기어 올라가 동물 모양으로 풍선을 불기 시작한다. 우리는 가져온 풍선 100개가 소진될 때까지 꽃·칼·푸들 모양의 풍선을 불어 소리 지르는 아이들에게 계속 전달한다. 아이들은 끊임없이 몰려온다. 계속, 계속.

세 시간 뒤 클리닉이 문을 닫고 아이들이 썰물처럼 빠져나가자 내 광대복은 너덜너덜해졌다. 내 하와이언 셔츠는 도저히 다시 꿰맬 수 없을 정도로 찢어졌고, 아이들이 계속 잡아당겼던 물방울무늬 넥타이는 힘없이 목에 걸려 있다. 나도 기진맥진해야 정상일 텐데 웬일인지 신이 난다.

해머슬라그는 내게 오더니 만면에 웃음을 띠고 "천재 광대가 따로 없었다"며 칭찬한다. 우리는 아이들이 진료를 방해하지 못하도록 아이들을 떼어놓았지만 해머슬라그는 그 외에도 우리가 해낸 일이 또 있다고 한다.

"아무리 혼란스러운 상황에서도 놀 방법을 또 찾을 수 있다는 걸 몸소 보여주었어요."

푼차나의 진료소에서 내가 광대 역할을 훌륭하게 해낼 수 있었던 것처럼, 피트는 건강에 대해 다른 노력을 기울이고 있으면서 유머를 곁들일 때 그 효과가 가장 크다고 생각한다. 말하자면 의사들이 회진하다가 농담 몇 마디를 던지거나, 소아병동에 광대 프로그램을 마련하거나, 사람들이 행복과 건강을 목표로 하는 라이프스타일에 유머감각을 더하는 것이 그 좋은 예일 것이다. 의사들이 건강을 위해 건강한 식생활과 운동을 권장하는 것처럼, 이제는 환자들에게 더 즐겁게 살라고 이야기해야 할 때가 되었는지도 모른다.

피트는 이렇게 결론을 내린다.

"유머는 도구 상자에서도 그냥 도구가 아니라 정말 중요한 도구예요."

이는 아마존에서 우리가 가져온 교훈이다. 아니, 어쩌면 아마존에서 가져온 게 더 있을지도 모른다.

페루를 떠나고 얼마 지나지 않아 우리는 게준트하이트의 존 록(John Rock)으로부터 메시지 하나를 받았다. 우리가 떠난 뒤 그곳에 잔류한 광대들에게 피부 발진과 가려움증이 나타나 여러 명이 검역을 받은 모양이었다.

"옴이 옮았을지도 몰라요."

록이 말했다. 그러고는 이렇게 덧붙였다.

"광대는 정말 최고예요!"

아마존에서 집에 온 지 1주일째 되는 날, 피트는 경찰에게서 전화 한 통을 받았다. 그의 어머니 캐슬린이 뉴저지의 자택에서 사망한 채 발견되었다는 비보였다. 갑작스러운 소식이었지만 전혀 예상치 못한 바는 아니었다. 피트의 어머니는 지난 수년간 병원을 들락거리며 건강문제로 고생했고, 고통에 시달리면서도 거의 모든 도움의 손길을 거절했다. 피트는 어머니의 부고 기사에 이렇게 쓰고 싶어 했다.

'자신이 원하는 대로 결연하고 힘차게 삶을 살다 가신 어머니.'

자녀들을 데리고 홀어머니로 살았던 그녀에게 그런 끈기는 살아남는 데 도움이 되었고, 그녀의 외아들 피트도 어머니의 영향을 받아 남들과는 다른 길을 가게 되었다. 하지만 그 고집은 말년에 어머니를 어울리기 힘든 사람으로 만들었다. 어머니가 세상을 떠날 즈음 어머니의 주간병인은 피트였고, 정기적으로 어머니와 연락하는 사람도 가족들 중 피트가 유일했다.

"어머니를 돌봤던 일은 제 인생을 통틀어 가장 어려웠고, 가장 자랑스럽기도 해요."

피트는 내게 말했다. 거의 1만 킬로미터나 떨어져 살고 있었지만, 어머니는 노래가 나올 때든 나오지 않을 때든 늘 웅웅 소리가 나는 스피커처럼 피트의 마음 한구석에 존재했다. 그 소리는 그가 자려고 침대에 누웠을 때 갑자기 드는 어머니에 대한 걱정이나, 전화기에 남겨진 어머니의 음성 메시지(그것이 나쁜 소식이든 그렇지 않든) 등 다양한 형태로 나타났다.

"이제는 좋건 나쁘건 간에 그 웅웅거리는 소리가 제 인생에서 완전히 사라진 거겠죠."

피트는 장례식 대신 어머니가 생전에 가장 좋아했던 해변에 어머니의 유해를 뿌리기 위해 누나 섀넌과 함께 뉴저지로 날아갔다. 피트와 섀넌은 비슷한, 뒤틀린 유머감각을 가지고 있는데 늘 쉽지만은 않았던 유년 시절에 큰 도움이 된 이 유머감각은 어머니를 떠나보내는 순간에도 많은 도움이 되었다. 어머니가 살던 집에서 뉴저지의 해변으로 차를 타고 가는 길에 남매는 지금은 웃으며 이야기할 수 있는 어린 시절을 떠올리며 낄낄댔다. 해변으로 가족 나들이를 갈 때면 어머니가 그 당시에 타던 포드 핀토에 음료랑 우산, 부기보드를 얼마나 바리바리 챙겼는지 사람이 앉을 자리가 있는 게 신기할 지경이었던 일, 어머니가 돈을 아끼려고 해수욕장 입장권을 끊지 않아 모래밭에서 해변을 관리하는 직원만 보이면 그들이 사라질 때까지 피트와 섀넌을 바닷물로 들여보냈던 일 등 추억이 된 순간들을 이야기하며 남매는 웃었다.

해변에 도착한 피트와 섀넌은 조용한 모래밭 가에 서서 번갈아가며 파도에 유골을 뿌렸다. 피트는 페루에서 어머니에게 주려고 샀지만 결국 전하지 못한 화려한 색상의 팔찌도 함께 던졌다. 조용하고 눈물을 자아내는 순간이었다. 하지만 피트는 분위기를 바꿔보려는 충동에 이끌리며 이렇게 말했다.

"누나, 남은 유골 없는지 잘 확인해."

섀넌이 남은 유골을 모으자 피트가 말했다.

"어머니 발가락 아래가 남게 만들지 말자고."

이후에 피트는 내게 이렇게 말했다.

"해서는 안 되는 농담이었지만 그래도 재미있었어요."

그날 그들에게는 가볍게 즐길 거리가 필요했고, 그 농담으로 남매는 감동적이고도 유쾌한 오후를 보낼 수 있었다.

피트는 슬픔에 대처할 때 농담을 사용하는 것에 거리낌을 느끼지 않는다. 아마존에서 한 무리의 광대들에게 배운 게 하나 있다면, 힘든 상황에서 유머가 도움이 된다는 것이다.

노먼 커즌스와 그의 제자들이 주장한 것처럼 웃음에 그토록 많은 의학적 효과가 있지는 않을 것이다. 웃음은 그들이 말한 대로 퇴행성 질환을 낫게 하지도 않을 것이고 심장마비를 예방하거나 암을 치료하지도 않을 것이다. 아직까지 유머가 신체 건강에 도움이 된다고 과학적으로 증명할 수는 없지만, 정신 건강에는 도움이 된다는 것을 보여주는 증거는 있다. 우리가 밝혀낸 것처럼, 사람들은 웃음으로 문제에 대처하고 의기소침하게 만드는 생각에서 벗어나며 자신을 괴롭히는 것들로부터 탈출한다. 그것이 사랑하는 사람의 죽음이든, 파킨슨병에 걸렸다는 진단이든, 베렌같이 열악한 곳에서 평생을 고생하며 살아야 한다는 운명이든, 아니면 그저 운 나쁜 하루든 간에. 혈압을 낮추거나 면역 체계를 강화하는 것과는 달라도 관점을 바꾸는 건 좋은 일이다.

피트는 패치가 옳았다고 말한다. 웃음은 최고의 명약이 아니다. 하지만 피트는 여전히 웃음이 최고의 명약은 아닐지라도 약이라고 믿는다.

그래서 나는 내 광대 코를 늘 가까이에 두기로 결심했다. 언제 응급 상황이 닥칠지 모르므로.

9
·····

몬트리올

펀치라인

우리는 몬트리올 시내의 코미디 네스트(Comedy Nest)라는 대형 코미디 클럽의 무대 뒤편에 와 있다. 1년 전쯤 우리가 이 모험을 시작했던 덴버의 작은 바로부터 멀리 떨어져 있는 곳이지만 이상하리만치 모든 게 비슷하게만 느껴진다. 웃기는 코미디언에게는 박수를 쳐주고, 그렇지 못한 이에게는 야유를 보낼 준비를 마치고 무대 주위에 몰려 있는 관객도 그렇고, 비좁은 대기실에 맴도는 공연 전의 초조한 에너지도 그렇다. 말없이 대기실 안을 왔다 갔다 하는 코미디언도 있고, 낡은 소파에 앉아 커피를 마시면서 이미 끝난 공연을 재탕하려는 코미디언도 있다. 하지만 클럽 주인이 놓고 간 또띠아칩과 플라스틱 컵에 담은 살사소스가 들어 있는 빈약한 바구니를 건드리는 사람은 아무도 없다.

　나는 가만히 앉아 있을 수가 없어서 관객들의 분위기를 파악해보려고 클럽 안을 배회하다가 다시 무대 뒤로 돌아와 어슬렁댄다. 피트는 대기실 끝자락에 혼자 앉아 있다. 분장대에 일렬로 박힌 전구들이 그의 얼굴을 환히 비춘다. 피트는 공식적으로 그의 두 번째 스탠드업 코미디 무대가 될 이번 공연을 준비하며 허공을 응시한다. 오늘도 그는 스웨터 조끼를 입었다.

　우리가 계획했던 대로, 우리는 세계 최대의 코미디 축제인 몬트리올 국제 코미디 페스티벌의 라인업을 우여곡절 끝에 하나 따냈다. 아직까지 우리 같은 침입자에게 싫은 소리를 한 사람은 없지만, 이 같은 사정은 곧 달라질 수도 있다. 한 달여간 이어지는 축제 기간 동안 몬트리올 전역의 크고 작은 장소에서 수백 개의 코미디 쇼, 세미나, 라이브 팟캐스트 녹음, 영화 상영 등이 치러진다. 그리고 이번 축제의 마지막 날인 오늘 밤, 코미디 네스트에서는 'TV에서 봤던 사람들(As Seen on TV)'이라는 주제로 스탠드업 코미디 쇼가 펼쳐진다. 벽보에 따르면 오늘 이쇼에 출연하는 코미디언들은 〈레이트 쇼 위드 데이비드 레터맨〉, 〈투나잇 쇼 위드 제이 르노(The Tonight Show with Jay Leno)〉, 〈코난(Conan)〉 등 유명 TV 프로그램에 출연한 적이 있다고 한다. 호텔에서 이곳 공연장으로 오는 길에 우리를 따라온 시트콤 캐스팅 디렉터가 피트는 어느 프로그램에 출연한 적이 있느냐고 물었다. 피트는 곰곰이 생각한 뒤 말했다.

"저는 덴버의 지역 채널 9에 나온 적이 있어요!"

별다른 감흥을 주지 못하는 이력이다.

피트가 하루 종일 호텔 방에 처박혀 공연 연습을 하는 동안 나는 밖으로 나가 몬트리올 시내를 구경했다. 그리고 우리가 오늘 밤의 큰 행사를 위해 다시 만났을 때, 피트는 내게 이렇게 말했다.

"누군가가 2년 전에 제가 앞으로 몬트리올 국제 코미디 페스티벌의 코미디 네스트 클럽에서 공연하게 될 거라고 말했다면, 전 아마 믿지 않았을 거예요."

수백 개의 강의를 해보았고, 수천 명을 앞에 두고 학회에서 발표도 해보았지만 이곳 코미디 네스트의 80명 정도 되는 관객 앞에 서는 것이 더 겁나고 어려운 것 같다고 한다.

"요즘 페루에서 우리가 차고 다녔던 광대 코가 자꾸 생각나요."

호텔 침대 위에 펼쳐놓은 광대 옷을 바라보며 피트가 내게 말했다.

"광대 코를 딱 끼면 그 순간 광대가 되었잖아요. 그것처럼 저도 스웨터 조끼를 입으면 적당히 재미있는 교수가 되는 거죠."

그리고 지금, 그 교수는 코미디 네스트의 대기실에서 앞으로 몇 분 뒤면 자신이 얼마나 재미있는 사람인지를 결정지을 무대를 기다리고 있다. 몬트리올 국제 코미디 페스티벌 측 직원이 클립보드를 가지고 우리에게 다가온다.

"빨간 불은 언제 켜드릴까요?"

"빨간 불이요?"

피트가 당황한다.

오늘 행사의 진행을 맡은 명랑한 코미디언 데브라 디지오반니(Debra DiGiovanni)가 빨간 불이란 이제 무대에 오를 시간이 거의 다 되었다는 신호라고 알려준다. 스탠드업 코미디 경연 프로그램인 〈라스트 코믹 스탠딩(Last Comic Standing)〉에 출연 중인 캐나다 최고의 여성 코미디언 디지오반니는 피트를 한번 쳐다보더니 직감적으로 묻는다.

"다른 쇼에 한 번도 출연해보지 않으셨어요?"

"네."

"정말, 몬트리올에서 다른 쇼에 한 번도 안 나가셨어요?"

피트가 정리한다.

"다른 쇼에는 안 나갔어요. 이상, 더 이상 묻지 마세요."

잠시 후 쇼가 시작된다. 디지오반니는 무대에 올라 첫 번째 코미디언이 나오기 전, 분위기를 달군다. 몇 분이 지났을까, 그녀가 다시 대기실로 들어온다.

"오늘 같은 관객을 두고 나쁜 관객이라고 하는 거예요."

그녀가 킬킬거리며 말한다. 다시 무대로 나가 다음 코미디언을 소개하고 돌아온 그녀가 조금 전의 평가를 수정한다.

"나쁜 정도가 아니라 끔찍하네요."

이제 피트의 차례다.

"뭐 특별히 부탁하실 말이라도?"

디지오반니가 그를 소개하러 나가는 길에 묻는다.

"절 좋아하게 만들어줘요."

피트가 애원하듯 말한다.

피트가 그녀를 따라 대기실을 나가려는 찰나, 나도 충고 하나를 건넨다.

"이번에는 마이크 코드를 뽑지 않도록 노력해보세요."

몇 달 전, 피트와 나는 이 공연 준비에 착수했다. 이번 유머 연구를 통해 배운 게 하나 있다면, 스탠드업 코미디를 잘하기 위해서는 연습이 필요하다는 것이었다. 우리는 1년 내내 농담을 연마하면 좋은 극본을 몇 개는 건질 거라는 사실을 알고 있었다. 하지만 우리는 그러지 않았다. 중요한 것은 그게 아니었기 때문이다. 사람들은 이미 열심히 하면 웃길 수 있다는 것을 알고 있다. 하지만 우리는 다른 방법도 있음을 증명하고 싶었다. 노력은 덜고 과학은 더한 새로운 방법 말이다.

우리는 우리의 탐험을 정리해, 각 여행으로부터 배운 것들의 목록을 만드는 것으로 시작했다.

LA – 어떤 사람이 웃길까

→ 중요한 것은, 사람을 웃길 수 있느냐 없느냐가 아니라 어떻게 웃기냐는 것이다. 솔직하게, 진심으로 사람을 웃겨라.

→ 주류가 아닌 비주류가 좀 더 유리하다. 회의적·분석적·반항적으로 생각하라.

→ 스탠드업 코미디는 실험이다. 쓰고, 시험하고, 반복하라.

뉴욕 – 어떻게 웃길 수 있을까

→ 재미있는 소재는 얼마 되지 않으므로, 최대한 많은 아이디어를 생각해내라.

→ 혼자서는 재미있는 코미디 창작이 어렵다면, 팀을 짜서 시도해보라. 백지장도 맞들면 낫다.

→ 다른 사람을 '하하' 웃길 수 없다면, 적어도 '아하!' 하는 깨달음을 주는 웃음은 주도록 하자. 때로는 영리한 것으로 충분하다.

탄자니아 – 우리는 왜 웃을까

→ 누군가가 자신을 보고 웃는 것을 두려워하지 마라. 웃음은 모든 게 아무런 문제가 없다는 신호이며, 다른 사람도 웃게 만든다.

→ 좋은 코미디는 공동 모의다. 당신의 농담을 알아들으면 좋겠다고 생각되는 사람들과 그룹을 만들어라.

→ 웃음은 순간이다. 최대한 빨리 사람을 웃게 만들어라.

일본 – 코미디도 통역이 될까

→ 복잡한 코미디는 개인에 따라 다른 반응을 얻지만, 가장 기본적인 유

머는 만국 공통이다. 말하자면, 단순하게 웃겨라.

→ 맥락이 중요하다. 당신이 무슨 말을 하는지 모른다면 누구도 웃지 않을 것이다.

→ 관객을 파악하라. 모두를 웃길 것 같은 유머는 때로 아무도 웃기지 못한다.

스칸디나비아 – 유머에도 어두운 이면이 있을까

→ 성공하기보단 실패하기가 쉽다. 특히 세계로 뻗어나가는 코미디는 더욱 그렇다. 비판은 신중하게 하자.

→ 웃긴다는 것은 아슬아슬하게 선을 타는 것이다. 너무 멀리 나가지 않도록 코미디의 줄타기 곡예사가 되라.

→ 농담의 대상이 누구인가? 코미디는 누군가를 희생시킬 수 있다. 웃어야 할 대상을 희생시키지 않도록 하라.

팔레스타인 – 예상치 못한 장소에도 유머는 있을까

→ 유머는 척박한 환경에서도 살아남으니 건드리지 못할 주제는 없다. 위반 상황을 양성으로 만들 적당한 방법만 찾으면 된다.

→ 최고의 코미디는 세계를 전복시킨다. 다른 누군가가 성공하기 전에, 자신을 웃음거리로 만들어보자.

→ 웃음은 사람을 무장해제시킨다. 모두가 걱정하는 그 주제에 대해 가볍게 농담해보라. 그러면 그 근심이 힘을 잃을 것이다. 물론 사람들

을 당신 편으로 만들 수도 있다.

아마존 – 웃음이 최고의 명약일까

→ 코미디는 세상으로부터의 탈출을 의미하는 신호다. 사람들이 자유
   롭게 웃을 수 있는, 안전하고 재미있는 공간을 만들어라.

→ 농담은 대처 메커니즘이 될 수 있다. 삶의 힘든 현실을 가지고 농담
   하길 두려워하지 마라. 이는 사람들에게 실제로 필요한 일이다.

→ 관객뿐 아니라 화자에게도 유머는 중요하다. 당신이 자신의 코미디
   를 즐기지 못한다면 다른 사람도 마찬가지일 것이다.

목록 중에는 실행하기 쉬운 것도 있었다. 우리가 함께한 여행에서 피
트와 나는 많은 소재를 얻었고, 코미디 세계를 연구하는 교수로서 피트
는 확실히 코미디계의 아웃사이더였다. 뿐만 아니라 우리가 함께 겪은
일들로 파악하건대, 우리는 괜찮은 코미디팀이었다.

하지만 실행하기 힘든 것도 많았다. 바쁜 스케줄 속에서 대다수 아이
템이 퇴짜당할 줄 알면서도 계속해서 웃기는 이야기를 지어내기가 힘
들었고, 대학 교수로서 솔직하고 진정성 있게 농담하는 법을 찾으면서
금기시되는 소재나 엄혹한 현실에 관련된 소재를 찾아내기가 쉽지 않
았다. 또한 우리는 피트가 그만의 유머 스타일을 확립하고 사람들의 마
음을 사려면 먼저 자신감 있게, 사람들이 좋아하는 이야기를 해야 하며
재빨리 사람들을 웃겨야 한다는 것도 알았다. 또한 관객 앞에서 단순한

내용으로 공연하려면, 우리 둘 다 각자의 나쁜 버릇을 고쳐야 했다. 예를 들면 피트의 무엇이든 설명하려는 경향이나 곧잘 난해한 단어로 이야기하는 내 버릇 같은 것들이다.

마지막으로, 사람들에게 상처를 주지 않으면서 웃기려면 피트를 농담의 대상으로 삼는 게 제일 좋았다. 경험상 우리는 그것이 제일 쉬운 지름길임을 알았다.

우리의 목록이 최고의 소재는 때로 유머가 넘치는 다른 사람과의 협업에서 온다고 말하고 있기에, 한번은 코미디계에서 영향력 있는 몇몇 사람에게 자문을 구해 루틴을 대충 짜본 적이 있었다. 〈라스트 코믹 스탠딩〉의 우승자 알론조 보덴(Alonzo Bodden)은 자연스럽게 즉흥적으로 생각하라고 충고했다. 그는 "우리가 흔히 착각하는 것들 중 하나는 농담을 짜야 한다고 생각하는 것"이라고 말했다. 한편 코미디 센트럴의 디지털 및 연기자 관리 이사인 조르디 엘르너(Jordy Ellner)는 지난 세월 동안 코미디언과 일하며 배운 것을 한 단어로 요약해주었다.

"웃으세요."

LA를 기반으로 활동 중인 코미디언 셰인 모스(Shane Mauss)도 충고를 아끼지 않았다.

"양성위반 이론은 어떻게 재미있는 이야기를 만들어낼 수 있는지 그 기본 역학을 설명해주지만, 그것을 놀랍고 탄성이 나올 정도로 잘 전달하려면 연습이 필수예요."

그는 우리의 펀치라인을 듣고 나서 이렇게 말했다.

"농담에서 가장 재미있는 부분인 '펀치'는 이야기의 맨 마지막에 와야 해요. 도중에 어영부영 흘려서 잠재적으로 터질 수 있는 웃음을 망쳐버리지 마세요."

우리는 그렇게 짠 루틴을 한번 시험해보기로 했다. 몬트리올에 오기 1주일 전, 피트는 덴버의 한 오픈 마이크에 참여 신청을 했다. 이번에는 경쟁이 치열한 스콰이어 라운지가 아니라 꾀죄죄한 폴란드 레스토랑의 뒤편 테라스에서 조용히 펼쳐지는 자리였다. 코미디언들이 본공연 전에 연습하는 무대로 유명하다고 했다.

1년 내내 걸려 있는 크리스마스 장식과 화분이 군데군데 서 있는 초라한 무대에서 얼마 되지 않는 사람들이 지켜보는 가운데 피트는 우리가 짠 대본대로 공연했다. 그런데 예상치 못한 일이 벌어졌다. 그의 공연에 생각보다 많은 사람들이 웃음을 터뜨린 것이다. 그것도 아주 많이. 적어도 그날 피트 이전에 무대에 오른 사람들에게 보낸 것보다 훨씬 많은 웃음이었다.

1년 전 스콰이어 라운지에서 피트가 첫 스탠드업 공연을 할 때도 와주었고, 그날 공연에도 응원하러 와준 피트의 친구 테리는 공연이 끝난 뒤 내게 와서 말했다.

"스콰이어에서는 스탠드업 코미디를 시도하는 교수가 보였는데, 이번에는 완전히 달랐어요. 무대 위의 피트는 교수가 아니라 코미디언이었다니까요!"

피트와 나는 신이 났다. 우리는 해냈다. 과학을 이용해 더 웃길 수 있다는 것을 믿었고 실행하여 성공한 것이다. 이제부터는 모든 게 쉬울 거라고 생각했다.

그렇게 우리는 몬트리올로 떠났다.

운동선수에게는 올림픽이, 영화에는 칸이, 음악에는 사우스바이사우스웨스트(South by Southwest, 매년 3월 초에 미국 텍사스 주 오스틴에서 열리는 음악 페스티벌─옮긴이)가 있다면 코미디에는 몬트리올 국제 코미디 페스티벌이 있다.

우리가 축제장에 도착하기 전날 밤, 나는 불길한 꿈을 꾸었다. 몬트리올에 내리자 7월인데도 온 세상이 눈 천지였다. 모두 두꺼운 점퍼를 입고 눈이 소복이 쌓인 스키 별장의 벽난로 가에 모여 앉아 추위를 피하는 꿈이었다. 그리고 이곳 몬트리올에서 나는 얇은 여름옷을 입고 추워서 덜덜 떨고 있다.

몬트리올의 중심가는 자동차가 돌진하지 못하도록 울타리를 친 거대한 야외 공연장으로 변신해, 매일 밤낮으로 무료 댄스 콘서트와 마술쇼를 열고 있다. 오이 모양의 탈을 쓴 괴이한 인형들이 사람들 사이를 헤집으며 행진하고, 빨간 뿔을 달고 기다란 초록색 코를 하고 있는 이 축제의 마스코트 빅토르 모양의 커다란 풍선이 메이시 백화점의 추수감사절 퍼레이드에서 떨어져 나온 캐나다 사람들 위로 날아다닌다. 길거리를 따라서는 맛있는 냄새를 풍기는 트럭이 늘어서 다양한 음식을 팔고 있다. 나는 오사카의 명물인 문어빵 다코야키를 보고 깜짝 놀랐다.

다음 날 우리는 주최 측에서 제공하는 공짜 점심을 먹으러 겨우 시간에 맞춰 일어났다.

"우리도 코미디언이 되어가고 있네요. 공짜 음식을 얻어먹으려고 12시에 침대에서 일어나다니요."

피트가 농담한다. 점심을 먹으러 방을 나서려는데 호텔 방문 밑에서 호텔 측이 남긴 편지 한 통이 눈에 들어온다. 열어보니 매일 방이 깨끗하게 청소되어 있길 바란다면 기대를 접어달라는 경고가 적혀 있다. 몬트리올의 호텔 청소부들이 파업을 일으켰단다. 무언가 증명해 보이려는 1,000여 명의 코미디언이 이 도시로 한가득 몰려왔는데, 호텔 직원들은 파업을 일으켰다니. 지저분해지기 딱 좋은 상황이다.

자, 그렇다면 피트와 나는 이 성대한 코미디 축제에 어떻게 참여할 수 있었을까? 내가 기자로서 능력을 십분 발휘해, 배후에서 연줄을 댄 것일까? 아니면 피트가 우격다짐으로 VIP 통행권을 따낸 것일까? 둘 다 아니다.

몬트리올 국제 코미디 페스티벌에 참여하겠다는 계획을 처음 세우고 몇 주 뒤, 피트에게 이메일 한 통이 도착했다. '당신들의 연구에 대해 들었습니다. 연락 한번 주시죠'라고 쓴 사람은 다름 아닌 몬트리올 국제 코미디 페스티벌의 회장이자 페스티벌의 TV 방송을 책임지고 있는 앤디 널먼(Andy Nulman)이었다.

언제 어디에서나 옷 잘 입기로 유명한 상냥한 남자 널먼은 우리가 절실히 연락하고 싶었던 부류의 사람이었다. 1985년 그가 몬트리올 국제 코미디 페스티벌에 합류한 초창기만 해도, 축제는 프랑스어권의 작은 행사에 불과했다. 그런데 14년 뒤 그가 페스티벌을 떠날 때는 국제적 영향력이 대단한 행사로 성장했다. 그는 몬트리올 국제 코미디 페스티벌을 떠나 에어본 모바일(Airbourn Mobile)이라는 기술회사를 설립했고, 이를 수백만 달러에 매각한 뒤 다시 돌아왔다. 그는 몬트리올 국제 코미디 페스티벌 30주년을 맞아 혁신을 원하고 있었다. 그 혁신에는 코미디를 해부하려는 두 명의 아웃사이더를 행사에 초청하는 것도 포함되어 있었다. 그는 피트에게 말했다.

"우리 행사를 당신 연구의 놀이터로 삼아주세요."

그 놀이터에서 놀기 위해 치러야 할 대가가 없지는 않았다. 널먼은 우리가 몬트리올 국제 코미디 페스티벌의 학회에서 연구 결과를 발표해주기를 원했다. 또한 재미를 위해 우리가 발표할 때 캐나다에서 충격과 공포의 코미디로 유명한 코미디언 케니 호츠(Kenny Hotz)와 맞대결을 펼쳐보면 어떻겠냐고 제안했다. 케니 호츠는 한 TV 시리즈에서 식인을 시도하기도 하고 유대인 공동체에 모스크를 지으라고 설득하기도 하는 등 논란을 불러일으킨 코미디언이다. 또 다른 쇼에서는 '구린 예수'라는 플래카드를 토론토에 내걸어 브리티시컬럼비아 인권위원회(British Columbia Human Rights Commission)와 정면충돌하기도 했다. 하지만 페스티벌 전에 전화로 만난 그는 괜찮은 사람 같았다. 그는 전혀 걱정할 것 없다고, 모든 게 다 잘될 거라고 말해주었다.

우리는 그를 믿었다. 적어도 학회에서 그와 함께 강단에 서기 전까지는. 강단에서 호츠가 헤비급 펀치를 연속으로 날리는 바람에 피트는 자신의 양성위반 이론을 제대로 설명할 시간도 거의 갖지 못했다. 그는 교황과 아동성애를 연결시키는 코미디 클립을 비디오 스크린에 띄운 뒤 "저게 재미있나요? 왜요?" 하고 캐물었다. 학회장 안은 키득거리는 웃음소리와 끙 하는 신음으로 가득 찼다.

"저 위반 상황은 충분히 양성적인가요?"

호츠는 계속해서 뉴에이지 공상적 박애주의자들이 인도 나환자촌의 나환자들에게 「세상에서 당신이 가장 달콤해(You're the Sweetest Thing)」를 불러주는 끔찍한 동영상을 틀었다. 호츠는 이 동영상이 정말 웃기다며, 피트를 채근했다.

"교수님, 이게 왜 재미있는지 설명해줄 수 있나요?"

"네, 음······."

피트가 말문을 열었다. 보통은 사교적인 교수 피트도 할 말을 잃은 듯했다.

하지만 피트는 운이 좋았다. 호츠가 튼 비디오 클립 덕분이었다. 클립 속에서는 이웃의 불꽃놀이가 자칫 큰 사고로 번질 뻔한 위험한 장면이 나왔다. 비디오를 찍던 남자가 그의 주변으로 불꽃이 튀기 시작하자 공포에 질려 소리를 지르는 장면이 재생되는 동안 관객은 대체로 침묵했다. 그렇게 클립이 반쯤 지나갔을까, 비디오를 찍던 남자가 "짱이야!"를 외치자 사람들이 박수를 치고 웃기 시작했다. 이후 피트도 기회를 잡아 이렇게 말했다.

"여러분이 눈치채셨을지 모르겠지만, 비디오를 찍은 저 신사분이 '짱이야!'를 외쳤을 때 가장 큰 웃음이 터졌죠. 여러분에게 묻겠습니다. 왜 그 순간에 가장 큰 웃음이 터졌을까요?"

사람들은 피트가 무슨 말을 하는지 금세 눈치챘다.

"위반 상황이 양성이 된 순간이니까요!"

누군가가 소리쳤다.

세미나의 나머지 순서는 순조롭게 진행되었다. 회의 주최 측도 흥분했고 우리의 발표에 고마워하는 것 같았다. ("저 사람들한테 고마울 게 뭐예요? 내가 다 이렇게 만들었는데!" 호츠가 농담했다.) 피트와 내가 함께하는 동안, 양성위반 이론이 위기에 처했다가 극복한 게 처음은 아니었다. 상아탑 바깥의 여정을 통해 얻은 게 있다면, 그가 자신의 이론에 더 자신감을 갖게 되었다는 것이다.

피트는 유머가 무언가 잘못되고 위협적이며 파괴적인 상황에서 생겨난다는 '위반'을 예로 들어보자고 말한다. 양성위반 이론의 절반을 차지하는 이 위반이라는 개념을 우리는 전 세계에서 목격했다. 일본의 만자이 듀오 중 얼빠진 보케가 늘 무언가를 잘못 말하면서 만담을 시작하는 게 그러했고, 사회적 기준을 뒤엎고 세상을 엉망으로 만들려 했던 아마존의 광대가 그러했다. 팔레스타인에서 발견한 코미디도 빠뜨릴 수 없다. 팔레스타인에서 우리가 찾아낸 코미디가 유머가 위협적이고 무언가 잘못된 위반 상황에서 생겨난다는 증거가 아니라면 그게 무엇인지 우리는 모르겠다. 무언가 잘못된 것을 찾아보라, 곧 그에 대해 농담하고 있는 누군가를 찾을 수 있을 것이다.

물론 우리의 발견이 모두 비관적이고 절망적이기만 한 것은 아니다. 피트는 우리의 여정을 통해 그의 이론 중 '양성'이 '위반'만큼이나 중요한 역할을 하며, 유머는 상황이 즐겁고 안전하며 위험하지 않을 때에만 뿌리를 내릴 수 있다는 것을 분명히 알았다고 했다. 뉴욕에서 우리는 《디어니언》의 토드 핸슨으로부터 9·11테러같이 끔찍한 사건이라도, 그 농담의 대상이 그럴 만한 가치가 있는 한 우스갯소리를 할 수 있다는 것을 배웠다. LA에서는 관객이 안심할 수 있는 환경에서 코미디언들이 최대로 웃길 수 있다는 걸 알았다. 어두운 방이나, 사람들에게 현재 위험한 상황이 아니며 고로 재미있어도 된다는 것을 알게 해주는 전문 웃음 방청객이 섞여 있는 청중 앞 말이다.

또한 우리는 농담이 해로울 게 없으며 심각하게 받아들이지 않아도 된다는 의미의 '양성'이 가진 코미디의 부정적 측면에 관한 증거도 찾았다. 남을 경멸하는 농담을 해놓고 "이건 그냥 농담일 뿐인데요"라고 말하면서 빠져나가려는 사람들이 그러하다. 또한 10대 임신예방캠페인 본부의 코믹한 요소를 곁들인 피임 광고가 사람들의 시선을 끌었을지는 몰라도 원래 목적을 이루지 못한 이유도 거기에 있었다.

마지막으로, 피트는 우리의 여정을 통해 양성위반 이론의 '양성'과 '위반'의 두 가지 조건은 동시에 일어나야 하며 타이밍이 중요하다는 것을 알았다. 이는 세상의 대부분이 재미가 없는 이유이자 재미있다고 여겨지는 것들이 어떤 이들에게는 전혀 재미없고 지루하기만 하고, 심지어 불쾌하게 느껴지는 이유이기도 하다. 위반과 양성 사이의 균형점을 찾기란 쉬운 일이 아니다. 특히 괜찮은 상황이 무엇인지, 또 끔찍한 비극과 별것 아닌 불행을 가르는 기준이 무엇인지 각자의 생각이 다른 상황에서는 더욱 그러하다. 하지만 우리가 LA에서 만난 스탠드업 코미디언들이나 뉴욕에서 만난 개방적 사고방식의 만화가들처럼 평소에 부지런하게 상황을 관찰하는 것이 도움이 될 수 있다. 이는 농담을 가장 재미있게 만들 수 있는 능력과 직결된다.

피트는 이 공식에 딱 들어맞지 않는 것들도 존재하기 때문에, 자신의 이론이 완벽하다고 할 수 없다고 말한다. 그럼에도 불구하고 그는 자신의 양성위반 이론이 이전의 우월성 이론이나 완화 이론, 부조화 이론 등 다른 이론보다 훨씬 나은 것은 분명하다고 주장한다.

"그전의 이론보다는 분명히 낫죠."

피트의 이론을 앞장서 비판했던 빅토르 라스킨도 어느 정도 생각을 바꾼 것 같았다. 피트의 연구에 대해 좀 더 알고 난 뒤 내게 보낸 이메일에서 그는 이렇게 썼다.

'피트가 심리학자인 줄은 몰랐습니다. 그래도 그가 사용한 이론이라는 용어는 가벼운 의미일 뿐입니다. 그의 연구가 제시한 유머의 특징은 그것이 유머와 아주 미미한 관계를 가지고 있다는 것 이상을 의미하지는 않습니다. 더욱이 그는 당사자나 특정 사건으로부터 거리를 측정해

그것을 유머의 이해도와 연결시켰는데, 그냥 그게 전부일 뿐입니다.'

라스킨과 같은 사람에게 이런 평가는 애정이 듬뿍 담긴 것이라고 할 수 있다.

나 또한 양성위반 이론에 깊은 인상을 받았다. 하지만 나는 최종 판단을 내리기 전에 이 이론이 실전에서 어떤 효과를 발휘하는지 두 눈으로 확인하고 싶었다. 그 때문에 우리는 이곳 몬트리올 국제 코미디 페스티벌에 왔고, 그 때문에 앤디 널먼에게 모두 들어가고 싶어 안달하는 페스티벌의 마지막 날 대형 행사에 자리를 하나 마련해달라고 부탁한 것이다.

다시 말해, 이제 마지막 시험을 치를 시간이 되었다.

"다음 순서는 조금 특이한 이력을 가진 분이네요."

코미디 네스트를 꽉 채운 관객들에게 사회자 데브라 디지오반니가 말한다.

"이분은 실제로 미국 콜로라도대학교에서 교수로 재직 중인데, 무엇이 사람들을 웃게 하는지를 연구하고 있다고 하네요. 피터 맥그로 씨를 박수로 환영해주세요!"

그다음 피트가 엄청난 성공을 거두었다고 말할 수도 있을 것이다. 그가 꺼낸 농담 한마디 한마디에 사람들이 모두 큰 웃음을 터뜨렸고, 피트가 잘 안 웃는 관객의 태도를 완전히 바꿔놓았다고. 8분짜리 공연이 끝난 뒤 그가 〈레이트 쇼 위드 데이비드 레터맨〉과 〈투나잇 쇼 위드 제이 르노〉에 나왔던 전 출연자를 크게 압도했다고, 생애 두 번째 무대에서 과학이 코미디의 암호를 완전히 해독해버린 이 무명의 신인 코미디언 때문에 페스티벌이 시끌벅적해졌다고.

하지만 그건 거짓말일 테다.

실제로 일어난 일은 다음과 같다.

"코미디를 연구하면서 저는 사람을 웃기려면 그 자리에서 즉시 웃겨야 한다는 것을 알았어요."

피트가 자신만만한 미소를 지어 보이며 말문을 연다.

"그래서 오늘 스웨터 조끼를 입고 나왔죠."

자학적인 개그가 먹혔다. 관객들에게서 진심 어린 웃음이 터져나왔다.

"유머를 해부하는 것에 대해 E. B. 화이트가 한 유명한 말을 알고 계신 분이 있나요?"

그가 계속 말을 이어간다.

"E. B. 화이트는 '유머를 분석하는 것은 개구리를 해부하는 것과 같다'고 했죠. 관심 있는 사람도 거의 없거니와 그 과정을 통해 개구리는 죽어버린다고요."

관객들이 웃자 피트가 잠시 멈추었다가 다시 말한다.

"또 누가 그런 말을 하는 줄 아세요? 코미디언들이죠. 코미디언들은 '사람을 웃기는 비결을 알아낸다면, 그건 사람들에게 마술의 속임수를 말해주는 거랑 다를 게 없다. 그렇게 되면 사람들은 더 이상 마술을 좋아하지 않게 될 거다'라고 하죠. 하지만 별 의미 없는 이야기예요. 마술을 좋아하는 사람은 없으니까요."

작심하고 말한 펀치라인이었지만 웃는 이는 별로 없다. 하지만 우리는 이런 상황에 대비해왔다. "아" 하고 피트가 생각에 잠긴 채 그의 옆 금속 삼각대에 세워둔 차트로 다가간다. 그리고 첫 장을 펴니 아래와 같은 알고리즘이 쓰여 있다.

$$f(\text{LAUGH}) = a_0 + A/\pi r^2 *$$

$$\Sigma_{n=1}^{\infty} \left(a_n \cos \frac{n\pi x}{L} + b_n \sin \frac{n\pi x}{L} \right) *$$

$$e^x * 1 + \frac{x}{1!} + \frac{x^2}{2!} + \frac{x^3}{3!} + \cdots,$$

$$-\infty < x < \frac{\infty}{\tan \alpha} + \sin \beta *$$

$$2 \cos \frac{1}{2}(\alpha + \beta) \cos \frac{1}{2}(\alpha - \beta)$$

그는 첫 줄의 대문자 'A'에 루트 기호(√)를 더하더니 "자, 이제 공식이 완성되었네요"라고 농담하지만 관객들은 이해하지 못해서 어리벙벙한 표정이다.

"저는 코미디언과 어울리는 걸 좋아해요. 그들은 정말 재미있죠. 그리고 교수보다 더 좋은 점도 많이 가지고 있어요. 예를 들면 코미디언들은 일하면서 술을 마실 수 있죠. 아니, 그게 아니고 그들은 일을 하면서 술을 마셔야 하죠. 그들은 세 부류로 나뉘어요. 알코올중독으로 가는 길이거나, 현재 알코올중독이거나, 아니면 알코올중독에서 회복 중이죠. 그래서 누군가가 제게 와서 '피트, 저는 스탠드업 코미디언이 되어볼까 생각 중이에요' 하고 말하면 저는 이렇게 묻죠. '알코올은 얼마나 마시고 있나요?'"

피트는 관객들이 웃을 시간을 주려고 잠시 멈추지만 침묵만 흐른다.

"제가 코미디언만 보고 있는 건 아니에요. 사실 전 세계를 다니며 다양한 유머를 봤어요. 최근에는 일본 오사카에 갔죠. 아시는지 모르겠지만, 오사카는 일본 유머의 중심이에요. 일본에서 한 재미 한다 싶은 사람은 다 오사카에 살죠. 오사카에서 길거리를 걷다가 빵! (관객 중 한 명을 찍어 피트가 총 쏘는 시늉을 한다.) 그러면 사람들은 총에 맞은 것처럼 연기하죠."

피트가 한 박자 쉬고 다시 말한다.

"재미있는 건 오사카에서 그렇게 은행을 턴 사람이 없다는 겁니다."

관객석에 웃음이 다시 돌아온다.

뉴욕에서 우리가 했던 〈매드맨〉 실험을 이야기하며 피트가 이야기를 마무리한다.

"한번은 대형 광고 에이전시의 광고팀을 데려다가 취하게 만들고 재미있는 콘텐트를 만들어보라고 한 적이 있었어요."

그가 차트를 넘기며 말한다.

"이제 그 연구의 결과를 보여드릴 겁니다. 덜 취했을 때부터 제일 취했을 때의 순서로, 그들이 만든 벤다이어그램을 보여드릴게요. 이게 첫 잔을 마시고 나온 벤다이어그램이에요."

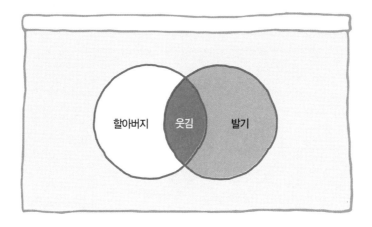

부드러운 웃음이 터져나왔다.

"두세 잔이 넘어가니까 조금 더 대담한 내용이 나왔어요."

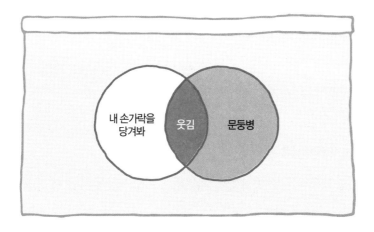

이 차트를 보고는 두어 명이 불편한 기색을 드러낸다. 그러자 피트가 최선을 다한다.

"그리고 완전히 취했을 때는……."

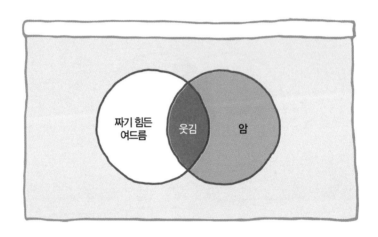

"ㅇㅇㅇㅇ."

너무 멀리 나갔다. 웃음이 끙 하는 신음으로 바뀐다. 관객들에게 이 벤다이어그램의 그 어떤 부분도 양성이 아니다.

"그래서 말인데요, 만약 정말 농담이 개구리와 같다면, 그리고 제가 방금 든 예가 이와 관련되어 있다고 하면 이 세상에는 역겨운 개구리가 많다는 거예요."

피트가 마무리를 짓는다.

"저는 개구리를 몇 마리 잡아 해부해보는 게 세상을 조금 더 낫게 만들 수 있다고 생각해요. '개구리를 해부했어. 그리고 이제는 문제가 뭔지 알아'라고 할 수 있는 거죠."

햄릿이 광대 요릭의 두개골을 높이 움켜잡듯, 피트가 상상의 양서류를 높이 드는 시늉을 한다.

"그리고 그 개구리가 그러는데, 이 스웨터 조끼가 웃기대요."

그렇게 말하고 피트가 무대에서 내려오자 관객들이 웃으며 손뼉을 친다.

"완전히 죽여주지는 못했지만, 그래도 완전히 망하지는 않았죠."

그가 내게 말한다. 그의 말이 맞다. 그는 스콰이어에서보다 이번 무대에서 훨씬 더 많이 웃었다. 아무도 모를 일이지만, 아마도 그가 전통적인 방식으로 대본을 짰다면 이렇게 많은 웃음을 얻어내지는 못했을 것이다.

"우리가 알고 있는 것을 안다는 게 놀랄 만한 일은 아니에요."

피트가 클럽 뒤편에서 이미 공연을 마친 다른 코미디언에게 말한다. 그는 어두컴컴한 클럽을 가리키며 이런 곳은 절대로 완벽한 코미디 연구실이 될 수 없다고 말한다.

"너무 격렬하고 지저분하고, 통제할 수 없는 변수가 너무 많거든요. 하지만 괜찮아요."

위스키 한잔으로 이 순간을 기념하며 그 어느 때보다 산전수전 다 겪은 나이 든 코미디언처럼 말한다.

"어차피 우리가 암을 치료하려는 것도 아니잖아요."

피트의 몬트리올 스탠드업 코미디 공연 생각에서 아직도 헤어나지 못하고 있을 때, 친구 론이 한 말에 깜짝 놀랐다. 공연 후 몇 주가 지났을 무렵 함께 맥주를 마시던 론이 내게 말했다.

"있잖아, 너 전보다 재미있어진 것 같아."

"정말?"

나는 깜짝 놀랐다. 다른 사람들의 유머를 조사하는 데 많은 시간을 쏟느라 정작 내 유머에 대해서는 많이 생각하지 못했는데, 가만히 생각해보니 론의 말이 맞는 것 같다. 어쩌면 나는 더 재미있어졌는지 모르겠다. 나는 예전보다 친구와 가족들, 심지어 낯선 이들에게도 더 많이 우스운 이야기를 하고, 자주 사람들을 웃긴다. 이전보다 나는 더욱 쾌활해졌고 바로바로 웃음을 터뜨리며, 그 어느 때보다 행복하다. 아들 가브리엘과 하릴없이 놀고, 아내 에밀리를 웃기려고 그 어느 때보다 노력하며, 이제 곧 태어날 딸에게 내가 배운 광대 속임수를 가르쳐줄 생각에 들떠 있다. 피트와의 여정에서 내가 스포트라이트를 받으며 무대에 선 적은 없지만 요즘 들어 청중 앞에서 말할 기회가 있으면 예전보다 더 자신감 있고, 심지어 건방진 마음이 들기까지 한다. 마치 내가 코미디언이라도 된 것처럼.

피트의 양성위반 이론 때문일까? 아마도 그 이론이 일조하긴 했을 것이다. 내가 양성으로 만들 수 있는 위반 상황이 눈에 들어오기 시작했으니까. 그리고 유머 안에 기쁨과 고통이 비슷하게 존재한다는 것을 알게 된 뒤로, 나는 내가 고른 우스갯소리의 대상과 그 이야기를 하는 대상에 대해 더욱 신중히 생각하게 되었다.

하지만 그것이 내가 더 재미있어진 이유의 전부는 아니다. 결국 몬트리올에서 경험했듯, 우리는 세계에서 가장 웃긴 코미디언이 되는 비밀 지름길을 발견하지는 못했으니까. 그래도 괜찮다. 아니, 어쩌면 더 할 나위 없이 완벽하다. 우리는 유머의 암호를 푸는 데, 코미디의 DNA를 해독하는 데 한 발짝 더 다가섰지만 정말 웃긴 농담들을 빅맥같이 대량생산할 수 있게 하는 알고리즘을 찾는 데는 실패했다. 유머는 지금도 그렇고 앞으로도 이상하고 복잡할 것이며, 환상에 불과하고 조금은 위험할 것이다. 그리고 늘 어느 정도의 예술과 어느 정도의 과학이 섞여 있을 것이다. 그래서 유머가 그렇게 재미있을 수 있는 것이다. 만약 세계에서 손꼽히는 유머가가 되고 싶다면, 한두 가지의 좋은 공식이 방향을 정하는 데 도움이 되겠지만 그걸로 원하는 바를 모두 이룰 수는 없을 것이다. 진정 웃기는 사람이 되려면 공식에 무조건 대입하는 것이 아니라 새로운 아이디어를 끊임없이 생각해내고, 당신의 생각에 계속해서 도전해야 한다.

바로 그것이 우리가 했던 일이다. 우리는 할리우드 최고의 유머 헤드헌터를 찾아가 우리의 웃음을 평가받았고, 맨해튼의 고급 술집에서는 '돈 드레이퍼(〈매드맨〉의 주인공―옮긴이)' 흉내를 냈으며 아프리카 초원을 누비며 신화 속 웃음병을 추적하기도, 일본의 게임쇼 출연자들과는 우리의 남성성을 비교하기도 했다. 그뿐인가, 한겨울 스웨덴의 황무지를 터덜터덜 걸으며 불법으로 쌓아올린 성을 찾았고 영토 분쟁이 한창인 팔레스타인에 뛰어들기도 했으며 아마존의 광대 부대에 들어가서는 지나치게 감상적으로 변하기도 했다. 그런 과정에서 우리는 스탠드업 코미디언과 따돌림 당하는 만화가, 유머 감정가, 해외에서 활동하는 즉흥 연기자들, 쥐를 간지럽히는 학자, 혁명가, 그리고 마지막으로 땀을 많이 흘리는 패치 애덤스를 친구로 사귀었다. 체포될 뻔한 적도 몇 번 있었다. 비행기, 렌터카, 총알 기차, 아프리카의 소형 보트, 이스라엘의 최첨단 택시, 광대로 가득했던 화물 수송기를 타고 우리는 지구를 여행했다. 그것도 여러 번.

나는 더 이상 스퀘어의 구석에서 움츠리고 있던 몇 달 전의 내가 아니다. 먼저 이제 내게는 웃긴 레퍼토리가 생겼다. 그리고 세계 7개 대륙 중 다섯 곳을 가본 사람으로서(오스트레일리아와 남극은 마음속에 담아놓겠다) 이제는 나의 평소 기벽이나 무례한 행동을 균형 있게 바라볼 수 있게 되었고, 그것들을 웃어넘길 수 있는 방법을 찾게 되었다. 내가 이스라엘 군인과 스칸디나비아 특공대원과 대치 상태에 있었던 것, 세계에서 가장 빈곤한 지역에서 빨간 코를 달고 광대가 되었던 것, 과학을 위해 잠시 내 새끼손가락을 마비시켰던 것을 잊지 마시라. 이런 일을 겪은 후, 앞으로 나서서 농담 한두 마디를 던지는 것쯤은 그렇게 어려운 일이 아니게 되었다. 결과적으로 나는 피트와의 여정을 통해 인생에는 내가 알지 못하는 더 많은 것이 있음을 알게 되었다. 삶에 웃을 거리가 많다는 것을 알게 되었음은 물론이다.

이 모든 공은, 제정신이 아닌 연구를 시작한 교수 피트에게 돌려야 마땅할 것이다. 내게 그는 더 이상 기삿거리가 아니라 동료이자 절친한 친구이며 공범이다. 그는 내가 껍질을 깨고 노트북 바깥으로 나갈 수 있도록 밀어주었다. 그 과정이 늘 순탄치는 않았지만 고생할 가치는 충분했다. 피트도 내 덕분에 교수가 아닌 기자·탐험가·방랑자처럼 세상을 바라볼 수 있었다고 말한다. 우리의 여정을 통해 그는 생산적이고 편안한 삶을 꾸리기 위해 바쁘게 살았던 세월 동안 잊고 지냈던 자기 안의 모험가 정신을 되찾았다. 이제 그의 가설은 예전보다 살짝 엉망진창이고, 실험에 영향을 미치는 변수도 완벽하게 통제되지 않지만 실험이 계획대로 진행되지 않아도 괜찮다는 것을 배웠다고 한다.

최고의 만자이 듀오처럼 우리도 좋은 팀이었다.

피트는 내게 이제 유머를 더 잘 이해하게 되었다고, 더 넓은 각도에서 유머를 바라볼 수 있게 되었다고 말한다.

"사람들도 지금보다 더 많이 웃을 수 있어요. 살면 살수록 인생은 심각한 문제투성이죠. 대출, 직장, 은퇴자금, 매일 밤 뉴스에서 들리는 끔찍한 소식들…… 이런 심각한 문제로 가득한 세상에 살면서 장난기 넘치는 태도로 그런 문제를 대하기란 어려운 일이에요."

그렇다면 어떻게 해야 되느냐고 내가 물었더니 피트는 이렇게 대답했다.

"먼저 잘 짠 계획대로 살면 도움이 되겠죠."

이는 그의 생활 방식이기도 하다. 이를테면 슬픈 드라마는 줄이고 재미있는 시트콤을 더 많이 보고, 웃음요가 클럽에 등록하고, 동네 코미디 클럽에 자주 드나드는 식이다.

하지만 피트는 그보다 더 좋은 방법이 있다고 한다.

"나를 웃게 만드는 사람들과 사물들에 둘러싸여 지내는 것이죠. 재미있는 장소와 사람을 찾아다니고, 나를 우울하게 만드는 친구가 아니라 웃게 만드는 친구에 집중하는 거예요. 나와 같은 유머감각을 가지고 있는 사람, 인생의 긍정적인 측면을 바라볼 수 있게 도와주는 사람을 파트너로 고르고요."

그가 계속 말한다.

"어쩌면 너무 진부한 이야기일지 모르지만, 모든 게 다 잘될 거라는 것을 기억하세요."

지금 당장은 너무나 두렵고 큰일인 것만 같고 걱정되는 일일지라도, 지금 너무 신경을 곤두세우고 그 일에 온 정신이 팔려 있어서 그렇게 느껴질 뿐일 수 있다. 불평하는 것은 좋지만, 거기에 약간의 위트를 더해보고 위반 상황을 양성으로 만들 방법을 찾아보라.

피트는 이렇게 결론짓는다.

"무엇보다 인생은 기쁘게 즐기라고, 그리고 때로는 비웃음 당하라고 있다는 것을 기억하세요."

다시 말해 인생 자체가 하나의 커다란 농담이라는 뜻이다. 물론 그 구성 방식이 늘 완벽하지는 않지만, 그래도 늘 정신 차리고 잘 지켜보라. 조만간 펀치라인을 발견할 수 있을 테니까.

세계를 무대로 펼쳐지는
로드트립 코미디

대학 교수가 무엇이 사람을 웃게 만드는지를 밝혀내기 위해 몸소 스탠드업 코미디 무대에 올라갔다니, 번역 작업을 본격적으로 시작하기 전 나는 책의 도입 부분에 나오는 이 책의 저자 피트의 실제 공연 영상을 유튜브에서 찾아봤다. 스웨터 조끼를 입은 그는 좋게 이야기하면 지적이고 나쁘게 이야기하면 조금 고루해 보였고, 허름한 술집 무대에 올라 열심히 준비한 게 티 나는 대사를 읊었다. 예의 바른 청중들이 간혹 과장된 웃음을 터뜨려주었지만, 결코 성공적인 데뷔 무대라 할 수 없는 공연이었다. 그 어떤 배경 스토리도, 무대 연출도, 연출자도 없고 무대에 홀로 서서 관중을 웃겨야 하는, 코미디언들마저 가장 어렵다고 꼽는 스탠드업 코미디 무대가 아니던가. 그 짧은 동영상을 보면서 나는 스웨터 조끼를 입은 이 교수님이 강의실을 벗어나 진짜 코미디 세계에 뛰어

들면서까지 알고 싶은 것이 무엇이었을까 궁금해졌다.

재미있는 사람이 최고로 대우받는 시대다. 유머감각 있는 사람 주위에 사람이 몰리고, 인기 코미디언들은 해마다 엄청난 수익을 올린다. 도처에 남을 웃기려 하는 사람들로 넘쳐나는 이 시대, 자연스레 어떻게 하면 재미있는 사람이 되는지에 관심이 쏠린다. 그런 재능은 선천적으로 타고나는 것일까? 아니면 후천적으로 학습될 수 있는 것일까? 후천적으로 학습할 수 있는 것이라면 사람을 웃길 수 있는 공식 같은 게 있을까?

양성위반 이론이 세상의 모든 웃음을 설명할 수 있다고 믿는 대학 교수 피트와 이를 증명해 기삿거리를 마련하려는 신문 기자 조엘은 팀을 이뤄, 사람이 무엇 때문에 웃음을 터뜨리는지를 밝히기 위한 세계 연구 프로젝트에 착수한다. 앞서 말한 스탠드업 코미디 무대는 그 첫 번째 관문이었던 셈이다. 둘은 이후 LA, 뉴욕, 탄자니아, 일본, 덴마크, 스웨덴, 팔레스타인, 아마존에 이르기까지, 전 세계를 돌아다니며 유머의 코드를 찾아 헤맨다. 생김새도, 살아가는 방식도, 문화도 저마다 다른 각지의 사람들을 웃게 만드는 요소 간에 공통점이 있는지 찾아보고, 이를 토대로 웃음 방정식을 증명하기 위해서다. 책을 읽으면서도 그런 게 있을까 싶었지만, 놀랍게도 그들은 답을 정리해냈다!

빈도와 그 정도의 차이는 있을지언정, 웃음은 만국 공통의 언어다. 아마존의 빈민촌과 같이 열악한 환경에서 살아가는 사람들도, 조금은 경직된 문화의 일본인도, 분쟁으로 하루가 멀다 하고 사람 목숨이 희생되는 팔레스타인에서도 사람들은 웃고 또 웃기며 살아가고 있다.

이 웃음 뒤에 숨어 있는 원칙을 찾아내려는 피트와 조엘의 여정을 읽고 번역하며 나도 많이 웃었다. 연구를 위해 낯선 땅에서 좌충우돌하는 자신들의 모습을 때로는 남의 이야기하듯 무덤덤하게, 때로는 익살 넘치게 쓴 조엘의 문장이 나를 웃음 짓게 했고 그들이 차근차근 양성위반 이론을 증명해가는 과정이 즐거웠다. 피트가 프로젝트의 마지막 관문으로 몬트리올 국제 코미디 페스티벌의 스탠드업 코미디 무대에 다시 섰을 때는 온 마음으로 그를 응원하며 번역했다.

웃음을 과학 이론으로 설명한다는 전제 자체에 거부감이 들 수도 있을 것이다. 하지만 그 거부감을 상쇄할 만큼 피트와 조엘은 따뜻하고 인간미 넘치는 시선으로 웃음의 비밀에 다가간다. 세계 각지를 떠돌며 겪는 소소한 에피소드와, 그 속에서 피어나는 두 남자의 우정을 지켜보는 재미는 덤이다.

나는 코미디언을 꿈꾸는 사람은 아니지만, 인생을 즐겁게 만드는 웃음이 어디에서 오는지 밝혀나가는 저자들을 쫓아가는 과정은 꽤나 즐거웠다. 독자 여러분에게도 그 즐거움이 그대로 전해졌으면 좋겠다는 바람이다.

|주|

1. 콜로라도-날 웃겨봐

1. Don L. F. Nilsen and Alleen Pace Nilsen, "Twenty-Five Years of Developing a Community of Humor Scholars," http://www.hnu.edu/ishs/ISHS Documents/Nilsen25Article.pdf (accessed December 30, 2012).

2. Caleb Warren and A. Peter McGraw, "Humor Appreciation," *Encyclopedia of Humor Studies* (forthcoming).

3. Elliot Oring, *The Jokes of Sigmund Freud: A Study in Humor and Jewish Identity* (Philadelphia: University of Pennsylvania Press, 1984), 114.

4. John Morreall, "A new theory of laughter," *Philosophical Studies,* 42(2) (1982), 243-254.

5. Howard R. Pollio and Rodney W. Mers, "Predictability and the Appreciation of Comedy," *Bulletion of the Psychonomic Society* (1974): 229-232.

6. Caleb Warren and A. Peter McGraw, "Beyond Incongruity: Differentiating What Is Funny From What Is Not" (under review).

7. Thomas C. Veatch, "A Theory of Humor," *Humor: International Journal of Humor Research* (1998):161-215.

8. A. Peter McGraw and Caleb Warren, "Benign Violations: Making Immoral Behavior Funny," *Psychological Science* (2010):1141-1149.

9. Ibid.

10. Sarah-Jayne Blakemore, Daniel Wolpert, and Chris Frith, "Why Can't You Tickle Yourself?" *NeuroReport* (2000): R11–R16.

11. McGraw and Warren, "Benign Violations," 1141–1149.

2. LA- 어떤 사람이 웃길까

1. Willibald Ruch, ed. *The Sense Of Humor: Explorations Of A Personality Characteristic* (Berlin And New York: Mouton de Gruyter, 1998), 7–9.

2. Alan Feilgold, "Measuring Humor Ability: Revision and Construct Validation of the Humor Perceptiveness Test," *Perceptual and Motor Skills* (1983): 159–166.

3. Herbert M. Lefcourt and Rod A. Martin, *Humor and Life Stress: Antidote to Adversity* (Berlin and Heidelberg: Springer–Verlag, 1986), 17.

4. Vitor Raskin, *Semantic Mechanisms of Humor* (Dordrecht, Holland, and Boston: D. Reidel, 1985), 32.

5. Greg Dean, *Greg Dean's Step by Step to Stand-Up Comedy* (Portsmouth, NH: Heinemann, 2000), 125.

6. Salvatore Attardo and Lucy Pickering, "Timing in the Performance of Jokes," *Humor: International Journal of Human Research* (2011): 233–250.

7. Salvatore Attardo, Lucy Pickering, and Amanda Baker, "Prosodic and Multimodal Markers of Humor in Conversation," *Prosody and Humor: Special Issue of Pragmatics & Cognition* (2011): 194, 224–247.

8. Joe Boskin, Ed., *Humor Prism in the 20th Century* (Detroit, MI: Wayne State University Press, 1997), 111.

9. Lawrence Epstein, *The Haunted Smile: The Story of Jewish Comedians in*

America (New York: PublicAffairs, 2001), x.

10. Mel Watkins, *On the Real Side: A History of African American Comedy* (Chicago: Lawrence Hill, 1999), 26.

11. Jonathan Levav and R. Juliet Zhu, "Seeking Freedom though Variety," *Journal of Consumer Research* (2009): 600–610; J. Meyers–Levy and R. J. Zhu, "The Influence of Ceiling Height: The Effect of Priming on the Type of Processing That People Use," *Journal of Consumer Research* (2007): 174–186.

12. Joseph A. Bellizzi and Robert E. Hite, "Environmental Color, Consumer Feelings, and Purchase Likelihood," *Psychology & Marketing* (1992): 347–363.

13. C. B. Zhong, V. K. Bohns, and F. Gino, "Good Lamps Are the Best Police," *Psychological Science* (2010): 311–314.

14. Edward Diener, "Deindividuation: The Absence of Self–Awareness and Self–Regulation in Group Members," ed. P. B. Paulus, *Psychology of Group Influence* (Hillsdale, NJ: Erlbaum, 1980), 209–242.

15. Timothy J. Lawson and Brain Downing, "An Attributional Explanation for the Effect of Audience Laughter on Perceived Funniness," *Basic and Applied Social Psychology*, 243–249.

16. Richard Zoglin, *Comedy at the Edge: How Stand-Up in the 1970s Changed America* (New York: Bloomsbury, 2008), 5.

17. "Richest Comedians," http://www.therichest.org/celebnetworth/category/celeb/comedian/ (accessed February 15, 2013.)

18. Jimmy Carr and Lucy Greeves, *Only Joking: What's so Funny About Making People Laugh?* (New York: Gotham Books, 2006), 103.

19. Gil Greengross, Rod A. Martin, and Geoffrey Miller, "The Big Five Personality Traits of Professional Comedians Compared to Amateur Comedians, Comedy Writers, and College Students," *Personality and Individual Differences* (2009): 79–83.

20. Gil Greengross, Rod A. Martin, and Geoffrey Miller, "Personality Traits, Intelligence, Humor Styles, and Humor Production Ability of Professional Stand–up Comedians Compared to College Students," *Psychology of Aesthetics, Creativity, and the Arts* (2011), 74–82.

21. A. Peter McGraw, Erin Percival Carter, and Jennifer J. Harman, "Disturbingly funny: Humor production increases perceptions of mental instability" (working paper).

3. 뉴욕-어떻게 웃길 수 있을까

1. Russell Adams, "How About Never–Is Never Good for You? Celebrities Struggle to Write Winning Captions," *Wall Street Journal* (2011), A1.

2. Judith Yaros Less, *Defining* New Yorker *Humor* (Jackson: University Press of Mississippi, 2000), 10.

3. Judith Yaros Less, *Defining* New Yorker *Humor*, 56.

4. Ibid., 11.

5. Arthur Koestler, *Art of Creation* (New York: The Macmillan Company, 1964), 35.

6. Caleb Warren and A. Peter McGraw, "Beyond Incongruity: Differentiating What is Funny From What is Not" (under review).

7. Arthur Koestler, *Act of Creation*, 45.

8. A. M. Isen, K. A. Daubman, and G. P. Nowicki, "Positive Affect Facilitates

Creative Problem Solving," *Journal of Personality and Social Psychology* (1987): 1122–1131.

9. Barry Kudrowitz, "Haha and Aha!: Creativity, Idea Generation, Improvisational Humor, and Product Design" (PhD diss., Massachusetts Institute of Technology, 2010).

10. Chloe Kiddon and Yuriy Brun, "That'S What She Said: Double Entendre Identification," Proceedings of the 49th Annual Meeting of the Association for Computational Linguistics (2011): 89–94.

11. Graeme Ritchie, "Can Computers Create Humor?," *AI Magazine* (2009): 71–81.

12. E. F. Hempelmann and A. C. Samson, "Computational Humor: Beyond the Pun?" in *The Primer of Humor Research*, ed. V. Raskin (Berlin: Mouton de Gruyter, 2008), 335–341.

13. Koestler, *Act of Creation*, 93.

14. Fred K. Beard, "*Humor in the Advertising Business: Theory, Practice, and Wit*"(Lanham. MD: Rowman & Littlefield, 2008), 2.

15. Charles S. Gulas, Kim K. McKeage, and Marc G. Weinberger, "Violence Against Males in Humorous Advertising," *Journal Of Advertising* (2010): 109–20.

16. Ibid., 112.

17. Caleb Warren, and A. Peter McGraw, "When Humorous Marketing Backfires: Uncovering the Relationship between Humor, Negative Affect, and Brand Attitude" (under review).

18. Judith Yaross Lee, *Defining* New Yorker *Humor*, 159.

19. A. Peter McGraw, Phil Fernbach, and Julie Schiro, "Humor Lowers

Propensity to Remedy a Problem" (working paper).

20. Judith Yaross Lee, *Defining* New Yorker *Humor*, 159.

21. Sasha Topolinski and Rolf Reber, "Gaining Insight Into the 'Aha' Experience," *Current Directions in Psychological Science* (2010): 402–405.

22. A. Peter McGraw, et al., "Too Close for Comfort, or Too Far to Care? Finding Humor in Distant Tragedies and Close Mishaps," *Psychological Science* (2012): 1215–1223.

23. Geoff Lowe and Sharon B. Taylor, "Effects of Alcohol on Responsive Laughter and Amusement," *Psychological Reports* (1997): 1149–1150.

4. 탄자니아─우리는 왜 웃을까

1. Robert Provine, *Laughter: A Scientific Investigation* (New York: Penguin, 2001), 27, 37, 40.

2. McGrew, et al., "Too Close for Comfort, or Too Far to Care?", 1215–1223.

3. Provine, *Laughter*, 45.

4. Ibid., 157, 163, 172, 173.

5. A. M. Rankin and P. J. Philip, "An Epidemic of Laughing in the Bukoba District of Tanganyika," *Central African Journal of Medicine* (1963).

6. Susan Sprecher and Pamela C. Regan, "Liking Some Things (In Some People) More Than Others: Partner Preferences in Romantic Relationships and Friendships," *Journal of Social and Personal Relationships* (2002): 463–481.

7. Robert H. Lauer, Jeanette C. Lauer, and Sarah T. Kerr, "The LongTerm Marriage: Perceptions of Stability and Satisfaction," *The International*

Journal of Aging and Human Development (1990): 189-195.

8. Dacher Keltner, Randall C. Young, Erin A. Heerey, Carmen Oemig, and Natalie D. Monarch, "Teasing in Hierarchical and Intimate Relations," *Journal of Personality and Social Psychology* (1998): 1231-1247.

9. Rod A. Martin, *The Psychology of Humor: An Integrative Approach* (Burlington, MA: Elsevier, 2007), 187-188.

10. V. S. Ramachandran, "The Neurology and Evolution of Humor, Laughter, and Smiling: the False Alarm Theory," *PubMed* (1998): 351-354.

11. Matthew M. Hurly, Daniel Dennett, and Reginald B. Adams, *Inside Jokes: Using Humor to Reverse-Engineer the Mind* (Cambridge, Ma: MIT Press, 2013), 4.

12. Andre Parent, "Duchenne De Boulogne: A Pioneer in Neurology and Medical Photography" (2005): 369-377; Guillaume Duchenne, *The Mechanism of Human Physiognomy* (1862).

13. Matthew Gervais and David Sloan Wilson, "The Evolution and Functions of Laughter and Humor: A Synthetic Approach," *The Quarterly Review of Biology* (2005): 395-430.

14. Marina Davila-Ross, M. Owren, and E. Zimmermann, "The Evolution of Laughter in Great Apes and Humans," *Communicative & Integrative Biology* (2010): 191-194.

15. Jaak Panksepp and Jeff Burgdorf, "'Laughing' Rats and the Evolutionary Antecedents of Human Joy?" *Physiology & Behavior* (2003): 533-547.

16. L. Alan Sroufe and Jane Piccard Wunsch, "The Development of Laughter in the First Year of Life," *Child Development* (1972): 1326-1344.

17. Rod A. Martin and Nicholas A. Kuiper, "Daily Occurrence of Laughter: Relationships with Age, Gender, and Type A Personality," *Humor: International Journal of Humor Research* (1999): 355–384.

18. Martin, *The Psychology of Humor*, 233, 239–240.

19. Jane E. Warren, et al., "Positive Emotions Preferentially Engage an Auditory Motor 'Mirror' System," *The Journal of Neuroscience* (2006): 13067–13075.

20. Karen O'Quin and Joel Aronoff, "Humor as a Technique of Social Influence," *Social Psychology Quarterly* (1981): 349–357.

21. John A. Jones, "The Masking Effects of Humor on Audience Perception of Message Organization," *Humor: International Journal of Humor Research* (2005): 405–417.

22. Christian F. Hempelmann, "The Laughter of the 1962 Tanganyika 'Laughter Epidemic,'" *Humor: International Journal of Humor Research* (2007): 49–71.

23. Leslie P. Boss, "Epidemic Hysteria: A Review of the Published Literature," *Epidemiologic Reviews* (1997): 233–243.

24. Robert E. Bartholomew and Benjamin Radford, *Hoaxes, Myths, and Manias: Why We Need Critical Thinking* (Amherst, NY: Prometheus, 2003), 94.

25. Susan Dominus, "What Happened to the Girls in Le Roy," *New York Times Magazine*, March 11, 2012.

5. 일본 – 코미디도 통역이 될까

1. Mahadev Apte, *Humor and Laughter: An Anthropological Approach*,

33, 51.

2. A. R. Radcliffe-Brown, "On Joking Relationships," *Journal of the International African Institute* (1940): 195–210.

3. Jessica Milner Davis, *Understanding Humor in Japan* (Detroit: Wayne State University Press, 2006), 8.

4. Christie Davies, *Jokes and Targets* (Bloomington: Indiana University Press, 2011), 41, 82–93, 198–201.

5. Jan Bremmer, *A Cultural History of Humour from Antiquity to the Present Day*, ed. Herman Roodenburg, 16–17, 98.

6. Carr and Greeves, *Only Joking*, 193.

7. Christie Davies, *Jokes and Targets*, 255.

8. Eric Romero et al., "Regional Humor Differences in the United States: Implications for Management," *Humor: International Journal of Humor Research* (2007): 189–201.

9. Salvatore Attardo, "Translation and Humour: An Approach Based on the General Theory of Verbal Humour (GTVH)," *The Translator* (2002): 173–194.

10. Mahadev L. Apte, *Humor and Laughter: An Anthropological Approach* (Ithaca, NY: Cornell University Press, 1985), 17.

11. Laura Mickes, Drew E. Hoffman, Julian L. Parris, Robert Mankoff, and Nicholas, Christenfeld, "Who's Funny: Gender Stereotypes, Humor Production, and Memory Bias," *Psychonomic Bulletin and Review* (2011): 108–112.

12. Martin D. Lampert and Susan M. Ervin–Tripp, "Exploring Paradigms: The Study of Gender and Sense of Humor Near the End of the 20th

Century," in *the Sense of Humor: Explorations of a Personality Characteristic*, ed. Willibald Ruch (Berlin and New York: Mouton de Gruyter, 1998): 231–270.

13. Thomas R. Herzog, "Gender Differences in Humor Appreciation Revisited," *Humor: International Journal of Humor Research* (1999): 411–423.

14. Christopher J. Wilbur and Lorne Campbell, "Humor in Romantic Contexts: Do Men Participate and Women Evaluate?" *Personality And Social Psychology Bulletin* (2011): 918–929.

15. Dan Ariely, "Who Enjoys Humor More: Conservatives or Liberals?" *Psychology Today*, http://www.psychologytoday.com/blog/predictably-irrational/200810/who-enjoys-humor-more-comservatives-or-liberals(October 23, 2008).

16. Arnold Krupat, "Native American Trickster Tales," in *Comedy: A Geographic and Historical Guide*, ed. Maurice Charney (Westport, CT: Praeger, 2005), 447–460.

6. 스칸디나비아 – 유머에도 어두운 이면이 있을까

1. Martin, *The Psychology of Humor*, 43–44.

2. John Morreall, "Comic Vices and Comic Virtues," *Humor: International Journal of Humor Research*, 23.

3. Martin, *The Psychology of Humor*, 47.

4. Clark McCauley, Kathryn Woods, Christopher Coolidge, and William Kulick, "More Aggressive Cartoons Are Funnier," *Journal of Personality and Social Psychology* (1983): 817–823.

5. Lambert Deckers and Diane E. Carr, "Cartoons Varying in Low-Level Pain Ratings, not Aggression Ratings, Correlate Positively with Funniness Ratings," *Motivation & Emotion* (1986): 207–216.

6. Willibald Ruch, "Fearing Humor? Gelotophobia: The Fear of Being Laughed at Introduction and Overview," *Humor: International Journal of Humor Research* (2009): 1–25.

7. Paul Lewis, et al., "The Muhammad Cartoons and Humor Research: A Collection of Essays," *Humor: International Journal of Humor Research* (2008): 1–46; Ted Gournelos and Viveca S. Greene, *A Decade of Dark Humor: How Comedy, Irony, and Satire Shaped Post-9/11 America* (Jackson: The University Press Of Mississippi, 2011), 220.

8. Jytte Klausen, *The Cartoons that Shook the World* (New Haven, CT: Yale University Press, 2009), 14.

9. Ibid., 107.

10. Ibid., 137–138.

11. Art Spiegelman, "Drawing Blood: Outrageous Cartoons and the Art of Outrage," *Harper's Magazine* (June 2007).

12. Klausen, *The Cartoons that Shook the World*, 125.

13. A. Peter McGraw, Lawrence Williams, and Caleb Warren, "The Rise and Fall of Humor: Psychological Distance Modulates Humorous Responses to Tragedy" (2013) (under review).

14. Alan Dundes, "The Dead Baby Joke Cycle," *Western Folklore* (1979): 145–157.

15. Alan Dundes, "At Ease, Disease–AIDS Jokes as Sick Humor," *American Behavioral Scientist* (1987): 72–81.

16. Alan Dundes, "Many Hands Make Light Work or Caught in the Act of Screwing in Light Bulbs," *Western Folklore* (1981): 261−266.

17. Klausen, *The Cartoons that Shook the World*, 157.

18. Ibid., 152.

19. Catarina Kinnvall and Paul Nesbitt−Larking, *The Political Psychology of Globalization: Muslims in the West* (Oxford, UK: Oxford University Press, 2011): 140.

20. Dacher Keltner, et al., "Teasing in Hierarchical and Intimate Relations," *Journal of Personality and Social Psychology* (1998): 1231−1247.

21. Thomas E. Ford and Mark A. Ferguson, "Social Consequences of Disparagement Humor: A Prejudiced Norm Theory," *Personality and Social Psychology Review* (2004): 79−94.

7. 팔레스타인 – 예상치 못한 장소에도 유머가 있을까

1. Lloyd M. Bucher and Mark Rascovich, *Bucher: My Story* (New York: Doubleday, 1970), 348.

2. Mark Twain, *Following the Equator* (American Publishing Company, 1898), 119.

3. Christie Davies, *Jokes and Targets* (Bloomington: Indiana University Press, 2011), 227.

4. Ulrick Marzolph, "The Muslim Sense of Humor," in *Humour and Religion: Challenges and Ambiguities*, ed. Hans Geybels and Walter van Herck (London: Continuum, 2011), 173.

5. Ibid., 179.

6. Khalid Kishtainy, "Humor and Resistance in the Arab World and

the Greater Middle East," in *Civilian Jihad: Nonviolent Struggle, Democratization, and Governance in the Middle East,* ed. Maria J. Stephen (New York: Palgrave Macmillan, 2010), 56-57.

7. Sigmund Freud, "Humor," *International Journal of Psycho-Analysis* (1928): 4.

8. Davies, *Jokes and Targets,* 264.

9. Ibid., 251.

10. A. Peter McGraw, Lawrence T. Williams, And Caleb Warren, "The Rise and Fall of Humor: Psychological Distance Modulates Humorous Responses to Tragedy (2013) (under review).

8. 아마존 - 웃음이 최고의 명약일까

1. Paul Schulten, "Physicians, Humour and Therapeutic Laughter in the Ancient World," *Social Identities* (2001): 71.

2. Norman Cousins, *Anatomy of an Illness as Perceived by the Patient* (New York: W. W. Norton, 2005), 40.

3. Madan Kataria, *Laugh for No Reason* (Mumbai, India: Madhuri International, 1999), 11.

4. M. D. Shevach Friedler, et al., "The Effect of Medical Clowning on Pregnancy Rates After In Vitro Fertilization and Embryo Transfer," *Fertility and Sterility* (2011): 2127-2130.

5. R. A. Martin, "Is Laughter the Best Medicine?: Humor, Laughter, and Physical Health," *Sage Journals* (2002): 217.

6. Sven Svebak, Rod A. Martin, and Jostein Holmen, "The Prevalence of Sense of Humor in a Large, Unselected County Population in Norway:

Relations with Age, Sex, and Some Health Indicators," *Humor: International Journal of Humor Research* (2004): 121–134.

7. Carr and Greeves, *Only Joking*, 53.

8. "No More Clowning Around: It's Too Scary," *Nursing Standard* (2008): 11.

9. Cath Battrick, Edward Alan Glasper, Gill Prudhoe, and Katy Weaver, "Clown Humour: the Perceptions of Doctors, Nurses, Parents and Children," *Journal of Children's and Young People's Nursing* (2007): 174–179.

10. Dacher Keltner and George A. Bonanno, "A Study of Laughter and Dissociation: Distinct Correlates of Laughter and Smiling During Bereavement," *Journal of Personality and Social Psychology* (1997): 687–702.

11. Charles V. Ford and Raymond C. Spaulding, "The Pueblo Incident: A Comparison of Factors Related to Coping with Extreme Stress," *Archives of General Psychiatry* (1973): 340–343.

12. Michelle Gayle Newman and Arthur A. Stone, "Does Humor Moderate the Effects of Experimentally Induced Stress?" *Annals of Behavioral Medicine* (1996): 101–109.

13. A. Peter McGraw, Christina Kan, and Caleb Warren, "Humorous Complaining" (2013) (under review).

KI신서 5620

나는 세계일주로 유머를 배웠다

1판 1쇄 발행 2015년 12월 15일
1판 1쇄 발행 2015년 12월 24일

지은이 피터 맥그로, 조엘 워너 **옮긴이** 임소연
펴낸이 김영곤 **펴낸곳** (주)북이십일 21세기북스
해외개발팀 조민호 유승현 조문채 **편집위원** 김상수
해외기획팀 박진희 김영희
디자인 엔드디자인 **홍보팀** 이혜연
제작 이영민
출판영업마케팅 안형태 이경희 민안기 김홍선 정병철 백세희
출판등록 2000년 5월 6일 제10-1965호
주소 (10881) 경기도 파주시 회동길 201(문발동)
대표번호 031-955-2100 **팩스** 031-955-2151 **이메일** book21@book21.co.kr
홈페이지 www.book21.com **블로그** b.book21.com
트위터 @21cbook **페이스북** facebook.com/21cbook

ISBN 978-89-509-5562-5 03840